SV

Band 1516 der Bibliothek Suhrkamp

Marie-Claire Blais
Drei Nächte, drei Tage

Roman

Aus dem Französischen
von Nicola Denis

Suhrkamp Verlag

Die Originalausgabe erschien 1995 unter dem Titel
Soifs bei Les Éditions du Boréal, Montréal.

Wir bedanken uns bei der SODEC für die Förderung der Übersetzung.

SODEC
Québec

Die Übersetzerin dankt dem Deutschen Übersetzerfonds,
der ihre Arbeit am vorliegenden Text großzügig unterstützt hat.

Erste Auflage 2020
© der deutschen Ausgabe Suhrkamp Verlag Berlin 2020
© Les Éditions du Boréal, 1995
Alle Rechte vorbehalten, insbesondere das des
öffentlichen Vortrags sowie der Übertragung
durch Rundfunk und Fernsehen, auch einzelner Teile.
Kein Teil des Werkes darf in irgendeiner Form
(durch Fotografie, Mikrofilm oder andere Verfahren)
ohne schriftliche Genehmigung des Verlages
reproduziert oder unter Verwendung elektronischer Systeme
verarbeitet, vervielfältigt oder verbreitet werden.
Satz: Satz-Offizin Hümmer GmbH, Waldbüttelbrunn
Druck: Pustet, Regensburg
Printed in Germany
ISBN 978-3-518-22516-5

Drei Nächte, drei Tage

*Für Pauline Michel, Künstlerin und Schriftstellerin,
unvergleichliche Freundin und Leserin dieses Buchs von Beginn an.*

Let me now raise my song of glory. Heaven be praised for solitude. Let me be alone. Let me cast and throw away this veil of being, this cloud that changes with the least breath, night and day, and all night and all day. While I sat there I have been changing. I have watched the sky change. I have seen clouds cover the stars, then free the stars, then cover the stars again. Now I look at their changing no more. Now no one sees me and I change no more. Heaven be praised for solitude that has removed the pressure of the eye, the solicitation of the body, and all need of lies and phrases.

Virginia Woolf, *The Waves*

Sie waren hier, um auszuruhen, zu entspannen, nah beieinander, fern von allem, das Fenster ihres Schlafzimmers öffnete sich auf das Karibische Meer, ein blaues, stilles Meer, fast ohne Himmel im Widerschein der kräftigen Sonne, der Richter hatte vor dem Aufbruch an seinem Schuldspruch festhalten müssen, aber nicht dieses gerechte Urteil beschäftigte seine Frau, dachte er, ein junger Mann, mit Gerichtsurteilen noch wenig vertraut, schon dieser Fall der inhaftierten Straftäter und Zuhälter hatte ihn mitgenommen, der berüchtigte Richterberuf, früher der seines Vaters, bliebe womöglich nicht lange seiner, dachte er, Renata hatte überraschend aufgehört, als Verteidigerin zu arbeiten und war ungern monatelang krankgeschrieben, aber da war nicht nur diese Sorge um die plötzlich labile, bedrohte Gesundheit, da war auch das, worum ihre Umarmung oder ihre Wut beständig kreisten, dieser Vorfall, das sich scheinbar fern von ihnen, von ihrem Leben, ereignet hatte, in einem Raum, einer Zelle, wo noch lange die kalten Dämpfe der Hölle hängen würden, die Hinrichtung eines unbekannten Schwarzen in einem texanischen Gefängnis, der Tod durch die Giftspritze, ein verschleierter, diskreter Tod, denn völlig geräuschlos, ein flüssiger, intravenöser Tod, hoch effizient, da der Verurteilte ihn sich in der frühen Morgendämmerung selbst zufügen konnte, er wusste, dass sie an diesen Mann gedacht hatte, an seinen warmen oder nach den unmerklichen Zuckungen kaum abgekühlten Körper, von dem noch, Stunden später, ein säuerlicher, bestialischer Geruch ausging, der Geruch der Furcht, der vergeblichen Angst, die er gerade noch, eine Sekunde vielleicht, vor seinem grauenvollen Ende empfunden hatte, sie hatten beide die ganze Nacht an den Verurteilten aus Texas gedacht, sie hatten lange über ihn gesprochen und ihn dann vergessen, als sie einander mit einer unbeschwerten Hingabe in die Arme gefallen waren, die sie nun nicht mehr nachvollziehen konnten, denn kaum lag ihr inniges Umschlungensein hinter ihnen, hatten sie sich wieder genauso machtlos gefühlt, dieser Mann hätte nicht sterben dürfen, wiederholte Renata hartnäckig, dieser Mann war womöglich unschuldig, sagte sie, die Stirn von einer Sorgenfalte überschattet, diese Denkerstirn bei einer Frau, dachte der Richter und sah seiner Frau fest in die Augen, der Mann in ihm, der in ein anderes Geschlecht geschlüpft war, sie war nicht nur gegenteiliger Meinung, sondern erbittert, warum griff er nicht nach ihrer Hand, sie würde ihm entgleiten, aufbrechen, schon zog sie sich an, um ins Kasino zu gehen, ins Kasino, sie, eigentlich nicht leichtfertig, schien plötzlich von einer entwaffnenden Leichtfertigkeit besessen, und als er sah, dass sie sich bereits von ihm entfernte, unter der strengen Stirnfalte, mit dieser besorgten Wachsamkeit im Blick, der ihn selbst jedoch nicht mehr umfing, aus dem er zugunsten wichtigerer Anliegen verbannt war, etwa dem Tod eines texanischen Gefängnisinsassen, dachte es, dass Renatas eigensinnige Stirn ihn ständig zur Schroffheit des Widerstands animierte, denn wollte sie ihn nicht zu einem besseren, zu einem anderen oder besseren Mann machen, so die Hoffnung, die sie stets in die jungen, von ihr geliebten Männer gesetzt hatte, dass sie fähig seien, über sich selbst hinauszuwachsen, wie Franz, in der Musik, doch hatte Franz ihr nicht gesagt, dass von einer willenlosen, sinnlichen, trägen Natur keine ehrenhaften Handlungen zu erwarten seien, und diese willenlose Natur der Menschen, dachte der Richter, hatte Renata nicht bemerkt, dass nur ein einziger Richter die Stimme gegen die Todesstrafe erhoben hatte, in den Vereinigten Staaten, und niemand hatte auf ihn gehört, die willenlose Natur des Menschen, noch war die Zeit nicht fern, da Claudes Vater, ein Vater, ein Großvater, die Zeit war noch nicht fern, da diese Richter in ihren Ländern Frauen und Männer durch den Strang hinrichten ließen, dachte Claude, über sich selbst hinauswachsen, die Verfehlungen der Väter waren nicht wiedergutzumachen, ob es endlich eine Generation gerechter Menschen geben würde, dachte er bedrückt, und die Ohrringe, sie dürfe nur ihre Ohrringe nicht vergessen, um ins Kasino zu gehen, indem er Renata an die Ohrringe erinnerte, verbarg er seine Bedrückung, die Verlegenheit, die er plötzlich, in diesem Zimmer, vor sich selbst empfand, war ihm nicht auch, als schauten alle Männer Renata an, wenn sie zusammen auf die Straße gingen, oder war es ein Hauch von Leben, von Tod, von Genesung, der sie beide umwehte, seine Frau wirkte verletzlich auf ihn, mit ihrer hohen Stirn, den bloßen Ohren, dem von einem rosigen Licht durchbrochenen Ohrläppchen, wundes Kinderfleisch, diese bloßen Ohren, es galt sie zu schmücken, zu behängen mit den Ohrringen, so ist es hübscher, sagte er, aber warum gehst Du in dieses Kasino, der viele Rauch da, das ist ungesund, dann hatte er auf dem Weg zum Fenster Renatas leichte Berührung gespürt, ihren majestätischen Kopf an seiner Schulter, sie war Richtung Aufzug, Hotellobby entschwunden, schon war sie in der Menge, steckte sich rasch eine Zigarette, dann eine zweite an, schon lange hatte sie auf diesen Moment gewartet, keine Liebkosung, keine Aufmerksamkeit hatte sie zurückhalten können, dachte er, dieser bebende Durst war ihrer, Renatas Durst, wie undurchsichtig, unkontrollierbar das schien, wo sie doch wusste, dass sie daran sterben konnte, er hatte sie so oft in genau dieser Haltung gedankenverlorener Zerstreuung gesehen, wo sie, reglos und ohne ihn anzusehen, plötzlich auflebte, um eine mechanische Geste zu wiederholen, das gierige Starren auf die Zigarette, deren Rauch sie ausstieß, während sie das blitzende Feuerzeug auf ein Möbelstück neben dem Bett legte, folgte der unselige Gegenstand ihnen denn nicht bis in die verborgensten Winkel ihres heimlichen Schicksals, jetzt, dachte er, galt es die trostlosen Spuren im Zimmer zu löschen, das, was noch von ihrer nächtlichen Unterhaltung blieb, eine Zeitung, die sie am Vorabend gemeinsam gelesen hatten, der Name des Verurteilten, seine Fotografie, wozu noch, es war zu spät, die willenlose Natur der Menschen, die menschliche Seele ist mit einer Ewigkeit an Qualen befrachtet und lebt dessen ungeachtet weiter, in Vergessen, Vergnügen, Sorglosigkeit, er hörte das Raunen leichtfertigen Lachens, am Strand, in den Zimmern, Claude war wie diese Urlauber, wie sie sättigte er sich an Wasser und Sonnencrème, ein jeder war lebendig, triumphierend, zufrieden mit seinem ungewissen Fortbestand auf Erden, aber wenn Renata ihn floh, um ihren Durst zu stillen, dachte er, dann, weil er mit seinem Urteil gegen die Straftäter und Zuhälter wahrscheinlich zu streng gewesen war, erneut sah er den auf ihrem Gesicht erstarrten Ausdruck des Mitleids, dachte an die verstörenden Dinge, die sie in der letzten Nacht einander gesagt hatten, wieder hatte er ihr verboten, im Bett zu rauchen und sie hatte aufbegehrt, und plötzlich hatten sie über Dostojewski gesprochen, in letzter Sekunde hatte ein verträumter Zar Dostojewski begnadigt, andernfalls wäre er ermordet worden wie vor ihm sein Vater, war das nicht erstaunlich, dieser Herrscher auf Abwegen, der einen Mann gerettet hatte, doch der Gedanke an die allerletzte Sekunde hatte Dostojewski nie verlassen, noch lange hatte er das Klackern der Gewehrsalve gehört, und Renata ging alleine Richtung Kasino, alleine, immer fiel für eine Frau das Gefühl ihrer Freiheit, ihrer Würde, ins Gewicht, wurde sie denn nicht ständig beobachtet, überwacht, war der Blick der anderen nicht eng an ihren Gang gebunden, an die Bewegung ihrer Hüften, ihres Halses, an den funkelnden Schmuck, mit dem sie ihre Zerbrechlichkeit maskierte, dort, dicht an den Schläfen, wo Renata mit den Fingern ihr feines silbriges Haar glättete, ein Stückchen höher, Richtung Stirn, senkte sich von dort nicht die Erleuchtung herab, der Blitz jener blassen Wahrheit, der die Seele bisweilen mit Ungewissheit durchdrang, er vermeinte diese gut unterscheidbaren Wörter zu hören, das Schicksal einer Frau, mein Schicksal, ist ein unverständliches, unfertiges Schicksal, ich war in Gottes Plänen nicht vorgesehen, welche Empfindung schmerzlichen Müßiggangs hatte sie zu ihrem Arzt sagen lassen, entfernen Sie diesen bösartigen Tumor, das Quälendste war der Gedanke an das im Hotelzimmer vergessene Feuerzeug, würden ihre Sinne nicht immer zu kümmerlich sein, um diese, ihre Welt auszukosten, nicht die von Claude oder von Franz, diese Welt, ein herrlicher Garten, zersplittert und gebrochen, aber es war ihrer, dachte Renata, dreißig Jahre alt zu sein wie ihr Neffe Daniel und ihre Nichte Melanie, die sie bald wiedersehen würde, ihre einzigen Verwandten, dreißig Jahre alt zu sein wie sie, das ungezwungene Glück erleben, hier seine Familie aufwachsen zu sehen, morgen würde sie in ein Museum gehen, sie schritt kräftig und beflügelt aus, sie hatte die Kühnheit ihrer Geste nicht bedacht, aber war es nicht wichtig, das Joch einer verbotenen Freiheit abzuschütteln, als sie einen Mann im weißen Anzug herangewinkt hatte und um Feuer bat, der Mann war ein amerikanischer Schwarzer, hochgewachsen, er beugte sich herab, obwohl sie groß war, hielt seine Hand schützend vor die Flamme, die zwischen ihren Blicken züngelnde Flamme, während sie ihm mit demütiger Stimme dankte, hob der Mann den Kopf, beobachtete von oben die, die ihn mit einer Frau an seiner Seite auf diese Weise angesprochen hatte, dann sah er, wie sie hastig davonlief, mit ihrer Bitte um Feuer hatte Renata ihre Verwirrung bezwungen, sich Raum auf dem Gebiet ihrer miteinander ringenden Gedanken erobert, das war das Besondere ihres Schicksals, dachte sie, Gesten zu wagen, die ihr die Gewissheit gaben zu existieren, frei, unabhängig und rebellisch, dieser gedruckte Name an ihrer Tür, schwarze Buchstaben auf einem goldenen Schild, Renata Nymans, Anwältin, diente nur dazu, das Dasein der Frau vor seiner permanenten Vergewaltigung zu schützen, zu verteidigen, verwies dieser Name nicht auch auf ihre Gefangenschaft, die bürgerliche Gefangenschaft an der Seite eines Ehemannes, oder die berufliche, mit den Privilegien ihrer Gesellschaftsschicht, das war erst der Anfang ihrer Rekonvaleszenz und schon wurde sie zu einer anderen, dachte sie, sie hatte den Atem des Mannes über der kleinen Flamme, über der Zigarette gespürt, er kam aus Los Angeles, eine Flamme hatte sie, für einen kurzen Augenblick, auf einer fremden Insel vereint, Claude würde nie zu diesen alten Richtern zählen, die an Gleichgültigkeit und Überdruss in Bezug auf das menschliche Schicksal krankten, sie wusste um seine moralischen Qualitäten, aber war er nicht zu hart mit diesen Straftätern, in heruntergekommenen Wohnungen verhafteten, im Müll vor sich hin vegetierenden jungen Drogendealern, man hätte sie erst einmal medizinisch versorgen und rehabilitieren müssen, Claudes Fürsorge wurde von diesen permanenten Streitigkeiten angestachelt, auch die unbedeutenden Herausforderungen, mit denen sie ihrem Leben an den endlos scheinenden Tagen der Erholung ein wenig Glanz verlieh, hätte er nicht gutgeheißen, ihm hätte der Blick des amerikanischen Schwarzen, den sie gesucht hatte, missfallen, war es ein amüsierter Blick, ein kühler, beim Gehen spürte sie noch die Anziehungskraft der dunklen Augen, war es nicht wie damals, als sie mit Franz zusammengelebt hatte, weckte sie auf ihrem Weg nicht immer das Phänomen eines unerklärlichen Mitleids, was hätte sie nicht alles getan, um Franz zu gefallen, der Behandlung einer Nagelpflegerin in Paris ausgeliefert, hatte sie die demütige Dienerin dieses Reichs in ihren klobigen Krankenschwesterschuhen um sich kreisen gesehen, mit ihrer Watteschachtel in der Hand, mitten in dem Haufen abgeschnittener Haare, die das gewachste dunkle Parkett übersäten, sie sah ihre polierten Fingernägel wieder vor sich, die in der fahlen Helle eines Winternachmittags schimmerten, sie blätterte in einer Zeitschrift, sie schämte sich plötzlich, warum würde sie an dieser Wohltätigkeitsgala mit Franz teilnehmen, wenn er sie doch nicht mehr liebte, die Nagelpflegerin schob ihr die feuchte Watte zwischen die Finger, Renata sah ihr Gesicht im Spiegel, den strengen Kopf mit dem vom Friseur angefeuchteten, zurückgekämmten Haar, sie hatte gedacht, so sehe ich also künftig aus, dieser Kopf, dieser Schädel ragten siegreich aus dem Abgrund von Franzens Demütigungen, seiner Untreue, empor, weshalb aber dieser rätselhafte Erguss, den sie auf einmal bei der Nagelpflegerin auszulösen schien, erinnerte sie Renata etwa an eines jener gezeichneten Gesichter, wie man sie so oft in der Menge sieht, unsere Gesichter gehören uns nicht allein, entstammen sie nicht den Verheerungen früherer Zeiten, den Grausamkeiten der Geschichte, ein verschlossenes, stummes Gesicht wird zu dem einer Mutter, einer Tante, einer unter mysteriösen Umständen verschollenen Cousine, war der Kopf, den Renata im Spiegel sah, nicht plötzlich aller Zierden beraubt, die ihm eine leichte, luftige Anmutung verliehen, denn ohne die Ringe wirkten die Ohren winzig, leicht an den steifen Schädel gepresst, man sah den rosafarbenen Punkt auf den zarten, von der Nadel durchstochenen Ohrläppchen, und auf den heißen, lauten Straßen einer fremden Stadt fragte Renata sich, ob es nicht dieses, das damals von der Nagelpflegerin im Spiegel erblickte Gesicht war, das der amerikanische Schwarze gesehen, erfahren und dann mit seinem hochmütigen Lächeln weggewischt hatte, und der Richter ging in der Hotellobby auf und ab, spürte den kalten Kontakt des Feuerzeugs, des Goldetuis, in dem Renata ihre Zigaretten aufbewahrte, er hatte sich beim Tennisspielen von ihren Streitereien erholt, war im Pool geschwommen, sie hatten, dachte er, diesen schmerzlichen Zwischenfall in ihrem Leben, Renatas chirurgischen Eingriff in New York, gebraucht, damit er sich Zeit nahm für die Erholung mit seiner Frau, er war lange nackt durchs Zimmer gelaufen, all diese Stunden, die in einem Büro auf Akten verschwendet wurden, manchmal arbeiteten sie beide bis spät in die Nacht, als er in sein Hemd schlüpfte, hatte er gedacht, was für eine Verkleidung, diese Richterrobe, sich zur Macht des Gesetzes berufen fühlen und mit Gewalt herrschen, mit Schrecken, wie mein Vater, warf Renata ihm nicht vor, die Bediensteten seines Vaters behalten zu haben, einen Koch, einen Fahrer, ehemalige Häftlinge, von denen Claude sich nicht trennen mochte, die er in einem Häuschen in der Nähe ihres Anwesens unterbrachte, wie schade, das Streicheln der Sonne auf seinem Rücken, seinen Hüften nicht noch länger zu spüren, während er am Fenster stand und sich an seiner unveränderlichen Lebenskraft erfreute, war das nicht immer so, wenn man endlich zu entspannen bereit war, kehrte die unveränderliche Lebenskraft der Jugend zurück, er würde rausgehen, ohne auf Renata zu warten, würde es ihn nicht ärgern, plötzlich neben ihr zu laufen, ohne dass sie den Kopf nach ihm wandte, denn wenn sie floh, mit zügigen Schritten, sah sie ihn nicht mehr, unwiderstehlich das trockene Klicken des Goldetuis, das sie stolzen Blickes öffnete, weil sie Angst hatte, ihrem Mann auf der Straße zu begegnen, frönte Renata ihren Ritualen alleine, zurückgezogen, kostete genüsslich eine Zigarette nach der anderen aus, blies den Rauch in die Luft, während sie sich an eine Mauer lehnte, denn wahrscheinlich lief sie schon lange so, auch wenn sie nie genau wusste, wohin sie ging, ja, nicht den geringsten Orientierungssinn hatte, war sie zu Fuß durch eine ganze Reihe von europäischen Städten gelaufen, und was notierte sie in den Heften, die sie beharrlich vor seinen Blicken hütete, wie ließen sich Liebe und Unrast miteinander versöhnen, und erschien die Kunst des Richteramts Renata nicht von einer feindseligen Unmenschlichkeit, die Menschen, dachte der Richter, verurteilten höchstwahrscheinlich über ihre Kräfte, verfielen sie nicht einer satanischen Schwäche, sobald man ihnen Macht übertrug, eine wahrhaft monströse Aufgabe, ja, über ihre Kräfte, er lief durch die warme, feuchte Luft auf der Straße, er würde nichts sagen, wenn er Renata wieder eine Zigarette an die Lippen führen sähe, bevor er ihr beides zurückgäbe, würde er das Goldetui, das Feuerzeug, lange zwischen den Fingern kneten und zögern, zu ihr zu gehen. Und längs des Ozeans am Strand aufgereihte Militärgebäude, die Kinder von Pastor Jeremy spielten, rannten hinter den Hähnen her, die sich auf dem struppigen Rasen den ganzen Tag lang die Seele aus dem Leib krähten, vor dem Haus, das in demselben, etwas düsteren Dunkelgrün angestrichen war wie die Militärgebäude, das ist ein richtiges Haus, dachte Pastor Jeremy, auch wenn es noch sehr nach einer abgeflachten Hütte aussah unter der weißen, sengenden Sonne, man hörte die Wellen des nahen Atlantiks grollen, es war Zeit, die Kinder zum Gebet zu rufen, Pastor Jeremy bemühte seine laute, durchdringende Stimme, kommt, macht Euch fertig für die Kirche, und was habt Ihr bei den Nachbarn gesucht, habt Ihr wieder Obst geklaut, der Professor müsste jeden Moment eintreffen, seine Freunde erwarteten ihn schon am Flughafen, was würde der Professor sagen, wenn er diese Diebe in seinem Garten auf den Bäumen sähe, na, was würde er sagen, da klettern sie überall auf meine Zitronen- und Orangenbäume, tatsächlich hatte schon lange niemand mehr das Obst geerntet, der Professor war ein komischer

Mann, aber man weiß nie, wie diese Weißen so leben, und diese geschwätzigen Hähne, die gar nicht aufhörten zu krähen, Pastor Jeremy würde all den Kindern raten, das Matthäus-Evangelium nochmal zu lesen, der Herr ist mein Hirte, er braucht Euch nur einmal im Stich zu lassen, schon seid Ihr Taugenichtse nur noch zum Obstklauen gut, und sie würden im Chor antworten, der Herr ist mein Hirte, Amen, Amen, die Mädchen vorneweg, in ihren gestärkten weißen Kleidern, das schwere krause Haar geflochten, mit Bändern zusammengehalten, kaum wäre der Gottesdienst vorbei, würde der Pastor sie schon überall durch den Staub wirbeln sehen, aber fürs Erste sollten sie sich ruhig verhalten, der Pastor hätte schnell genug eine Reihe grimassierender, schelmisch zappelnder Krausköpfe vor sich, ja, das Auf und Ab dieser Köpfe während seiner Predigten, solange der große rote Hahn nicht auch noch in den Tempel stolzierte, sollen sie doch alle kommen, schnatternd und lachend in einer Wolke aus Federn, herzlich willkommen, würde der Pastor sagen, nur hereinspaziert, dies ist die Kirche der Auserwählten und Propheten, wie jeden Sonntagmittag gibt es unseren Festschmaus mit gegrilltem Fleisch, auf den Tischen an den Gehwegen und in den Höfen des Dorfs, Rue Esmeralda, was wird Eure Mutter sagen, wenn Ihr Eure Kleider schmutzig macht, und sie, sie hörten nicht auf ihn und flatterten überall zwischen den Hühnern und Hähnen umher, ein Klaps auf die Wange, so wird Euch Eure Mutter bestrafen, Ihr werdet ganz aufgelöst sein und man wird Euch bis in die Kirche flennen hören, und allmählich versammelte sich Pastor Jeremys Herde, in ihrem Sonntagsstaat, und er dachte, nein, das Flugzeug soll nicht sofort landen, wie gut täte es, gleich in das kristallklare Wasser abzutauchen, sich in den Morgentau auf dem frischen Gras zu verwandeln, in der Nähe der Strände, in dieser Luft, in diesem Wasser zu wogen, schon mit den Wolken eins zu sein, Schluss mit dem Kampf gegen die Materie, die uns nur besiegen kann, von unten, über den Verfall unserer Zellen, und war das nicht wundervoll, all die blauen Krater, die sich unter den Wellen zeigten, die pflanzlichen Unterwasserinseln, die er bis zu diesem Tag noch nie bemerkt hatte, doch vom Ozean umzingelt, würde das Flugzeug des Professors zu rasch auf dem Boden aufsetzen, sämtliche Häuser in der Rue Bahama würden erzittern, Pastor Jeremy sah am blauen Himmel das Flugzeug des Professors, das langsam auf die Landebahn zusteuerte, bald würde der Professor zuhause sein, seit einer halben Ewigkeit verwahrloste sein Garten, war seine Katze allein, verschreckte das ganze freilaufende Geflügel, sprecht mir nach, der Herr ist mein Hirte, sagte der Pastor mit seiner kräftigen Stimme und wies seiner Familie den Weg zur Kirche, unter der Sonne, die einen hellen Schimmer auf die Haut von Onkel Cornelius und seinen Musikern warf, als sie, schlaksig in den steifen Sonntagskleidern, tanzend und springend am Friedhof entlang alle hintereinander zur Kirche liefen, dabei manchmal das Weiß ihrer Augen zum Himmel verdrehten, und dieses Champagner- oder wohlige Luftbläschen, in dem Jacques den ganzen Flug lang eingeschlossen gewesen war, platzte plötzlich, es zerstob, das Flugzeug landete, vollführte noch ein paar ruckartige Hüpfer in der Luft, jetzt wäre Jacques nicht mehr allein mit den Zuckungen seines reizbaren, ungeduldigen und verwundeten Fleischs, dachte er, Luc und Paul und eine Frau, die schon am Steuer des Autos saß, als er angekommen war, hatten seine Betreuung übernommen, was für eine traurige Aufgabe ihnen anvertraut worden war, dachte Jacques, in jener Mühsal der Agonie, in der es plötzlich leichter würde zu sterben, weil sich alles schon so abspielte wie von ihm festgelegt, er war in seinem Haus, man hatte ihn gebadet, ihm seinen Schlafanzug angezogen, von seinem Bett aus am offenen Fenster betrachtete er seinen Garten, diese wild wachsende, wuchtige Vegetation, die er so liebte, hatte er ihnen nicht verboten, das Gestrüpp zu lichten, es war, als hätte der Sturm die Zitronen- und Orangenbäume gekrümmt, die Bougainvillea, die Rosen hatten alles überwuchert, bogen sich unter ihren üppigen Blüten, auf einem Teppich aus klingenscharfen Palmblättern, das war er, jener üppige, erdrückende Garten, nach dem sich Jacques so gesehnt hatte, ja, demnach war für seine Freunde die Stunde gekommen, das unerschütterliche Ritual zu erfüllen, und vor einer Woche hatte er mit seinen Studenten zu Abend gegessen, würde man ihn heute Abend fragen, was er gerne zum Essen hätte, würde er sagen, orientalische Speisen, denn ihr feuriges Aroma kitzelte ihm noch in der Kehle, neben ihm stehend, ihre Hände auf seinen Schultern, sagten Luc und Paul, das war eine lange Reise, doch wer war diese Frau, dachte

Jacques, die ihn zusammen mit Luc und Paul am Flughafen abgeholt hatte, dieses mysteriöse Wesen verfolgte ihn, eine Freundin, die auf der Insel weilte, Jacques hatte oft gedacht, dass man im Leben mehrfach dem prophetischen Antlitz des eigenen Todes begegnet, unser widersprüchliches Gedächtnis kann sich dieses Gesicht nicht einprägen, warum diese würdevolle und wohlwollende Frau, die ihn gefragt hatte, ob er sich zwischen den Kissen auf dem Rücksitz des Autos wohlfühle, ähnlich der Druck der Hände von Luc und Paul, die seine Schultern umfassten, am Fenster, mit all diesen Erquickungen, dem Meer, und der Luft, warum hielt das klassische Profil der Unbekannten mit Luc und Paul Einzug in die Zeremonie der letzten Liebkosungen, der letzten Blicke, dachte er, man hatte sie flüchtig zum gleichen Tanz gebeten, war es womöglich die Entbehrung der orientalischen Gerichte, die ihn zu einer so weinerlichen Sentimentalität veranlasste, er bereute es sofort, wollte ausgehen, Lüsternheit, haltloses Begehren empfinden, mit Blicken vergewaltigen, besitzen, und während er diese Wörter aussprach, schimmerte ein Zweifel in seinen blauen Augen, er sagte sich, dass alle Todgeweihten solche Gedanken hatten, sie aber niemandem anvertrauen konnten, was hatte er an diesem Tag gesehen, das er nie mehr vergessen wollte, ein junges Mädchen, das mit seinem Hund schwamm und ihn dabei am Halsband festhielt, von den Wellen fortgetragen, drifteten sie ab, die Unschuld eines Bildes, das er nicht vergessen wollte, und diese Frau am Steuer des Autos, vielleicht hatte sie ihn auch deshalb so unsäglich berührt, weil sie lebendig war, weil sie weiterleben würde, wenn er nicht mehr wäre, obwohl sie seine Mutter hätte sein können, während er im Auto zwischen den Kissen versank, war eine eisige Angst über ihn gekommen, der Sonnenauf- und -untergang über dem Meer, das junge Mädchen, das seinen Hund am Halsband in den Wellen festhielt, diese kraftvolle, unverwüstliche und heitere Bewegung, die sich ohne ihn fortsetzen würde, hätte aufhören, das Flugzeug hätte in seinem metallischen Dröhnen zwischen den Sandkörnern zerbröseln sollen, nie hätte er mit betrübter Stimme die Frage beantworten müssen, ob er sich zwischen den Kissen wohlfühle, in einem Auto, das ihn ans Ende seines Daseins brachte, an einen paradiesischen Ort, hatte er nicht immer verachtet, wie die Christen sich am Leid, an der Strafe ergötzten, hatte er das nicht seinen Studenten in seinen Vorlesungen über Kafka beigebracht, *Brief an den Vater* zählte, in der Literatur, zu den beredten Beispielen einer wollüstigen Demütigung, denn Kafkas verzweifelter Appell an den angeklagten, angeprangerten Vater war ungehört verhallt, ja, aber hatten seine Studenten den Sinn seiner langatmigen Äußerungen erfasst, diese Studenten, die er nie mehr wiedersehen würde, und diese Echsen, die sich den ganzen Tag lang träge über die Steine schlängelten, beneidete Jacques sie nicht, mit ihren roten Kehlsäcken, die sich in friedlichem Glück aufspannten, die Liebe, diese Erinnerung an die heitere, unverwüstliche Bewegung des Lebens, bald würde man den Fortschritt der Wissenschaft proklamieren, würden die Erkrankungen zurückgehen, ach, möge es doch Hoffnung geben, die ihn von seinem Leid erlöse, doch seine Arbeit wartete hier auf ihn, der Essay über Kafka, den er endlich abschließen wollte, im Herbst würde er ihn seinen Kollegen an der Universität vorlegen, er würde die hasserfüllte Beziehung zwischen Kafka und seinem Vater betonen, die biologische Verknüpfung dieser beiden Monster, der eine sensibel und kultiviert, der andere pervers, zu der *Die Verwandlung* über den Fluch des Schreibens den einzigen Ausweg dargestellt hatte, denn hatte Kafka mit dem Symbol des in einem Zimmer gefangenen Insekts den Vater nicht genauso gestraft wie den Sohn, er würde das Thema dieser wohlfeilen Strafe, des Fluchs, in einem Ton verbitterter, desillusionierter Respektlosigkeit behandeln, weil er bis zu diesem Tag nie geglaubt hatte, dass er selbst mit dieser unter seinem Panzer keimenden krankhaften Fauna das Thema seiner Studie über Kafka war; plötzlich ruhebedürftig, schläfrig geworden, fixierte er mit halb geschlossenen Augen ein Reptil, das auf den Fenstersims gesprungen war, auch die winzige Echse schien ihn unter ihrem blinzelnden Lid zu beäugen, sie war nichts als Trägheit und Mattheit, dachte Jacques, und so gebrechlich, in ihrer Form verstümmelt, war ihre Gegenwart in der Sonne, wurde nicht auch diese Echse, wie das junge Mädchen mit seinem Hund und dem Halsband in den Wellen, oder die Frau, die ihn vom Flughafen abgeholt hatte, zu einer jener unvergesslichen Figuren, die Jacques an die Ufer der Ewigkeit begleiteten, er setzte sich im Bett auf und hielt nach dem Meer Ausschau, sah aber nur einen kurzen blauen

Streifen zwischen den Pinien, die kürzlich an dem weitläufigen Strand der Militärs gepflanzt worden waren, vielleicht würde er so einschlafen, den Kopf auf der Brust, einfach in den Kissen seines Bettes versinken, doch dann schreckte er hoch, froh, einen vertrauten Schatten zu erhaschen, im Gestrüpp, unter den Zitronenbäumen, der Schatten huschte durch ein Loch im Drahtgitter, der Bekloppte oder Carlos, war es der Dieb oder sein älterer Bruder, der mit seinem Taschenmesser die Fahrradreifen aufschlitzte, die Pastorensöhne hatten sich wieder einmal mit ihrem Diebesgut davongemacht, auf die andere Straßenseite, und in der Luft perlte das Lachen ihrer weißen, gesunden und rachsüchtigen Zähne, und wer hätte sich zu beschweren gewagt, wo das Obst doch bald an den Bäumen zu verfaulen drohte, als Jacques plötzlich, trotz seiner Mattigkeit, eine säuerliche Genugtuung verspürte, wie der Geschmack der von den Dieben stibitzten Limonen, dachte er, Genugtuung darüber, wie so oft in seinem Leben, Zeuge verbotener Szenen gewesen zu sein, war es nicht ein Akt äußersten Ungehorsams als schwarzer Junge einen Weißen zu beklauen, Genugtuung auch, Besuch bekommen zu haben, als er sich so einsam fühlte; gleichzeitig machte sich Unbehagen in ihm breit, würden Carlos und sein Bruder nicht lachen, wenn sie ihn mit einem Stock zum Meer gehen sähen? Und für welchen Glauben stand Pastor Jeremy, wen verehrte er auf diese Weise in seiner Kirche, der gute Mann würde ihm vermutlich wie immer sagen, Herr Professor, es gibt die, die ins Tal der Orchideen kommen, und die, die nicht hineinkommen, man sieht Sie ja nicht oft in unseren Kirchen und Gotteshäusern, demnach schreiben Sie von morgens bis abends, man muss auch zu Gott beten, er würde nachdenklich seine fleischigen Hände über dem Bauch verschränken, ach ja, die, die ins Tal der Orchideen kommen und die, die nicht hineinkommen, jetzt werde ich meinen Rasen bewässern, es hat schon seit Tagen nicht mehr geregnet, von morgens bis abends über den Büchern, na, Professor, ich muss noch meine Blumen zurückschneiden und meine Predigt vorbereiten, Pastor Jeremys treuherziges Vertrauen in die von ihm geleugneten göttlichen Kräfte würde Jacques rasch ermüden, er würde die Hähne und Hühner auf dem struppigen Rasen mit den Füßen abwehren, einen Grashalm in der Faust zerdrücken und sagen, aber nein, das Tal der Orchideen ist hier auf Erden, Pastor, das kann ich Ihnen versichern, ich habe es gesehen, oder er würde sagen, dass die Weißen nicht hineinzukommen verdienten, und Pastor Jeremy würde zustimmend mit dem Kopf nicken, während sich über sie die abendliche Stille senkte. In seinem Sterbebett brach Jacques erneut nach Asien auf, erklomm im Laufschritt das Trittbrett eines Zuges, hörte das Pfeifen der Lokomotiven, das Tal der Orchideen ist hier auf Erden, Pastor, schade, dass es ihm nicht mehr gestattet war, scharf gewürzte Speisen zu essen, dass er in der Kehle ein quälendes Brennen verspürte, selbst wenn er nur Wasser trank, die Langeweile, diese grässliche Langeweile war wohl christlichen Ursprungs, das war es, was er dem Pastor noch hätte sagen wollen, bei ihren Gesprächen auf dem struppigen Rasen, inmitten der Kinder und Hähne, vor dem Haus, das in einem so desolaten, düsteren Grün gestrichen war, als wäre die Farbe Grün eingeschwärzt worden, und ebenjene grässliche Langeweile überlistete er, indem er so weit fortging, die schleichende Langeweile jener Städte, in denen man abends früh zu Bett geht, ein Leben zwischen Unicampus und Kirchturm, ja, doch wozu so weit fliehen, wenn man plötzlich nicht mehr in der Lage ist, ohne Stock allein auf die Straße zu gehen? Dem schweren Rausch hingegeben, den die täglich eingenommenen Medikamente bewirkten, dachte er, schwindet eigentlich gerade das Öl oder das Feuer oder das Licht aus der Lampe, plötzlich vereinnahmten Pastor Jeremys Worte sein Denken, während er vor sich hin dämmerte, wenn kein Öl mehr in der Lampe ist, erlischt sie, Professor, und die Paradiesvogelblumen klappen ihre regenglänzenden Blütenkronen zusammen, aber noch war Öl in der Lampe, war das Feuer seiner Sinne nicht von diesem durchdringenden Geruch angefacht worden, der ihn wieder auf die sandigen Straßen katapultierte, dem Geruch von Haschisch, das seine Freunde abseits, in der engen Küche, rauchten, er sagte, während er sich in seinem Bett aufrichtete, wie könnt Ihr mich vergessen, und das war ihr erstes gemeinsames Lachen, dachte er, diesen Augenblick echter Ausgelassenheit nutzend, bat er um Papier, um einen Stift, denn er wollte seine Träume notieren, so unsinnig sei all das Zusammenhanglose, sagte er, das er im Halbschlaf, gleichsam in Trance träumte, doch das Wunder bestand weniger in seinen merkwürdig fiebrigen Träumen als in der unfreiwilligen gemeinsamen Lachkaskade mit seinen Freunden, während sie im Garten rauchten und in der duftenden Luft die Kringel eines beißenden Rauchs zerstoben, dessen Geruch sich langsam mit dem Geruch von verbranntem Mais vermischte, den man mit seinem kräftigen Aroma in sämtlichen Höfen der Rue Bahama einatmete, dachte er, dieser Geruch von Fernweh, der ihn bis in den Orient beförderte, während er mit plötzlich sicherer Hand die Träume in sein Heft notierte, hatte ihn die Frau am Steuer des Autos, des Trauerzugs, dachte er, nicht in ebenjenem Auto, zwischen den Kissen, zu einer wilden Verfolgungsjagd durch eine Stadt aufgefordert, die Paris während der Bombardierungen hätte sein können, hatte er ihr nicht bedeutet, dass sie zu schnell fuhr, sie hatte erwidert, während sie ihm das höfliche Lächeln ihres schönen Profils darbot, ich hatte Ihnen doch versprochen, mich nach Ihnen zu erkundigen, das Auto war an einem Waldrand geparkt worden, die Frau hatte den Wagenschlag geöffnet und Jacques auszusteigen befohlen, ein ruhiger, keineswegs aggressiver Befehl, die Frau sagte, kommen Sie, kommen Sie in meine Arme, ich habe die Kraft, Sie zu stützen, Sie sind ja zerbrechlich wie eine Muschel, kommen Sie, wir gehen zu der Lichtung, wo es etwas frischer ist, dann hatte Jacques festgestellt, dass er über dem Notieren dieses Traums wohl erneut eingeschlafen war, Haus und Garten waren leer, Luc und Paul wieder in der Bibliothek, wo sie arbeiteten, alle beide, er dachte, dass für seine Studenten bald das Semester enden würde, dass sie ihn vielleicht besuchen kämen in den Frühlingsferien, diesem plötzlichen Einbruch in die eintönigen Tage im Lesesaal, und stimmte es, dass Carlos letzten Winter in die Besserungsanstalt gesteckt worden war, Jacques würde Pastor Jeremy fragen, Carlos, diese auf dem Gehweg zusammensackende wattige Masse, während sich das Waschwasser der Familie in einem schmutzigen Bach ergoss, dieser Junge, der mit seiner karierten Hose aussah wie ein Clown, in seinem hilflosen Rausch auf dem Gehweg ausgestreckt, und würden sie ihm wohl diese Kafka-Studie eines deutschen Gelehrten aus der Bibliothek mitbringen, er griff zum Stift, bemühte sich das zu beschreiben, was in seinem Kopf noch unklar war, in diesem Traum hatte er an einem Schwimmwettkampf teilgenommen, das Abstruse an diesem Wettkampf war, dass er aus einer beachtlichen Höhe über Eichenbohlen hinweg in einen Pool springen sollte, der Sprung war gefährlich, aber als hätte er Flügel, meisterte er ihn manchmal bewundernswert virtuos, während andere Athleten sich auf den Brettern den Schädel einschlugen, er bestand die Prüfung mit einem Schwimmen durch die Lüfte, das ihn in die Wellen des Ozeans katapultieren würde, er war gerettet, dachte er, und blickte dankbar auf das Schreibpapier, das Heft, die Stifte, die man vor ihm ausgebreitet hatte, dazu das Glas Mineralwasser mit den in der Sonne glitzernden Eiswürfeln; keiner dieser Gegenstände schien, wenn man aus einem so beklemmenden Traum auftauchte, gestreift oder berührt worden zu sein, es umgab sie ein Lichtkranz vollkommener Reinheit. Die Erde rings um die Kakteen war rissig und rau, dachte der Pastor, das Anzeichen einer bevorstehenden Dürre, und was hatte er während des Gottesdienstes in der Kirche gesehen, diese rot geschminkten, seine Mädchen, mit wulstigen Lippen, die Schwellung der Lust, des sexuellen Verlangens, warum nur hatte Gott in Seiner Weisheit beschlossen, dass es Mädchen gab, er hatte schon genug Sorgen mit Carlos und seinen anderen Söhnen, Gott hatte die Dürre erschaffen und die Mädchen, diese Dämonen, die den Herrn beleidigten, zwei waren noch an der Brust ihrer Mutter, die Zwillinge Deandra und Tiffany, und was würden sie später mal machen, besser gar nicht dran denken, wer weiß, was hinter den Entscheidungen des Himmels steht, sie seien einem verschlossen, Pastor Jeremy hatte die von der Stadt bewilligte Kanne Wasser genutzt, seine Kakteen gegossen und wollte für die Sonntagsmahlzeit gerade einem Huhn die Gurgel durchschneiden, als ihm wieder einfiel, dass in seinem Haus die Sünde lebte, unter dem Dach seines niedrigen Hauses zwischen den Stühlen und Sonnenschirmen, die von der schlaffen, mit ihrem Schimmel alles durchdringenden Feuchtigkeit zerfressen wurden, er hatte nicht geträumt, er hatte ganz genau die Fahrradketten und -schlösser gesehen, als er im Schuppen seine Werkzeuge holen ging, die Sünde mit ihren Niederträchtigkeiten lebte in seinem Haus, es konnte nur Carlos sein, auf den er beim Boxkampf in der Schule so stolz gewesen war, Jeremy schüttelte den Sand ab, der an seinen Sandalen klebte, denn Mama wurde wütend, wenn man mit Sand in den Schuhen hereinkam, diese aufreizenden Mädchen, Venus, ihre Schwestern, die Lippen angemalt, geschminkt, in ihren gestärkten Sonntagskleidern, und diese kühne Ausbeulung unter ihren T-Shirts an den Wochentagen, wo geschrieben stand Durch und durch verdorben, die Schwellung der Lust, des sexuellen Verlangens, und wegen der Fahrradketten, das war kein Fehlschluss, er hatte erst seine Brille aufsetzen müssen, um sie zu erkennen, es stimmte, das Diebesgut war im Schuppen, in dieser membranartigen grauen Ecke, wo die Tentakel hausten, in ihrem Alter konnte man ihnen nicht mehr mit dem Gürtel den Hintern versohlen, wenn sie bei Boxkämpfen gewannen und ein Weißer im Ring zusammenbrach und dann noch einer, Carlos, schon wieder er, hatte eines Tages seine durchlöcherten Stiefel gegen das Kabel geschleudert, und in der ganzen Straße war der Strom ausgefallen, ein Flegel, ein Nichtsnutz, die Stiefel hingen immer noch da und schaukelten im Wind, dabei war die Erziehung der Kinder so teuer, der Bekloppte, der zehn war, konnte noch immer nicht lesen, ob er wirklich in die Schule ging, er zog sein rechtes Bein nach, was soll's, das war angeboren, noch ein Blick in den Schuppen, und Pastor Jeremy würde eine Brieftasche finden, einen Ledergürtel, der Bekloppte oder Carlos, war er bei den Touristen nicht für seine flinke Hand berüchtigt, in der Besserungsanstalt würde bestimmt kein Boxchampion aus ihm, man müsste ihn zu diesen weißen Bauern in Atlanta schicken, das würde ihn ein bisschen mäßigen, es würde Prügel setzen, falls er nicht spurte, die gekonnt da hinaufgeschleuderten Stiefel, ja, Carlos war kräftig und muskulös, Pastor Jeremy reckte stolz die Brust, schließlich war Carlos nicht irgendwer, der Pastor hatte sein Huhn wieder eingefangen, das ihm aus der aufgeschlitzten Gurgel in die Hand blutete, zwischen ein paar rötlichen Federn, Pastor Jeremy würde seiner Frau nichts von den Fahrradketten sagen, an einem Sonntag sollte man ausspannen, Ball spielen im Hof, baden im Ozean, und die Kleinsten lernten unter der Obhut der Mutter das Laufen im Sand der Strände, und plötzlich erinnerte sich Pastor Jeremy, dass ihm der Zugang zu den öffentlichen Stränden lange untersagt gewesen war, er sah wieder vor sich, wie er an den Feiertagen Erde in Lastwagen beförderte, der Lastwagen fuhr fast geräuschlos durch die Stadt, während der Sonntagsmahlzeit der Weißen, die hinter dem Tüll der Veranden versteckt waren, vor den Mücken, der Lastwagen, auf dem, schien es, wie mit zusammengeketteten Füßen auf einem Karren, fünf schwarze Jungs mit zerzaustem Haar und fleischigen Lippen standen, ihre Augen, tief in den Höhlen, schienen traumlos. Und Jacques dachte an diese Frau, die ihn in ihrem Auto hergebracht hatte, warum hätte das von seinem Tod kündende Gesicht verführerisch, tröstlich, mütterlich sein sollen, vielleicht legte sich dieses Gesicht über das der Krankenschwester, die bald kommen würde, für die palliative Pflege, wenn er zu schwach wäre, um alleine zu essen; aus seinem leidgeprüften Blut, das allenthalben Panik verbreitete, und Tod, würde kraft unzähliger Transfusionen die Wonne des hellen, gereinigten Bluts sprudeln, wie damals, als Paul sein Gesicht mit dem Brunnenwasser erfrischt hatte, das laue

Wasser auf seinen Schläfen, warum hätte das von seinem Tod kündende Gesicht sanft und lindernd sein sollen, und doch schien sie ihm zu sagen, wie jene Frau, die ihn gefragt hatte, ob er sich auf dem Rücksitz im Auto, zwischen den Kissen, wohlfühle, ich bin der liebenswürdige, gezähmte Tod, ich berausche mich mit Dir an den Düften Deines Gartens, an der Glut seiner Farben, am Grün der Pflanzen und Blätter, ist er nicht noch prachtvoller als gestern, welche Fülle rings um Dich, und Jacques dachte an all die Morgen, an denen er aufgewacht war, den Körper gespannt nach fiebrigen Entdeckungen, sein Geschlecht aufgerichtet, triumphierend, in Erwartung von Tanjous Küssen, des wollüstigen Körpers, der sich an ihn schmiegen würde, doch so wie er in Pakistan für Tanjou entbrannt war, hatte er plötzlich nicht mehr gewusst, was er mit ihm anfangen sollte, auf dem Campus der Universität, oder bei seinen Forschungsarbeiten, mit der ihm eigenen Professionalität, wenn er sich an die Professoren seiner Fakultät wandte, der Fakultät für Literatur und Fremdsprachen, hatte er nicht an alles gedacht, als er einen Beruf gewählt hatte, bei dem er viel herumkommen würde? Mit seiner autoritären Stimme hatte er Tanjou befohlen, in sein Land zurückzukehren, welche Bedrohung, welche Qual, plötzlich Gott um sich schweben zu spüren, das war, dachte er, die Herrschaft der Liebe, die erbitterte Herrschaft eines uns fremden Menschen, waren die Briefe des pakistanischen Studenten nicht von derselben verräterischen Hand, die so innig liebkost, gestreichelt, geliebt hatte, in Schnipsel zerrissen worden, indem er Tanjou verstoßen, seine leidenschaftlichen Briefe unbeantwortet gelassen hatte, kostete er von jener feigen Wonne, die er bei Kafka so streng verurteilte, trotzdem, es war, als hätte sich ein Fingernagel in die Fasern seines Panzers gebohrt, ihn zur Reglosigkeit verdammt, auf dem Boden ausgestreckt, wie Kafkas wimmerndes dickes Insekt, ertrug sein Rücken die Kränkung der verfaulten Äpfel, erleichtert und mit Tanjous Abreise von der Liebe geheilt, zornig, dass der göttliche Fingernagel, mitten in seiner plötzlichen Heilung, über seine Wirbelsäule gefahren war, starb er nun an der gleichen Liebe, und was für eine Bedrohung, Gott um sich schweben zu spüren, wenn man wehrlos war, wie ein Bergsteiger, dessen Rücken im Sturz zerschmettert worden wäre, und Tanjou wiederholte in seinen unschuldigen Tränen, dann war ich also nur ein Objekt für Sie, ein Werkzeug Ihrer Lust? Sie lieben mich also nicht? Und Jacques antwortete kühl, so ist es eben, weiter kann ich nicht gehen, so bin ich eben, ich möchte in Ruhe gelassen werden, die feige Wonne machte sich breit, dachte er, als Tanjou seine unversiegbaren Tränen vergoss, sollen sie doch fließen und rinnen, dachte er, und schauderte abermals bei dem Gedanken an die grausame Lust, die er verspürt hatte, beim Anblick von jemandem, ja, eines liebenswerten Menschen, der ihm diesen Triumph verschaffte, an der Liebe zu ihm zu leiden. Dann neigte Jacques den Kopf zur Seite und dämmerte weg, während er sich fragte, ob er die Kraft haben würde, alle seine Träume zu notieren, da seine Hand ein bisschen zitterte; und er sah sie wieder, plötzlich war sie neben ihm, spätnachmittags, es gewitterte und die Wellen waren turmhoch, die Frau mit dem von seinem Tod kündenden Gesicht hatte sich verändert, die Eleganz dieser Person, am Steuer ihres Autos, war nun schwerfälliger, nachlässiger, eine gewöhnliche Frau, die malte, sie saß auf einem Felsen, am Wasser, und trug noch ihre Strandschuhe, weiß mit flachen Sohlen, eine perfekt sitzende gelbe Hose, ihre feinen Züge verschwanden jedoch unter dem grotesken Hut, der sie vor der Sonne schützte, sie zeichnete oder malte, ohne Jacques zu beachten, der mit seinen täglichen Übungen am Strand begonnen hatte, ja, verausgabte er sich nicht in vergeblichen Verrenkungen auf den Steinen dieses Strands, an den nur Hunde kamen, sein Gehüpfe an dem mit stinkenden Fischschuppen übersäten Strand würde sie bestimmt anlocken, und sein Geruch, sein irritierender Geruch, die Frau zeichnete auf einen blau-roten Zeichenblock mit der Aufschrift Kommt dringend, sie zeichnete und malte ohne System, ohne irgendwo hinzuschauen, Jacques befürchtete, sie könnte ihm das Gesicht zuwenden und ihn in seiner demütigenden Position sehen, dann wachte er auf, Mac war von einem Baum auf seinen Schoß gesprungen, Jacques kraulte Macs orangefarbenes Fell, seine mageren Flanken, und fragte, ob die Kätzchen unter den Oleandern seine seien, was hatte er sich denn da wieder geleistet, er, der Schrecken der Hähne aus der Rue Bahama, in seiner Abwesenheit, die Traube rötlich getigerter Kätzchen, wie Mac, räkelte sich wohlig in der Sonne, beschütze sie, Du Rabenvater, sagte Jacques, man tritt unter dem Laub ja fast auf sie drauf, alle Weibchen haben sich im letzten Winter vor Dir gefürchtet, und diese dämlichen Kätzchen, bald fährt der Schädlingsbekämpfer mit seinem Gasstrahl unter die Fundamente der Häuser, was habt Ihr eigentlich im Kopf, und während er mit Mac spielte, ihn bis aufs Blut reizte, wohl wissend, dass Mac ihn nicht beißen würde, weil er zu glücklich war ihn wiederzusehen, ekelte er sich vor seinen abgezehrten Armen und Händen, die angenehme Bewunderung, die er so oft für sich empfunden hatte, würde sich also nicht mehr einstellen; warum stand er dann nicht auf, die salzige Luft des Ozeans hätte ihm gutgetan, diese ungezwungenen Spaziergänge, die ihn immer wieder belebt und gestärkt hatten, nein, es würde sie in dieser Welt nicht mehr geben, diese Stunden beglückter, träumerischer Entspannung, an den Ufern eines Meeres, eines Ozeans, letztes Jahr, war es womöglich eine Vorahnung gewesen, hatte er mitten auf dem Ozean ein schwarzes Segelschiff, ein Segelschiff mitsamt seiner Besatzung, erblickt, hat man so was schon gesehen, ein schwarzes Segelschiff?, hatte er zu seinen Freunden gesagt, die unerbittliche Vorahnung war plötzlich konkrete Wirklichkeit, es war das bis nach Hause, über die Schwelle des Gartens beförderte Krankenhausbett, sogar der Scheitel, der seine Haare trennte, wurde immer lichter, dachte er, und der Richter ging in die Lobby hinunter, durch die er ins Hotelkasino gelangte, und dachte, dass für die Zuhälter vielleicht ein Jahr gereicht hätte, aber bei den anderen, den Dealern, musste das Netz zerschlagen werden, an der Rezeption wartete ein Telegramm auf ihn, er würde es später lesen, Renata, er dachte nur an Renata, mit einer impulsiven Bewegung hatte sie noch einmal kehrtgemacht und ihn geküsst, was sagte man da, die Hotelangestellten hätten sich beim Frühstück geweigert, ihre Gäste zu bedienen, man habe gesehen, wie sie sich, unter dem dräuenden feindseligen Argwohn, im hinteren Saal an dem üppig gedeckten Tisch selbst bedienten, Renata billigte diesen Aufstand, solche Streiktage, Claude hatte ihr geraten, ihre Zunge im Zaum zu halten, immer auf Seiten der Gedemütigten, er sagte zu seiner Frau, sie sei wie ein Wild, das den Jäger wittert, wie die Turteltaube, die das Knistern des Schrots im eigenen Flügelrascheln spürt, Claude, der früher oft mit seinem Vater auf Jagd gegangen war, sagte, der Jäger holt sie mit einem Flintenschuss vom Himmel, meist aber tötet er sie nicht, sie zuckt lange im Gras, und ihr noch ungetrübtes Bewusstsein spiegelt den Himmel in einem blutigen Schleier, sie hört das Lachen der Jäger in der Ferne, und die Schläge ihres langsamer werdenden Herzens, doch Renata war schon nicht mehr bei ihrem Mann, er sah sie in der Spielbank zwischen anderen Spielern, eine Gruppe von Asiaten, die in dickem Qualm Zigarren rauchten, und Renata schien ihm in diesem Milieu, in dem sie nachts verkehrte, fehl am Platz, mit ihrer breiten, von einem fahlen Licht beschienenen Stirn, ihrer geheimnisvollen, an Kälte grenzenden Vornehmheit, dieser selbstbewussten Schüchternheit, mit der sie aneckte und gleichzeitig die Männer anzog, dachte Claude, dabei waren ihre Augen starr, sie schien mit unversöhnlicher Miene zu spielen, vermeintlich hoch konzentriert, er bezweifelte das, Renatas Bewusstsein, dachte er, schweifte ständig ab, in unergründliche Winkel, der Verurteilte aus Texas, sie würde ihn immer wieder auf ihn ansprechen, als er in ihrer Nähe war, drehte sie sich zu ihm um und lächelte ihn an, er spürte den lauen Luftstrom, ihren nach Whisky duftenden Atem, während die Spielmarken über den grünen Teppich auf Renata zurollten, er dachte, diese nächtlichen Stunden unter den Männern sind ihre Sache, genau wie ihre obskure Leidenschaft für das Spiel, den Alkohol, aber wie hasse ich den Rauch dort, mit der 17 hatte sie den Einsatz verdoppelt, die Spielmarken türmten sich vor ihr, sie hatte es offenbar nicht eilig, sie an sich zu nehmen, um dem Zigarrenqualm ihrer Mitstreiter zu entfliehen, ging sie an die Bar, und plötzlich sah der Richter, dass dort, wo Renata gespielt hatte, nichts mehr war, die Spielmarken waren verschwunden, und ein Mann mit offenem Hemd über dem nackten Oberkörper hatte Renatas Platz eingenommen, ein armer, heruntergekommener Antillaner, direkt von der Straße, in wenigen Augenblicken würde er über eine gewaltige Geldsumme verfügen, die ihm nicht zugedacht war und die er sofort wieder verlieren würde, in dieser Verzweiflung, die ihn dazu trieb, hier Nacht für Nacht seinen Hungerlohn und sein Leben aufs Spiel zu setzen, und was, wenn Renata mit ihrer hochmütigen Gleichgültigkeit, oder war es eher Überdruss, Langeweile, irgendein Motiv ihrer oft zu wohltätigen Leidenschaft, überlegte Claude, für den Niedergang dieses Mannes verantwortlich wäre? Er rührte sich nicht, war wie gebannt, wusste, dass Renata den dreisten Diebstahl der Spielmarken auf dem grünen Teppich gesehen hatte, und hatte sie nicht auch gewusst, dass der armselige Antillaner, durch ihr Verschulden, unvermittelt zum Opfer eines furchtbaren Zufalls wurde, des gleichen Zufalls, der ihm die Last seiner Armut hätte nehmen, ihn reich machen können, diese unergründlichen Leidenschaften der Frauen, dachte Claude, was suchte sie hier, in dieser für ihn unerträglichen Atmosphäre, Ruhe oder Erkenntnis, hatte sie ihm das nicht gesagt, den Eindruck ihrer eigenen Sterblichkeit, seit ihrer Krankheit, und weckte Renatas Auftreten, das aus Abstand, einer gleichzeitig brüsken und ätherischen Distanz bestand, in ihm nicht Gefühle des Versagens, ja, des Verlassenseins, zeigte sie ihm nicht, wie sehr ein jeder ständig mit gefährlichen, guten oder verwerflichen Trieben, konfrontiert ist, die private Hölle der Verbrecher war voll davon. Er sah Renata im Halbdunkel der Bar rauchen, von hinten, auf einem Hocker sitzend, mit übereinandergeschlagenen Beinen, stimmte es, was sie in der Morgenzeitung gelesen hatten, dass dieselben streikenden Angestellten die Hunde der Weißen in ihren Villen abgeschlachtet hatten, sie waren vergiftet worden, der Richter spürte das kalte Feuerzeug an seinen Fingern, was würde er lesen, wenn er das Telegramm öffnete, würde man ihm mitteilen, dass sein Anwesen verwüstet, zerstört worden war, das Gewächshaus mit dem stolzen Panoramablick über die Stadt, die Welt wurde von gefährlichen Trieben beherrscht, morgen würde er abreisen, wie von seiner Sekretärin geplant, sein Ticket wartete schon am Flughafen auf ihn, er musste dringend zurück, Renata würde ihre Rekonvaleszenz ohne ihn bei ihrem Neffen Daniel und ihrer Nichte Melanie fortsetzen, die Wärme des tropischen Landes würde ihr guttun, der Richter spürte das kalte Feuerzeug und Goldetui an seinen Fingern, sie war geheilt, durfte jedoch nicht mehr rauchen, wusste sie das denn nicht, er sah ihre einsame Gestalt, ihre breite Stirn, im Schein der Lampen, vor dem schwarzen Samt, mit dem die Wände bespannt waren, er würde ihr bald von seiner Abreise erzählen, hatte sie ihm nicht sein zu strenges Urteil vorgeworfen, das Risiko eines Rachefeldzugs, offenbar zögerte Renata, sich zu den lärmenden Paaren im beleuchteten Bereich der Bar zu gesellen, wo Musiker direkt am Meer Jazz spielten, während sich diese Nachtschwärmer, die dekadenten Paare aus den Bade- und Kurorten um ihre strotzende Gesundheit sorgten, dachte der Richter, verwesten in der Wüste Leichen, dieser Januarkrieg nahm kein Ende, und wie waren die bewaffneten Dealer in das Haus eingedrungen, offenbar war kein Verlass auf die Bediensteten seines Vaters in ihrem Häuschen, Renata machte ein paar Schritte, blieb neben einem betrunkenen Mann stehen, der seine Frau ans Klavier presste, um sie zu küssen, der Mann lachte plump, die Frau trug ein tief ausgeschnittenes Kleid, an dem ihr Mann die Schleife gelöst hatte, lachend und scherzend scharten sich weitere Paare ums Klavier, um die Frau, Renata ging allein auf die Terrasse, unter den Sternen sah man eine Lagune am Meer, wo von barbarischer Zauberhand Raubvögel erschienen, denen ein Flügel fehlte, eine Schildkröte, die sich mühsam auf die Vorderbeine stützte und gegen den Strom schwamm, war dies, dachte Renata plötzlich, die Verkörperung des ohnmächtigen tierischen Leids, sie hörte Satzfetzen, die durch den Lärm zu ihr drangen, vermeinte leicht dahingeworfene, aber besudelte Worte zu hören, was hieß es da, lachend und scherzend, sie sei schön, sie sei haltlos, she looks like a wandering Jew, diese Turteltaube, von der ihr Mann ihr erzählt hatte, war dem Schuss des Jägers nicht sofort erlegen, was hieß es da, lachend und scherzend, sie hatte nichts gehört, sie griff sich an die Stirn, irritiert von dem geschärften Bewusstsein, das über sie gekommen war, sie sagten, der Verurteilte aus Texas sei auf dem elektrischen Stuhl gestorben, umso besser, sie seien froh drum, sagten sie, sie lachten, sie scherzten, während der langen Tage von Renatas Rekonvaleszenz, dieser Gedanke durchfuhr sie plötzlich, wurden in Europa, in den Vereinigten Staaten, bis zum Gehtnichtmehr jene Prozesse wiederaufgenommen, in denen ein paar Greise angeklagt wurden, die vielleicht diesen hier glichen, deren schändliche Vergangenheit in einem neuen Land, mit einer neuen Staatsbürgerschaft vertuscht worden war, hinter einem so unauffälligen Beruf wie Zimmermann oder Klempner, Einwohner der Stadt Milwaukee wie unzählige andere, anderswo würden sie im Hinblick auf ein Gerichtsverfahren ausgeliefert, was tun mit diesen erschlafften Henkern, mit den noch immer unter uns weilenden Folterknechten, sollte man sie nicht in einsamen Gerichtsverhandlungen wegsperren, allein mit der unerträglichen Klage ihrer verwünschten Hirne, Renata überlegte, dass sie trotz ihrer beruflichen Stabilität der letzten Jahre eine Vagabundin auf der Flucht vor ihrem Schicksal, vor der Stellung der Frau war, die ihr manchmal so bedrückend schien, ein Fluch, seit Jahrhunderten dem Fleisch der Frauen einbeschrieben, würden sie eines Tages alle die letzte Erlösung von so viel Unrecht erfahren? Plötzlich hatte sie, in diesem Moment äußerster Verwirrung, das Gefühl, dem Blick ihres Mannes zu begegnen, er sah sie mit seinen dunklen, sanften Augen an, brachte er ihr nicht mit entspannter Miene das Feuerzeug, das Goldetui, der Lärm am Klavier war verstummt, die Musiker packten im Halbdunkel der Bar ihre Instrumente ein, nur schwach war das nächtliche Raunen der Wellen zu hören. Und den ganzen Tag lang hatten sie gemeinsam gesungen und auf dem Holzfußboden der Kirche getanzt, das Lob Gottes gesungen, auf die nahende Stunde Seines Ruhms, hatte der Pastor mit donnernder Stimme gerufen, die noch lange in der lauen Morgenluft nachhallte, die Mädchen stets vorweg, mit ihrem krausen Haar, ihren harten Lippen, am Ende des Gottesdienstes waren die Kirchentüren geöffnet worden, alle hatten auf der Straße gesungen und getanzt, in sämtlichen Kirchen hörte man die Trompeten des Herrn, in der Nouvelle Vie du Tabernacle hatte man für die Kranken gebetet, und in der Sainte Trinité hatten die Schüler furchteinflößende Bibelstellen zitiert, die sie in der Bibelstunde gelesen hatten, in jener Zeit der Buße, war diese Kinderbetreuung während des Gottesdienstes bei den Lutheranern nicht anstößig, dachte der Pastor, zu viel Komfort auch bei den Presbyterianern, was war davon zu halten, wo der Herr doch für die Sünden der Menschen, für ihr Heil, am Kreuz gestorben war, und dann die Episkopalen mit ihrer aus Stein erbauten Kirche, viel zu weitläufig, in diesen Gemäuern ließ es sich nicht gut beten, waren sie nicht zu streng mit ihren Liedern, die von ältlichen Fräuleins gesungen wurden, ja, und in den Bahai-Tempeln, beteten die Leute dort zu dem wahren Gott, wir lieben Dich, oh Gott, in der Angst vor den Flammen und der Hoffnung auf das Paradies, kommt, kommt nur herein, Ihr alle, jeder ist ein Ehrengast, hatte der Pastor vor seiner bescheidenen Kirche, wo man die Hühner gackern hörte, gesagt, den ganzen Tag lang hatten sie getanzt und gesungen, in der Kirche und auf der Straße, und überall, in sämtlichen Gotteshäusern hatte man die Trompeten des Herrn gehört, bangend und zitternd, und nun sank die Sonne über dem Meer, Mama sammelte die mit Sauce und braunen Bohnen verkrusteten Teller ein, im Gestrüpp des Gartens schrillte ihre durchdringende Stimme Carlos in den Ohren, der sich auf die Straße retten wollte und den Mama wieder an sich drückte, an ihre schweren, wutschnaubenden Brüste unter dem blasslila Baumwollkleid, ihrem Sonntagskleid, das tief an ihren Beinen, den stämmigen schwarzen Beinen, hinunterreichte, unter den weißen Schuhen das gelbliche Gras, der ganze überbordende Zorn kreiste um Carlos, der ihn verscheuchte, während er seinen Fußball umklammert hielt, die Schlösser, die Fahrradketten, zeterte seine Mutter, der Herr erbarme sich unser, und es hagelte Ohrfeigen auf Carlos' Wangen, auf seinen kräftigen, gebeugten Nacken, Du willst wohl so enden wie die Brüder Escobez in der Rue Esmeralda, hä, willst Du so enden wie die, und im Dröhnen der Schläge, die auf seine Schläfen hämmerten, hörte er plötzlich, als quollen diese glasklaren, gesonderten Laute nur für ihn aus der Erde, das Zirpen der Grillen und das Plätschern der Wellen ringsum, er sah den Heiligen Hochwürden mitten am Himmel auf einer Wolke stehen, er wirkte besorgt, denn er tupfte sich mit seinem Taschentuch die Stirn, mit seiner tiefen Stimme sagte er, Carlos, ich hatte einen Traum, und er war für Dich, mein Sohn, was ist passiert, aber die Fernsehwerbung verblasste rasch hinter einer anderen, der mit dem Vanilleeis, das Carlos essen sollte, schon seit Ewigkeiten sprach der Heilige Hochwürden mit Carlos, stand in seiner, dicht am Herzen mit scharlachroten Flecken besudelten Toga auf einer Wolke, manchmal weinte er, was habe ich nicht alles für Dich getan, mein Sohn, und Du schnupfst die ganze Zeit nur Kokain mit den Bösen Negern, erinnerst Du Dich an die vierunddreißig schwarzen Panther, die auf den Straßen von New York getötet worden sind, nein, denn Du magst dieses Vanilleeis, das die Weißen herstellen, denn das Licht, mein Sohn, ist auch der Blitz, und unter die tiefe Stimme des Heiligen Hochwürden am Himmel, unter das Zirpen der Grillen und das Plätschern der Wellen mischte sich das Tap Tap eines schwarzen Orchesters, das Carlos über die Handelsmarke des Vanilleeises aufklärte, das er pflichtschuldig essen sollte, Tap Tap, und zu den rhythmischen Klängen des Tap Tap tanzte er von einem Fuß auf den anderen, schlenkerte unter den Schlägen seiner Mutter mit dem Kopf hin und her, in einer langsamen, unendlich trägen Bewegung, und dann, ganz allmählich, gab sich das Dröhnen in Carlos' Schläfen, die feste Hand, die ihn in einem so mächtigen Krampf geschüttelt und geohrfeigt hatte, sank schlaff an dem blasslila Kleid herab, Carlos griff wieder nach seinem Ball, der ins Gras gerollt war, die Hand seiner Mutter legte sich fest und ruhig auf Pastor Jeremys Schulter, es sei Zeit, Deandra und Tiffany ins Bett zu bringen, sagte der Pastor zu seiner Frau, wann würden sie endlich den alten Eisschrank im Hof abstoßen, und den Weihnachtsbaum mit den durchgeschimmelten Girlanden, ach, das könne gut noch ein paar Monate warten, warum sollte man heute tun, wofür gestern keine Zeit gewesen war, wenn es auch morgen noch ging, und Carlos rannte und hielt den Ball fest an die breite Brust gepresst, denn er durfte nicht zu spät zum Spiel kommen, und auf seinem Weg wurden Fahnen entrollt, wurden voll religiöser Inbrunst patriotische Lieder angestimmt, die Carlos anspornten, denn hörte er nicht diese Worte, die nur ihm galten, es lebe Carlos, es lebe das Vanilleeis, es lebe der Champion seines Teams, denn auch Carlos hatte einen Traum, er würde der Größte und der Stärkste sein. Und warum zankten Luc und Paul in der Küche miteinander, das leichte Knistern der Eiswürfel im Mineralwasser hatte Jacques von ihrer Rückkehr unterrichtet, stritten sie nicht über die Diät, die er einzuhalten hatte, heute Abend Reis und

Rotbarbenfilet, er betrachtete das eng beschriebene Heft
mit der feinen und gedrängten, zunehmend unleserlichen
Schrift, Reis, Fischfilet, Luc und Paul haben meinetwe-
gen gestritten, ein Freund hat mich aus Kalifornien angerufen, diese Phase geistiger Ermattung bei Kafka, war
das um den 5. März 1911 herum? Mein Sehvermögen ist
immer noch ausgezeichnet, in der Regel geht es mir gut,
und folgsam hatte Jacques sich dem Zwang der Mahlzeiten unterworfen, die seine Leber und sein Magen nicht
mehr bewältigten, ja, war angesichts der dampfenden
Schüssel Reis, die Luc ihm hingestellt hatte, nicht ein be-
schämendes Gefühl über ihn gekommen, ein Gefühl von
Dankbarkeit vielleicht, denn man kümmerte sich um ihn,
man wusch ihn morgens, man badete ihn abends, diese Rei-
nigungs- und Pflegerituale wurden zum blanken Hohn,
dachte er, wenn man sein Bett frisch beziehen wollte, ihn
unvermittelt der verblüffenden Kühle seines nackten Körpers aussetzte, bevor man ihm für die Nacht die saugfähi-
ge Einlage unter dem Schlafanzug aufnötigte, und dann
stiegen, wie an jenem Abend, die Gefühle verdrossener
Dankbarkeit, ja, auch gesunder Wut in ihm auf, es wurde
Zeit, dass Gott sich seiner erbarmte, dass diese abscheuliche Komödie ein Ende fand, denn würde er mit seinem
missmutigen Wesen, diesem Wesen, das Tanjou ihm so
oft vorgeworfen hatte, mit all seinem Verstand, seinem
bösartigen Scharfblick in die Sterbephase eintreten? Sie
aber nahmen aus seinen Händen den unberührten Teller
entgegen, schoben für ihn die Kassette des Films, den er
sich gewünscht hatte, in den Videorekorder, und für sie

stellte er dieses stolze Lächeln zur Schau, das Blitzen seiner weißen Zähne unter dem dünnen Oberlippenbart, der, vor seinem Abschied von der Universität, noch vom Friseur gestutzt worden war, für sie, dachte er, lebte er noch, denn er konnte sich nicht losreißen von der unerklärlichen Anbetung all ihrer Gesten, nichts schien ihm unerklärlicher als diese männliche Jugend, die ihn überleben würde, mit ihren launischen, unbeholfenen Sehnsüchten, der Erhabenheit jener Sehnsüchte, der Schönheit ihrer Sexualität, während er sich so erniedrigt fühlte; er nahm Lucs Hände in seine und sagte ihm mit einem Seufzer, Ihr müsst ausgehen, in die Diskothek, ein bisschen Spaß haben Ihr beiden, und er fühlte sich befreit, als er sah, wie sie in ihren weißen Shorts ihre Inlineskates mit den glitzernden Rollen anzogen, um auszugehen, diese Nacht mit ihrem seidigen, freizügigen Funkeln, in den Bars, an den Stränden, gehörte allein ihnen, dachte er, ihren straffen braunen Körpern in den weißen Shorts, diesen Körpern, die noch unter den kalten Wassertröpfchen der Dusche fröstelten, draußen, diese Nacht gehörte ihren einsamen oder geteilten Freuden, dem Begehren, das sie hinter ihrem keuschen, zurückhaltenden Auftreten so gut zu beherrschen schienen, mit ihren in die weißen Shorts geschmiegten Oberschenkeln, ihren Hintern, dem harten, brennenden Geschlecht unter dem Reißverschluss der Shorts, doch kaum wären sie auf den Fahrbahnen der Straßen, würde ihr schillerndes Kleid wie das seltener Vögel alle Blicke auf sich ziehen, die Neugier des einsamen Mannes wecken, wie Tanjou damals, als er auf seinen Inlineskates mit kreisenden Hüften über die Tanzfläche auf Jacques zugeglitten war, in seinem kurzen, dichten Haar ein grünlich glitzerndes Band, und als er an Tanjou dachte, an die unsägliche Süße seiner Hingabe, tauschte Jacques die Kassette von *Amadeus* gegen einen erotischen Film aus, den er in seiner Nachttischschublade aufbewahrte. Und glichen sie nicht, sie und Claude, dachte Renata, auch wenn sie plötzlich wieder zusammengefunden hatten, nah beieinander, angelockt von den Gerüchen einer duftenden Nacht am Meer, einem flüchtigen Paar, das sich rasch in der Enge eines Hotelzimmers liebte, vor einem Abschied, einer Trennung, mit fiebriger Heimlichkeit, ein Spiegel an der Zimmerdecke hatte, während sie einander küssten und umschlangen, ihre verwegenen Wünsche reflektiert, und plötzlich, in der stillen Nacht, warf der Spiegel ihnen das Bild ihrer hilflosen Körper zurück, unbeweglich inzwischen, erstarrt in der gleichen Wohligkeit, Renata erinnerte ihren Mann an die Gefahren, die ihm drohten, er sei ein unbegreiflich kühner Mann, sagte sie, Claude wehrte sich, die Dealer hätten mit ihren explosiven Gemischen nur die gläsernen Wände des Gewächshauses zur Überwinterung tropischer Pflanzen zerstört, sie habe den Luxus dieses Gewächshauses doch nie gemocht, wiederholte er, und während sie miteinander sprachen und ihre Gesichter streichelten, seines, und ihres, sah Renata erneut das vulgäre Pärchen vor sich, das neben dem Klavier in der Bar heiser schrie, ihr Bewusstsein spiegelte plötzlich all die trostlosen nächtlichen Erscheinungen wider, da war auch dieser zahnlose Greis gewesen, der hinter den verstaubten Ladentischen einer Buchhandlung in der Stadt vor sich hin dämmerte, der ihr mit resignierter Miene sagte, nehmen Sie sich das Buch, das Ihnen gefällt, Madame, ich selbst kann nicht lesen, ich verkaufe nur Bücher an Schüler, und da hatte sie ein hohles Durstgefühl empfunden, ein so unbezwingbares Gefühl, dass sie sich zu einer Touristin umgedreht hatte, die aus einem Pappbecher Limonade trank, die Touristin schien ungeniert über ihre Schulter hinweg zu lesen, während sie mit einem Strohhalm gierig das Getränk schlürfte, und nun durchtränkte der Durst, die aufdringliche, ihre Schulter streifende Anwesenheit die Verse von Emily Dickinson, die sie in der überheizten Luft der Buchhandlung gelesen hatte, Because I could not stop for Death, He kindly stopped for me, The carriage held but just ourselves and Immortality ... denn diese, in einer anderen Sprache verfassten Worte bargen ein dichtes Rinnen von Erinnerungen, von lebhaften Gefühlen, die Renata in diesem Augenblick empfand, als hätte sie, während sie von schwarzen Schülern angerempelt wurde, während eine Fremde, an ihre Schulter gepresst, eine Zitronenlimonade trank, sie auf den Geschmack brachte, ihr Lust machte, in sich, unter dem Schweiß auf ihrer Stirn, die Offenbarung kommen spüren, auf die sie seit ihrer Rekonvaleszenz wartete, hier, an einem Ort, wo, hatte sie zu ihrem Mann gesagt, sie sich fühle wie in einem Zwischenreich, diese Offenbarung des Verzweiflungszustands, der sie seit jenem Tag erfüllte, als sie zum letzten Mal zu rauchen geglaubt hatte, im Gang eines desolaten Krankenhauses in

New York, in jenem Augenblick, da der Tod, wie in dem Gedicht von Emily Dickinson, nicht innegehalten hatte, sie allein gelassen hatte mit der Blässe seines Vorübergehens und dem unvergesslichen Geschmack der letzten Zigarette, dieser verbotenen äußersten Köstlichkeit, die künftig der materiellen Unsterblichkeit der Dinge angehörte, denn, dachte sie, dieses »just ourselves and Immortality« war womöglich nichts anderes als die Gesellschaft der Gegenstände, von denen sie sich nur so schwer trennen konnte, die Zigaretten, das Etui, das goldene Feuerzeug, diese hohlen Durstgefühle, die an das Schmachten der Liebe denken ließen, rings um diese Gegenstände, an die sie sich mit der ganzen Beharrlichkeit ihrer Sinne klammerte, denn nichts auf der Welt hatte ihr einen solchen Genuss bereitet wie die letzte Zigarette, so sehr, dass sie unzählige Male immer wieder die Zigarette an die Lippen geführt, genießerisch an ihr gezogen hatte, in einem zugleich erschrockenen und köstlichen Beben des ganzen Körpers, denn plötzlich war sie einer Verzweiflung ausgeliefert, die sie unwiderstehlich nach dem greifen ließ, was ihre einzige Unsterblichkeit auf Erden zu sein schien, die Unsterblichkeit ihrer, von der gleichen herrlichen und erschreckenden Regeneration begleiteten Freuden, obgleich sie wusste, dass das Gefühl einer Unsterblichkeit in ihren Freuden etwas Vergängliches war, überlegte sie, ob sie sich noch lange ebenso deutlich an die Empfindung des flüchtigen, für einen Augenblick an ihren Lippen hängenden Todes erinnern würde, wäre ihre Entschlossenheit davon gestärkt oder geschwächt, wenn sie nach ihrer Rückkehr ihre Klientinnen vor Gericht vertreten würde, oder würde sie diese Besessenheit der letzten Zigarette vergessen, die wirklich die letzte hätte sein können, die unendlich Köstliche, in ihrer Erinnerung jene, die sie in einem Krankenhausgang in New York geraucht hatte, oder diese andere, an der sie gerade genussvoll sog, den Schlaf ihres Mannes nutzend, um schnell am Fenster zu rauchen, das Tweedjackett, das er bei seiner Abreise tragen würde, heimlich über die Schultern geworfen, würde sie sich an die scheue Erscheinung in ihrem Zimmerspiegel erinnern, als sie im Schein der Lampe die lange, blasse Narbe rings um die entfernte Lunge gesehen hatte, auf der von der Sonne kupferfarben gefärbten Haut, hinter der heimtückischen Linie der vollkommenen, meisterhaften Narbe, hatte sie zum Chirurgen gesagt, verberge sich auch der letzte Atemzug, dann verscheuchte sie den Zweifel, den sie in ihren fragenden Augen, im Spiegel, gesehen hatte, griff mit einer abrupten Bewegung nach dem Goldetui, nach dem Feuerzeug, und spürte, besänftigt, den Geruch des feuchten Rauchs, den das Meer ihr ins Gesicht zurückwehte, an den Lippen, in die Nase steigen, diesen Geruch des warmen, feuchten und doch belebenden Rauchs, der vom Ozean kam. Und Jacques hatte seinen Schlafanzug ausgezogen, streifte von seiner abgemagerten Taille, seinem Bauch, seinen dem gleichen stummen Dahinsiechen geweihten Oberschenkeln unter seinem Schlafanzug den saugfähigen Slip ab, diese Windeln, in die Luc und Paul ihn mit hingebungsvollem, aber besorgtem Eifer gewickelt hatten, bevor sie in die Nacht ausgeschwärmt waren, ihn fröstelte, während die Abendluft in seine Brust strömte, endlich atmete er besser und erinnerte sich, dass er, in seinem Bett aufgerichtet, den rosigen Himmel zwischen den Kiefern gesehen hatte, den Widerschein der sinkenden Sonne auf der stillen See, den um diese Zeit menschenleeren Strand der Militärs, das Fußballspiel war sicher vorbei, denn er hatte das Geschrei der Verrückten des Weges gehört, die den Kindern des Pastors mit einem Stein hinterherlief, und die Schritte von Carlos, der sich einen Weg durch die dornige Vegetation bahnte, hinter dem Stacheldrahtzaun, wo die eingesperrten Hunde heulten, mit dem quälenden Schrillen der Sirenen jagten die Polizeiautos durch die Stadt, und Jacques betastete diesen Bauch, diese Oberschenkel, befühlte mit Medizinerfingern das noch aufgerichtete Glied, musste er nicht wissen, auch wenn die Ironie einer solchen Neugier ihm zusetzte, wie stark er noch Lust empfinden, sich im Schatten einer so tiefen Trauer befriedigen, bis zum Schluss diese Wunder vollbringen konnte, die ihm seine erregbare, begehrliche Sinneslust ermöglichte, ja, es war nicht lange her, als er Tanjou zwischen den blauen Laken liebkoste, in jenem spätnachmittäglichen Halbdunkel, in das sie sich zusammen flüchteten, damals, als er mit Tanjous Schamhaftigkeit haderte, ihn beleidigt tadelte, hatte er, als er zum Studium hergekommen war, nicht den abstoßenden Moralismus Nordamerikas übernommen, und warum dieses inquisitorische Betteln in Tanjous Augen, war Jacques nicht ein freier Mann, was er mit seinen Nächten anstellte, ging nur ihn etwas an, er meinte den Jungen mit seinen Protesten und Tränen neben sich kämpfen zu spüren, die melodisch tönende Stimme zu hören, also lieben Sie mich nicht, also lieben Sie mich nicht, Jacques würde ihm müde die Stirn, die Augen, den Mund liebkosen, und warum diese Müdigkeit, ein unrechtmäßiges Opfer an die Jugend, womöglich hatte der Beigeschmack des verhassten Moralismus Tanjous sie entzweit, verwechselte der Junge nicht Sex und hehre Gefühle, welche Form hatte sein Gesicht doch gleich, Jacques' Finger glitten über Tanjous hervortretende Wangen, über seine prallen Lippen, die er zum Schweigen brachte, Jacques war ein freier Mann, man durfte ihm niemals Fragen stellen, in der Stille dieser eingeschlossenen Zimmernachmittage hörte man die Fliegen an die Rollläden prallen, das Surren eines Ventilators, und plötzlich die salbungsvolle Stimme des Professors, der proklamierte, dass der sexuelle Instinkt bei ihm wie eine Maschine funktioniere, ein Gerät seiner Träume, bei dem das Risiko die Lust erhöhe, Jacques erinnerte sich an seine trübsinnigen Worte, er stand auf und sagte zu Tanjou, wollen wir uns nicht einen meiner Filme anschauen, was meinst Du, er drehte am Knopf des Fernsehers herum, veränderte einen Bildkontrast, und Tanjou wandte, scheu und schamhaft, die Augen von diesen Jungen ab, von ihrer lasziven, allgegenwärtigen Unerschrockenheit, wie auch in dem Film, den Jacques heute schaute, jetzt, nun aber alleine; in den Parks, den Wäldchen, den Saunas sämtlicher Städte Europas und Amerikas krochen die hungrigen, durstigen Tiere aus ihren Höhlen, der in Tanjou schlummernde lethargische Löwe würde in rasender Eifersucht hochschrecken, was soll dieser, aus unserer Kultur übernommene unterschwellige Moralismus, sagte Jacques, und ich, ich liebe Sie, sagte Tanjou, er müsste wieder auf ihn zugehen, ihn in den Arm nehmen, mit einer leicht distanzierten Liebkosung beruhigen, vor allem aber fürchten, dass es stimmte, er, Jacques, einer jener Kafka-Spezialisten, mit denen man an den Universitäten nicht wusste wohin, ja, dass es stimmte, er, Jacques, der Unantastbare, wurde geliebt. Schnell floh er, während die Bilder des Films abliefen, in die Parks, die Wäldchen, in die Saunas, die er in Paris, New York, Hamburg, Berlin aufgesucht hatte, er floh die eheliche Bequemlichkeit jener Nachmittage, ausgestreckt neben Tanjou, im verschlossenen Zimmer, denn überall, an der frischen Luft wie in der verschmutzten der Bahnhofs- und U-Bahn-Unterführungen, erwartete ihn das Einvernehmen der ungebundenen Liebe, die sich nicht schenkt, Heerscharen unbekannter Körper erhoben sich plötzlich in den Parks, in den Wäldchen, in den Dampfbädern und Bars, diesen aparten Prostituierten, der am linken Ohr einen Ring trug, und den anderen, der ganz in Leder gekleidet aus dem Gebüsch auftauchte, ihn mit einer geschmeidigen Bewegung umkreiste und dann mit den Armen umfing, im Stehen, an einem Baum, würde er also nie wiedersehen, hatte er, wenn er nachts lässig durch einen Wald geschlendert war, rings um sich nicht das kostbare Wachen all dieser Körper gespürt, die ihn inzwischen vergessen hatten, wie sollte er leben ohne den säuerlichen Geruch ihrer streunenden, gefallsüchtigen Lippen, ohne ihre insistierenden Blicke in den Parks, den Wäldchen, den Saunas, den bis ins Morgengrauen durchmessenen geheimen Gärten, im Duft der Blätter wie im Schnee, bei der Heimkehr leicht berauscht von diesen rohen Leidenschaften, wieder erreichte ihn das dumpfe Stöhnen, das er gehört, oft miterzeugt hatte, in den Parks, den Wäldchen, den Saunas, in Paris, New York, Hamburg, Berlin, ein Fernseher trug seinen noch geschärften Sinnen das lachende, heißblütige Keuchen dieser Jungen zu, die das Feiern liebten, die Orgie, und die sich in ihren orgiastischen Freuden hätten abdichten sollen, dachte Jacques, mit dem schützenden Lichthof ihres Spermas, der sie umgab wie ein weißer, bläulicher Nebel, die Farbe ihrer Venen, denn jetzt hatte sich das unschuldige, gesellige Sperma mit Blut gefärbt, die Schutzschicht des Nebels behütete, beschützte sie nicht mehr, und sie zogen von der Welt, in der sie geboren waren, nur Hass und Leid auf sich, Furcht und Verachtung, die Parks, die Wäldchen, die Saunas in Paris, New York, Hamburg, Berlin waren leer, die Gebüsche ausgestorben, und war er, Jacques, mit seinem Glied in der Hand nicht genauso einsam wie diese fragilen Boote auf dem Wasser, von denen es im Radio, im Fernsehen, in verschlüsselten Satellitenmeldungen hieß, sie seien in Gefahr, obwohl er fast eine Gunst genoss, eine letzte Würdigung seiner Energie, erweckte ihn die leichte Erschütterung, die ihn erlöste, der laue Tau, der durch seine Finger, auf seine Oberschenkel rann, wieder zum Leben, dachte er jetzt, und ihm war, als hätten in dem Film, den er gerade gesehen hatte, wie auch im Leben, in jenen Jahren, wo jeder für eine Umarmung, einen Kuss, Schiffbruch erleiden, untergehen, das gekenterte Boot oder ein Gespenst seiner selbst wieder in den Hafen zurücksteuern konnte, als hätte sich in jenen verhängnisvollen Jahren der Prostituierte mit dem Ring am linken Ohr, an den er vorhin gedacht hatte, auch der ganz in Leder gekleidete Athlet, der ihn an einem Baum, im Regen, geküsst hatte, als hätten sie und andere Gestalten sich bereits in ihrem durchsichtigen Nebel aufgelöst, in den Wäldchen, den Saunas, den Parks in Paris, New York, Hamburg, Berlin, als wäre die Armee der Lust langsam ihren Verletzungen erlegen, und täte es noch immer, als steckte der Krieg erst in seinen Anfängen, mit verlorenen Menschenleben, die man schon nicht mehr zählte, und er dachte an diese Rosen, die sich, vor Einbruch des Winters, unter den seidigen, samtenen Blütenblättern im Inneren schwarz färben, an die eitrigen Läsionen auf seinen Armen, die seit seiner Ankunft von der Sonne gebräunt worden waren, und er meinte die Stimme von Pastor Jeremy zu hören, die immer wieder sagte, da kann man nichts machen, Professor, da kann man nichts machen, wenn das Öl in der Lampe schwindet, wird es Nacht, da kann man nichts machen, Professor, ich werde Sonntag, in der Kirche, für sie beten, und eines Tages werden wir das glückliche Tal erblicken, das Tal der Orchideen. Die lange, ruhige Straße, die im Mondschein zum Ozean führte, erstreckte sich vor Luc, der sich mit seinen Freunden am offenen Fenster einer Bar unterhielt, mit baumelnden Beinen, man fragte ihn, warum er nicht jeden Abend ausgehe, wie früher, und was eigentlich sein Freund mache, dieser gebildete, ein bisschen steife, manchmal arrogante Herr, man sehe ihn gar nicht mehr sein Haschisch rauchen, ganz alleine, an der Bar, Jacques, ja, wo er denn sei, bissig, lustig auch, unterhaltsam, attraktiv, man erinnere sich an seinen Geburtstag letztes Jahr Ostern, das sei immer noch Stadtgespräch, in diesem Stimmengetöse, der ohrenbetäubenden Musik, von einer Anteilnahme umgeben, auf die er sich in dieser Nacht nicht einlassen wollte, verspürte Luc das Bedürfnis zu gehen, mit einem Satz kurvte er in seinen Inlineskates auf die Straße und holte tief Atem, bevor er fast lautlos die Rue Bahama entlangfuhr, über den glänzenden Asphalt der Straße, hinauf auf die rissigen Gehwege, wo er in einem fast fließenden Tempo dahinglitt und über seinem Kopf einen Regen aus trockenen, dornigen Blumen spürte; betört vom Duft der Bougainvillea, der Magnolien und Akazien, die in dieser Jahreszeit blühten, griff er im Vorbeifahren nach einem Zweig mit den karminroten Blüten, biss ihn mit den Zähnen ab, ein wildes Geraschel, das eine Frau im Nachthemd auf den Balkon stürzen ließ, ist da jemand, rief sie, schon wieder einer dieser Junkie-Schwarzen, die Hunde, raus mit den Hunden, Luc war auf seinen Inlineskates schon auf und davon, spuckte unterwegs ein paar Blüten aus, endlich sah er das im Mond glitzernde Meer und ließ sich bis zum Pier treiben, in der grünen, neonfarbenen Spur seiner Skates, ihrer Schnürsenkel und Rollen, er lauschte dem Wellengang unter den Bohlen am Pier, wo die Schiffe bis zum nächsten Tag festgemacht hatten, blieb plötzlich mit düsterer Miene stehen, wollte er nicht eigentlich fort, bis nach Australien, dort, zusammen mit Paul, Bauer sein, Rinderhändler, Pferdezüchter, ein vor Gesundheit strotzender Landwirt, Familienvater vielleicht, alles, um die Unberechenbarkeit des Lebens zu vergessen, künftig galt es vor Jacques' Blicken die Flecken auf dem Laken zu verbergen, den austretenden, alles beschmutzenden bräunlichen Saft, den Geruch, doch diese eleganten Ozeandampfer, die Luc morgens im Hafen hatte anlegen sehen, steuerten bereits andere Inseln an, die Fischerboote, wie auch die leichten, am Pier aufgereihten Segelboote, für Touristensafaris, die das Spitzenwerk der mit der Farbe der Korallen verschmelzenden Unterwasserfauna gefährdeten, wäre jedes dieser Boote, dieser Segelschiffe, dachte Luc, mit dem Schatten seiner auf dem Wasser, unter dem Mond schwankenden Maste nicht bald eine auf die offene See treibende Behausung, eine Behausung, ein Heim, vielleicht seines, eines Tages, wo er sich, mit seinen Büchern, hinter den Vorhang seiner Kabine zurückziehen könnte, zu seinen Füßen ein Hund, in Gesellschaft einer treuen Liebe, täglich würde er mit Paul Haie und Delphine jagen, würde dem Feuerstreifen entkommen, dessen Grollen sie am Himmel hörten, war es das Geräusch des Blitzes, der direkt neben dem Haus in die Bäume einschlug, die Explosion einer Bombe auf dem Meeresboden, die nahenden Flammen alarmierten sie, sie schliefen nicht mehr, wer bewegte sich dort im tobenden Wasser immer weiter auf sie zu, auch in der Stille des Zimmers, wo der Kranke eingesperrt war und am Fenster seine kraftlosen Arme in die Sonne legte, an diesem Tag, als sie die Neuigkeit erfahren hatten, herrschte schönes Wetter, waren sie denn nicht bei einem Schriftsteller, der den späten Glanz seines Erfolgs feierte und sich einen Swimmingpool bauen ließ, obwohl es noch gar kein Haus gab, dort, an einem marmornen Becken, über ein Wasser gebeugt, das noch nicht vom Laub und den Überresten eines Sturms gereinigt worden war, hatten sie lachend ihre Martinis getrunken, als sie ihn plötzlich sahen, ihn hörten, und trotz des strahlend schönen Tages hatte Luc den Blitz gehört, der den Himmel zerriss, was sagte Jacques, der neben ihnen stand, leise, nur in Andeutungen sprach, was sagte er in seiner souveränen, aber gespielten Gelassenheit, während er mit bitterer Resignation seine blauen Augen auf sie heftete, eine schmutzige Angelegenheit, Freunde, damit muss bald, ganz bald, Schluss sein, sie hatten sein gezwungenes Lächeln gesehen, als Jacques sich plötzlich von den Gastgebern verabschiedet hatte, um nach Hause zu gehen, Luft und Himmel brannten an jenem Tag, mit einer brutalen Geste, die ihn plötzlich vom Rest der Welt zu trennen schien, hatte Jacques seine noch brennende Zigarette in den Pool geworfen, und wenig später hatte Luc ihn um die Straßenecke in der Nähe des Rosenfriedhofs biegen sehen, hatte Jacques nicht ein kurzärmliges blaues Hemd getragen, hellblau wie seine Augen, dessen Kragen über seinem kräftigen Rücken tief ausgeschnitten war; entschlossen, feindselig und einsam, würde er sich im Gehen nicht umdrehen, an jenem Tag hatte Luc das Grollen des am Himmel dräuenden Gewitters gehört, die finstere Musik schien aus ihm selbst zu dringen, hörte er sie nicht im Rauschen der Wellen unter seinen Füßen, am Himmel, wo eine Wolke den Mond verschleierte, die Abendbrise tobte in seiner Seele, dachte er, Luc und Paul würden lange leben, eines Tages würden sie ihre Freunde von den eleganten, täglich in ferne Meere aufbrechenden Ozeandampfern grüßen, es war spät, beflügelt von seinen Inlineskates, dem glitzernden Leuchten ihrer Rollen und Schnürsenkel, glitt Luc die Straße hinunter, er öffnete das Gartentor, das Jacques nie vor den Dieben verschloss, in seinem himmlischen Flug über die Straßen, die Gehwege, dem nächtlichen Rausch hingegeben, hatte Luc, beide Arme seitlich ausgebreitet, das Gefühl gehabt, Jacques entgegenzulaufen, um sich herum Flügel aufzuspannen, und als er das Holztörchen aufstieß, spürte er in seinem Haar das Klingeln der orientalischen Glöckchen, diese Glöckchen, die Jacques nach dem Besuch eines Tempels gekauft hatte, als er barfuß durch Bangkok gelaufen war, weil ihm seine Sandalen geklaut worden waren, lange, dachte Luc, hatte das Klingeln dieser Glöckchen, der Klang dieser Schellen zwischen den Blumen, von der Rückkehr des sorglosen Pilgers gekündet, man hörte noch seinen aufmunternden Tonfall, wenn er seinen Freunden zurief, springt über die Mauer und trinkt mit mir, und plötzlich war diese Stimme kaum noch zu vernehmen, als Seufzer höchstens, die Stimme, die aus dem großen, ins Zimmer transportierten Krankenhausbett drang, würde bald gar nicht mehr zu hören sein; während er auf dem Weg zu Jacques' Zimmer seine Inlineskates auszog, sah Luc den Kranken, der am Fenster eingenickt war, Jacques wirkte entspannter, sein Schlaf war ruhig, die Nachttischlampe, die sein Gesicht erhellte, beleuchtete mit dem Glanz des Mondes das ganze Zimmer, die spärlichen Bücher auf einem Tisch, warf ein grelles Licht auf Jacques' entblößten Körper zwischen den Laken, aus denen er sich nachts immer freistrampelte, als fürchtete er, unter ihnen zu ersticken, es stimmte, dachte Luc, dass er plötzlich liebliche Himmelsklänge vernahm, denn immer noch lief im Fernseher die Kassette von *Amadeus*, nach der Jacques für die Nacht verlangt hatte, als er sich ans Fußende des eklig riechenden Bettes setzte, verglich Luc die Liebesspiele des jungen Mozart mit seinem eigenen Faible, seiner Leidenschaft für amouröse Abenteuer, sogar heute Abend war er schnell schwach geworden, an einem Strand, morgen würde er vorsichtiger sein, als befänden sie sich in einer windstillen Nacht mit einem Floß auf dem Meer, segelten Luc und Jacques weit weg von diesem Zimmer, in dem sie beide gefangen waren, dachte Luc, umgeben von den Klängen der himmlischen Musik, der eine schlafend, der andere wach und vom Alkohol angeheitert, wohin trieben sie so, wenn Gott sie nicht in seiner Wohnstatt wollte, könnten sie doch segeln und singen, wie früher, als er mit Paul das Segelboot zum Unterwasserfischen nahm, auf dass die Sonne sie mit ihrer Wärme einhülle, auf dass sie lachen, singen und niemals Schmerz oder Groll, Zorn oder Demütigung erfahren, auf ihren Surfbrettern über die Wellen reiten, im Morgengrauen über die Gestade, die sandigen Ufer, am Ozean entlanglaufen, auf dass sie in die Ferne segeln, im Frieden des Wassers, dass sie sich verlieren, mit den Stigmata auf ihren einst so schönen Körpern, dass sie in den Wellen verschwinden und vergehen, sprachlos, lautlos, während über ihnen diese grellgrünen Signale blinken, die den Schiffen durch die Nacht halfen, war Luc in seiner sinnlichen Atemlosigkeit nicht oft von dem Gefühl einer strahlenden Vertrautheit mit einem anderen durchdrungen worden, das, was er nun bei der Musik Mozarts verspürte, die Kürze jener Sekunden reiner, konkreter Liebe, in den Armen der Männer, diese Schultern, diese Rücken, die eine verborgene Autorität besiegelten, die sich wohlig unter den Liebkosungen seiner Lippen wanden, der Geruch dieser wollüstigen, rauen Haut, deren Ängste er, in erlösenden Schreien, besänftigte, was hatte er auf Erden Dauerhafteres gekannt, hatte die Kürze jener Sekunden, jener Augenblicke, seine schlichte Seele, die weiter nichts verlangte, nicht restlos beglückt, und bald würde er allein sein, vielleicht, denn er hatte gesehen, wie über dem Meer die abendlichen Navigationslichter blinkten, sie würden alle ohne ihn fahren, jedes dieser Schiffe, dieser Segelboote, im nächtlichen Glitzern der perlmuttglänzenden Kugeln auf den Masten, der junge Kapitän, der ihn vor einer Stunde am Strand angesprochen hatte, pfiff seinen Hund auf die Gangway zurück, er hatte die Tür seiner Studierkabine geschlossen, würde heute Abend das Buch von Conrad aufschlagen, das er keine Zeit zu lesen gehabt hatte, als er vom Sturm auf den Bahamas überrascht worden war, er würde Vivaldi hören und auf den Indischen Ozean zusegeln, Richtung Madagaskar, das diesmal sein Ziel war, der Kapitän fuhr seit seinem siebzehnten Lebensjahr zur See, er hatte Panama und Tahiti gesehen, er war in Australien, in Costa Rica, in Gefangenschaft geraten, hatte sich am Knie verletzt, sein Hund lief ihm über die Gangway entgegen, alle fuhren sie ab, ohne Luc, ohne Paul, jedes dieser Segelschiffe, der nächtlichen Boote, und aus dem Bett, in dem Jacques sein Leid klagte, stiegen die widerlichen Gerüche auf, ich komme, ich bin da, sagte Luc und rückte näher, mit der Entschlossenheit, der Sicherheit jener Gesten, die er von den Männern gelernt hatte, befreite er Jacques aus seinen schmutzigen Laken, er wusch ihn, er säuberte ihn, lächelnd und plaudernd, tupfte mit einem in Eau de Cologne getränkten Handtuch die Spuren des bräunlichen Safts von Jacques' Oberschenkeln und Bauch, es ist Zeit, sagte Jacques, ja, es ist Zeit, nach dem Arzt mit seinen Spritzen zu rufen, ich hab genug von dieser Schweinerei, wann ist endlich Schluss damit? Und Luc nahm den Kranken in den Arm und sagte, Du musst jetzt schlafen, ich lass Dich nicht mehr allein, und Paul wird bald zurück sein, es ist Zeit, die Augen zu schließen, zu schlafen, sagte Luc und begann nervös zu kichern, fast so, als könnten die ihn unvermittelt schüttelnden wohligen Lachkaskaden sie beide retten, als könnten sie die grünen Leuchtsignale, denen der Seefahrer bei Gefahr folgte, und die schimmernden Kugeln im Topp der Großmasten wieder anknipsen, und Jacques, der früher so gern mit seinen Freunden gelacht und gescherzt hatte, lachte nun seinerseits ein dröhnendes Lachen, als hätten ihn die winzigen Freuden, die das Leben ihm bescherte, auch dieses Mal wieder überrascht, ein zögerlicher, aber heiterer Orgasmus, ein perlendes Lachen in der Nacht, während ein kräftiger Junge ihn zu entspannen versuchte und diesen Rücken, diese abgemagerten Schultern massierte, mit einem seidenweichen Eau de Cologne das unreine Fleisch erfrischte, dachte Jacques, wenn alles verloren war, war alles verloren, als er aufstand, um die Kassette von *Amadeus* wieder einzulegen, spürte er den stechenden Schmerz in den Gedärmen, das Hervorschießen der abstoßenden bräunlichen Flüssigkeit, die rings um ihn ausfloss, also war alles verloren, und doch drang aus dem Fernseher, hinten im Zimmer, noch eine himmlische Musik, war es der Gesang des Fagotts, der Oboe, den er plötzlich in der Aushöhlung, im Dunkel seines Leids vernahm, denn er wusste es nun, alles war verloren, morgen würde Luc wegen der Spritzen mit der Krankenschwester telefonieren, man würde seine Schwester anrufen, Tanjou informieren, und unterdessen, welche Ironie, dachte er, erbat sich Mozart von Salieri eine kurze Pause und ließ die Feder ruhen, er erbat sich eine kurze Pause, bevor er sein Requiem beendete, der Verräter Salieri verkörperte wahrscheinlich die Banalität des Schicksals, den Henker der Mittelmäßigkeit, der es auf Gottes Liebling abgesehen hatte, als er diese Worte hörte, die kleine Pause, mit dem Gesang der Oboe, des Fagotts, den Mozart um sich einzuschlagen meinte wie krachende Blitze, hatte

Jacques gedacht, und wandte dabei den Kopf, dass er gerade das Präludium zu jener Ewigkeit hörte, mit der er nichts anzufangen wüsste, während die Mozart'sche Ewigkeit, wie auch sein Leben, praktisch vorgezeichnet schien; hatte Gott im chaotischen Werdegang seines Schützlings nicht alles bedacht, die Überfülle feierlicher Noten sowie den Sarkasmus von Erzbischöfen und Fürsten, bis hin zum Gähnen eines Kaisers, das Meisterwerke vernichtet hatte, diese ganze Mischung war allein Gottes Werk, und, wer weiß, zu seinem eigenen Ruhm gemacht, der, den man Herrn Mozart nannte, hatte sich nie um seine Geburtsurkunde kümmern müssen, ebenso wenig um das Armengrab, in dem er angeblich bestattet worden sei, das Gespenst des allmächtigen Vaters würde ihm auf Schritt und Tritt folgen, und erst im Augenblick der plötzlich so langen kurzen Pause würde der göttliche Narr im Himmel endlich ruhen, nicht um zu schlafen, sondern um das unbeschreibliche Lied zu hören, das von ihm entsprungen war, auf Erden; Luc und Jacques hatten gemeinsam gelacht, und so unbändig dieses Lachen auch war, vereinte es doch die Spontaneität von Glück und Unglück, denn Luc war immer noch da und Paul würde in einer Stunde zurück sein, musste man sich nicht dem göttlichen Willen unterstellen, wenn man, wie Salieri, das banale, irrende Schicksal verkörperte, das Licht, das einsam wandelt, ohne Hafen, ohne Leinen, ohne Ufer, wenn alles verloren ist, ist alles verloren. Luc hatte Jacques' Bett frisch bezogen, er hatte die vom Waschen steifen Laken glattgestrichen und Jacques' Kopf behutsam auf die

Kissen gebettet, er hatte ihn abgelenkt und ihm von seinem nächtlichen Abenteuer mit dem Matrosen erzählt, der allein auf hoher See den Indischen Ozean bereiste, während er Lucs Geschichte lauschte, die ihm vertraut war, nickte Jacques ein, war er in seiner Schwäche nicht plötzlich nur noch eine auf den Wellen treibende Muschel, ein Brett, ein Wrack, aus dem noch ein bisschen schleimige Materie floss, und plötzlich sah er sie wieder, immer wieder sie, die Frau mit dem vornehmen Profil, die ihn am Flughafen abgeholt hatte, am ersten Tag, wie am Tag seiner Ankunft, half sie ihm auf die Rückbank des Autos und fragte, ob er sich zwischen den Kissen wohlfühle, sie entschuldigte sich, mit dieser gelassenen Liebenswürdigkeit, die er gleichfalls wiedererkannte, sich erst so spät nach ihm zu erkundigen, und nachdem das Auto in der Mittagshelle am Ozean, am smaragdgrünen Golf entlanggefahren war, hielt es, unter einem schweren, grauen Himmel, auf düstere Straßen zu, hier ist, sagte die Frau, der Ort sämtlicher Trennungen, hier ist alles unbewohnt, und Jacques erkannte die Straßen von Prag wieder, wo Kafka gelebt hatte, er verirrte sich mit der Fremden in diesem Straßenlabyrinth, wo sich das kurze Dasein Kafkas und seiner Schwestern abgespielt hatte, früher hatte er auf Reisen in seinem Notizbuch die Namen dieser Straßen festgehalten, er hatte den Stadtplan skizziert, wo sich, wie er dem deutschen Reiseführer entnommen hatte, das Geburtshaus befand, das Gymnasium im Palais Kinsky und sogar das Geschäft des Vaters, wo Kafka möglicherweise im gefürchteten Schatten seines Erzeugers *Die Verwandlung* geschrieben hatte, und als die Frau ihn erneut fragte, ob er sich zwischen den Kissen wohlfühle, sah Jacques wieder die Schilder vor sich, die ihn dem Martyrium Kafkas näherbrachten, in jenen ehernen Gebäuden, dem Gymnasium im Palais Kinsky, dem Geschäft des Vaters, lauschte er, niedergeschmettert, dem metallischen Klang dieser Namen in ihrer Sprache, und in die Kissen versunken, fühlte er, wie er allmählich zu Kafkas *Verwandlung* wurde, seine menschliche Erscheinung hatte sich verflüchtigt, er war jenes zusammengekauerte Insekt, auf das es faule Äpfel und Beschimpfungen regnete, seine mageren Hände zitterten wie die Beine des verhassten Tiers, und über seinen Rücken zogen sich eiternde Läsionen, vielleicht war sein Gesicht noch unversehrt, doch als er mühsam dieses Gesicht berührte, schien es Jacques bespuckt wie das Antlitz Christi, der Ort sämtlicher Trennungen, hier ist er, und plötzlich erwachte Jacques, blinzelte und sah Luc und Paul, die am Fenster zum Garten standen und die Morgendämmerung erwarteten, über dem Meer, zwischen den Kiefern, ging die Sonne auf, Luc hatte Paul vertrauensvoll die Hand auf die Schulter gelegt, sie waren lebendig, dachte Jacques, in der Nähe krähte der Hahn, in wenigen Stunden würden sämtliche Hähne auf einmal krächzen, zwischen den Kindern, auf dem struppigen Rasen, vor dem Haus des Pastors, ein Duft von Jasmin hing in der Luft, lebendig, sie waren lebendig. Und war es die träge Hitze der Luft oder die Abreise ihres Mannes, obwohl sie doch daran gewöhnt war, oft alleine, als

Frau grundsätzlich einsam zu sein, dachte Renata, oder war es nicht eher dieser innere Zweifel, der sie im Hintergrund bleiben ließ, nie hätte sie Claude zu seinen Vorträgen begleitet, wohin die mit dem Beruf der Ehemänner gleichgesetzten Frauen ihnen stets folgten, daran hätten sie jener Selbstzweifel oder ihr Stolz gehindert, war es die Abreise oder die Hitze, Renata hatte oft dieses hohle Durstgefühl empfunden, das ihre Brust einschnürte, sie mit der erschütternden Offenbarung überkam, dass das Leben nur ein Vorübergehen war, als sie in einer Buchhandlung auf der Insel dieses Gedicht von Emily Dickinson gelesen hatte, gab es plötzlich keine Offenbarung mehr, doch das Durstgefühl war noch immer da, neben dem Verlangen zu rauchen, dem sie nicht nachgeben durfte, die Welt schien am Ende eines einsamen Weges von einem weißen Licht erfüllt, wie der Krankenhausgang in New York, nach einer Narkose, einem Bewusstseinsverlust, diese unerschütterliche Ewigkeit überkam sie auf diesem Weg zum Meer mit den zertretenen weißen Muscheln, unter einem blauen Himmel, der sie blendete und zugleich ihren Durst anfachte, ja, dachte sie, ihre Einsamkeit war ebenso abrupt wie der Sturz ins Nichts des eigenen Organismus, wenn Claude nicht mehr da war, um sie zu beruhigen, schade, dass dieses heimliche Durstgefühl, das sich auf die Begehrlichkeiten ihres Körpers bezog, gleichzeitig ein Warten war auf eine übernatürliche, die Handlungen ihres Lebens erhellende Bekundung, dass dieser Durst auch ihr Begehren war nach einem Mann, in der Trennung, konnte sie denn nichts empfinden ohne ihn, wenn sie ihre täglichen Beobachtungen notierte, während ihrer Rekonvaleszenz, dass ihre Gedanken, die in einer solchen Abgeschiedenheit niemand erriet, sie mit der Gewissheit einer permanenten Unversöhnlichkeit, von Mann und Frau, zwischen ihr und ihrem Mann straften, entdeckte sie nicht gerade, dass diese beiden im Kampf ums Überleben, wie auch in ihrer Begierde, in ihrer gegenseitigen Neugier unzertrennlichen, unteilbaren Wesen sich niemals eingestanden, welch tiefes Misstrauen sie verband, hatten sie nicht immer in sehr unterschiedlichen, oft verfeindeten Welten gelebt, behinderte die Frau nicht immer den stolzen Schicksalsweg des Mannes, den Weg zur Beherrschung oder Führung der ihm unterworfenen irdischen Mächte, während die Frau schnell dem Vergessen überantwortet wurde, all die Schandflecken ihres Verlassenwerdens, wenn der Mann ihr und den Kindern seine kriegerischen Gelüste vorzog; welche Frau verkannte ihr unglückliches Schicksal, alle waren sich über das Kleinliche der Ablehnung, das Unheil dieser Stellung im Klaren, alle wussten, wie sehr sie in den Augen des Mannes auf ewig unverstanden bleiben, schlechtgemacht würden, sogar wenn sie jene herrlichen Verse verfasst hatten, die Renata am Nachmittag in einer Buchhandlung voller Kinder gelesen hatte, während sie dieses hohle Durstgefühl empfand, als hätte sie der jahrhundertealte Makel des Verlassenwerdens, der Ablehnung, plötzlich niedergeschmettert, sie an den Schmerz ihres maßlosen Ungenügens erinnert, da sie aber unter diesem Himmel, der ihr in den Augen brannte, während sie beim Gehen, in der Stille, das kaum vernehmbare Knirschen der Muscheln unter ihren Absätzen hörte, der verzehrende Durst in das Zimmer geführt hätte, hätte sie, während sie sich auf dem gerade erst verlassenen Bett ausstreckte, an den zerknitterten, noch schweißnassen Laken gespürt, wie ihr Durst gestillt wurde, als sie wie berauscht aus dem funkelnden, auf einem Möbel abgestellten Wasserkrug trank, als hätte dieser Durst ihr jenen ausweichenden, leicht obszönen Blick verliehen, dachte sie, den sie auf ihrem Gesicht sah, als sie die Zigaretten holte, das Feuerzeug, das Goldetui, oder im Kasino spielte, mit dem Antrieb, alles zu verlieren, denn eigentlich hätte sie diese Gegenstände, die Claude zu ihrem Schutz immer wieder ihren Blicken entzog, zerstören, vernichten sollen, dieses Mal hatte er sie nicht versteckt, denn waren sie nicht bei ihr, im Zimmer, sie hatte ihn nicht von der Strenge des über die Dealer verhängten Urteils überzeugen können, während er sich anzog und eilig rasierte, denn der Streik der Angestellten hielt noch an, trotzdem wartete unten ein Chauffeur auf Claude, umgab er sich nicht ständig mit Leuten, die ihm bei seiner hehren Mission zu Diensten waren, diesen Chauffeur habe er am Vorabend reserviert, hatte er in einem pragmatischen Tonfall gesagt, und hatte er nicht hinzugesetzt, dass es seine Pflicht sei, Straftaten zu ahnden, aus denen Verbrechen werden konnten, seine Stimme war zugewandt, Du brauchst die Ruhe doch so dringend, hatte er zärtlich gesagt, plötzlich einander näher, wären sie fast wieder der köstlichen Trägheit der Nacht verfallen, hätte das Taxi nicht schon zum zweiten Mal gehupt, waren sie nicht auch Versöhnte, ja, Liebende, aber man hätte, dachte Renata, alles zerstören, die Erinnerung an ihre genießerischen Lippen, ihre verschlungenen Hände auslöschen sollen, hatte sie nicht die seinen genommen, um sie zum Abschied zu küssen, denn er tat ihr gut und sie wusste es, endlich fuhr er in die Hotellobby runter, sie klagte über die Kälte und griff trotz der dichten, feuchten Hitze nach einem Schal, die Geste, wie sie den Schal aus dem Schrank zog, war ihm rücksichtslos erschienen, so aber zerstörte sie das Hochgefühl, an der Seite dieses Mannes zu leben, er würde immer ein Freund und Beschützer bleiben, sich seiner Stärke bewusst sein, während sie stets von dem ihrer Beziehung eigenen Misstrauen verfolgt würde, von dem Zweifel angesichts ihres individuellen Schicksals, sobald sie wieder allein wäre, der Erfolg ihres Lebens waren Franz oder Claude, wohingegen er wiederholte, dass sie es sei, alles wollte vernichtet und zerstört werden, sorgfältig, denn die Strafe war zu hart gewesen, das Feuerzeug, die Zigaretten, das Goldetui, wie würde sie, eine weltläufige Frau, dachte sie, alles andere als eine Asketin, auf diese funkelnden Gegenstände verzichten können, die sie im warmen, betörenden Schatten der Bars und Kasinos, nachts, so gern in der Hand hielt, dabei musste doch alles vernichtet werden, und zerstört, harmlose Eitelkeiten, liebgewonnene Trivialitäten, jetzt stiegen von der Erde, vom Weg, die Stille und der Klang jener seelischen Erschütterungen auf, die ihr Leben verändern würden, stimmte es, dass jenseits dieses Weges, der das Grundstück mit den eleganten Hotelgebäuden begrenzte, abrupt die Einsamkeit einer Frau begann, plötzlich am Rand einer Klippe, eines Abgrunds, und ebenso das hohle Durstgefühl, denn jenseits des Weges, der Straße unter den Bäumen, war Claudes Wagen am Horizont schon nicht mehr zu sehen, dieses Taxi, in dem er sich zu ihr umgedreht hatte, um ihr in zärtlicher Vertrautheit zuzulächeln; auf dem Wasser und am Himmel allein das blinkende, gleißende Licht, das Renata in den Augen brannte. Und warum dieses plötzliche Nachlassen seiner Sinne, welches Entsetzen, wenn er sie nicht mehr sah, nicht mehr hörte, denn Luc und Paul hatten sie angerufen, und sie waren da, die Krankenschwester, die ihre Hand auf seine legte und ihm riet, mithilfe seiner Uhr die Morphiumdosis zu erhöhen, seine Schwester, die ihre Vorlesungen abgebrochen haben musste um herzukommen, während Jacques seine Familie am liebsten nie wiedergesehen hätte, Tanjou, den er undeutlich weinen hörte, ein krampfartiges, schluchzendes Murmeln, Tanjous Tränen, die ihn früher aus der Fassung gebracht hatten, die Rundung der Tränen, ihre Sturzbäche auf Tanjous hervorspringenden Wangen, wenn er fragte, also lieben Sie mich nicht, und Jacques ihn anderen Vergnügungen zuliebe zurückstieß, eine Nacht im Park, ein Dampfbad in der Sauna, dass Tanjou ihm bloß nicht ständig folgte, und der Klang jener Tränen, das Wimmern des schluchzenden Weinens, das ihn durch die verzweigten Schläuche, die Geräte, an die Jacques' Körper nachts gefesselt war, erreichte, diese Tränen eines freien Mannes, während er ein Gefangener war, quälten den Kranken als würde man ihn foltern, die bohrende Furcht, dass er die Schritte von Carlos, der vom Dach des Hauses auf die Zitronen- und Orangenbäume im Garten sprang, nicht mehr hören, dass er den Kopf des Bekloppten nicht mehr sehen würde, der zu dem riesigen Limettenbaum hinkte und die grünen Früchte aß, im Hof, in dem es vor Katzen wimmelte, die Furcht, dass die mit angehobener Brust mühsam eingeatmete Luft schwinden, nur noch als gewaltiger Atem auf sein Herz einhämmern würde, dieses Hämmern, das er, an sein Bett gefesselt, hörte, während alles andere verstummt war, er spürte nicht mehr das Streicheln der Sonne auf seinen Armen, hörte weder die Schritte von Carlos noch das metallische Klirren der Gegenstände, die er auf den Straßen klaute, ein Fahrradpedal, einen Reifen, eine Kette, Schlösser, da war nichts zu machen, sagte Pastor Jeremy, da war nichts zu machen, wenn das Licht in der Lampe erlosch, und was hatte er aus seinem Leben gemacht, fragte die Frau mit dem vornehmen Profil, diejenige, die mit ihrem Gesicht so oft von seinem Sterben, seinem Tod gekündet hatte, murmelte sie nicht mit nachtragender Stimme, all die Reisen in den Orient, die Sprachen, die Du gelernt, die Bücher, die Du gelesen, die Aufsätze, die Du geschrieben hast, nichts an Deinem Handeln hat uns je vergessen lassen, wer Du warst, wer Du bist, und habe ich diese Stelle an der Universität nicht unter widrigen Umständen ergattert, während Du auf Reisen gingst, während wir von Dir hörten, in unserer Familie, von Deinem Lebenswandel, wann bist Du gekommen, um Dich nach meiner Gesundheit zu erkundigen, nach den wiederholten Depressionen, dieser Bruder, ein Fluch, ja, und dann Dein Charme, Deine Eroberungen, mein Mann, meine gesunden Kinder haben Dich nie kennengelernt, Dein egoistisches Glück, Dein unbändiger Lebenswille, dieser Tanjou, der noch nicht einmal Deiner Rasse angehört und den Du so geliebt hast, Du hättest es vermeiden können, uns zu schaden, ein Fluch, dieser Bruder; in diesem Gang stehend, aus dem in einem verschwommenen Nebel das Leben wich, die Krankenschwester, die ältere Schwester, die Freundin, die Mutter, die mit dem klassischen Profil, die ihn gefragt hatte, ob er sich zwischen den Kissen wohlfühle, im Auto, das ihn vom Flughafen zurückbrachte, die, die ihn gepflegt hatte, die sich noch immer nach ihm erkundigte, die ihn vermisst hatte, wie es ihm auf der Reise, bei seiner Überquerung denn ergehe, die, die auf den Knopf an der Uhr drückte, um die Morphiumdosis zu verdoppeln und sagte, Du kannst jetzt friedlich schlafen, die, deren Profil verbittert, distanziert war, denn sie stand neben Tanjou und schaute nicht zu ihm, sah ihn nicht an, die, die eifersüchtig war oder krank vor Neid, denn hatte Jacques nicht sämtliche Bücher gelesen, seine Aufsätze waren an den amerikanischen Universitäten bekannt, ob sie wohl bis zum Schluss an seiner Seite bliebe, die Schwester, die geduldige Freundin, die ihn nicht verlassen würde, während Jacques dachte, dass er anderswo erwartet würde, am Strand, es war Zeit für seine täglichen Übungen, armselige Verrenkungen an einem übelriechenden Strand, während er, da war er sich sicher, bald Carlos' Schritte auf den Blättern im Garten hören, den Kopf des Bekloppten durch das Loch im Zaun sehen würde, denn es war immer noch Öl in der Lampe, und Jacques hörte diese himmlische Musik, sei das nicht die Kantate *Davide Penitente,* die er hören wolle, fragte Luc, oder die *Große Messe in c-Moll*, die Mozart geschrieben hatte, eine fromme Opfergabe an Salzburg, seine Geburtsstadt, wo er so oft gedemütigt werden sollte, diese in der Freude, im Aufruhr des Herzens für einen Frauensopran geschriebene Messe, ein Engel, der so viele Male die Angst vor dem Tod lindern sollte, die unbeschreibliche Furcht vor der Verdammnis, vor den ewigen Flammen, die Mozart quälten, denn, dachte Jacques, noch waren Öl, Feuer, Licht in der Lampe, und, er wusste es, die für Constanze geschriebene beschwingte, glückselige Arie umfasste die Wehmut des *Kyrie*, des *Sanctus*, die Finsternis des *Dies Irae*, denn erneut hörte Jacques, zusammen mit dem Gesang des Fagotts, der Oboe, die vertrauten Geräusche rings um das Haus, das metallische Klirren eines Fahrrads auf dem Asphalt der Straße, das Fauchen der auf dem Dach raufenden Katzen, gedämpfte Schritte zwischen den verwelkten Hibiskusblüten auf den Gehwegen, wenn er die Dosis erhöhte, indem er auf den Knopf an seiner Uhr drückte, entfloh er diesem Zimmer, wo man um ihn trauerte, denn er wurde anderswo erwartet, mitten auf dem Ozean, wo er, von einem Boot gezogen, auf Wasserski über die hohen Wellen ritt, das Rennen war spektakulär, er musste richtig atmen, durfte das Wasser der über ihm zusammenschlagenden rauen Wellen nicht schlucken, aber die Luft war leicht, der Himmel eine feine Seide, die ein Fingernagel hätte einreißen, hätte öffnen können, über der weißen Wunde der Sonne, jener Sonne der Blindheit, die er fortan meiden würde, deren Milde, deren Streicheln er erlebt hatte, auf seinen Armen, auf dem nackten Oberkörper, wenn er draußen schrieb, morgens, an seinem Tisch, war er nicht für immer geflohen, und wann würde am Himmel der Fallschirm auftauchen, der ihm bei seinem Rennen, bei seiner Flucht, helfen würde, während im Zimmer alle weinten und die Rettungshelfer am Strand ihre schwarzen Flaggen schwenkten, denn bei drohender, unmittelbarer Gefahr wäre das Meer plötzlich nicht mehr schiffbar. Und Carlos radelte den Boulevard de l'Atlantique entlang, dort wo die Badegäste ungezwungen an den Stränden flanierten, sich bei Ebbe die Wellen um die Füße spielen ließen, er hörte das quälende Schrillen der Sirenen und sagte sich, dass offenbar nicht er der Gesuchte war, denn tatsächlich hatte er sich, frühmorgens, auf das neue Fahrrad vor dem Supermarkt geschwungen, das neueste Modell unter den abgestellten Rädern, der Lenker, die Bremszüge genauso knallig und grellgelb wie Carlos' Trikot, Mama hatte gesagt, das Trikot ist schmutzig, warum fläzt sich Carlos so auf den Küchentisch und schaut blöd zu, wie Deandra und Tiffany ihre Milch trinken, statt in der Schule zu sein, er solle mal an seine Zukunft denken, was würde der Heilige Hochwürden im Himmel sagen, sei er denn nicht für ihn, Carlos, gestorben, er würde sagen, mein Sohn, das nimmt noch ein Ende wie bei den Brüdern Escobez in der Rue Esmeralda, hast Du an Deine Zukunft gedacht, mein Sohn, und an mich, Martin Luther King, der ich mein Blut für Dich vergossen habe, Mama hatte ihn nach draußen bugsiert, wo er missmutig um die zahlreichen leeren Flaschen streunte, deren Boden mit einem schmierigen Schaum verklebt war, diese Flaschen, die Carlos wie die Pappteller, die für das Sonntagspicknick benutzt worden waren, in den Recyclingbeutel stopfen solle, hatte der Pastor gesagt, aber wann würde er endlich auf seine Eltern hören, sagte Mama, hä, wann, was mache er bloß da, der Länge nach auf dem Küchentisch ausgestreckt, in den Tag träumen, an seine krummen Dinger denken, Schlösser, Fahrradketten, mit einem routinierten Zangenhieb geknackt, ja, hat man so was schon gesehen, mit den Bösen Negern aus der Rue Bahama rumhängen, Möchtegerngauner, Nichtsnutze, die einen abends mit glasigen Augen und Spucke im Mundwinkel aus ihrer morschen Bretterhöhle anstarren, ob Carlos denn nicht die Sirenen der Polizeistreifen höre, die Tag und Nacht diese Subjekte filzen, in der Rue Bahama, diese Menschen, die keine mehr sind, Rue Bahama, Rue Esmeralda, die Straße der Brüder Escobez, beim nächsten Mal würde man ihn zu diesen Bauern nach Atlanta schicken, um ihm das Gemüt zu kühlen, doch der Herr in seiner Güte ist besser als wir, sagte Pastor Jeremy zu seiner Frau, mit donnernder Stimme, als würde er in der Kirche predigen, und Carlos' Mutter antwortete mürrisch, Schlösser, Fahrradketten, er kommt in die Hölle, und hörte Carlos nicht noch die Verwünschungen seiner Mutter hinter dem quälenden Schrillen der Sirenen, wenn

Deandra und Tiffany im Bett wären, würde im Haus wieder Ruhe einkehren, dachte Carlos, Schmetterlinge, Fliegen sammelten sich auf den Lamellen der von der Sonne überhitzten Fensterläden, Mama ging den Briefträger, einen Weißen, immer vor dem Haus begrüßen, rückte dabei den schief hängenden Briefkasten gerade, der aufgeregte, fröhliche junge Mann brachte ihr Neuigkeiten von den anderen Kirchen, in kurzen Hosen, die Zeiten haben sich wirklich geändert, sagte Mama, sie plauderten über die Temperaturen, über den Chor der Baptistenkirche, in dem Venus sang, manchmal grummelte Mama, Carlos sei ein Taugenichts, heute Morgen hänge er schon wieder faul herum, man sollte ihn im Sommer auf einer Plantage in Atlanta beschäftigen, die, die keine Barmherzigkeit kannten, sagten, der Bekloppte würde beim Gehen mit dem Hintern wackeln, dabei hatte Mama ihn geliebt wie die anderen, was tun, der Pastor trug ihn auf dem Arm bis zum Schulbus, sie sollen es bloß wagen, sich über seinen Sohn lustig zu machen, der Herr würde sie bestrafen, aber der Bekloppte war ein Dieb wie Carlos, wenn sie an die schwarzen Jungs dachte, die tagtäglich in Chicago erschossen wurden, konnte Mama sich glücklich schätzen, ja, Pastor Jeremy hatte recht, es war Zeit, den alten Eisschrank im Hof abzustoßen, sonst würden ihn noch rote Ameisen besiedeln, bei Deandra und Tiffany dachte Mama nicht mehr an Carlos, an ihre Enttäuschung, nun verblasste auch die gellende Stimme der Polizeistreifensirenen, und Mamas Geschrei, das er morgens beim Aufstehen gehört hatte, Carlos tanzte fröhlich auf dem Fahrradsattel, denn die Bösen Neger der Bande schienen inzwischen weiter weg, saßen in den finsteren Schatten der Rue Bahama, immer noch in ihren Hauseingängen, völlig zugedröhnt, dabei warteten sie darauf, dass Carlos ihnen seine Ware vor Mittag lieferte, durchtrieben, verschlagen blitzten ihre Zähne hinter verächtlichen Lippen, das Fahrrad mit den silbrig glitzernden neuen Reifen würde auseinandergenommen und Stück für Stück verkauft werden, aber den Welpen namens Polly würde Carlos behalten, er hatte Polly in ein Handtuch eingewickelt gefunden, im Korb, auf dem Gepäckträger, ohne Leine, ohne Halsband, ein Hund mit hochsitzenden Ohren, ein rötliches Fellknäuel, das unter Carlos' breiten sportlichen Händen vor Durst hechelte, Pech für den Besitzer, der beim Einkaufen sein Fahrrad auf dem Gehweg vergessen hatte, Polly gehörte nun Carlos, bald würden sie gemeinsam über den Strand laufen, den Strand mit dem weißen Reiher, der den Schnabel in seinem Gefieder vergrub, sie schienen ihm jetzt alle weit weg, die Bösen Neger, diese Penner, sagte seine Mutter, und der alte weiße Mann, der ihn gestern beleidigt und über Carlos' unzähmbares Haar gelästert hatte, während er, wie jede Woche, sein Auto vor seinem Ferienhaus am Meer wusch, sie alle sah Carlos nicht mehr, denn er hatte nun Polly, und Mama, die unter einem der Sonnenschirme im Garten ihre Zeitung aufgeschlagen hatte, sagte, was soll aus uns werden, wenn sie alle unter den Kugeln sterben, in der Straße des sanften Windes, der Straße der friedlichen Astronauten, der Straße der lauen Brise in Chicago, sag, Papa, was soll aus uns werden, und Pastor Jeremy, der, mit der Gießkanne in der Hand, seine Blumen begutachtete, sagte, es sei Zeit, den alten Eisschrank im Hof abzustoßen und dem Professor auf der anderen Straßenseite einen Besuch abzustatten, für ein Gebet, wenn die Stunde gekommen sei. Diese in der Freude, im Aufruhr des Herzens geschriebene Messe, dachte Jacques, während er dem Gesang der reinen, gewichtigen Noten lauschte, den Luc ihn hören ließ, indem er ihm die Kopfhörer aufsetzte, welch eigenartiges Mitleid bewirkte, dass Jacques sie noch vernehmen konnte, an jenem strahlenden Tag, da er, mit Schläuchen an sein demütigendes Bett angeschlossen und gefesselt, schmerzverzerrte Gesichter um sich herum, in der Nacht versank, in jener Nacht, die ihm als einzige etwas bedeutete, von der er nichts wusste, nie etwas gewusst hatte, und das als intelligenter Mensch, fern von ihm, von seinen hartnäckigen Sinnen, jene Nacht der Buße, in der sein Geist aufgehen würde in dem verhöhnten, geschundenen Körper, den er mit den Körpern der Gefangenen auf den Kupferstichen von Piranesi verglich, mit ihren verrenkten Gliedmaßen, an den Marterpfahl oder ans Rad gekettet, in einem immer brutaleren Chiaroscuro, in der Stille der Kerker, der steinernen Gefängnisse, diese gezeichneten Körper, vom Künstler in einer stilisierten, qualvoll überhöhten Haltung dargestellt, wo das Leid doch so entwürdigend für die Körper, wo es draußen doch so schön war, dass Jacques sein Gesicht unwillkürlich der Sonne zuwandte, hatte er in seinen Aufsätzen nicht geschrieben, wie andere Autoren auch, dass diese Kupferstiche an die Werke Kafkas erinnerten, *Die Verwandlung*, *In der Strafkolonie*, hatte er mit diesen aus Malerei, Grafik und Literatur abgeleiteten Interpretationen nicht seine Studenten gelangweilt, aber ebenso wenig wie Piranesi, der in seiner Fantasie die Gefangenen mit den Füßen, mit dem Mund an die ornamentierten Steine antiker Gefängnisse kettete und schmiedete, hätte er sich auszumalen vermocht, dass eines Tages er dieser Gefangene sein würde, dass ihn ein Foltergott in jenem Bett erwarten würde, aus dem er nicht mehr hochkam, um, wie jeden Morgen, am Ozean zu laufen, zu baden, das Leben zu lieben, denn es war unvorstellbar, dass es stimmte, dass er bald zu atmen aufhörte, noch lange würde er allen sagen, er sei noch lebendig, und als er Tanjous tränenüberströmtes Gesicht sah, das sich über seines beugte, wurden ihm unvermittelt jene Wörter bewusst, die ihm über die Lippen kamen, ich lebe, weißt Du, hauchte er vermessen, hörst Du mich nicht, ich lebe, und in der rasanten Prozession der Erinnerungen, die sein Gedächtnis erschüttert hatten, schien ihm sein kurzes Leben ein Quell grenzenlosen Entzückens, der unbeugsamen Vollkommenheit dieses Schicksals, das bald an sein Ende gelangen würde, dachte er, war nichts hinzuzufügen oder wegzunehmen, sogar diejenige, die gestern seinen Tod verkündet hatte, die Krankenschwester, die Freundin, die Schwester, die ihn mit einer so grausamen Fürsorge bedachte, indem sie ihn dorthin begleitete, wo er der einsamste aller Menschen sein würde, diese Freundin, diese Schwester, Jacques bekämpfte sie nicht mehr, vielleicht hatte sie den Druck ihrer scharfkantigen Fingernägel an seinem Herzen gelockert, denn sie legte ihm eine nachsichtige Hand auf die Schläfen und sagte, Jacques sei bestimmt sehr durstig, ob er mehr Morphium wolle, in diesem Augenblick führte Tanjous Hand, um die von Jacques geklammert, ihn an den Ort ihrer ersten Begegnung, den er zu vergessen geglaubt hatte, als wäre Jacques mit einem besonderen Scharfblick begabt, sah er, der die Anwesenden rings um sich nicht mehr wahrnahm, die Theaterbühne wieder vor sich, auf der Tanjou zusammen mit anderen Studenten getanzt hatte, war Tanjou nicht länger als die anderen geblieben, um die Schritte seiner Choreografie mit weißer Kreide auf der Bühne zu markieren, und in den Kulissen versteckt, war Jacques von Tanjous Anmut gebannt, in der er sich von den anderen unterschied, Tanjou, der sich mit lautlosen Sprüngen in die Lüfte schwang, Jacques erinnerte sich, Tanjou für diese zeitlose Lautlosigkeit geliebt zu haben, die von ihm ausging, von seiner dunklen Haut unter der fahlen Beleuchtung, diese Erinnerung war körperlich so nachdrücklich, dass Jacques meinte, aus den Kulissen zu treten, wie an jenem Tag, einen Arm um Tanjous Taille legte, und plötzlich fand sich Jacques in seinen Garten versetzt, Tanjou saß zu seinen Füßen, es war sein Geburtstag, Tanjou malte ein Aquarell, auf dem, an den Zweigen einer Bougainvillea am Meer aufgehängt, ein geöffneter Käfig zu sehen war, auf der Stange ein rot und blau gefiederter Papagei, Jacques sah das Aquarell wieder vor sich, als hätte Tanjou es eben erst gemalt, sanft abgestufte Farben, die unter dem Pinsel den Himmel, das

Meer entstehen ließen, in Wasser verdünnt, auf dem durchscheinenden Papier, und als wäre jener Tag der Heiterkeit ewig gewesen, zerging Jacques' Blick voller Glück in diesem blauen Himmel, in der Fülle der Blüten, die sich vom Baum auf der Terrasse lösten, er war der Papagei, trunken vor Wärme, Sonne und Freiheit, der zögerte, aus dem geöffneten Käfig zu fliehen, und an seinen Beinen konnte er Tanjous aufrechten Rücken spüren, sein Gleichgewicht, seine harmonische Anwesenheit, während er den Himmel und das Meer malte, den Papagei; stets von der Stille der Museumsstatuen umhüllt, kompakt und stumm unter seinen mandelförmigen Augenlidern, war er jene undefinierbare, in seine Gedanken über die Schönheit versunkene Weisheit, und Jacques war gleichgültig gewesen gegenüber der Vollkommenheit jenes Tages, verbittert, weil er ein Jahr älter war, hatte er am Vorabend nicht zu ausgiebig gefeiert, und künftig würde dieser Tag nicht wiederkehren, weder er noch die anderen, deren Stundenewigkeit fern von seinem verdrossenen Herzen, das lange nichts zu berühren schien, zerrann, wenn alles verloren war, war alles verloren. Und die Kaninchen, die Küken, die Samuel und Augustino zu Weihnachten bekommen hatten, hüpften durch das Gras, in der Sonne, sie zitterten noch vom Beben ihrer Geburt, alle öffneten die Augen im Morgenlicht, schreiend und piepsend, während Vincent oben im Zimmer neben seiner Mutter schlief, die gegen die stechende Sonne die Jalousien heruntergelassen hatte, denn war Vincent nicht der wohlgeratenste, der liebenswürdigste von Melanies drei Söhnen, alles drei wunderbare Kinder, auf die sie stolz war, dachte sie, Vincents Geburt in einem so schmerzvollen Stöhnen, wo er jetzt plötzlich neben ihr schlief, im Doppelbett, denn sie hatte ihn aus der Wiege genommen, um ihn im Arm zu halten, und lauschte nun seinem Atem, im Schlaf, was hatte es mit dieser unruhigen, beklommenen Atmung auf sich, die bei der Geburt diagnostiziert worden war, Vincent war der kräftigste ihrer Söhne, Samuel und Augustino waren in Paris, in New York geboren, Vincent auf einer Insel mit betörenden Düften, am Meer, ein pausbäckiges Baby, wann würde er wohl brabbelnd oder weinend aufwachen, seinen warmen Blick unter den langen Wimpern auf sie richten, hatte er nicht den dunklen Teint seiner italienischen Großeltern, und was rief Augustino, der unten in seinem Superman-Umhang herumlief, Mama hat ihr Baby fertig und jetzt ist es da, es lebe meine Mama, wie laut er war, Augustino, wann würde er endlich Ruhe geben, konnten Jenny und Sylvie ihn denn nicht mit rausnehmen, konnte Daniel ihn nicht auf seinem Fahrradsattel spazieren fahren, es war kein Wochentag, Daniel würde bis mittags schreiben, wegen der Kinder war der zweite Akt seines Stückes immer noch nicht fertig, dieser Verzug ärgerte ihn, Jenny und Sylvie bereiteten das Fest für Vincent vor, der heute zehn Tage alt wurde, es wollte an alles gedacht sein, die Vorspeisen, wo Augustino doch so laut war, und Melanie blieb noch im Bett bei ihrem Sohn, vernachlässigte ihre Pflichten, dachte sie, Jenny und Sylvie, und diesen Vortrag, den sie keine Zeit gehabt hatte zu schreiben, während doch am Donnerstag dieses

Treffen der Aktivistinnen stattfand, und was war los, dass sie vor Müdigkeit neben den Kindern zusammenklappte, sie, die doch bei Kräften war, kurz nachdem sie Samuel mit ihrem Lieferwagen in die Schule gebracht, die Tennisbälle und die Mittagsmahlzeit in seinem Rucksack verstaut hatte, die Einkäufe für Jenny und Sylvie, die Arme voller Tüten, sie hatte mit einem unbezwingbaren Ekel gedacht, empfand sie das nicht zum ersten Mal nach der Geburt eines ihrer Kinder, diesen Ekel, angesichts des warmen Blickes unter den langen Wimpern, liebte sie ihn, Vincent, zu sehr oder nicht genug, oh, wären sie doch nur ein und dasselbe Wesen im glühend heißen Halbdunkel, sagte Melanie, neben ihm ausgestreckt, zu ihrem Sohn, lauschte auf seinen Atem, legte hin und wieder einen Finger auf die kleine feuchte Stirn unter dem schwarzen Haar, sie trug immer noch die beigefarbenen Shorts, das knittrige Trikot, in denen sie ihre Morgengymnastik am Strand gemacht hatte, und ihre Gäste würden schon ab sieben kommen, sie würde sie mit jener Gewandtheit empfangen, die Mutter ihr eingebläut hatte mit ihrer Bildung, und all den an ihre gesellschaftliche Stellung gekoppelten Ambitionen, dachte Melanie, Mutter, Vater, unnachgiebig beide, erwarteten sie von uns nicht die eiserne Einhaltung ihrer Traditionen, was erzählte Mutter in den Teestuben, auf den abendlichen Cocktailpartys ihren Freundinnen, meine Tochter hat eine Führungsmentalität, schon in ganz jungen Jahren hat sie mit Auszeichnung ihren Bachelor of Arts and Science an der Universität gemacht, dann ist sie nach Afrika gegangen, wo sie mit der harten, gemeinnützigen Arbeit im Kampf gegen Ungerechtigkeit und Armut ihre Waffen geschärft hat, aber warum hat sie geheiratet, Kinder bekommen, das ist mir unbegreiflich, wo wir doch in Amerika so auf Frauen mit einer Führungsmentalität angewiesen sind, wird sie noch ein Senatorenamt, die Führung einer politischen Partei anstreben können, unsere Freunde könnten ihr möglicherweise helfen, und während sie ihrem Sohn die Stirn streichelte, dachte Melanie an ihren in Verzug geratenen Vortrag, sie meinte, hinter Vincents flachem Atem an ihrer Wange die brennende Unruhe in der Welt zu spüren, die Kriegserklärung eines Präsidenten im Fernsehen in einer dunklen Januarnacht, oder war es im Morgengrauen gewesen, als sie die Kinder in ihrem Bett beruhigt und Augustino vergessen hatten, der in der Nacht zu ihnen geschlüpft war, sich an ihre Beine gekuschelt hatte, er war inzwischen zu groß, um nachts einfach in ihr Bett zu kommen, wenn er Angst hatte, aber was hatte Augustino an jenem Morgen erzählt, Papa und Mama würden nicht wiederkommen, dieses Feuer am Himmel, dieser Geruch von verkohltem Staub, den man auf den Straßen einatmete, Mamas Bauch, der so dick geworden war, dass kein Platz mehr für Augustino war, was erzählte Augustino, er hatte weder seine Eltern wiedergesehen noch seine schwarzen Aufpasserinnen Jenny und Sylvie, die auf die Schule der Vierge-de-la-Mer gingen, an diesem dunklen Januarmorgen war niemand zu Hause, dieses Feuer am Himmel, ein Mann hatte im Fernsehen gesagt, man bräuchte sich in Zukunft nicht mehr die Zähne zu putzen, bevor man in den Kindergarten oder zur Schule ging, Papa hatte gesagt, nehmt trotzdem Euer Mittagessen, belegte Brote mit Putenschinken und einen Apfel, und auch die Tennisbälle für Samuel, vergesst bloß nichts, bis Mittag hatte er sich absolute Stille ausgebeten, Augustino würde weder seine Eltern wiedersehen, noch Jenny oder Sylvie, und genau so würde Melanie ihren Vortrag abschließen, an jenem dunklen Januarmorgen hätte ihr Sohn Augustino, damals vier, sie gefragt, ob sie heute alle sterben müssten. Vincent, der neben seiner Mutter im Doppelbett schlief, ein geballtes Fäustchen um Melanies Finger, im glühend heißen Halbdunkel der Jalousien, hörte den piepsenden Augustino nicht, der zwischen den Kaninchen und Küken herumrannte, in dem weitläufigen Garten, wo die schwarzen Mandelbäume blühten, rings um den Pool, den eingezäunten Pool, damit Augustino in Ruhe toben konnte, ringsherum, und der bald grün angestrahlt wäre bei Nacht, Samuel würde Julio heute Abend an der Bar vertreten, bei den Gästen seiner Mutter, Julio, den Exilkubaner, der von den Kubanern am Strand zusammengeschlagen worden war, nach Julios Vorbild würde Samuel den Wein in Kristallkelche gießen, den Gin und den Wodka in Gläser mit perlfarben beschlagenen Eiswürfeln, in seinem Anzug, den weißen Kniestrümpfen, würde er resolut, wie Julio, fragen, was darf es für Sie sein, und die Gäste seiner Eltern würden an die Bar eilen, im Garten unter den Sternen, und da Augustino so versessen darauf war, dürfte er den Kaffee servieren, spät in der Nacht, doch diese Feste würden mehrere Tage, mehrere Nächte dauern, und Augustino würde schlaftrunken der dampfenden Kaffeekanne hinterherwanken, zwischen Jenny und Marie-Sylvie, denen er Schritt für Schritt folgen würde, mehrmals würde er seiner Mutter sagen, ich war brav, Mama, ich habe keinen Zucker gegessen, und Melanie würde den feinen Zuckerschaum sehen, der noch an Augustinos rosigen Lippen klebte, und Augustinos Vater würde sagen, es ist Zeit schlafen zu gehen, Augustino, Du fängst ja an zu lügen, aber Augustino würde brüllen, protestieren, der vom Sturm verschonte Rabe würde sein Geschrei hören, der Labrador neben ihm hertrotten, in der Hitze hecheln, und Augustino würde seinen Bruder Samuel beneiden, der nie ins Bett geschickt wurde, der manchmal mit überlegener Miene Zucker aß und Wein kostete, einmal pro Woche sah man Samuel, dem seine Eltern zum elften Geburtstag ein Boot geschenkt hatten, ein bescheideneres Boot als das seines Vaters, aber auch in der Marina vertäut, bei windstillem Wetter sah man den Kapitän an Bord durch die Wellen pflügen, während er, Augustino, nie ohne Jenny oder Marie-Sylvie oder seinen Vater über den Gartenzaun hinauskam, wie er sich doch mit diesen Heulsusen im Kindergarten, in der Vorschule, zu Tode langweilte, warum merkten seine Eltern denn nicht, dass er sich mit all den Knirpsen da langweilte, und seine hohe Stirn, dass diese Stirn bereits eine Falte hatte, ein sorgenvolles Kräuseln über der gebogenen Nase, warum Julio in der letzten Nacht am Strand zusammengeschlagen worden sei, fragte er seinen Vater, warum, warum nur, und niemand antwortete ihm, und wenn

Samuel alle Vorteile der Erwachsenen genoss, dann wohl deshalb, weil er bereits ein Schauspieler war, den man im Kino, im Theater sehen konnte, er ging abends am Arm seiner Mutter aus, reiste mit seinen Eltern im Flugzeug, schaute sich in New York eines der Stücke an, die sein Vater geschrieben hatte, und Augustino durfte noch nicht mal Zucker essen, weil der Zucker ihn, Augustino, nachts wach hielt; Augustino rannte durch das Gras, den Kaninchen, den Küken hinterher, all den munteren Tieren, die aus ihren Pappkartons geschlüpft waren, und Vincent, der wohlig schlief, hörte den piepsenden Augustino nicht, wie er in seinem wallenden Umhang rief, es lebe meine Mama, hoch lebe meine Mama, sie hat ihr dickes Baby nicht mehr im Bauch, ich hab meine Mama lieb, und Melanie glitt behutsam aus dem Doppelbett, in dem Vincent schlief, zog langsam ihr knittriges Trikot und die Shorts aus, in denen sie ihre Morgengymnastik am Strand gemacht hatte, das Herz noch beklommen in einem diffusen Unbehagen, strich sie über ihren knochigen Hüften das weiße Musselinkleid glatt, das Mutter für sie ausgesucht hatte, denn heute Abend gälte es, Mutter zu gefallen, sie schlüpfte in die Sandalen mit den goldenen Spitzen, die Daniel aus China mitgebracht hatte, das schien bereits weit weg, vor dem Unfall, vor New York und der Erleuchtung, die ihre Leben verändern sollte, und Daniels Schreiben; als sie die Hand auf das Treppengeländer legte, sah Melanie, wie Jenny und Sylvie ihr zulächelten, mit einem grenzenlosen Vertrauen, das sie nicht zu verdienen glaubte, zu ihr aufsahen, sie hörte das Stimmengeflüster der Gäste an der Schwelle, Mutter hatte recht, in ihrer obsessiven Furcht vor den Geißeln von Rassismus, Sexismus und Drogen, die Samuel, der noch nicht auf die Privatschule ging, drohten, Melanie musste diese Geißeln bekämpfen, ein paar Jahre noch, dann wären die Kinder größer, dann könnte Melanie eine politische Partei gründen, denn es stimmte, Melanie hatte eine Führungsmentalität, das entsprach ihrem Wesen, ihrer Einstellung, so erzählte es Mutter ihren Freunden, in den Teestuben, bei den abendlichen Cocktailpartys, Mutter hatte oft recht, was Melanie anbelangte, mit Ausnahme der Kinder, wirklich sonderbar, Melanies Begeisterung für die Mutterschaft, sagte sie, und plötzlich drangen die gellenden Polizeisirenen der Stadt zu ihr und das Geschrei von Mama, die mit Venus auf der Veranda stritt, als Carlos Polly einschärfte, im Schuppen kein Geräusch zu machen, wirklich gar kein Geräusch, sagte er, während er das Fahrrad liefern würde, ja, jetzt wolle Venus sonntags bei den Baptisten ebendeshalb keine Psalmen mehr singen, jammerte Mama in einem langen Disput, unterbrochen nur von Drohgebärden in Venus' Richtung, die schlaff auf der Schaukel hing, während das Weiß ihrer Augen im Dunkel blitzte, Venus, die träge seufzend ihrer Mutter zuhörte, sie sei nämlich eine Sünderin, seitdem sie mit Onkel Cornelius im Gemischten Club sang, nachts, eine Fünfzehnjährige mache ja schließlich nicht die Nacht zum Tag, um in Bars und Clubs zu singen, für die Touristen, eine Fünfzehnjährige habe gefälligst in der Kirche zu beten, ihrer Mutter mit Deandra und Tiffany zu helfen, Rue

Bahama, Rue Esmeralda, es sei ja bekannt, dass Onkel Cornelius im Koreakrieg ein Held gewesen sei, die Lokalzeitung habe sogar ein paar Zeilen für seine Tapferkeit aufgebracht, sagte Mama, aber nie sei er für sein couragiertes Verhalten gewürdigt worden, Onkel Cornelius lebte in einem Planwagen, auf einem brachliegenden Gelände am Meer, mit seinen Hunden und Katzen und immer Frauen um sich, denn diese Vergnügungsstätten, wo Onkel Cornelius nachts seinen Blues spielte, wo Venus in lasziven Posen sang, seien Horte der Wollust, der Sünde, ja was sage Venus eigentlich dazu, die schlaff auf der Schaukel hing und ihrer Mutter so arrogant zuhörte, wurde an diesen Orten nicht die ganze Nacht lang Alkohol getrunken, der anschwellende Lebenssaft steige ihr zu Kopf, rief Mama, und Venus öffnete ihre schweren Lider und dachte an Onkel Cornelius und seine traurige, eindringliche Stimme, die wehmütig der in den Schützengräben gefallenen Kameraden gedachte, aller, ausnahmslos aller, kein einziger hatte überlebt. Onkel Cornelius spielte die ganze Nacht lang Klavier, trug stolz seine Veteranenmütze, seine Orden, diese rote Filzmütze, auf der ein winziger goldener Adler blitzte, die Onkel Cornelius Tag und Nacht aufbehielt, und Mama hörte diese Melodie, die Venus vor sich hin summte, und da sie plötzlich innehielt, hörte man jetzt nicht etwa die Stille, dachte Carlos, der Angst hatte, Polly könne im Schuppen zu kläffen anfangen, denn er sah Polly durch die morschen Bretter der Tür hindurch ängstlich bibbern, Carlos sagte zu Polly, er komme sie später abholen, sie würden gemeinsam zum

Strand gehen, Polly dürfe nur nicht kläffen, sie müsse Carlos gehorchen, die Bösen Neger würden Carlos töten, wenn er sich noch weiter verspätete mit seiner Ware, dem Fahrrad, das er morgens mit Polly auf dem Gepäckträger geklaut hatte und dessen Bremszüge, dessen Lenker genauso knallig und grellgelb waren wie Carlos' Trikot, dieses Fahrrad, von dem er sich so schwer trennen konnte, wie von Polly, Polly, die ihm mit ihrer rauen Zunge die Hände geleckt hatte und die so rührend, mit schief gelegtem Kopf um seine streichelnde Hand bettelte, was für ein Glück Polly doch habe, sagte Carlos, dass der Pastor um diese Zeit in der Kirche sei, dass er Kerzen aufsteckte und auf Knien für diesen armen Professor betete, der auf der anderen Straßenseite lebte und bald sterben würde, denn zuhause hieß es, der Professor werde die Nacht nicht überstehen, normalerweise war Papa abends im Werkzeugschuppen zugange oder er spielte im Hof mit den Nachbarn Domino, und man hörte die aneinanderstoßenden Hände in der Abendluft, Polly solle keine Angst mehr haben, sie könne durch die zerbrochene Fensterscheibe atmen, wo die Hühner nisteten, Carlos hatte eine Schüssel mit Wasser vor sie hingestellt, und sie hatte ihm die Hände geleckt, als flehte sie ihn an, geh nicht fort, lass mich nicht allein im Dunkeln, in dieser Nacht, wo herrenlose Hunde, geopferte Tiere verstoßen werden, und Pastor Jeremy dachte, dass das Öl in der Lampe stark geschwunden sei, dass der Herr die Menschen mehr verschonen müsste, dieser arme Professor, der gar nichts mehr zu sich nehmen konnte, man benetzte seine Lippen mit wassergetränkter Watte, er hatte solchen Durst, und die Nacht, von der er nichts wusste, rückte näher, der Herr solle Erbarmen mit ihm haben, ob der Professor, in seiner verschwommenen Nacht, wohl den gelben Hibiskus an seinem Fußende sähe, Pastor Jeremys Gabe für den Sterbenden, der bereits erwartet wurde, im Tal der Orchideen, wo alles Weinen, alles Leid ein Ende hatten, man hatte den Bekloppten die Rue Bahama entlanghinken sehen, die üppige Pflanze ans Herz gepresst, es war der Tag der Bootsrennen, doch es hatte geregnet, und der Pastor hatte am Strand seinen schwarzen Regenschirm für Deandra und Tiffany aufgeklappt, plötzlich dachte der Pastor, dass der Professor doch gelben Hibiskus in seinem Garten zog, und er dachte außerdem, ach, dann schicke ich ihm einen Hibiskus, und der Bekloppte, mein Sohn, über den sich alle lustig machen wegen seines Hinkebeins, wird die Pflanze, einen gelben Hibiskus, überbringen, dort, unter dem schwarzen Regenschirm, während die Boote über das Wasser rauschten, hatte er die Stimme des Herrn gehört, die ihm in den brandenden Wellen, unter dem Regen sagte, eröffne ein Sterbehaus auf der Insel, mein Sohn, denn sie haben keinen Ort, um ihre Seele auszuhauchen, und während die Kerzen in der Kirche schmolzen, während die Dochte erloschen, erfuhr der Pastor durch Gottes Stimme, dass dieses Sterbehaus eines Tages hier, in der Kirche, sein werde, was würde mit all den Gräbern geschehen, mit der Ansammlung junger Menschen auf dem Rosenfriedhof, würde Gott in seiner Güte eines Tages Erbarmen haben mit diesen

Leben, und im Glauben, in der Hoffnung, würden sie das Ende ihres Martyriums erwarten, sie, die von ihren Familien zu Hunderten auf die Straße verbannt worden waren, würde man sowohl in der Kirche als auch in der Synagoge sehen, wo sie ihre Wunden mit dem Gebet, mit der Meditation zu heilen versuchten, ob Gott, der das so oft verwüstete Fleisch nicht verschonte, wohl Erbarmen hätte, und da dachte Jacques, dass in dieser Seidenluft, in der köstlichen, duftenden Luft, der Vorhang seines Lebens lautlos zerriss, im gelben Leuchten eines Hibiskus, den ihm ein schwarzes Kind von der Straße entgegenstreckte, vom Rennen ganz außer Atem, es stimmte wahrscheinlich, wie Pastor Jeremy in seinen Predigten verkündete, dass das Öl in der Lampe stark geschwunden war, weil die Luft, die Jacques nicht mehr atmete, seine Lippen austrocknete, und er das Klirren von Carlos' Fahrrad auf dem Asphalt nicht mehr hörte, dieses Fahrrad, das er morgens mit Polly auf dem Gepäckträger geklaut hatte, wo aber war Carlos, würden ihn die Bösen Neger nicht zu fassen bekommen, endlich entschwand sie in die Finsternis, die schwachsinnige Sonne der Blindheit, die sich am Himmel bewegt hatte, die Jacques' Augen hatte weiß werden lassen, voller Entsetzen, von seinen Fesseln befreit, dem nach Hause transportierten Krankenhausbett, den medizinischen Geräten, die ihn lange am Leben erhalten hatten, schwebte Jacques' gelenkiger Körper wie früher unter der Tragfläche seines bunten Fallschirms, mit Wasserskiern an den Füßen, glitt er, am Rettungsboot angeseilt, in freiem Flug über den blauen Himmel, durch die köstliche, duftende Luft, über den unendlich hohen blauen Himmel, von wo aus er die langhaarige Jugendliche sah, die mit ihrem Hund ans Ufer schwamm, und einen schmalen, mitten auf dem Ozean ankernden Kahn, so weit oben am Himmel, sagte er sich, dieses Mal, dass er sich nicht mehr am Seil zu den schäumenden Wellen herunterlassen würde, vom Rettungsboot gezogen, denn er war wieder zuhause, und er würde sie alle anweisen, rasch das Fenster zu öffnen, um den Gartenduft einzulassen. Und plötzlich erlöst, schloss Jacques die Augen im Schein der untergehenden Sonne, der sich über das Meer legte, zwischen den Kiefern, am Strand der Militärs entlang, die rosafarbene untergehende Sonne, die er von seinem Bett aus so oft gesehen hatte, während er einer himmlischen Musik lauschte, der Kantate *Davide penitente* oder der *Großen Messe in c-Moll*, die Mozart in Freuden, im Aufruhr des Herzens, geschrieben hatte, im Nebel seines getrübten Bewusstseins dachte er, dass die Stunde der kurzen Pause bereits zur Neige ging, während über dem Ozean eine letzte Wolke mit ihren Spiegelungen auf dem Wasser trieb, während die anmutige Erscheinung der mit ihrem Hund zum Ufer schwimmenden Jugendlichen, den sanften Wellen hingegeben, im absoluten Dunkel versank, auch die Wolke am Himmel verschwand, denn es war kein Öl mehr in der Lampe und die Freundin, die Schwester, die einst so hingebungsvolle Krankenschwester seufzte erleichtert, nun sei alles vorbei, im selben Augenblick entschlüpfte ihrem Gesicht mit dem edlen Profil ein geringschätziger Ausdruck für Tanjou, der neben ihr weinte, wann würde der Junge nur aufbrechen, mit dem nächsten Zug, dem nächsten Flugzeug, sie wollte ihn nicht mehr sehen, dachte sie, indem sie ihr Haar zurückstrich und im Nacken empört zu einem Knoten schlang, denn hatte ihr Bruder nicht diesen jungen Männern, die nicht seiner Rasse angehörten, dem Umgang mit ihnen, seinen furchtbaren Niedergang zu verdanken, außerdem wollte sie alleine sein, um die familiären Angelegenheiten zu regeln, und wie wohl ihr Mann, ihre Kinder, zuhause zurechtkamen, ohne sie, seit Tagen schon, war dieser abgemagerte Mann, den Luc und Paul in den Armen hielten, den sie im Abendlicht noch in seinem Bett aufrichteten, wo doch künftig alles vorbei war, alles vorbei, war dieser von der Krankheit zerstörte Mann wirklich ihr Bruder, was war ihr so zuwider an ihm, während sie ihm doch so gern näher gewesen wäre, aber hatte Jacques je Mitleid mit ihr gehabt, mit ihrer Scham, ihrer Demütigung, wie könnte sie, wenn er nicht mehr wäre, morgen mit ihrem Mann, mit ihren Kindern von ihm sprechen, der aus dem Garten strömende Duft von Jasmin und Mimosen setzte ihr zu, stieg ihr mit seinen betörenden, fast abstoßenden Gerüchen zu Kopf, in Scham und Demütigung, hatte sie das Klima dieser tropischen Inseln nicht schon immer gehasst, die stagnierende Vegetation ihrer schwülen Gestade in der glühenden Hitze, in der Feuchtigkeit, dieses Klima war ungesund, und merkwürdig berauscht von dem aus dem Garten strömenden Duft von Jasmin und Mimosen ging Tanjou auf den Tisch am blühenden Fenster zu, wo Jacques tagtäglich schrieb, die Entwürfe zu seinem Aufsatz über Kafka stapelte, zwischen den vertrauten Gegenständen ein Kugelschreiber, der die Passage in einer deutschen Kafka-Biographie unterstrich, Briefe aus dem Ausland, die in ungeöffneten Umschlägen steckten, dort, zwischen den künftig leblosen Gegenständen lag das Aquarell, das Tanjou ein Jahr zuvor gemalt hatte, an Jacques' Geburtstag, dem kein weiterer folgen würde, und während er das wundersame Aquarell in seinem Rahmen auf dem Tisch betrachtete, sah Tanjou wieder vor sich, wie er das Wasser, den Himmel gemalt hatte, sein aufrechter Rücken an Jacques' Knien, der in einem Liegestuhl saß, Jacques fuhr ihm hin und wieder beiläufig mit der Hand durchs Haar, er sah, wie er, glücklich, für Jacques ein Aquarell malte, auf dem man den Himmel sah, das Meer, in verdünnter Tinte, auf dem durchscheinenden Papier, stimmte es, dachte er, dass dieses Meer, dieser Himmel schon in Grautönen verschwammen, in jenen Tönen, die der smaragdfarbene Golf, das unerschütterliche Blau der Sommerhimmel morgen annehmen würden, wenn Jacques sich mit seiner im Wind verstreuten Asche unter sie gemischt hätte, und war es die Vergiftung durch die Haschischzigaretten, die Tanjou rauchte, er hatte plötzlich die Gewissheit, dass Jacques noch da war, in der rosa Färbung der untergehenden Sonne, die er auf dem Aquarell gemalt hatte, auch in den Zweigen der Bougainvillea, die ihre Blüten über eine Terrasse am Meer regnen ließ, und er glaubte die Worte zu hören, die Jacques so unverhohlen auf seinem Leidensbett gesprochen hatte, ich lebe, weißt

Du, ich lebe, und es rannen ihm keine Tränen mehr über die Wangen, denn er hatte Jacques' Stimme gehört, die nur zu ihm sprach, in der Finsternis des Todes, diese Stimme, die ihm mit ihrer lächelnden, scherzenden Färbung zuflüsterte, als wäre sie hier, direkt an seinem Ohr, weißt Du, Tanjou, ich lebe, und um mich herum ist alles rosa, erinnerst Du Dich, wie das Rosa unserer untergehenden Sonnen, als wir zusammen waren, und an der Bar, in dem Patio mit der Akazienlaube, bediente Samuel die Gäste seiner Mutter, in dem Jackett, das er sich von Julio geborgt hatte, das Mineralwasser sprudelte über den Whisky, über den Gin auf die perlfarbenen Eiswürfel, bald würde man ihn auffordern zu singen, zu tanzen, würde er heute Abend Elvis Presley oder Billie Holiday sein, Augustino brüllte und schlug um sich, nein, es ist noch nicht Zeit zu schlafen, schleuderte er Jenny und Sylvie entgegen, und Jenny sagte zu Augustino, nicht alle kleinen Jungs haben abends einen sauberen Schlafanzug, frisch aus der Wäscherei, nein, nicht alle kleinen Jungs, sagte Jenny, ich kenne welche, die auf der harten Erde schlafen, ohne Schlafanzug, sagte Jenny, und warum Augustino die Kaffeekanne umgekippt und den ganzen Zucker aus der Zuckerdose gegessen habe, er sei doch von dem ganzen Zucker viel zu aufgedreht, und während sie affektiert ihren Rum-Cocktail an die Lippen führte, drängte es Mutter, dieses Gespräch mit Melanie über die Schönheit der amerikanischen Verfassung fortzusetzen, war Melanie, ihre Tochter, nicht ihre alleinige Seelenverwandte, der einzige Mensch, dem sie sich, mehr als ihrem

Mann und ihren Söhnen, gerne anvertraute, mit dem sie gerne lebhafte Diskussionen über Literatur oder Politik führte, Melanie spornte ihre Intelligenz an, mit ihrer Redlichkeit, der Integrität ihrer Beobachtungen, ihre Jahre in Ghana hatten sie frühzeitig geprägt, auch die Lehre der Geschichte, aber diese Vintage-Sessel, die sie aus New York mitgebracht hatten, passten überhaupt nicht in dieses Haus im spanischen Kolonialstil, Mutter unterschätzte keineswegs ihren Sinn für Ästhetik, aber diese grotesken Ledersessel hatten im Salon wirklich nichts verloren, genauso wenig wie das Bild über der Wanne im unteren Badezimmer, warum taten sie sich diese jungen pornographischen Maler aus New York bloß an, selbst wenn sie mit ihnen befreundet waren, was die Toiletten betraf, waren die goldenen Griffe über den Marmorsitzen nicht ein bisschen übertrieben, aber in ihrem Alter durfte Mutter den Kindern nicht immer sagen, was sie dachte, und sie nippte mit dem Strohhalm an dem köstlichen Rum-Drink, gekränkt, dass ihre Tochter ihre Gäste so weit von ihr fortzog, sie in den Garten, an den bei Nacht grünlich schillernden Pool mitnahm, nicht, dass Mutter ihr unbedingt hätte sagen müssen, wie geschmacklos das Bild über der Wanne im unteren Badezimmer doch sei, aber sie musste sie doch wenigstens darauf hinweisen, dass die Stellung des verrenkten Liebespaars auf der drastischen Zeichnung sich nicht gehörte, zumal Samuel und Augustino dieses Bild immer vor Augen hatten, ja diese schwungvollen schwarzen Noten in Beethovens Handschriften, was sie davon denn halte, fragte sie ein Musiker, den Mutter an diesem Abend unter ihren Bekannten wiedergetroffen hatte, ja, hatten sie, der Musiker und Mutter, die von schwarzen Noten zerfurchten Handschriften denn nicht gesehen, Beethovens Handschriften, ungezähmt, stürmisch niedergeschrieben, und doch zeugten die fetten, schwarzen, in ihrer Expressivität aggressiven Noten, oder die demütigen gedrungenen Schriftzeichen, aus denen noch die säuerlichen Launen der Gereiztheit, der Müdigkeit im Kampf gegen die Taubheit troffen, von einem verzweifelten Ringen um die Befreiung des Menschen, hin zu Gelassenheit und Zuversicht, was hielt Mutter davon, die doch über ein musikwissenschaftliches Studium verfügte und es gerne sah, wenn man ihre geistigen Fähigkeiten in der Kunstszene, in der Daniel und Melanie zuhause waren, anerkannte, Mutter nickte mit dem Kopf und sagte, diese wenigen Noten, mein Freund, sind doch überwältigend, und plötzlich sah sie Julio, der im Garten auf Melanie zurannte, er schob die blühenden Zweige über dem Gartentor beiseite, sein verletztes Auge verschwand unter einer Binde, die man ihm, nachmittags, im Krankenhaus, über das Lid gebunden hatte, er näherte sich Melanie am Rand des Pools, und im schillernden Wasser spiegelten sich ihre besorgten Gestalten, was sagte er ihr, Mutter hatte folgende Worte zu hören gemeint, Du musst mit Daniel und den Kindern fliehen, Melanie, sie haben Eure Anschuldigungen im Radio gehört, sie haben Euch im Fernsehen gesehen und werden Euch bald bedrohen, sie stehen vor den Türen des Hotels, an der Marina, wo Eure Boote liegen, Jenny und Sylvie haben ihre abscheulichen Broschüren mit der Post bekommen, Boulevard de l'Atlantique. Sie stecken sie den Passanten zu. Oder hatte Mutter diese Worte nur in ihrer entsetzten Fantasie gehört, sie lese abends zu lange, warf ihr Mann ihr vor, und war sie nicht auch indiskret, sich ständig in Daniels und Melanies Angelegenheiten einmischen zu wollen, sie kamen gut ohne sie zurecht, hatte sie ihnen trotz allem den Regionalvorsitz der antifaschistischen Liga vielleicht zu sehr aufgedrängt, ja, aber setzten sie sich mit diesen Skinheads, den straffälligen Arbeitslosen, die sich zunehmend dem Ku-Klux-Klan im Süden anschlossen, nicht den schlimmsten Gefahren aus, dabei war man doch hier von allem so weit weg, unter dem Sternenhimmel, in der Pracht des Gartens, in der Nacht, Julio und Melanie hatten ihr Glas auf Vincent gehoben, oh, mögen diese Feste nur lange dauern, und Mutter sah beglückt das strahlende Gesicht ihrer Tochter unter den schwarzen Mandelbäumen, ihr gefiel dieser Haarschnitt, der die Stirn frei ließ, die reizvolle Form der etwas eingefallenen Wangen unterstrich, eine leichte Brise vom Ozean bauschte die akkurat geschnittenen Haarspitzen auf, Melanie war perfekt an diesem Abend, dachte Mutter mit Befriedigung, wie traurig, dass Julio fast ein Auge verloren hätte, bei dem Überfall durch die Kubaner, am Strand, denn abgesehen davon begann das Fest unter den besten Vorzeichen, und auf dem Boulevard de l'Atlantique hörte Carlos das quälende Schrillen der Polizeistreifen in der Nacht, während er auf den Rädern seines Fahrrads hüpfte, sah er sie, auf einem Podest hoch über dem Meer, ja, das waren sie, so wie der Pastor sie in seinen Sonntagspredigten beschrieben hatte, die Weißen Reiter der Apokalypse, die ihrer unsichtbaren Hölle entsprungenen Gespenster der weißen Vorherrschaft, sie hatten hinten an der Straße einen Kreis gebildet und sangen, passt gut auf, Bürger, wir lynchen sie alle, keiner wird übrig bleiben, man sah weder Augen noch Gesichter unter ihren spitzen Kapuzen, gut versteckt unter ihren schwarz abgesetzten weißen Gewändern, unter ihren Kutten, sie waren nicht zu sehen, ob brave Familienväter oder anständige Bürger, Carlos hätte den Lebensmittelhändler aus seiner Straße nicht unter ihnen erkannt, sie hatten auf ihrem Weg bereits alles zerstört, war tags zuvor nicht eine schwarze Schule in Brand gesteckt worden und was würde morgen passieren, sie würden bis zum Schuppen kommen, in den Hof auf die Sonnenschirme, die Dominotische ihre schwelenden Fackeln werfen, sah man durch einen Schlitz in der Kapuze nicht das Rollen ihrer makabren Augen, die Weißen Reiter der Apokalypse seien in der Stadt, hatte der Pastor gesagt, und Polly, was würde Polly zustoßen, wenn sie den gelblichen Rasen vor dem Haus mit Feuer überziehen, wenn sie Deandra und Tiffany in den Armen ihrer Mutter aus dem Schlaf reißen würden, Mama hatte es ihm so oft gesagt, Carlos hätte um diese Zeit nicht auf der Straße sein dürfen, denn im Schatten der Hauseingänge, der Veranden, schimmerten die Zähne der Bösen Neger, morgen sollte es schön werden, und Carlos hatte Polly ein Halsband gekauft, obwohl es Zeit war für Carlos, seine Ware zu liefern, ein Halsband für

Polly, wenn sie zusammen zum Strand gingen, jetzt musste er, dachte Carlos, dringend abhauen, geräuschlos, ohne das metallische Klirren auf dem Asphalt der Straße, dem Beton der Gehwege, er musste unter den Palmen abhauen, ohne dass der Chor, der sang, wir lynchen sie alle, alle, ihn sah, und auf der Veranda sagte Mama, mürrisch plötzlich, zu Venus, die schlaff auf der Schaukel hing, und all diese Männer, mit denen Dich Deine Brüder sehen, die nicht mal von hier sind, die sind so schick angezogen, dass man sie nie bei uns sieht, man sieht sie nie in der Rue Bahama, in der Rue Esmeralda, sag mir bei Deandras, bei Tiffanys Leben, was Du mit denen machst, statt in der Kirche zu beten, ich bin ihre Begleiterin, Mama, ich zeige ihnen die Stadt, Mama, und das ehemalige Viertel der Sklaven von den Bahamas, denn man kann nicht nur vom Beten leben, Mama; Mama verscheuchte die Fliegen mit der Hand, ihre Tochter sei eine Sünderin, sagte sie, zu faul mit ihren Beinen, die sie unter dem Sitz der Schaukel baumeln ließ, auf dem Weg, unter ihren Kapuzen mit den makabren Augen, hätten die Weißen Reiter mit ihren brennenden Fackeln vielleicht schon die Veranda unter den Zitronenbäumen entzündet, die Hähne wären verschreckt über den Rasen gelaufen, denn es war spät, um noch auf der Straße zu sein, um diese Zeit war der Schrei der Vögel auf den Bäumen zu hören, das Adlerjunge stürzte aus seinem Nest auf die Stromkabel, auf die Spitzen der Bäume und Häuser, setzte auf den Pfosten der Holzzäune auf und vergrub seinen Schnabel im braunen Flaum seines gebrochenen Flügels, um diese

Zeit warf Carlos' Fahrrad seinen riesigen Schatten auf die Mauern, die Gehwege, er musste fliehen, denn sie waren alle da, in der Stadt, vor den Türen der Hotels, auf den Podesten, in den Straßen, sie verschmolzen mit Carlos, mit dem riesigen Schatten, den das Fahrrad an die Mauer warf, die Weißen Reiter der Apokalypse. Und in seinen weißen Socken, dem von Julio geborgten Jackett, sang Samuel im Innenhof zwischen den vielen Gästen seiner Mutter, aus seiner schmalen Brust drang Billie Holidays reife, tiefe Stimme, Mutter dachte, dass der Beschwörungsgesang aus weiter Ferne kam, aus den Kirchen in Harlem, diese Stimme, die Samuel doch nur in seinen Kopfhörern gehört hatte, im wirbelnden Lauf seiner Inlineskates, auf dem Rückweg von der Schule, oder die er aus dem ohrenbetäubenden Krach dieser Rap-Musik kannte, die den ganzen Tag lang an seinen Schläfen dröhnte, diese Stimme, die er nachahmte, war seine eigene, dachte Mutter, aber entsprach das hier dem natürlichen Gang der Dinge, dass Mutters Enkel sich den Verrenkungen eines wilden Tanzes hingab, dass man aus seiner Brust diese kehligen Laute dringen hörte, darin eine ungezähmte Sinnlichkeit, wenn Samuels Lippen easy living murmelten, nein, es war nicht normal, dass ein Kind derart die Aufmerksamkeit auf sich zog, seine Eltern überforderten ihn vermutlich mit dieser Schauspielkarriere, statt ein vorbildlicher Schüler zu sein, lernte er im Sommer, in den Ferien, seine Rollen, in einem Workshop für Berufsschauspieler in der Nähe von New York wurde er für Shakespeare ausgebildet, und dann die Tanz- und Klavierstunden, was zu viel ist,

ist zu viel, Mutter wollte mit Daniel und mit Melanie darüber sprechen, doch wozu, dachte sie auch, denn man hörte nicht mehr auf sie in diesem Haus, in der schaukelnden Hängematte, hatte Mutter am Nachmittag gedacht, bald bin ich fünfundsechzig, was wird nur aus mir? Diese Frage hatte sie in der friedlichen Hängematte umgetrieben, was würde aus ihr, aus ihr, der es doch an nichts fehlte, ja, stand diese vertrackte Frage nicht immer im Raum, wenn sie mit Melanie über die juristischen Einzelheiten der amerikanischen Verfassung sprach, dieser Schatten über der Beziehung zu ihrer Tochter, war es die Sorge, dass Vincent alleine schlief, dort oben, dass seine Atmung zu schnell ging wegen der Winde, die über den Ozean wehten, Melanie hatte ihrer Mutter gegenüber eine ungeduldige Regung gezeigt, und Mutter war verletzt gewesen, als hätte Melanie ihr zu verstehen gegeben, dass sie den gleichen Unsinn redete wie die anderen Frauen ihres Alters, in den Salons, und Mutter, die Melanie stets unterwiesen hatte, angefangen bei der Kleidung, die sie zu tragen hatte, bis hin zur Musik von Bach, die ihre Seele veredelte, fragte sich, ob sie für Melanies Geschmack inzwischen womöglich zu angepasst sei, dass Mutter eine verdiente Museumsdirektorin in Connecticut war und eine engagierte Aktivistin wie ihre Tochter, schien auf Melanie keinen Eindruck mehr zu machen, Melanie hatte eine entfernte Tante in ihr Herz geschlossen, Renata, eine Verwandte, die sie nur ein paar Mal gesehen hatte, auf ihren vielen Reisen, Renata, die ihren Besuch ankündigte, Mutters Beständigkeit war demnach keine beneidenswerte Eigenschaft mehr, sie wurde ihr zum Vorwurf gemacht, ob Renatas Unbeständigkeit in der Familie denn nicht hinreichend bekannt sei, hatte Mutter in einem eifersüchtigen Tonfall ihre Tochter gefragt, Renata fing immer wieder neu an, als wäre sie noch jung, sie hatte mit ihren diversen Ehemännern in verschiedenen Ländern gelebt, man hatte nie erfahren, warum sie nicht mehr bei Franz, in Österreich, war, nun teilte sie ihr Leben mit einem Richter in Amerika, ja, das war das Rätsel ihrer Unbeständigkeit, obwohl sie bereits als Juristin in Frankreich praktiziert hatte, und noch immer praktizierte, hatte sie unlängst abgelehnt, sich als Richterin zu bewerben, eine rastlose Seele, die niemals Ruhe zu finden schien, und wie hieß es doch gleich in diesem Psalm, den Mutter nicht mehr im Kopf gehabt hatte, in der Hängematte, heute Nachmittag, wenn Deine Seele an ihrem Platz ist, wirst Du in Frieden leben, und Renatas Seele, die sich niemandem unterwarf, war widerspenstig, und unter dem sternenreichen Himmel schrak Mutter zusammen, als Melanies Gäste Samuel Beifall klatschten, es war ungesund, bestimmt sogar, wenn ein Kind mit einer solchen Inbrunst zu singen vermochte, und als unter den ergriffenen Geladenen, denn Samuel hatte sie zu rühren gewusst, die Melodie von *Easy Living* auf Samuels Lippen erstarb, hörte Augustino zu weinen auf, er hörte den Vogel, der, wie jeden Abend, sagte, Guten Abend Augustino, ich hab Dich lieb, piep piep ich hab Dich lieb, gleich decken sie meinen Käfig ab für die Nacht, piep piep ich hab Dich lieb, und diejenige, die die Freundin, die Schwester war, hielt Jacques' Körper auf ihrem Schoß, um ihn anzukleiden, ihn, der künftig leicht wie eine Muschel war, dachte sie, sie zog ihn an für die Abschiedszeremonie, die im engsten Familienkreis stattfinden werde, verkündete sie mit gespielter Gleichgültigkeit Luc und Paul, Tanjou, den sie angesichts jener Prüfung nicht mehr abzuweisen vermochte, bat sie alle, sie ein bisschen allein zu lassen, den Bruder und die Schwester, sie wolle aus Jacques' Garderobe den Anzug aussuchen, der ihm am besten stünde, die schwarze Krawatte mit den roten Streifen, das weiße Hemd, das er an der Universität getragen hatte, so, dachte sie, wäre Jacques würdiger, und in dieser schmucklosen Pietà verharrte sie, vom Schmerz versteinert, sie war tränenlos, legte ihre Hände, ihre Finger, auf Jacques' Haar, das schon nicht mehr seines war, auf sein Gesicht, das nicht mehr vom Denken beseelt wurde, seit seine Augen geschlossen waren, erst später war ihr der blaue Schimmer unter den Wimpern aufgefallen, als wären die Augen nicht richtig geschlossen worden, oder als hätten sie sich für einen Moment öffnen wollen, und dann erneut geschlossen, der Arzt hatte ein paar Stunden zuvor den Tod festgestellt, aber dieses Schimmern, hatte sie es womöglich geträumt, sie hatte diesen Funken Leben unter dem teigigen Schatten der Wimpern gesehen, diese speckigen Schatten unter den Augen, als wäre Jacques' Gesicht in der Nacht nicht mehrfach gewaschen worden, von Luc und Paul, dabei war sie, als sie ihre Finger, ihre Hände auf Jacques' Haar, auf sein Gesicht gelegt hatte, sicher gewesen, dass er nicht mehr war, Gesichtshaut und Haarstruktur waren nicht mehr seine, ihr Bruder hatte zarte Haut, feines Haar, und mit dem Scheiden des Lebens war es ihr unmöglich zu beschreiben, welche gummiartige Konsistenz die Haut angenommen hatte, ebenso schien Jacques' Haar, wenn sie es berührte, eine fremde klebrige Textur zu haben, aber dieses Schimmern, dieses Feuerteilchen unter den geschlossenen Lidern, diese Verheißung, dass das Leben, auf einmal, nicht ganz abwesend war in diesem Körper, der nicht mehr atmete, der scheinbar keine Stimme, keinen Blick mehr hatte, darüber würde sie noch lange nachdenken, konnte sich noch immer nicht erklären, was dieses Schimmern bedeutete, jener kostbare Funke, von dem sie weder ihrem Mann, nach der Rückkehr, noch ihren Kindern erzählen würde, das Schimmern in Jacques' geschlossenen Augen würde sie begleiten, wenn sie ihren Fahrgast überführen würde auf der menschenleeren Straße, nachts, auf der endlosen Straße, vorbei an graugrünen Sümpfen am Meer, an der Savanne, wo Krokodile und Schlangen vor sich hin vegetierten, in diesem weißen Cadillac war sie Jacques am Flughafen abholen gekommen, hatte ihn gefragt, ob er sich zwischen den Kissen, auf der Rückbank des Autos wohlfühle, Jacques war gerne mit ihr ausgefahren in dem eleganten Automobil, aus dem er seine Freunde grüßen konnte, in den offenen Bars auf der Straße, auf seine Kissen gestützt, hatte er sie gegrüßt, oft, um sie nie wiederzusehen, das Auto hatte mehrere Sitze, aber der Bruder und die Schwester waren allein, ein beachtliches Ladevolumen, aber das Paket, die Holzschachtel mit Jacques'

Asche zwischen den Kissen war federleicht, hatte sie früher nicht gedacht, im Ertragen dieser gebeutelten, zweischneidigen Liebe, dieser Liebe, die sie für Jacques empfand, dass Jacques' Asche ihr von Luc und Paul auf dem Postweg zugestellt werden sollte, damit sich die Gleichgültigkeit gegenüber dem Verstorbenen schneller einstellte, und plötzlich hatte der Lebensfunke zwischen den blonden Wimpern, die unter den Lidern mit einem wächsernen Schweiß verklebt waren, all ihre Pläne durchkreuzt, das Aufflackern einer untergründigen Sanftheit, die ihr Bruder ihr vermachte, hatte diese gestern noch so verhärtete Seele ergriffen, und obwohl sie niemand hören konnte auf dieser menschenleeren Straße, spürte sie, wie aus ihrer Brust eine Klage drang, ein Schrei, doch ihre Wangen waren trocken, sie weinte nicht, denn endlich fühlte Jacques sich wohl zwischen den Kissen, auf der Rückbank des Autos, wohl und zufrieden, in dem großzügigen weißen Cadillac, wo sie, nur sie beide, so wenig Platz beanspruchten, neben Jacques, auf der Rückbank, die Dinge, die Tanjou planlos in eine Strandtasche geworfen hatte, Jacques' Aufsatz über Kafka, bis Seite 80 mit der Schreibmaschine abgetippt, eine deutsche Kafka-Biographie, für immer unterbrochen durch ein Lesezeichen in der Buchmitte, eine Cordhose, ein Pullover und extravagante Lederstiefel, in denen Jacques, wie auf Stelzen, über die Nichtigkeit seiner Eroberungen sinniert hatte, ein nasses schwarzes T-Shirt, das Tanjou im letzten Moment ausgezogen hatte, um sein von dicken Tränen überströmtes Gesicht hineinzupressen, unversiegbare Tränen, von denen der Stoff noch ganz durchnässt war, durchdrungen von diesem Geruch nach Luft und Meersalz, das mit dem Sand an Tanjous Haut haftete, und während sie ihr Haar löste, spürte die Freundin, die Schwester gleichsam als Liebkosung den Schauer der salzhaltigen Luft auf ihren Schultern, endlich war ihr Bruder von seinen Qualen erlöst, über den Meeren, den Ozeanen, dort wo Luc und Paul in der warmen, duftenden Nacht seine Asche verstreut hatten, und es blieben von ihm nur diese wenigen Worte, die er aus einer Predigt von Pastor Jeremy in sein Heft notiert hatte: Mein Gott, warum muss ich heute, an jenem köstlichen Morgen, den Tod finden? Und sie kamen auf ihn zu im Schrillen der Sirenen, waren es die Weißen Reiter der Apokalypse, die ihre Fackeln in die maroden Dachstühle dieser Schulen am Meer warfen, wo Venus und der Bekloppte ihre Bücher noch nicht zugeklappt hatten, das Feuer züngelte an den termitenzerfressenen Balken hoch, in ihrem zu einem Kranz geflochtenen Haar schien Venus zwischen zwei angesengten Brettern zu schlafen, waren sie es, die das Gasolin auf den Flammenpfeil kippten, der die Sonnenschirme, die Dominospiele im Hof verwüsten würde, oder die Bösen Neger, deren blasse Zähne blitzten, unter ihren umgekehrt auf den ungewaschenen Haaren sitzenden Baseballkappen, während ihre Füße in den halbhohen Stiefeln bedrohlich auf dem Gehweg klackten, Carlos wurde von den rachsüchtigen Händen vom Fahrrad an die Mauer geschleudert, im Aufflackern der Grausamkeit gegen die Unschuldigen sah Carlos wieder eine Katze vor sich, die morgens unter die Räder eines Lastwagens gekommen war, ihre Pfoten zuckten noch auf der glühenden Fahrbahn, in ihrem Auto hatte eine schwarze Frau Carlos gestreift, die getönte Scheibe an der Fahrertür heruntergelassen und gerufen, hau ab, Du Nigger, hau ab, oder ich fahr Dich platt, er sah wieder ihr Säufergesicht vor sich hinter der rauchig getönten Scheibe, und jetzt ließen ihn diese Hände aus einem Himmel der Finsternis, diese dubiosen, willenlosen Hände heimtückisch über dem Abgrund baumeln, sein Körper glich dem eines Gehängten, er freute sich nicht mehr an Pollys seidigem Fell in der Sonne, das Fahrrad mit dem gelben Lenker, grellgelb wie sein T-Shirt, war in einer dunklen Ecke in der Rue Bahama auseinandergenommen worden, hatte Carlos nicht schon immer gewusst, dass er die falsche Straße nahm, dass ihm an diesen Wegen mit den streunenden Hunden und Dealern die Bösen Neger auflauerten, sie versetzten ihm Fausthiebe mit ihren Boxhandschuhen, umkreisten ihn in einem irren Tanz unter dem Mond, bis Carlos unter den Schlägen zu taumeln begann, ließen erst von ihm ab, als die Polizeistreifen sie verfolgten, quer über die Straßen, über die Gehwege, wo die verängstigten Passanten wegsprangen; im Gras ausgestreckt, am Rand des Gehwegs, hörte Carlos an seinen Schläfen die gellende Sirene der Polizeistreifen, ob Venus, die in der Baptistenkirche sang, oder Mama, wohl die Schritte der Weißen Reiter gehört hatten, die durch die Stadt liefen, ihre Fackeln in die maroden Dachstühle der Häuser, der Schulen, der Gymnasien warfen, sie setzten diese Hütten, flach wie die Bretterbuden in der Rue Bahama, der Rue Esmeralda, in Brand, später würde ein ausgemergelter Hund um die vom Feuer verbrannten Rasenflächen streifen, alle, alle würden sie abgeschlachtet, Großvater Davis, Onkel Lee, Onkel Cornelius, der als Siebenjähriger in den Straßen von New Orleans Klavier gespielt hatte, so war damals auch der Wald der Blumen in Flammen aufgegangen, während Onkel Lee in der Kirche für die Weißen Orgel spielte, war das Feuer an den termitenzerfressenen Häusern hochgezüngelt, und als er die Augen in der Morgensonne öffnete, fuhr sich Carlos mit der Hand über die blutigen Lippen, die blutige Nase, um diese Zeit läuteten sämtliche Glocken in den Kirchen, ein Huhn gackerte mit seinen Küken auf dem Rasen, Carlos streckte die Hand nach ihnen aus, während er sich im Gras vorwärtswälzte, Venus' Stimme sang, bleibet meine Freude, in der Kirche, benommen stand Carlos auf, um diese Zeit läuteten sämtliche Glocken gleichzeitig in den Kirchen, und Carlos hatte Polly, Polly, die durstig war, und hungrig, Polly, die er im Schuppen allein gelassen hatte, im Dunkeln, Polly, er hatte Polly, und in der Kirche sang Venus, bleibet meine Freude. Nein, es war nicht gut, dachte Mutter, wenn ein Kind zu viel Aufmerksamkeit auf sich zog, und Mutter erinnerte sich an Samuels Verkleidung bei den Festen im Vorjahr, was er sich dieses Jahr wohl wieder einfallen lassen würde, Mutter erinnerte sich an das Gedränge der Erwachsenen um Samuels angemaltes Gesicht, an jenem Tag waren ein paar Gymnasiasten in eine Besserungsanstalt geschickt worden, weil sie Füchse abgeschlachtet und einen Hirsch getötet hatten, Samuel äußerte seinen Protest gegen dieses Blutbad mit seinem Gesicht, mit seinen schwarz bemalten Lippen, den roten Abdrücken auf seinem Gesicht, wie blutige Krallen, die Wirkung von Samuels Maske war genau kalkuliert, dachte Mutter, Samuel hatte gewusst, dass er für Empörung sorgen, Angst machen würde, Samuel, da war sich Mutter sicher, hatte die Erwachsenen mit einer grotesken Darstellung eines Gekreuzigten schockieren wollen, denn Samuels bemaltes Gesicht glich dem eines Mannes am Kreuz, und eben als Gekreuzigter, mit genau diesem Gesicht, dachte Mutter, hatte Samuel in der Menge getanzt, während der Feste, und warum hatten Melanie und Daniel nichts gesagt, war demnach alles erlaubt, Samuel war fotografiert worden, mit dieser Verkleidung, wie stand es heutzutage nur um die Kindererziehung, die Erinnerung an die ungeduldige Regung, die Melanie ihrer Mutter gegenüber gezeigt hatte, war schuld an diesem unangenehmen Grübeln, aus dem zwanghaft Samuels Gesicht aufstieg, dachte Mutter, denn ansonsten wäre die abendliche Feier gelungen gewesen, und in dem vom Zirpen der Zikaden unterbrochenen Stimmengewirr der Gäste hörte Mutter die Stimme von Maria Callas mit der Arie aus *Orpheus und Eurydike*, die Stimme der griechischen Sängerin wühlte Mutters Seele auf, dieser Schrei oder diese Klage, ach, ich habe sie verloren, drangen sie nicht aus ihr selbst? Mutter hatte Melanie verloren, dachte sie, sie würde bald ihr sechsundsechzigstes Lebensjahr beginnen und Melanie würde noch lange ihre blühende Jugend bewahren, Mutters Energie würde nachlassen, Melanie würde sie ablösen als Vorsitzende der Weiblichen Liga zum Schutz der Arbeitnehmer, ihrer Ausschüsse gegen Rassendiskriminierungen, Melanie wäre die Ansprechpartnerin für misshandelte Frauen, ach, ich habe sie verloren, sang die Sängerin in einem Aufschrei heftiger Ernüchterung, und diese Stimme zerriss die Abendluft, mit ihrem Beben und ihren abgetönten Erschütterungen, niemand fragte Mutter, was sie von Glucks Musik halte, sie hätte über die Erneuerung des musikalischen Stils gesprochen, über die Psalmen, das leidenschaftliche *De profundis*, das Gluck geschaffen hatte, doch Daniels und Melanies Gäste gaben sich kaum mit Mutter ab; in dem Kellnerjackett, das er sich von Julio geborgt hatte, stand Samuel erneut an der Bar, und Melanie, neben ihm, fuhr ihm hin und wieder zärtlich durchs Haar, ach, ich habe sie verloren, dachte Mutter, alle hoben ihre Gläser und stießen auf Vincents Gesundheit an, der heute zehn Tage alt war, und wenn man der Gluck'schen Sakralmusik glaubte, dachte Mutter, enthielt Vincent, kaum den Händen seines Schöpfers entschlüpft, bereits einen unsterblichen Keim, und kurz nach dem Start des Flugzeugs fiel dem Richter ein Gesicht ein, das er erblickt hatte, als er aus dem Fenster seines Hotelzimmers geschaut hatte, um zu sehen, was auf der Straße los war, er schob beim Rasieren einen Vorhang hoch, oben im zweiten Stock, wo er sich in seiner Unsichtbarkeit alleine wähnte, begegnete er dem Blick des Chauffeurs, der dort unter den Bäumen auf ihn wartete, ein junger Araber in der beigefarbenen Livree der

Hotelangestellten, er zog in der schon heißen Morgenluft seine Mütze, bekundete seine Anwesenheit mit einem Kopfnicken hinauf in den zweiten Stock, wo sich die Gestalt eines Mannes hinter dem Vorhang bewegte, und dieser Mann war Claude, ein Richter, der gewohnt war, die anderen zu sehen, ihre Taten abzuwägen, sich mit der Unbeugsamkeit des Gerichts auskannte, und plötzlich trafen die Augen eines Unbekannten, mit dem er am Vortag, während er die Stadt erkundete, ein paar Worte gewechselt hatte, auf seine, mit einem fröhlichen, fast spöttischen Ausdruck, und er erwiderte den insistierenden Blick mit einem Ausdruck schuldbewussten Gehorsams, als existierte eine unbestimmte Verbindung zwischen diesem Mann und ihm, er hatte an das Urteil gegen die Dealer gedacht, das seine Frau ihm vorwarf, und hatte sie vielleicht recht, womöglich hatte er einen irreparablen Schaden verursacht, wie dieser amerikanische Richter, der einen Schwarzen zum Tod durch die Giftspritze in einem texanischen Gefängnis verurteilt hatte, die Straftaten, die Verbrechen, waren nicht vergleichbar, doch auch ein ungerechtes Urteil war ein Verbrechen, ja wozu eigentlich, falls er sich getäuscht hatte, diese Polizeiüberwachung rings um ihr Anwesen, Claudes Augen waren ebenfalls denen des Chauffeurs begegnet, als der junge Mann, Claude von Weitem zulächelnd, theatralisch einen Schal aufgefangen hatte, der von Renatas Schultern gerutscht war, dieser Schal, dachte der Richter, wie der Spott im Blick des Chauffeurs, das alles hatte die beiden Männer plötzlich gewaltsam zusammengeschweißt und sie, für einen kurzen Augenblick, nicht mehr voneinander unterschieden, in der Abgrenzung durch ihre Rasse, ihre ungleichen Chancen im Leben, schienen die Augen des Chauffeurs Claude nicht zu bedeuten, gleiches Blut, gleiches Wasser, sind wir nicht alle sterblich, die Mächtigen wie jene, die ihnen mit Hingabe dienen, die vertraulichen Mitteilungen des Chauffeurs am Vortag, enthielten, überstürzt, eine Warnung, eine Gefahr, im murmelnden Raunen seiner Worte am Ohr des Richters, sie töten unsere Kinder, vertreiben uns aus unseren Moscheen, wo wir beim Gebet sind, zu laut, sagen sie, zu laut, viel zu laut seien wir mit den Tränen unserer Kinder und unseren Gebeten: Das Flugzeug stieß durch dicke Wolken, als Claude das Gesicht des Chauffeurs wieder vor sich sah, der als Zeichen des Respekts die Mütze vor ihm zog, trotz seiner boshaften Hintergedanken war der Chauffeur ein höflicher Mensch, gleiches Wasser, gleiches Blut, dachte der Richter, im Flugzeug, am grenzenlosen Himmel der Schwerkraft seines Körpers ausgeliefert, oder aber schwerelos, dachte er, dieser scheinbar an seinen Sitz gegurtete Körper, dessen passive Bedürfnisse von den beflissenen Stewardessen befriedigt würden, er dachte auch an das verurteilte Fleisch der Menschen, dieses Fleisch war es, das der Chauffeur mit seinen nachdrücklichen, zu Claude aufschauenden Blicken erkannt hatte, er hatte den Richter mitten in seinen Glücks-, seinen Zufriedenheitswallungen überrascht, ein Mann, der sich in einem Hotelzimmer, einer luxuriösen Suite rasierte, nach der körperlichen Liebe, und überraschte er ihn nicht abermals, wie er nun im Flugzeug auf einem Klapptisch der First Class seine Akten aufschlug, mit seiner gewohnten Gewandtheit Anweisungen erteilte, der Chauffeur hatte tief in sich eine flehentliche Frauenstimme gehört, er hatte erkannt, dachte der Richter, was alle Menschen miteinander teilen konnten, das Geheimnis einer unbeschreiblichen Angst im Aufruhr der Gedärme, den Aufruhr des bedrohten, verurteilten Fleisches, den nichts besänftigen konnte, und während er seine Akten überflog, dachte der Richter, dass er recht gehabt hatte, dieses Urteil gegen die Dealer zu verhängen, seine Frau wurde immer sentimental, sobald es sich um junge Männer, um deren Leben handelte, er las die Erklärung eines amerikanischen Richters und sagte sich, dass diese Erklärung eines Tages seine wäre und Renata ihn zu seiner Großzügigkeit, zu seinen liberalen Ideen beglückwünschen würde, das neue Drogengesetz würde die Verbrechen reduzieren, hatte ein pensionierter Richter verkündet, alles was verboten war, wie früher der Alkohol, leistete einer Mordwelle Vorschub, dennoch, dachte Claude, sollten die kleinen Straftaten nicht doch sanktioniert werden, bevor sie in echte Verbrechen ausarten, und in diesem Augenblick sah er wieder das Gesicht des Chauffeurs vor sich, der seine Anwesenheit vor dem Hotel bekundet hatte, gleiches Blut, gleiches Wasser, sagte ihm dieses Gesicht, und trotzdem vertreiben sie uns aus unseren Moscheen, zu laut, sagen sie, mit den Tränen unserer Kinder. Und dieses hohle Durstgefühl hatte sie unaufhörlich gepeinigt, als sie die Hand des Antillaners genommen hatte, um ihm einen Geldbetrag zu geben, den er in der Hand behalten hatte, während er seine Finger um Renatas gepresst hatte, mit gesenktem Blick, mit abgewandtem Kopf hatte sie versucht, sich zu entwinden, ihm mit undeutlicher Stimme geantwortet, die er sicher, dachte sie, für gespielt ängstlich halten musste, noch zu selbstsicher in ihrer Anmaßung, sie hatte ihm gedankt, mit fliehendem Blick unter den Lidern, dass er ihr die Koffer zu dem von ihr gemieteten Haus getragen hatte, seine kräftige, trockene Hand immer noch um Renatas geschlossen, sagte der Antillaner, er beobachte schon seit Langem diese Frau, nachts allein im Kasino, zwischen all den Männern, plötzlich dann packte er Renata, warf ihr vor, Zeugin seiner Erniedrigung gewesen zu sein, an jenem Abend, als er alles verloren hatte und die Mitspieler ihn auf die Straße geworfen und verprügelt hatten, Sie, eine reiche Frau, haben nichts für mich getan, schien er zu sagen, doch er war einsilbig, wütend, drückte seine Lippen auf Renatas Stirn, diese Nähe war so beklemmend, dass sie die Zähne des Antillaners ihre Stirn beißen spürte, das Keuchen seines Atems in ihrem Nacken, als Verlierer geboren, sagte er erbittert, konnte Renata, während er sie in seinen Armen gefangen hielt, nicht diese Gedanken in den gequälten Augen des Mannes lesen, diese Frau schänden, mit einer jähzornigen Armbewegung warf er sie aufs Bett, jenes Bett, auf das er gerade noch ehrerbietig die Koffer gelegt hatte, verstört schaute er sich nach allen Seiten um, während er ihr den Schal wegriss, das Seidenkleid, und in diesem Moment peinigte sie beständig das hohle Durstgefühl, der Schal, das Seidenkleid, dessen Stoff kaum die Schultern bedeckte, jede Faser des leichten Gewebes, der Wäsche, die mit dem Blut oder dem Sperma in Berührung gekommen war, klebte an ihrem Schamgefühl wie an ihrem Fleisch, das unter den zerrissenen Kleidern sämtlichen Schlägen ausgesetzt war, die organischen Geheimnisse des Körpers, misshandelt und geschlagen, spürbar der Aufruhr, die Unruhe in ihrem Blutkreislauf, der Mann noch immer über sie gebeugt, mit der ganzen Zählebigkeit seiner Muskeln, seines Gewichts an sie geklammert, an die Linderung seiner Scham, dieser Mann, der sich für die Erbärmlichkeit seines Lebens rächte, der sie mit betäubenden Kraftanstrengungen zerstören und besitzen wollte und ihr sagte, als wäre er mit dieser entfesselten Gewalt plötzlich fähig, sein Herz an sie zu verlieren, der ihr sagte, für wen halten Sie sich eigentlich mit ihrem Hochmut, was zählt schon Ihre Rasse, dieses Auftreten, dieser Schmuck, diese Perlenschnüre, was bedeuten sie Ihnen, während Sie so sinnlich warten und umherspazieren, im erstarrten Rauch der Kasinos, der Bars, habe ich gesehen, wie Sie mir, alleine, oder an der Seite Ihres Mannes, hochmütig, verächtlich zugelächelt haben, durch den Rauch am Wasser, nachts, als Ihre Armreife glitzerten, der Glanz Ihres Goldetuis, denn in Zukunft soll alles in Ihnen gepeinigt und zerstört werden, dann meinte der Antillaner durch die weit geöffneten Fenster ein Geräusch in den Büschen zu hören, und ergriff feige die Flucht; am Morgen hatte sie dieses weiße Laken gesehen, den Riss in dem zarten Gewebe, den schwammartigen, von den Spermaflecken verfärbten Frotteestoff, ein weißes Laken auf dem

Bett, das im Ringen der Körper zerwühlt worden war, als das Licht eines glühenden, heißen und feuchten Tages auf Renata strahlte, jetzt da sie alleine war, erinnerte sie sich, dass sie im Morgengrauen beschlossen hatte, in das gemietete Haus zurückzugehen, hatte sie dem Antillaner, der verstohlen das Kasino verließ, nicht mit Blicken befohlen, ihr zu folgen oder ihr mit dem Koffer zu helfen, er hatte ihrem autoritären Blick gehorcht, vermutlich war es, in seiner Verwirrung, ein gebieterischer Blick, denn er schien ihr im Hotel auf einmal in Gefahr zu sein, stand sie nicht noch immer unter dem Eindruck dieses hohlen Durstgefühls, als er ihr gefolgt war, sie würde Claude gleich anrufen, ihm mitteilen, dass sie wirklich in jenem Zwischenreich sei, ohne zu sagen in welchem, sie wolle sich Zeit nehmen, zu schreiben, nachzudenken, würde sie ihm sagen, und er würde fürsorglich reagieren, würde fragen, für wie lange noch, komm zurück, er würde seinen Irrtum in Bezug auf das gesprochene Urteil eingestehen, doch begierig, die Worte ihrer Versöhnung zu hören, würde sie ihn nicht gleich anrufen, aus Furcht, er sei nicht richtig bei der Sache, weniger liebevoll oder zu beschäftigt, der Zeiger auf dem grünen Wecker, den sie ausgepackt hatte, stand auf neun Uhr, als wäre sie mitten auf dem Ozean festgehalten worden, als hätte der Zeiger auf eine beliebige Stunde in der Ewigkeit gedeutet, die Stunde, in der sie geboren worden war, die Stunde, in der sie sterben würde, das einzige Geheimnis, das uns alle gefangen nahm, sie würde, entblößt und verloren, auf diese Matratze zurückfallen, für ein paar Stunden schlafen, allein, wie sie es oft hatte sein wollen, in ihren Träumen schwimmend, in einem grünen, unbeweglichen Wasser, der Ozean war ruhig, Renata heftete ihren Blick auf die grüne Farbe der Wände und der bemalten Holzdecken, verschmolz diese bedrückende Umgebung nicht mit der üppigen Vegetation draußen, dachte sie, und warum dachte sie in diesem Moment an Franz, an etwas, was er ihr gesagt hatte, nach der Rückkehr von einem seiner Konzerte in Wien, dass sie, Renata, in seiner Abwesenheit ein bisschen gealtert sei, oder war sie künftig wirklich alt, und sie überlegte, dass sie diesen Mann auf der Straße wiederfinden müsste, den, der auf das verlassene Kasino zugewankt, der geflohen war beim Klang eines Tautropfens auf einem Palmblatt, ganz rissig von der langen Trockenheit vor dem Gewitter, das dumpfe Geräusch des Wassertropfens hatte ihn in die Flucht geschlagen, aber sie würde ihn wiederfinden, ihn bei den Behörden der Stadt anzeigen, wäre da nicht dieser erdrückende Beweis gegen sie gewesen, dieser Blick, den sie ihm beim Verlassen des Kasinos im fahlen Schein der Neonröhren auf dem Wasser zugeworfen hatte, doch er existierte, dieser Beweis, noch immer unter dem Eindruck des Durstgefühls, würde sie Ordnung in das gemietete Haus bringen, hier hatte ein berühmter Dichter schottischer Abstammung gelebt, zwischen diesen Wänden hatte er den Großteil seines Werks verfasst, doch eigentlich hatte sie dieses unter einer dichten Vegetation aus Kakteen und tropischen Sträuchern begrabene Haus gemietet, weil auch eine Frau hier alleine geschrieben hatte, sie hatte ihr Werk verfasst und sich dann nach Brasilien aufgemacht, nach dieser Frau, deren Name nicht weiter bekannt war, suchte Renata an jenem Ort, obgleich es kein greifbares Zeichen ihrer Anwesenheit gab, während man von dem berühmten Dichter alles wusste, während er beinahe noch da zu sein schien, mit seiner Vorliebe für das schlichte, bukolische Leben, in diesem Landhaus in der Stadt, bedeutete der Zeiger auf dem grünen Wecker Renata nicht, dass der Dichter morgens um neun mit der Arbeit begonnen hatte, dass sein Zeitplan sich jeden Tag an strenge Regeln hielt, dass ein klar strukturierter Geist über sie wachte, während sie selbst oft nur Chaos und Verunsicherung war, auch Unnachgiebigkeit, wenn sie sich nicht unterwerfen wollte, eine Erleuchtung hatte sie hergeführt, die Lektüre eines Gedichts von Emily Dickinson, in einem fiebrigen, durstigen Zustand, es war Zeit für ein Bad im Meer, aber war ihr das vorerst nicht verboten, Zeit, sich gleich umzuziehen, um abends auszugehen, das Haus in der Bucht, bei ihrem Neffen Daniel und ihrer Nichte Melanie, wäre bald festlich erleuchtet, das aufflackernde Licht in den Lampen, die Kerzenleuchter auf den Tischen im Garten, wo es nach Limonenbäumen, Akazien, blühenden Weihnachtssternen duften würde, ein Fest zu Ehren Vincents, der heute zehn Tage alt wurde, festliche Tage und Nächte, hatte Melanie ihr gesagt und sie angefleht, zu kommen, und Vincent, sagte Melanie, würde, die kleinen Fäustchen auf dem Kopfkissen geballt, schlafen, mitten in all dem Lärm, und Renata dachte an diese Konkurrenz unter Frauen, wie die zwischen ihr und Melanies Mutter, sie sagte Melanie, sagte es ihr am Telefon, dass sie etwas später kommen werde, sie hatte Melanie von dem Eingriff erzählt, der sie zur Ruhe zwang, wo doch bei ihrer Rückkehr ein wichtiger Prozess auf sie wartete, diese lange, zermürbende Ruhe nannte sich Zwischenreich, wacklig, ich bin ein bisschen wacklig, hatte Renata zu Melanie gesagt, dann hatte sie übergangslos aufgelegt, bei sich gedacht, dass sie Melanie nichts von jener Nacht, von jenem Morgen erzählen würde, schon unterdrückte sie auf ihren Lippen diese verstörenden Geständnisse und Geheimnisse, denn, dachte sie, wie heimtückisch das Leid, aus dem das Dasein der Frauen gemacht war, auch sein mochte, war nicht auch sie verantwortlich dafür, denn sie gefiel den Männern, das Gesetz, die Regel wollte, dass sie ihre Blicke auf sich ziehen sollte, ein jahrhundertealtes Gesetz, doch verwandelte sie es nicht nach Belieben in ihre eigene Regel des Fehlverhaltens und der Konfrontation; dieses Leid, das dem kränkenden Dasein der Frauen eignete, war heimtückisch, Franz, plötzlich zu groben Beleidigungen fähig, am selben Tag, als er, in seiner Trunkenheit verwirrt, Französisch mit ihr gesprochen hatte, doch beherrschte er nicht sämtliche Sprachen, nach einer durchzechten Nacht mit Freunden, Du, Ihr, seid Ihr nicht gealtert, während ich nicht da war, bei meinen Konzerten in Wien, Du, ja Du, war es nicht am selben Tag gewesen, als eine demütige Nagelpflegerin Renata gesagt hatte, wie schön sie sei; über Renata wehte mit dem Kuss von Franzens Mund jener Atem des Nichts, der ihre Hoffnungen vernichtete, nacheinander hatten alle, mit Ausnahme von Claude, der als Mann und Richter früh gereift war, sie in das Zwischenreich der Ablehnung, der Enteignung verbannt, wo jene kindlichen Seelen weilten, die Gott in seinem Reich nicht wollte, und an diesem geheimen Ort, wie in dem gemieteten Haus, in das sich eine Frau zurückgezogen hatte, um ein Werk zu verfassen, war das Gefühl dieses emporwachsenden Zwischenreichs in der Hitze, die hohe, dichte Vegetation, für Renata ebenso wirklich wie für die Frau aus Brasilien, deren Werk von so schmerzlichen Vorzeichen beherrscht wurde, dass nur wenige Leute es durchdrungen, gelesen hatten, und sie, die Freundin, die Schwester, zog langsam die Schublade auf, in der Jacques' Sachen eingeräumt waren, ihr Mann, ihre Kinder durften sie nicht sehen bei der Betrachtung dieser verehrten Dinge, sie waren alle außer Haus und würden erst abends wieder da sein, der Mann, die Kinder, alle tadelten sie, sahen sie prüfend an, denn künftig gehöre sie nur noch Jacques, sagten sie, ihm, nur ihm allein, ständig an seinem Rockzipfel, dieser Onkel, wer war er, dieser Bruder, hatte er nicht einen schlechten Ruf, wer war er, dieser Mann, ihr Onkel, der Bruder ihrer Mutter, dessen Asche so schnell auf den Meeresgrund verstreut, in der feuchten Luft zerstäubt worden war, sie hörte diese Stimmen, die ständig etwas von ihr wollten, unnachgiebig, in Gefahr, sagten sie alle, komm uns zu Hilfe, wir brauchen Dich, wie hatte die Tür des behaglichen viktorianischen Hauses, ein Erbe ihrer Eltern, sie nur derartig abriegeln, wie hatten diese Fensterläden, diese Holzvertäfelungen ihr Leben auf einmal einzäunen können, während ihr Bruder unterdessen durch Asien reiste, Bücher schrieb, las, träumte und dabei die weiche Luft in seinem Garten einsog, allein, dabei wurde er doch geliebt, während die stolze Beständigkeit seiner Schwester, ihr Reich vereinnahmt worden waren, während sie mit diesem Mann, mit diesen Kindern, alle so launisch, niemals allein war, und es war noch nicht einmal sicher, dass sie gemocht wurde, doch diese kleinlichen Gedanken, die früher ihren Kopf in Beschlag genommen hatten, empfand die Freundin, die Schwester, nicht mehr, als sie langsam die Schublade in dem geheimen Schrank aufzog, diese Dinge mit ihren unverwüstlichen Spuren, dachte sie, Tanjous schwarzes T-Shirt, die Cordhose, die Stiefel, deren Leder nicht dazu gekommen war, sich abzunutzen, diese Dinge breitete sie manchmal am Fenster aus, damit die Sonne sie, nach dem Winter, mit ihren Strahlen wärmte, ebenso die eingetopften Geranien, die sie gerade ins Freie gestellt hatte, aus Tanjous schwarzem Oberteil atmete sie die Meeresgerüche ein, plötzlich fesselte dieses bedruckte T-Shirt ihre Aufmerksamkeit, auf dem schwarzen Stoff waren akrobatische Formen zu erkennen, stellte die Zeichnung nicht tanzende Skelette in diversen Liebesstellungen dar, war der Urheber dieses Knochenballetts auf einem T-Shirt nicht ebenso pervers wie erfinderisch, indem er, in dieser Miniaturfreske auf einem T-Shirt, die von tödlichen Strahlungen durchdrungene Liebe unserer Zeit erfasste, diese Umarmungen waren genauso lebensecht wie die Umarmungen der in Stein gemeißelten Könige und Königinnen auf den Grabmälern der Kathedralen im 15. Jahrhundert, dachte sie, bereits verderbt, war das poröse Fleisch vom Künstler verklärt worden, damit man es nicht verfallen und sterben sah, doch es war dasselbe T-Shirt, das sich mit seinem salzigen Duft, dem gesunden, wohligen Schweiß um Tanjous aufrechten Oberkörper geschmiegt hatte, der frühmorgens schon über die Strände lief, dieses T-Shirt hatte lange mit den Sandkörnern in einer Strandtasche gelegen, mit den Gummibällen, die Luc und Paul noch immer über das Wasser hüpfen ließen, den flauschigen Handtüchern, mit denen sie nach dem Baden ihre Körper trockneten, Tanjou hatte diesem T-Shirt das Salz seiner Tränen anvertraut, und unter dem gespenstischen Weiß jedes einzelnen der präzise gezeichneten Skelette, auf dem Druck des T-Shirts, war noch die verstörte Sinnlichkeit der Liebesgesten gebannt, ihre Notwendigkeit, ihre Dringlichkeit, als hätte sie, die Freundin, die Schwester, diese so reservierte und prüde Frau an Jacques' Spielen in einem verschlossenen Zimmer teilgenommen, an jenen Spielen, die für sie immer unvorstellbar, verwerflich gewesen waren, und die ihr nun plötzlich mit der Klarheit einer Kinderzeichnung auf einem weißen Blatt Papier erschienen, und die Melodie von *Easy Living* war auf Samuels Lippen erstorben, der, Julio nacheifernd, an der Bar bediente, mit dem Wein von Tisch zu Tisch, durch den duftenden Garten lief; was mochte Julio wohl seiner Mutter, Melanie, erzählen, die Weißen Reiter sind da, ich habe sie gesehen, auf dem Rückweg vom Strand, Melanie, hören Sie, sie haben Samuels Boot in der Marina mit unabwaschbarer roter Farbe bepinselt, so hat der Henker früher die Schulter der Verurteilten mit dem glühenden Eisen gebrandmarkt, und das Mal war nicht mehr zu beseitigen, morgen, in der Sonne, wird man ihr Zeichen sehen, es wird am Ruder von Samuels Boot prangen, an der Stange, das Zeichen der Nazis mit einem Pfeil darüber, und dieser Pfeil wird das Herz Ihres Sohnes Samuel treffen, ich habe sie gesehen, fliehen Sie, sie stehen schon vor den Türen Ihrer Anwesen, fliehen Sie, Melanie, doch als er hören wollte, was Julio seiner Mutter ins Ohr flüsterte, vernahm Samuel nur das Raunen der Stimmen im Garten, Mutter hatte nach Julios Arm gegriffen und geseufzt, wie leid es ihr tue, dass Julio so brutal am Strand angegriffen worden sei, was nicht alles passiere, heutzutage, sagte sie, doch aus Angst, Julio könne ihr den Grund für seine nächtlichen Spaziergänge an den Strand verraten, lenkte Mutter das Gespräch rasch auf ein anderes Thema, finde nicht morgen, um ein Uhr, fragte sie Julio, am Boulevard de l'Atlantique das Bootsrennen statt, sie werde mit ihren Enkeln kommen, schade, dass Melanie sich so wenig für Sport interessiere, morgen seien etliche weibliche Kapitäne zugegen, und Melanie, allzu sehr auf ihre familiären Pflichten bedacht, wäre nicht dabei, daraufhin unterdrückte Mutter ein Gähnen, es war noch zu früh am Abend, diese Feste würden so lange dauern, und sie war jetzt schon müde, in meinem Alter geht man, leider, früh ins Bett, sagte sie in kategorischem Tonfall zu Julio, besorgt schienen ihre Augen schon nach dem Zimmer Ausschau zu halten, in dem sie schlafen würde, befand sich dieses Zimmer nicht außerhalb des Hauses, am Ende eines Gartenwegs, zu dem man über eine Brücke gelangte, die bogenartig den Strahl der Springbrunnen, einen japanischen Teich mit rosa Fischen überspannte, noch so eine kostspielige Marotte der Kinder, dachte sie, und der Einfall dieses Architekten, den sie aus New York mitgebracht hatten, das unanständige Gemälde im unteren Badezimmer, die goldenen Griffe auf den Toiletten, alles unnütze Ausgaben, für die Melanie sie nicht um ihre Meinung gefragt hatte, und was war von diesen Skulpturen zu halten, die am Swimmingpool zu viel Platz einnahmen, die antiken mexikanischen Möbel im Gästezimmer waren wohl das Abgeschmackteste an der ganzen Einrichtung, man konnte unmöglich in einer derart unkultivierten Anordnung alte Kunst und Modernes miteinander kombinieren, ein Unding, doch Mutter dachte vor allem an ihren Schlaf, der von dem ganzen Lärm ringsum gestört werden würde, als bestünde sie plötzlich aus Porzellan, faltete sie die Hände über der festen, kompakten Brust und dachte, dass sie die Zeit zum Schlafengehen nun schon verpasst hatte, sie bräuchte mindestens sechs Stunden eines unerschöpflichen, erinnerungslosen Schlafs, um diese Feste drei Tage lang durchzustehen, denn Mutter träumte selten, hatte Julio ihr nicht gesagt, dass gegen Mitternacht eine Rockgruppe kommen würde, war das wirklich eine Art, den Neugeborenen willkommen zu heißen, der dort oben schlief, dieses laute Fest, aber die Kinder hatten sie auch dazu nicht um ihre Meinung gefragt, und man hörte Augustinos durchdringendes Geschrei in der Abendluft, der Aufsicht von Jenny und Sylvie entkommen, rannte er in seinem Superman-Umhang erneut durch den Garten, Mutter trat etwas abseits unter einen Baum, mit seinem Gerenne würde Augustino sonst noch seine Großmutter in die Akazien befördern, sie, die lächerlicherweise immer noch ihr Glas in der Hand hielt, dachte sie plötzlich, obwohl es leer und der Strohhalm ganz aufgeweicht war, unter dem beharrlichen Druck ihrer Lippen, und dann dachte Mutter, dass ihr Schlaf noch weiteren Aufschub dulden müsse, denn war das nicht Renata, die dort durch die große Eingangstür trat, konnte sie nicht einfach das Gartentor nehmen, wie alle anderen, dachte Mutter, die ihre Brille an den Schläfen zurechtrückte, um die spät Eingetroffene zu beobachten, die Schultern nackt unter einem Satinblazer, ja, möglicherweise hatte sie unter ihrem Blazer gar nichts an, dachte Mutter, die Hitze war tatsächlich erdrückend, Mutter dachte, wie ärgerlich es doch sei, dass Renata sich mit den Jahren kaum veränderte, dass sie noch jünger geworden war, schon lange, dachte Mutter, hatte sie dieses Göttinnen-Gehabe, waren der Hals, der Kopf nicht ein bisschen massig, fast männlich, aber was für eine majestätische Kopfhaltung, wer war Mutter schon neben dieser Frau, Renata war bekannt für ihre Plädoyers zugunsten der Frauenrechte, sie, Mutter, verteidigte niemanden außer ihren Kindern, war ihre Rolle als Museumsdirektorin nicht sogar ehrenamtlich, ihr fundiertes Wissen im Bereich der Malerei sowie ihr Mäzenatentum hatten ihr den Respekt ihrer Stadt eingetragen, nicht weiter erstaunlich, dachte sie, in einem von Ignoranz beherrschten dekadenten Umfeld, wie ihre Tochter war Mutter einmalig, ihre Einmaligkeit, ihr herausragender Wert hätten nur dann Anerkennung gefunden, dachte sie, wenn Melanie eine politische Karriere anvisiert hätte, alles schien darauf hinzudeuten, dass Melanie eines Tages im Senat sitzen würde, und plötzlich war sie bloß Mutter, natürlich, sie war noch eine junge Frau, doch muss man sich nicht, um voll und ganz im Leben zu bestehen, unentbehrlich machen, und Mutters besorgte Augen hielten Ausschau nach diesem Zimmer, von Oleander überrankt, dort hinten im Garten, sie beobachteten Renatas unter dem Satinblazer entblößte Schultern, die Harmonie der Formen war nicht vollkommen, dachte Mutter, Renatas Nacken, ihr Hals waren zu kräftig für eine Frau, zumindest Mutters Gatte, seines Zeichens Schönheitschirurg, hätte in ihr kein Inbild von Anmut, von makelloser Schönheit gesehen, und diese bildschönen Frauen waren so hochmütig, weshalb nur beneidete man sie so, die Hände über ihrer festen, kompakten Brust verschränkt, fühlte sich Mutter plötzlich genauso herabgewürdigt wie nachmittags in der Hängematte, als sie mit Melanie über die amerikanische Verfassung gesprochen hatte, zeitgleich zum Erscheinen Renatas, die ihre bronzefarbenen Schultern unter einem hellen Satinblazer enthüllte, sah man rings um sie, aus derselben goldenen, geheimnisvollen Nacht auftauchend, ein ganzes Gefolge aus jungen Leuten, die zu den Festnächten geladenen Musiker, ja, sie mussten es sein, die sich zu so später Stunde einfanden, dachte Mutter, in ihren weißen Partyoutfits, die raffiniert zusammengestellt worden waren, dachte Mutter, in dem verwahrlosten Stil, den die jungen Leute heutzutage so gerne trugen, sie schienen, mit ihren frechen Gesten, mit der strahlenden Begleitung ihrer Jugend, Renatas reifen Charme zu unterstreichen, ihre unnahbare Überlegenheit in diesem Bild, ihre kühle Ausstrahlung, war die Unmittelbarkeit dieses Bildes nicht gerade erst entstanden, dachte Mutter, als die durch die Straßen fegenden jungen Leute, ihre Musikinstrumente unter dem Arm, Renata plötzlich gesehen und lachend mit sich gezogen hatten, und der übermütige Pulk tuschelte noch auf der Schwelle, darüber reckte sich Renatas Gesicht, unterkühlt, mit der Andeutung eines Lächelns, dieses leicht verschreckte Lächeln, dachte Mutter, aber war es nicht trotz allem ein siegesgewisses Lächeln, das Mutters Seele erniedrigte, so wie sie nachmittags in der Hängematte erniedrigt worden war, als sie mit Melanie sprach, die ihr nicht zuhörte, Melanie, die sich wegen Vincents Atmung um die Windstärke über dem Atlantik Gedanken machte, während Mutter ihr die Schönheit der amerikanischen Verfassung auseinandersetzte, stimmten also nur diese Worte der Gluck'schen Melodie, vereinsamt, von den Ihren verlassen, brachte man sie nicht sogar um ihren Schlaf, hatte Mutter sie verloren, und Renata hob den Kopf, aus Angst, aus Furcht vor ihm, wer weiß, womöglich hatte der Antillaner beschlossen, ihr zu folgen, sie in dieser festlichen Nacht in die Enge zu treiben, verbarg er sich nicht hinter den Musikern, denn er würde immer da sein, dachte sie, es würde ihr niemals gelingen, ihn aus ihrem Fleisch zu verbannen, in ihrer Scham musste sie sie zurückdrängen, diese Jugend ringsherum, der sie freundschaftlich zulächelte, denn sie heiterte sie auf von ihrem Unbehagen in dem Zwischenreich, dieses Zwischenreich schlang sich, wie die Kletterpflanzen an dem von ihr gemieteten Haus, um ihr Leben, wieder und wieder fachte es das unstillbare Durstgefühl an, was tun mit diesen herrlichen jungen Menschen, sich einschließen mit ihnen unter dem Dach mit den Kletterpflanzen für wechselnde Vermählungen, doch wie die Gondoliere in Venedig, die auf sie zugekommen waren, als Franz sie nicht mehr begehrt hatte, wusste sie, dass es zu spät war, was für eine Lust, dachte sie, das Betrachten all dieser Gesichter, der männlichen Körper, die schmachtenden Musiker hatten, wie die spöttischen Schiffer in ihrem venezianischen Boot, alle das gleiche Durstgefühl heraufbeschworen, in Venedig war Franz für sein Oratorium gefeiert worden, während sie sich darauf beschränkte, das Begehren der Männer zu erregen, als sie alleine auf die Schiffer zuging, auf der Flucht vor ihm, vor Franz, dem Urheber eines großartigen Werks, diesem kindischen Mann, den sie oft beraten und betreut hatte bei der Vorbereitung seiner Konzerte, den sie zu erziehen versuchte, in seinen Rückschlägen, seiner Barbarei, seinem Wahnsinn, und auf einmal war Franzens Musik nur noch ein orchestriertes Getöse, während sich die Stimme der Schiffer über das kühle Wasser senkte, über das Vibrieren von Wasser und Himmel, in einer sehnsuchtsvollen Melodie, sie, eine Durchreisende, die an der Seite eines Musikers lebte, in Wohnungen, in luxuriösen Hotelzimmern, eine Frau, die ihre beruflichen Pflichten vernachlässigte, um Franz zu umsorgen, Renata, ein unvollkommenes Wesen, dachte sie, voller Zweifel, eine Frau, die das Vergnügen liebte, die heitere Gesellschaft des noch jungen und ehrlichen, unbeschwerten Mannes, und auf einmal belagerte diese Gesellschaft sie vergeblich, witterte ihren Durst, ihren so hohlen, ohnmächtigen Durst, alle waren da, nur wenige Schritte entfernt, sie umfassten ihre Taille, ihre Hände legten sich auf ihre Schultern, unter dem Satinblazer, die Schiffer in ihrem venezianischen Boot auf dem Wasser, dieses vibrierende Wasser, abends, und dabei hatte Franz ihr gesagt, habt Ihr Euch nicht verändert in meiner Abwesenheit, vergänglich, aber stets mit Jahren befrachtet, mit Wissen, wie die Frau es war, und mit einem Tod, der ebenso vergänglich war wie ihr Leben, es war Zeit, diese Musik zu hören, ihr zu lauschen, jetzt wo sich die jungen Leute an ihren Platz im Orchester setzten, unter den Bäumen, an dem im Dunkeln schillernden Pool. Und mit unbeschwerten Schritten ging Venus die Stufen der Veranda herunter, sie lief zum Strand, während Mama auf der Schaukel vor sich hin schimpfte, warum, fragte Mama, gehe Venus eigentlich so spätabends, nachts, noch aus, ja, sei das denn ein Aufzug, um auszugehen, dieses durchsichtige hellrosa Kleid, das so eng an den Hüften anliege, an der Brust, und diese provozierende rosa Hibiskusblüte in den Haaren, diese Haare, die Mama zu Zöpfen geflochten hatte, morgens, und die jetzt kein Band mehr zusammenhielt, ein Strohhalm und die Hibiskusblüte waren in ihre üppige Fülle verwoben, und Venus sagte fröhlich zu ihrer Mutter, mit ihrem Lachen, fast ein Kichern, sie sei eingeladen, während der Festnächte zu singen, drei Tage, drei Nächte, heute Nacht würde sie *Bleibet meine Freude* singen, und Mama hörte Venus' träges Lachen hinter dem Geräusch der Wellen, dieser laszive Gang, sagte Mama, dieser aufmüpfige Gesichtsausdruck, das ist der Einfluss von Onkel Cornelius und diesen Weißen im Gemischten Club, Venus treibe sich zwischen den Ferienhäusern herum, wo Schwarzen der Aufenthalt untersagt sei, sagte Mama, während sie die Küchentür hinter ihren weiß schimmernden Sonntagsschuhen schloss, atmete Mama angewidert den Geruch von gegrilltem Fleisch ein, Rue Bahama, der Gestank von fauligem Fleisch, auf diesen Grills, wo Carlos und der Bekloppte mit den fiesen Crack- und Kokaindealern herumhingen, und in der Straße der lauen Brise in Chicago fielen sie alle um wie die Fliegen, unter den Kugeln, wann würde das friedliche Leben zurückkehren, Rue Bahama, Rue Esmeralda, war es nicht Zeit, das Moskitonetz über Deandras und Tiffanys Bett zu ziehen, diese elendigen Familien, diese Penner, die abends in ihren Hauseingängen vor sich hin dösten, klagten über den Befall von roten Ameisen, wann würde der Frieden zurückkehren in die Rue Bahama, der Ozean, die Abendluft betörten Venus' Seele, während die Wellen an ihren nackten Füßen leckten, das Meer, der Himmel, das alles gehört mir, dachte Venus, und diese Ferienhäuser am Meer, wo sie in ihren klimatisierten Badezimmern, ihren Swimmingpools und Saunas, den Weißen ihren Körper zur Verfügung stellte, eines Tages würde eines dieser Ferienhäuser ihr gehören, jetzt zogen vor ihren Augen die Bilder vorbei, die sie verdrängte, stimmte es, was Mama und Pastor Jeremy sagten, dass die Weißen Reiter wieder da seien, dass sie in ihren Häusern, am Ozean, ihren Kampfgeist bei Videospielen trainierten und, wie beim Werfen einer Metallkugel, wie beim Kegeln, wo auf längliche Holzstücke gezielt wird, symbolisch Köpfe von Schwarzen abschossen, ganz ohne blutigen Krach fielen diese Köpfe auf einen von Finsternis verschleierten Fernsehbildschirm, hinter den Lamellen, den Bahnen der heruntergelassenen Rollläden, stimmte es also, was Mama, der Pastor, nachts auf ihrer Veranda sagten, oder waren Mama und Papa doch eifersüchtig auf Venus, auf ihre Jugend, auf ihre Schönheit, die die weißen Männer erregte, diese Männer, denen sie sich der Reihe nach hingab, auf den öffentlichen Toiletten oder im Gemischten Club, während Onkel Cornelius seine verkrümmten Finger auf das Klavier presste, er, der von klein auf so lange gespielt hatte, in den Straßen von New Orleans, als noch immer die Gotteshäuser und Kirchen brannten, ihr Fleisch war fade, Venus hatte keine Angst vor ihnen, weder vor ihnen noch vor dem Biss ihrer Zähne auf ihrer Haut, unter dem durchsichtigen Kleid, die Welt hatte sich stark verändert seit Onkel Cornelius' und Mamas Kindheit, und Mama, die fromm war, wusste nichts vom Fortschritt, Mama, Onkel Cornelius hörten noch das aus der Ferne dringende Raunen, während Venus hier nur die lauwarmen Wellen über ihre Füße schwappen hörte und sich am Boulevard de l'Atlantique, dachte sie, die Luft mit dem Duft der gelben Jasminblüten füllte, die auf die Gehwege gerieselt waren, unweit der Strände, und wie Venus heute Abend spöttisch zu Mama gesagt hatte, sei sie, Venus, zu einem Fest geladen und werde heute Abend singen, genau wie heute Morgen, in der Kirche, mit ihrer kristallklaren Stimme, oh, sie würde singen, und dabei an alle denken, an Carlos, den Bekloppten, an Deandra, Tiffany, Mama, bleibet meine Freude, denn wie Mama und Pastor Jeremy, liebte Venus Gott und diesen Ozean, diesen Himmel und diese Luft, die Er erschaffen hatte. Mutter hatte sie verloren, und wenn sie sich derart herabgesetzt fühlte, wenn sie neben ihrer Tochter zu versagen meinte, schämte sie sich für den Überfluss, in dem die Ihren lebten, sie war eine rundum sorglose Frau, der es an nichts fehlte, nicht einmal am Überflüssigen des Wohlstands, während die Cousins aus Polen, die Mutter so nannte, obwohl sie sie nicht gekannt hatte, diese Cousins, diese entfernten Cousins, nicht schon seit Generationen nach Kanada, in die Vereinigten Staaten hatten fliehen können, sondern alle in dem Dorf Łuków, im Distrikt Lublin, umgekommen waren, man sah sie noch auf den Fotografien, die von den Historikern, den Journalisten ausgegraben wurden, sie hoben, als wäre die Szene für alle Ewigkeit lebendig, die Hand zu ihren Henkern, ihren Mördern, eine Geste letzter, verzweifelter Kapitulation, doch ohne Rebellion, denn die Cousins aus Polen hatten gewusst, dass sie nicht fliehen konnten, in zahllosen Reihen standen sie neben den Baracken, von denen der Geruch nach Gas und Verwesung aufstieg, auf Knien warfen sich die Rabbiner, alle in einer Reihe, zu Boden, als Zeichen ihres Einverständnisses mit einem geistigen Gesetz, das sie gewählt hatten, das sie plötzlich jedoch im Stich ließ, unter den Mützen zitterten alle mit den Köpfen, makabrer Schreckenstanz in Schnee und Kälte, wo all die aufgerissenen Augen, all die zuckenden Körper verzweifelt um ihre Flucht bettelten, während sich, stumm, bald der graue Himmel über ihre Klagen schließen würde, über die Schreie der Kinder, wenn sie von ihren Müttern getrennt würden, sie waren alle umgekommen, während Mutter im Überfluss lebte, während ihre Tochter und deren Söhne die Freude ihres Lebens waren, obwohl es immer auch Schatten gab; war es Renatas Erscheinen in der großen Haustür, das für Mutter plötzlich die Cousins aus Polen heraufbeschworen hatte, oder waren sie immer schon präsent in ihren Gedanken, unrettbar, dachte sie, am Rande ihres Bewusstseins, wie Mutter kannte Renata von dieser Verwandtschaft, von diesen Cousins aus Polen, die Mutter am liebsten für immer aus ihrem Gedächtnis verbannt hätte, nur diese Gesichter der Fotografien und Zeitungen, doch weder Mutter noch Renata konnten die gewaltsam beendete Existenz derer leugnen, die nicht aus dem Dorf Łuków, im Distrikt Lublin, hatten fliehen können, trug Samuel nicht den Namen eines dieser Großonkel, der in jenem Winter 1942 erschossen worden war, Samuel, das Kind, er, der gesungen und dabei eine schwarze Stimme nachgeahmt hatte, mit gekonnter Wollust, easy living, hätte das alles Mutter nicht trösten, in ihrem Kummer aufmuntern müssen, dass mit Samuel, Augustino und Vincent diese Gesichter aus Łuków, im

Distrikt Lublin, ein bisschen in die Ferne rückten, denn aus dem Tod erstand neues Leben, Samuel war jener glorreiche Phönix, der aus seiner Asche neu erstand, so wie nach einem Brand das Laub nachwächst, wahrscheinlich hatte Renatas Erscheinen in der großen Haustür diese zermürbenden Erinnerungen geweckt, diese Vertrautheit eines heimlichen Ringens, zwischen ihnen beiden, erwachsenen Frauen, die unauslöschliche Erinnerung an die Cousins aus Polen, die Jüngeren hingegen, wer weiß, ob sie oft an sie dachten, denn aus dem Tod erstand neues Leben, warum dachte Mutter genau in diesem Augenblick an den süßen Geschmack der Erdbeeren auf dem frischen Fisch, der zum Abendessen serviert worden war, sie hätte aus Verzweiflung weinen wollen beim Gedanken an die Cousins aus Polen, die sich in Renatas Gesicht spiegelten, diese unauslöschliche Erinnerung, das Kluge an diesem Gesicht und seine ständige, fast generationenalte Besorgtheit, und unvermittelt überließ sie sich wohligen Erinnerungen, der Geschmack der Erdbeeren auf dem frischen Fisch, man hätte ihr endlich erlauben sollen, sich in ihr Zimmer zurückzuziehen, aber jetzt fingen die Musiker mit ihrem Getöse an, und alle hörten zu, ihr Glas in der Hand, das war sie also, diese merkwürdige, zusammenhanglose, fast zerbröckelnde Musik, die Samuel nach der Schule unter den Kopfhörern hörte, wenn er auf seinen Inlineskates nach Hause flitzte, diesen Skates mit den grünlich schillernden Rollen, Inlineskates, Fahrräder, gewöhnten Melanies Söhne sich nicht zu schnell an ein Leben auf großem Fuß, das ihnen die Zukunft vielleicht wieder nehmen würde, denn wer weiß, was die Zukunft für einen jeden bereithielt, sonntags fuhren sie, von ihrem Vater in seinem Infiniti kutschiert, unter einer Überfülle von Spielzeug begraben, zu den Stränden, den Terrassen der Cafés, den Restaurants, wo ihnen üppige Mahlzeiten aufgetischt wurden, Bananenpancakes mit Johannisbeersirup, Schlagsahne, die bald von ihren Fingern auf ihre weißen Shorts kleckern würde, auf die Tennisschläger und Bälle neben ihren Füßen, ernteten diese Fürstensöhne nicht den Anteil, der anderen genommen worden war, vor den Baracken der Hölle, unleserlich, die überzeitliche Schrift der Gerechtigkeit, doch prägte sie sich nicht jedem Leben ein, dachte Mutter, denn aus dem Tod erstand neues Leben, obwohl sich stets ein hartnäckiger Zweifel in Mutters Kopf hielt, ob tatsächlich neues Leben aus dem Tod erstand, was dachte Melanie darüber, glichen diese Zweifel, dieses Unbehagen zwischen Mutter und Melanie nicht jenen schwarzen Punkten, die an einem schönen Tag die Klarheit von Wasser und Himmel trübten, sie hatte sich den Traum erfüllt, ein paar Tage lang mit Melanie allein zu sein, ohne ihren Mann, schade, dass Mutter sich nicht gebraucht fühlte inmitten der Möbel des geräumigen Hauses von Daniel und Melanie, doch Mutter hatte Lebensfreude empfunden, ein völlig unvermutetes Gefühl, dachte sie, als sie bei Anbruch des Tages mit Samuel und Augustino an der Mole spazieren gegangen war, am Hafen, man definierte die Ekstase als ein so überwältigendes, uns aus uns heraus, in einen Himmel der Glückseligkeiten katapultierendes Hochgefühl, dass besagte Ekstase irreparable krankhafte Störungen verursachte, Mutter glaubte kein Wort davon, meinte, genau das morgens empfunden zu haben, als Samuel und Augustino sie auf dem Deich über den tosenden Wellen allein gelassen hatten und bis ans Ende des Piers gelaufen waren, bis Mutter sie nicht mehr sah, nur noch hörte, das wohltuende Gefühl der wiedergefundenen Einsamkeit, oder die Meeresluft, mit der sich Mutters Lungen füllten bis zur Euphorie, Mutter war höchstens für ein paar Sekunden von dem Gefühl einer unermesslichen Lebendigkeit überflutet worden, von einer köstlichen Gnade erfüllt, hatte sie ihre Enkel gerufen, gerührt vom Echo ihrer eigenen Stimme im Wind, dem Branden der Wellen zugewandt, hatte sie gedacht, dass sie nur ein Staubkorn sei, über das bald die ewigen Winde wehten, doch alles war gut so, dieses Staubkorn würde auf seine unendliche Reise fern der irdischen Wege gehen, ihr Leben war erfüllt gewesen, und sie hatte den weißen Reiher gesehen, der ebenfalls alleine war, die Ekstase, dieses aufblitzende Bild des ruhigen, unbeweglichen Reihers, der sich auf einmal, schräg und gemächlich, in den Himmel schwang, über ein sturmloses Meer, so würde Mutter aus der Welt scheiden, hatte sie gedacht, in einem ebenso stillen, gelassenen Auffliegen, mit stummer Würde, doch wer weiß, was die Zukunft für einen jeden bereithielt, für Mutter, aber auch für Samuel und Augustino? Und Renata dachte, dass die Orchestermusiker, heute Abend, hier im Garten, genau so charmant, so attraktiv waren wie die Schiffer in ihren venezianischen Booten auf dem zitternden

Wasser, etwas abseits von ihrer Gruppe konnte sie sie jetzt sehen, ohne gesehen zu werden, ein Mann mit leicht ergrautem Haar hatte ihr seinen Arm untergeschoben, und instinktiv hatte sie diese ungezwungene Geste akzeptiert, die sie fortzog von den anderen, von dem Entzücken, das sie in ihr auslösten, dem hohlen, künftig unstillbaren Durst, sie hätte diese innere Stimme, die sie an den reuelosen Raubzug elf junger Männer erinnerte, zum Schweigen bringen wollen, waren es nicht genauso viele gewesen wie die hier im Orchester, und sicher ebenso gut erzogen von ihren Eltern, charmant, attraktiv, sie waren, wie die Musiker, zwischen sechzehn und achtzehn, sie waren in den Schlafsaal eines Kibbuz eingedrungen und sollten, mehrere Nächte lang, ohne Reue, ohne Betroffenheit angesichts ihrer Taten, ein junges Mädchen vergewaltigen, sieben Tage, sieben Nächte, sie war fünfzehn und würde nichts sagen, sie würde lange nichts sagen, jahrelang nicht, sie wäre in einer geschlossenen Anstalt, so charmant, so attraktiv, ausnahmslos alle, wie hätte sie sie bei ihren Eltern verraten sollen, bei den Freunden ihrer Eltern, bei den Erziehern, wie nur, sie lebten doch alle zusammen im selben Kibbuz, und plötzlich füllte sich dieser Schlafsaal, wo die brave Studentin in ihrem Bett schlief, mit den Schritten der Eindringlinge, dem Raubzug der jungen Beutejäger, so charmant, so unwiderstehlich, hatte die Studentin in ihrer Fassungslosigkeit, in ihrer betroffenen Benommenheit, sie nicht zuerst verwirrt angelächelt, wie Renata es getan hatte unter dem Druck der Finger des Antillaners, als er sie plötzlich an sich gepresst hatte, um sie zu küssen, und nach langen Befürchtungen, nach langem Zögern, hatte die Studentin den Polizisten endlich die Tatsachen anvertraut, ja, zu elft seien sie gekommen, sieben Tage, sieben Nächte lang, in den Schlafsaal, und gelegentlich unterbrach sie ihren Bericht schluchzend mit gänzlich unartikulierten Worten, sie seien in den Schlafsaal gekommen, alle so charmant, unwiderstehlich, von der Urgewalt all dieser Geschlechtsteile zermalmt und zerrissen, lebte sie dennoch weiter, alle so charmant, unwiderstehlich wie die Musiker heute Abend, während des schamlosen Verhörs der Anwälte vor Gericht hatte die Studentin gewusst, dass die elf jungen Männer nicht angeklagt, nicht angezeigt werden würden, denn hatte sie sich nicht, wie Renata, dieses betroffenen Lächelns schuldig gemacht, dieses schuldigen Lächelns, als die jungen Männer, die sich im Schlafsaal auf ihr Bett stürzten, mit ihren Gewalttaten begannen, ja, die Anwälte hatten verkündet, dass die Anklage wegen mangelnder Sympathie der Geschworenen, des Publikums, aufgehoben worden sei, das junge Mädchen leide doch offenbar an psychischen Störungen, ihr Geist sei verwirrt, den jungen Männern, die nun wieder ihrer Arbeit im Kibbuz nachgehen konnten, war kein Rechtsverstoß angelastet worden, sieben Tage, sieben Nächte lang hatten sie gebetet, abends Kerzen angezündet, hatten sich samstags mit ihrer Familie zum Sabbatessen versammelt, und der Richter, ein Mann, hatte ihnen gesagt, gehet in Frieden, Ihr seid unschuldig, bei der Erinnerung an das junge Mädchen, das von elf jungen Männern in einem beschaulichen Kibbuz vergewaltigt worden war, hatte Renata bereut, sich nicht um das Richteramt beworben zu haben, ein Akt des Stolzes, denn sie wollte Claudes Unterstützung nicht, geschweige denn die der anderen Richter aus seiner Familie, war es dieses Zweifeln, diese Selbstverleugnung, die jedem demütigenden Dasein die gleiche Scham aufprägte, war es diese Regung stolzen Argwohns angesichts der Machtausübung, der männlichen Autorität, die sie daran gehindert hatte, jene elf jungen Männer anzuzeigen, egal woher sie kamen, woher sie stammten, als Richterin hätte sie sie vor Gericht gebracht, das Grauenvolle ihrer Verbrechen offenbart, sieben Tage, sieben Nächte lang, im Kibbuz hätte sie sie angeklagt, sie wären bestraft worden, und dieses Andenken wäre in ihren Gewissen und im Gewissen der Gesellschaft haften geblieben, doch wer war sie, ein Wesen voller Zweifel, voller Ängste, der Albtraum, dieser Gedanke an die Vergewaltigung der Studentin im Schlafsaal eines Kibbuz, war dies das Bild, das sie gequält hatte, in den wenigen Augenblicken, die sie geschlafen hatte, kurz nachdem der Antillaner die Flucht ergriffen, nachdem sie das dumpfe Geräusch des Regentropfens gehört hatte, auf dem Palmblatt, hatte sie in diesem kurzen Dämmerzustand nicht geträumt, dass eine schwarze Spinne ihr Netz über ihre linke Brust spann, und beim Aufwachen hatte sie gedacht, so muss die Studentin das Netz empfunden haben, das die elf jungen Männer über sie zogen, all diese Fasern, die fremden Membranen auf ihrem Körper, zwischen den tristen Wänden des gemieteten Hauses, als im Morgengrauen die Blüten einer üppigen Vegetation leuchteten, während die schwarze Spinne noch immer ihr Netz über ihre linke Brust spann, und Mutter dachte nun, dass sich eine Lithographie von Erté in diesem Haus im Art-déco-Stil gut gemacht hätte, auch ein paar Bronzefiguren, in dieser übertrieben dramatischen Schwarz-Weiß-Einrichtung, aber hätten Daniel und Melanie wirklich auf ihren Rat gehört, und was war von diesen Marmorfliesen im Esszimmer zu halten, steckte dahinter nicht eine gewisse Anmaßung, und weshalb wich Samuel Julio nicht mehr von der Seite, was mochte das für eine Freundschaft sein zwischen Samuel und dem zwölf Jahre älteren Julio, eine kindliche Bewunderung vielleicht, was für ein trauriges Schicksal für Julio, der gesehen hatte, wie seine Geschwister, seine Mutter Edna, sein Bruder Orest, seine Schwester Nina, vor seinen Augen ertrunken waren, nur mit äußerster Not hatte er, auf diesem Floß, wo er lange in Durst und Fieber deliriert hatte, unsere Ufer erreichen können, was für ein schweres Schicksal, während Mutter im Überfluss lebte, im Kreise der Ihren, und sich ihren trivialen Gedanken überließ, wenn sie das obszöne Bild aus dem Badezimmer im Erdgeschoss lieber durch eine Lithographie von Erté ersetzt hätte, Samuel hatte auch einen gleichaltrigen Gefährten, was Mutter beruhigte, Jermaine, der bald mit Samuel auf die Privatschule gehen sollte, seine Eltern waren ausgesprochen weltläufig, der Vater zählte zu den wenigen schwarzen Senatoren, die seit der neuen Präsidentschaft hierzulande gewählt worden waren, Jermaines Mutter, eine japanische Journalistin aristokratischer Abstammung, betätigte sich mit Melanie als Aktivistin, ein zuvorkommendes, feines Paar, Jermaine besaß die orientalische Anmut seiner Mutter, glühende Augen unter langgezogenen Lidern, aber Samuel spielte nicht mehr wie früher mit Jermaine, seine Proben fesselten ihn abends noch spät an die Theatersäle, war das denn ein gesundes Leben für ein Kind, dieses Schauspieler- und Sängerleben, und all diese fragwürdigen Bekannten, Mutter hatte die Absicht, Samuel im Sommer mit nach Europa zu nehmen, in der Zwischenzeit würde er das Milieu der Schauspieler, seines Vaters, vergessen, bald würde Daniel das Stück inszenieren, an dem er dieser Tage schrieb, über den Bürgerkrieg, ja, Mutter würde Samuel im Sommer mit nach Europa nehmen, wo sie noch Familie hatten, in der Abendluft war Samuels Refrain zu hören, easy living, und Mutter erkannte plötzlich bedauernd, dass Melanie ihr nicht erlauben würde, das Bild im Badezimmer durch die Lithographie von Erté zu ersetzen. Dann beobachtete Mutter Julio, der alleine am Pool saß, er schien in Gedanken versunken, während er mit den baumelnden Füßen das in der Gartenbeleuchtung glitzernde Wasser streifte, Julio griff sich hin und wieder mit der Hand an die Stirn, an die Binde, als ginge ein stechender Schmerz von seinem Auge aus, und Mutter warf sich vor, so unsensibel für anderer Leid zu sein, Julios Haare wuchsen in braunen Wirbeln über seiner Stirn empor, in seinem linken Ohr steckte ein Ring, ein junger Mann wie andere auch, seine Füße streiften das Wasser mit sinnlichen Bewegungen, war das derselbe Julio, der zwei Wochen lang auf seinem Floß, mit seiner Mutter, mit seinen Geschwistern, in den Gewässern des Atlantiks getrieben hatte, wo der Sturm ausbrach, Windstöße, die den Proviant hinwegfegten, die spärliche Besatzung samt der klapprigen Maste von den Bohlen rissen, sie, die nicht schwimmen konnten, nein, Mutter konnte sich dieses im Wasser treibende Bild nicht vorstellen, doch sie erinnerte sich an ein Detail aus Julios Bericht, denn während eines dieser zerstörerischen Stürme zwischen Himmel und Feuermeer hatten Ramón, Orest, Salzwasser geschluckt, in Gedanken bei Vincent, der oben schlief, bei seinem winzigen Babyherzen, hörte Mutter in der Stille jene plötzlich im Schlagen innehaltenden Herzen, Orest, Ramón, sie atmeten nicht mehr, als sie das Salzwasser geschluckt hatten, die winzigen Herzen hatten aufgehört zu schlagen, oder schlugen sie noch, als Julio einen Hubschrauber am Himmel sah, schrie der Pilot nicht durch die neblig-dichte Luft, wir sind gleich da, der *Homeland*-Hubschrauber ist gleich da, wie hatte sich der Hubschrauber mit seinen tapferen Piloten und der Hoffnung auf *Homeland*, das wiedergefundene Land, zwischen Himmel und entfesseltem Meer, bloß verflüchtigen, wie hatte diese Vision für Julio auf ewig im dichten Nebel seines Fiebers erlöschen können, während dieser zweiwöchigen Überquerung, ja, Mutter erinnerte sich an dieses Detail aus Julios Bericht, das Salzwasser war es, das den verhängnisvollen Stillstand der Herzen von Ramón, Orest, bewirkt hatte, während der Motor des *Homeland*-Hubschraubers noch am Himmel brummte, Homeland, wir sind gleich da, doch Julio schien lange

Zeit zu schlafen, in der Sonne wie im Regen, bei Tag und bei Nacht, während dieser zwei Wochen auf seinem Floß, und als er plötzlich wieder zu Bewusstsein kam, erkannte er sie, Orest, Ramón, Edna, Nina, an der Farbe ihrer Haare zwischen den schwimmenden, am Floß hängenden Wrackteilen, Orest, Ramón, Edna und Nina, die nicht gerettet worden waren, obwohl am Himmel immer noch der Motor des *Homeland*-Hubschraubers brummte, das wiedergefundene Land. Julio schaute hinauf in den ersten Stock, aus dem Samuel in den Pool sprang, das Platschen der Wellen, Mutter erschrak ein wenig, Samuels rote Badehose hatte eine elektrisierende Farbe, Mutter ärgerte sich, dass man Samuel so spät in der Nacht noch springen ließ, das war leichtsinnig, dachte Mutter, kaum war Samuel lachend aus dem Wasser gestiegen, standen Jenny und Sylvie schon neben ihm, wickelten ihn in einen seidigen, geblümten Morgenrock, einen dieser Seidenkimonos, die Jermaine und Tschuan, seine Mutter, ihm nach ihrer Rückkehr aus Japan geschenkt hatten, als Jermaines Vater im Zuge einer Mission für seine Schriften gewürdigt worden war, der Seidenkimono auf Samuels tropfendem Körper, Jennys und Sylvies Hände, die flüchtig über seine Schultern strichen, ein Bild, dachte Mutter, träger Sinnlichkeit, wurden Samuels Sinne nicht viel zu früh geschärft, mit diesem Duft von Jasmin und Akazie, unter der Laube, wo Samuel mit der Inbrunst seines runden Mundes gesungen hatte, aber hatten heutzutage nicht alle Kinder übermäßig geschärfte Sinne, und unter den dunklen Wirbeln seiner kurz geschnittenen Haare hatte

Julio mit trauriger Heiterkeit Samuels übertriebenen Kopfsprung aus dem Fenster im ersten Stock beklatscht, und plötzlich hatten ihn Samuels Wasserspiele in den Lichtern der Nacht, in dem Pool mit den schillernden Reflexen, verdrossen, denn durch die Stille, die sich über das Floß senkte, drangen jetzt nacheinander, im Tosen der Wellen, die kaum hörbaren Stimmen von Edna, Orest und Ramón, die ihrem Bruder zuflüsterten, komm schnell zu mir, denn ich sterbe, fernab des wiedergefundenen Landes, von Homeland, oh, komm schnell zu mir, Julio, und wann würden sie im Hafen von Brest eintreffen, dachte Renata, wie hatten sie bei diesem Sturm je die Küsten des Atlantiks erreichen können, warum hatten sich die Wogen auf einmal besänftigt, eine einzige, über das Deck der Jacht spülende Woge hätte genügt, um sie alle hinwegzuraffen, Renata hatte gewusst, dass sie die Erste wäre, die von der mörderischen Woge verschlungen würde, war ihr Leben nicht auf dem Deck eines Kreuzfahrtschiffes plötzlich zu Ende gewesen, mit der brandenden Woge hatte der Tod sie angeweht, wäre der, der angeblich mit seinen Kindern überlebt hatte, nicht Franz, dessen Oratorium jetzt in der Weihnachtszeit gerade in einer Kathedrale in England aufgeführt wurde, Franz, der in Brest erwartet wurde, in der bescheidenen Kirche Saint-Louis im Finistère, mitten im Nebel, wann würden Franz und Renata, Franzens Söhne, das Leuchtfeuer des Leuchtturms von Brest auf den Felsen funkeln sehen, der, der mit seinen Kindern überlebt haben sollte, musste doch er sein, Franz, dessen Musik man in den Kathedralen und Kirchen lauschte, hatte er nicht in einem Psalm, für einen Kindersopran geschrieben, der ins Hebräische übersetzt worden war, oh Du, unser Hirte, schütze uns vor den Plagen, dem Fluch der Kriege, diesen Fluten, wo tagtäglich Blut fließt, führe uns, oh Hirte, weg von dem grimmigen Sturm, und diesen Worten lauschte man in jenen Nächten der Finsternis, in jenen dunklen Zeiten, hörte sie in einer Kirche im Finistère und in einer Kathedrale in London, wenn Franz zu Gott flehte, in einer Klage, die sich mit einer hellen Knabenstimme bis zum Gipfel der Freude schraubte, oh Du, unser Hirte, schütze uns auf ewig vor diesen Plagen, führe uns fort von dem Fluch des Sturms, weil Franz diese Musik komponiert hatte, sollte nur er mit den Seinen vor der heimtückischen Woge gerettet werden, die nach und nach wieder über das Deck der Jacht brach, in den entfesselten, vom Wind gelösten Leinen, sie, Renata, war nur die zweite Frau dieses bedeutenden Mannes, eine seiner Geliebten, sie hatte ein Jurastudium in Frankreich begonnen, das ständig von ihrem Bedürfnis nur an ihn zu denken, unterbrochen wurde, an ihn, Franz, dem sie mit ihrer unvernünftigen, rasenden Liebe womöglich zur Last fiel, wie eine Bettlerin, die an eine verschlossene Tür klopft, spürte sie nichts als Verlassenheit, doch dieser Mann, er, dieser selbstsüchtige Mann, hätte samt aller seiner Kinder gerettet werden, überleben sollen, wie in dem Gedicht von Emily Dickinson, das noch oft zitiert werden würde, dachte Renata, in anderen heiklen Situationen ihres Lebens, hielt mit dem plötzlichen Erwachen eines Sturms über der reglosen See hier nicht das Schiff, das Gefährt des Todes für sie inne, obgleich sie es keineswegs eilig hatte, die Stufen zu ihm emporzusteigen, aber bestand ihr Schicksal nicht darin, zu begreifen, dass der Mann immer recht haben würde, sogar im Augenblick des Überlebens, denn sie war nur eine Frau, ein Wesen voller Zweifel, voller Ungewissheiten, und warum sollte der Tod nicht hier innehalten, mitten im Sturm, heute, auf dieser Jacht, während sie rauchte in der Kabine, in die sie sich morgens zurückgezogen hatte, während die Schiffe beim Überqueren des kaum befahrbaren Wassers schon seit Stunden ihre Schallsignale abgaben, das Läuten der von Gefahr kündenden Glocken, würde ihr nicht beim Öffnen der Kabinentür die Woge mit ihrem silbrigen Blitz ins Herz fahren, war nicht schon ein gräuliches Rinnsal unter der im Wind ächzenden Kabinentür hindurchgesickert, in diese Kabine, in die sie sich morgens zurückgezogen hatte, sie würde es niemandem sagen, sie wusste um das unersättliche Begehren, allen Blicken entzogen zu sein, mit quälendem Vergnügen nacheinander ihre Zigaretten zu rauchen, während sie, im gewittrigen Licht des Bullauges, nur für sich und ihr unersättliches Begehren, das Goldetui herauslegte, ein Objekt der Ironie, wenn sie bedachte, dass womöglich gerade ihre letzte Stunde schlug, denn das Rinnsal unter der Tür würde anschwellen, an ihrem Hals, an ihren Schläfen brodeln, ach möge man sie nur allein lassen, an diesem Morgen, wie auch gestern, mit dem Geheimnis ihres unersättlichen Begehrens. Und als sie alle das Signal des Leuchtturms an der Küste von Brest sahen, hatte sich die See beruhigt und der Himmel wurde von einem roten Licht erleuchtet, sie, beinahe nur noch Wrackstücke, Gebeine unter dem Wasser, der leere Schiffsrumpf, waren gerettet, lange hatte Renata Franz mit seinen Kindern auf dem Deck stehen sehen, alle im Regen gekrümmt in ihren Kapuzenjacken, hätten sie in diesem Wintersturm alle Schiffbruch erlitten, hätte das Leuchtfeuer nie mehr seine Lichter aufblitzen lassen, wäre das für Franzens glanzvolle, erfolgreiche Jahre das Ende gewesen, die Auslöschung seines fiebrigen Gesichts, dieses Körpers, dieser Hände, die womöglich nur für die Musik gelebt hatten, und in Erinnerung geblieben wäre ihr sein dunkelhäutiges Gesicht unter Haaren wie schwarze Flammen, seine langen, schmalen Hände, er hätte die Kinder im Arm gehalten, sie verteidigt und beschützt in seinem männlichen Glauben an das Leben, eine verkrampfte, imposante Gestalt vor dem roten Himmel, wie die Figuren von Goya, die es mit den Folterknechten der Inquisition und den Tragödien des Krieges aufnehmen müssen, eine revolutionäre Gestalt inmitten der kleinen Menschengestalten, die brav ihrer Erschießung harren, nebeneinander aufgereiht in ihren Kapuzenjacken im Regen, als Zeichen der Unschuld in Goyas Gemälden trug diese Gestalt, diese Figur, ein weißes Hemd, genau wie das weiße Hemd vom Jacht-Club, in dem Franz Mitglied war, und das eng an seinem Oberkörper anlag, mit einem strahlenden Fleck in der Mitte, dieses Weiß, diese Weiße vor der Prüfung, die in ihrer Weiße, in ihrer Unschuld, doch bereits das Leichentuch des Todes war, sein Kleid. Mutter dachte, es sei nun zu spät, um schlafen zu gehen, und ihr schien, als würde diese schlaflose Nacht ihr Leben verkürzen, weitere Gäste, die Jüngsten, trafen nun ein, darunter ein kesses schwarzes Mädchen, das in seinem zu Zöpfen geflochtenen Haar stolz einen Kranz aus rosa Hibiskusblüten trug, sie schenkte sich ungeniert ein Glas Cognac an der Bar ein, dachte Mutter, dann ging sie zum Podium der Musiker, wohin Mutter ihr mit Blicken folgte, diese Nacht, diese Festnächte waren zu kostspielig, dachte Mutter, diese Paradiesvögel unter den Musikern überraschten sie immer wieder, aber Daniel und Melanie würden ihre Eltern ruinieren, und leise ging Julio hoch in das Zimmer, in dem Vincent schlief, stimmte es, was der Hausarzt sagte, oder war es die falsche Bewertung eines Symptoms, dieser flache Atem von Vincent, der heute zehn Tage alt wurde, Julio trat an das Doppelbett, in dem Vincent schlief, horchte lange auf seine Atmung, Vincent atmete normal und seine nur leicht beschleunigten Atemzüge erfüllten das Zimmer hinter den geschlossenen Rollläden mit ihrem beruhigenden Geräusch, Ramón, Orest, Edna, Nina, meine Bienen, meine Fliegen, Ihr seid gegangen, murmelte Julio, als fieberte er noch immer auf seinem Floß, doch die Fliegen, die Bienen, wie all die durchscheinenden Insekten, die in der Flamme der Kerzen, der Lichter auf den Gartentischen verbrannten, diese filigranen Opfer im Schein des Feuers, waren für immer zerstoben, noch bevor in der Nacht das Fest begonnen hatte. Und Vincents flacher Atem, dachte Daniel inmitten seiner Gäste, die er am Gartentor willkommen hieß, während er mit dem gelblichen, durchdringenden Funkeln seiner Augen in sämtlichen Blicken forschte, glich Vincents beklommene Atmung in ihren Leben nicht dem bedrohlich gedehnten, dröhnenden und tiefen Klang, der von einem Erdbeben kündete, unter seinem flüchtigen Atem flackerten ihre Leben wie Flammen im Wind, was sagte doch gleich dieser New Yorker Verleger in seinem Brief, in seinem Schreiben, das Manuskript von *Merkwürdige Jahre*, an dem Daniel so hart gearbeitet hatte, sei abgelehnt worden, der Verleger lobte den poetischen Stil des Autors, aber der Bericht über Daniels merkwürdige Jahre, über die Jahre seiner Kokainabhängigkeit in New York, passe nicht in die Sparte von Büchern, die dieses Jahr veröffentlicht werden sollten, dieser Bericht finde bei den Lesern keine Aufmerksamkeit, und als Daniel diese Worte gehört hatte, die Julio Melanie ins Ohr geflüstert hatte, flieht mit den Kindern, denn die Weißen Reiter sind zurück, hatte er den Schatten erkannt, der den Zaun streifte, neben dem Orangenbaum mit den bitteren Orangen, dort, wo Augustino in seinem Superman-Umhang im Kreis lief, der Schatten war der einer alten Frau mit hochrotem Gesicht unter glatten weißen Haaren, die alte Frau war keine Obdachlose, hatte nur deren trügerisches Aussehen in ihrem Kleid, das wie ein Beutel an ihren Körper genäht zu sein schien, dieses Kleid zählte zu den Vermummungen des verwünschten Clans, die Weißen Reiter waren zurück, der Schatten der Frau ging auf und ab, hinter dem Zaun, ganz in der Nähe von Augustino, der unter dem Orangenbaum mit den bitteren Orangen spielte, diese Frau war nicht die Obdachlose, nach der sie aussah, nein, dachte Daniel, wenn sie abends nach Hause ging, dann, um in Gesellschaft ihres Mannes zu malen, ihren Pinsel in die blutrote Farbe zu tunken, diese Parolen, die am nächsten Tag auf den weißen Mauern der neuen Häuser am Boulevard de l'Atlantique zu sehen wären, diese Markierung mit roter, unabwaschbarer Farbe, ihre Hassschrift, würde man auch auf Samuels Boot in der Marina finden, denn die Weißen Reiter waren womöglich zurück, wie Julio sagte, war er ihnen nicht auf der Straße begegnet; der Bürgermeister der Stadt riet Daniel, seinen jungen Aktivisten-Eifer abzukühlen, an diesem Ort, den Daniel in seinen Büchern das Paradies nannte, herrschten Gesetze, die stets nur die Reichen als Sieger dastehen ließen, Daniel fache in seinen Schriften den Zorn der reaktionären Geister an, rufe die schwarze Community zur Revolte auf, und während er dem Bürgermeister zuhörte, sagte sich Daniel, dass für den Menschen das Paradies nur Schweigen und Feigheit sei, er machte sich sein Glück zum Vorwurf, aber war er wirklich noch immer so glücklich, da war künftig diese Atmung, Vincents beklommene Atmung, der Bürgermeister wankte in einem trunkenen Walzer auf den Pool zu, er scherte sich einen Dreck um diese Penner aus der Rue Bahama, in ihren Hauseingängen, dachte Daniel, und der Schatten näherte sich von der anderen Seite des Zauns, man hörte sein Zischen, seine Geräusche, unter den schweren Zweigen des Orangenbaums, man hörte sein Krakeelen, seine gespenstische Stimme, Sie empfangen zu viele schwarze Aktivisten bei sich, sagte die Krankenschwester, die Melanie im letzten Winter wegen Augustinos Ohrenschmerzen aufgesucht hatte, zu Daniel, und diese Mädchen, Jenny, Sylvie, wer sind die, warum nehmen Sie die bei sich auf, Marie-Sylvie, Julio, Flüchtlinge, nicht wahr, diese Flöße, die an unseren Stränden landen, nur schnell wieder aufs Meer mit ihnen; in ihrem Land tragen sie die Namen von Verrätern wie hinterlistige Regenwürmer, die Sprache, die Wörter krochen mit ihren Vorzeichen um Daniel, sie träufelten, toxisch, ein Gift in die duftende Luft, die Daniel mit Wonne einsog, denn wie hätte er sein Glück nicht genießen sollen, hier mit Melanie, mit den Kindern, in dieser Oase, eine ganze Weile nach den Qualen der merkwürdige Jahre, diesen Jahren ohne Glauben, ohne Hoffnung, vor der Offenbarung des Schreibens, besagte Krankenschwester würde für Vincent jeden Tag, in warmem Wasser, in der warmen Milch des Fläschchens, die Medizin verdünnen, die er alle vier Stunden einnehmen musste, hatten sie nicht beim Wechseln ihrer Liebesposition bemerkt, dass Augustino zu ihnen ins Bett geschlüpft war, doch war er inzwischen nicht ein bisschen groß, um nachts bei ihnen Zuflucht zu suchen, Vaters Vorsitz im Labor für Meeresbiologie war es zu verdanken, wenn ein schwarzer Kommissar gewählt und dieses erbärmliche Individuum ablösen würde, das am Pool seinen Schwachsinn verbreitete, dachte Daniel, der Schatten streifte am Zaun vor dem Haus entlang, Augustino rannte mit seinem Umhang herum, im Zimmer mit den heruntergelassenen Rollläden würde also Tag für Tag dieser Arzneimittelgeruch herrschen, es gibt kein Heilmittel, hatte der Arzt gesagt, aber das alle vier Stunden zu nehmende Medikament hat vorbeugende Wirkung, das Kind wird sich besser fühlen, umzingelten die Merkwürdige Jahre, die in die Herzen, die Köpfe, eindrangen, sie womöglich noch immer mit ihrem Gift, das Fläschchen, der Löffel, in seiner Mulde würde der Inhaltsstoff des Arzneimittels verdünnt werden, wer weiß, ob die forsche Diagnose des Arztes nicht fehlerhaft gewesen war, wie gerührt wären sie, eines Tages, dachte Daniel, der die Geburt seines Sohnes gefilmt hatte, ein gesundes und munteres, pausbäckiges Baby zu erleben, dieses Baby, das sie fabriziert hatten, eine Erfüllung der Natur, eine Blume, ein Schmetterling, die Welt so wunderbar, bis Daniel und Melanie, zwischen den Bildern, den aufgenommenen Geräuschen, Zeugen einer unmerklichen Verzerrung wurden, langsam erlosch Vincents Lächeln, sein weinendes Lächeln, dann diese plötzlich beschleunigte Atmung, die sie durch den Nebel wahrzunehmen meinten, dieser dröhnende, gedehnte und tiefe Klang, der für die Bewohner der Erde von einem Beben kündete, ja wie gerührt sie eines Tages wären, dieses pausbäckige, dieses gesunde Baby, das sie fabriziert hatten, zu erleben; Tanjous schwarzes T-Shirt, die Cordhose, die Stiefel, deren Leder nicht dazu gekommen war, sich abzunutzen, all diese Gegenstände hielt Jacques' Schwester auf ihrem Schoß, zwischen den Blättern eines Notizhefts über Kafka, in dieses Heft, das sie aus der Tasche der Cordhose gezogen hatte, waren Wörter auf Deutsch vermerkt worden, im Hinblick auf eine unvollendete Übersetzung, diese Wörter, fast schien es, als hätte Jacques sie gerade erst geschrieben, so wie Huldrych Zwingli sie, zur Zeit der Pest, empfunden hatte, Tröst, Herr Gott, tröst! Die kranckheit wachsst, wee und angst faßt min seel und lyb; diese Worte waren verbessert, ausgestrichen, durch andere Worte ersetzt worden, vom Entsetzen, vom Schrecken, von der Angst gepackt, oh Herr, so hilf mir doch, ob diese Worte wohl vor Jacques' restloser Zerrüttung geschrieben, übersetzt worden waren, dachte die Schwester, die Freundin, während Luc ihm die Haare schnitt, hatte er dieses Sterbehaus vor sich gesehen, das Pastor Jeremy bald eröffnen wollte, denn der Rosenfriedhof quoll über von all diesen jungen Leuten, für die der Pastor in der Kirche Nacht für Nacht Kerzen aufsteckte, am Vorabend zum Gebet, Tröst, Herr Gott, tröst, Jacques hatte diese Worte wiederholt und dabei an die Pestbeulen in der Leistengegend, in den Achselhöhlen Zwinglis, des Dichters, gedacht, zu Zeiten der Pest, als die Religionskriege die Völker spalteten, die Menschen, die sämtlich verkannten, dass ein Floh, von einer Ratte auf den Menschen übertragen, über ihr aller Schicksal entscheiden würde, und was war nur mit diesem unstillbaren Durst in einer Schiffskabine, wie in einem Pariser Hotelzimmer, wo sie, sogar wenn sie mit Franz und seinen Musikern unterwegs war, ihre heimliche Einsamkeit hütete, in der Hoffnung, alleine studieren, lesen zu können, dieser Hoffnung, sich Zeit für sich selbst zu erobern, die nicht nur eine müßige, unschlüssige Zeit war, die sie verstörte mit ihrem Gefühl der Nichtigkeit, der schwindelnden Leere, waren sie nicht ständig in Feststimmung, von Land zu Land, von Stadt zu Stadt, abends, beim Essen, las Franz seinen Freunden die hymnischen Kritiken einer brillanten Schubert-Aufführung vor, hörte Renata selbst in der Einsamkeit eines Zimmers, einer Schiffskabine, dieses Werk nicht so, als wäre es ihr eigenes, oder Franzens, es ging um *Der Tod und das Mädchen* oder den Auszug aus einem Konzert von Strawinsky, das Zimmer oder die Kabine waren Verlängerungen dieser Werke, wo die Klänge für Renata plötzlich eine Wehmut, eine Ohnmacht, zum Ausdruck brachten, die sie sich zu eigen gemacht hatte, sie war Franzens Hand, die ein Orchester dirigierte, in einem Pariser Konzertsaal, die Angst vor einem Fehler in der Partitur weckte sie nachts, doch sie war nicht Franz, der ein Orchester dirigierte, sie war nur ein Urgrund von Wehmut und Ohnmacht, aus dem seine Musik sprudelte, sobald sie wieder alleine war und aufstand, um am Fenster eine Zigarette zu rauchen, manchmal, in Paris, öffnete sich dieses Fenster auf jene, die sie nicht sahen, die verarmten Liebenden auf der Straße, mit ihren vollendeten Gesten des Küssens, der Liebe, glichen sie nicht den Liebenden Rodins, sie, denen ein Straßenrand, eine Bordsteinkante, in Paris, in der menschenleeren Stadt, als Bett diente, kurz zuvor noch als Tisch, an dem sie mit ihrem Hund ein Stück Fleisch teilten, das sie mit einem Messer zerrissen, plötzlich, in diesem Tanz der Liebe, auf einem Gehweg, an einer Hauswand, vor dem Eintreffen der Obst- und Blumenhändler, waren sie, im fahlen Schein der Laternen, in ihrer Armut, ihrer Bedürftigkeit, die ganze Pracht der Jugend; von ihrem Dachzimmer aus sah Renata diesem rabiaten

Tanz zu, an ihren Füßen hingen grobe schwarze Schnürstiefel, und zu ihren Küssen erklang wieder *Der Tod und das Mädchen* in der Stille des Zimmers, und die Liebenden der Straße glichen jenen Liebenden, die für Rodins gemeißelte Körper Modell gestanden hatten, dachte Renata, sie ähnelten diesen Körpern in ihrer wilden Glut und Heftigkeit, wer weiß, ob sie nicht auch wie diese schönen jungen Menschen von einst, die Rodin Modell gestanden hatten, zu nutz- und zahnlosen Greisen verkommen würden, diese Modelle Rodins, die von der Schönheit der meißelnden Hände nur einen Schritt zu Tod und Verfall gemacht hatten, während *Der Kuss* sie auf ewig schön und jung zeigte, dieser Kuss von Rodin, in dem die Körper der verarmten, bedürftigen Liebenden erstarrten, sie waren jener Kuss der ewigen Jugend, der ewigen Schönheit, und hörte Renata nicht, während sie von Weitem an ihrer flüchtigen Umarmung teilhatte, die Stimme von Franz, der ihr sagte, dass er sie nicht mehr begehre, oder war es ihr Schreckgespenst, dass das Alter für eine Frau immer zu schnell kam; aus dieser Ecke des Fensters, wo sie stand und rauchte, hörte sie auch *Der Tod und das Mädchen*, den Gesang ihrer Ohnmacht, ihrer Wehmut, in der einsamen, hin und wieder von lustvollem Stöhnen erfüllten Nacht; und warum dachte sie, in diesem märchenhaften Garten bei ihrem Neffen Daniel und ihrer Nichte Melanie, an ihn, Franz, und an sie, die verarmten Liebenden, warum sah sie auch den Antillaner wieder vor sich, an der Tür des Kasinos, oder auf seiner Flucht, seinen braunen Rücken, seine Haare, in denen, wie auf seinen Armen, seinen Händen, Staub lag, oder eine staubige Ablagerung unter dem Schweiß, diese Staubkörner, dieses Pulver aus Schmutz und Sand klebte an der Bedürftigkeit des Antillaners, an seiner Erniedrigung, sie waren seine Haut, sein Geruch, ja, auch seine Erschöpfung, denn er schlief inzwischen immer öfter am Strand, nachdem er nachts vor dem Kasino herumgelungert hatte, ein kläglicher Schatten, diesen Sand, diesen Staub hatte er nicht mehr aus seinen Haaren, seinen Augenbrauen geschüttelt, Renata würde ihn unter diesen Staub- und Sandkrusten allmählich versteinern sehen, an den Stränden, wo er sich in kalten Nächten vor den Unbilden der Witterung mit einer Decke schützen würde, das Stück Stoff oder Wolle wäre mit Salzwasser getränkt, es hätte die Färbung des Sandes, oder die elende Gesichtsfarbe des Antillaners, als er zu Renata gesagt hatte, sie sei eine hochmütige Frau, manchmal würde sie ihn auf den eleganten Straßen am Hafen liegen sehen, während die Leute vornehm gekleidet in ihre Hotels, ins Kasino, gingen, er läge in seinem Erbrochenen auf dem Asphalt der Straßen, das Stück Stoff oder Wolle wäre mit Wasser, Sand und Urin getränkt, man würde an ihm vorbeigehen, ohne ihn zu sehen, in seinen Haaren würden sich die Staubkörner sammeln, die Kruste aus Schmutz und Sand, Renata würde es vermeiden im Vorbeigehen den Blick auf seinen Verfall, auf seine Unwürdigkeit zu senken, aber der Geschmack nach diesem Staub, nach diesem Schweiß, wäre noch immer auf ihren Lippen, genau wie die hasserfüllten Worte, die der Antillaner hervorgestoßen hatte, während er sein Gesicht an ihres gedrückt hatte, in der Anspannung des Ringens, der Wut, fürchtete sie nicht in diesem Garten bei Daniel und Melanie, dass er auf einmal vor ihr stehen würde, unter dieser staubigen braunen Decke, ein Stück Stoff oder Wolle, dieser geklauten Decke, in die er sich nachts hüllte, damit diejenigen, die aus dem Kasino kamen und an ihm vorbeigingen, ihn nicht erkannten, und Mutter fragte sich, wann Melanie wohl, wie geplant, im ersten Stock des Hauses, ihren Sohn Vincent im Arm, auf die Veranda treten und voller Stolz sagen würde, hier ist mein Sohn, seht, seine Finger wie Blütenblätter, und hier seine kleinen Fäuste, die sich öffnen wie Blütenkronen, hier ist mein Leben, war diese Szene nicht genau so geplant worden, dachte Mutter, Melanie sähe entzückend aus zwischen den Orchideen, auf der hohen Veranda über dem Garten, Samuel schenkte, in seinem von Julio geborgten Kellnerjackett, den Champagner in die Gläser, doch diese Atmung, Vincents Atmung, Melanie sagte Mutter nicht alles, warum war Vincents Atmung nur so beklommen? Franz, einer von Renatas Ehemännern, dachte Mutter, war ein Komponist und Pianist, an den Mutter sich noch erinnerte, in Kiew geboren, die Eltern und Großeltern Musiker, hatte er mit fünf Jahren seine musikalische Ausbildung begonnen, aber nicht in Kiew gelebt, wäre sein Schicksal sonst nicht das seiner Großeltern und der Cousins aus Polen gewesen, in Kiew, in einer adligen, gebildeten Familie geboren, hatte er mit dreizehn Jahren seine ersten Konzerttourneen in die Vereinigten Staaten unternommen, erstaunlicherweise waren die Kompositionen von Franz, der im Atheismus seiner Eltern erzogen worden war, religiös, doch das Geheimnis der elterlichen Auswanderung in die Vereinigten Staaten, nach Kanada, hatte möglicherweise jenen Zweifel, jene falsche Hoffnung in ihm genährt, dass mit der Musik eine göttliche Kraft in seinem Leben wirksam sei, war es eine in ihrer Hochmut ungebremste Hoffnung, oder vielmehr dieser Zweifel, der an Mutters Seele nagte, manche mochten plötzlich glauben, dass sie von diesem unerbittlichen Gott geliebt wurden, kurz vor seiner Begegnung mit Renata an einer Universität in Chicago, wo er sein Studium beendete, hatte Franz ein symphonisches Werk geschrieben, das von den Psalmen inspiriert war, jenen Psalmen der Heiligen Schrift, die Mutter nicht ohne Bangigkeit las, auf dass der Göttliche Zorn nicht über sie und die Ihren komme, Mutter dachte, dass Renata Franz vielleicht für sein Geheimnis geliebt hatte, für das Geheimnis der Auswanderung mit seinen Eltern, weit weg von Kiew, und was für ein zerbrechliches Wunder, dieses Kind, Vincent, so zerbrechlich noch unter seinem Haarflaum, Mutter wusste es genau, Melanie sagte ihr in Bezug auf Vincent nicht alles. Und diese außergewöhnliche Hitze, nachmittags, dieser Hang zur Trägheit, den Mutter beim Lesen in der Hängematte empfunden hatte, der Misserfolg auch, Melanie davon zu überzeugen, sich für eine politische Laufbahn zu begeistern, Senatorin, Gouverneurin, ja, wäre sie nicht ausgesprochen kompetent gewesen, diese grausamen Momente des Scheiterns, wo doch der Himmel blau war, der Tag so herrlich, wenn auch drückend heiß, diese Lustlosigkeit passte nicht zu Mutters Charakter, hatte sie diese Lustlosigkeit nicht um drei Uhr nachmittags verspürt, während Augustinos Mittagschlaf, waren diese Lustlosigkeit, dieser Hang zur Trägheit, nicht Jenny zuzuschreiben, ihrer jazzigen Stimme, mit der sie Augustino auf der hohen Veranda in den Schlaf sang, schlafe, schöner Engel, sang Jenny, hatte er denn wieder zu viel Zucker gegessen, um die Augen schließen zu können, Jenny würde Augustino eine Geschichte aus seinem Bilderbuch vorlesen, doch hatte er nicht wieder zu viel Zucker gegessen, um einzuschlafen, sang Jenny, Jennys Stimme war schuld an Mutters Schläfrigkeit, diese jazzige Stimme, diese weich akzentuierte Stimme, und Mutter hatte gedacht, dass ihr das Schwimmen im Pool guttäte, dort wäre sie endlich allein, sie, die vermeiden wollte, dass man sie bei ihren Schwimmübungen ungeschickt plantschen sah, und nachdem sie ihren strengen Hosenrock abgelegt hatte, die blau geblümte Bluse, den traditionellen Strohhut, den sie aufsetzte, wenn sie ihre Freunde zum Lunch traf, auf den Terrassen der Cafés, der Restaurants, wenn ihre Freunde Frauen waren, war es ihr ein Anliegen, sie für Politik zu interessieren, ja, sollten die Frauen heutzutage nicht am Schicksal eines Landes teilhaben, hatte Mutter sich in dem grünen, funkelnden Wasser treiben lassen, unter dem glühenden Himmel, wieder sah sie den weißen Reiher schräg über den Wellen auffliegen, über der Mole, wie ruhig es plötzlich war, nur dieses Geräusch des Wassers um Mutter herum, wäre nicht Jennys akzentuierte Stimme gewesen, die Augustino eine Geschichte erzählte, hätte Mutter in der Stille den durchdringenden Ruf der Grillen und Katzenvögel gehört, die schon im Morgengrauen im Oleander vor ihrem Zimmer anfingen, das grüne Wasser war frisch wie ein Bach, als wäre sie ganz für sich in einem Wald, wunderbar ruhig, wäre da nicht Jennys Stimme in der drückenden Luft gewesen, und Mutter, die in der Mitte des Pools zu schwimmen aufgehört hatte, betrachtete verstört die marmorne Einfassung, als wäre sie in dieser lächerlichen Position, in der sie ungeschickt mit den Armen und Beinen plantschte, im Pool gefangen, was hätten Daniel und Melanie nur gedacht, die die Unterwasserfauna der Korallenküste erkundeten, hätten sie Mutter nicht lachhaft gefunden, wie sie hier mit ihrem Nagellack plantschend das Wasser streifte, und Mutter war nicht mehr so schlank wie Melanie, waren ihre Brüste nicht zu ausladend, Mutter sah die auf einem Liegestuhl im Garten sorgfältig zusammengefalteten Kleider, wie lächerlich, dachte sie, was machte sie mitten in diesem Pool, in der erfrischenden Kühle des Wassers, um drei Uhr nachmittags, zu Daniel und Melanie hätte sie gesagt, sie genieße das Leben in vollen Zügen, an diesem herrlichen Tag, glichen dieser Garten, dieser Pool inmitten all der Blumen nicht jenen Wegen, die zum Paradies führten, das Rezitativ, Jennys Stimme, erfüllten die Luft, ihre Klage war plötzlich die ihrer Vorfahren auf den Baumwollplantagen, auch Mama hat mich in den Schlaf gewiegt, sang Jenny für Augustino, den sie auf der hohen Veranda einzulullen versuchte, Mama sagte, pflücke die Rose zwischen den Dornen, pflücke den Samen der Baumwoll-, die Frucht der Kaffeepflanze, denn gleich kommt der Herr mit seiner Peitsche, doch solche Geschichten hätten Augustino nicht erzählt werden dürfen, dachte Mutter, übereilten Daniel und Melanie sich nicht mit der Erziehung ihrer Kinder, Jenny, Marie-Sylvie, Julio waren schließlich alle auf der Straße aufgewachsen, und als Jennys Stimme auf der hohen Veranda schwieg, hatte Mutter das Knacken des Holzstühlchens gehört, in dem Augustino noch immer geschaukelt wurde, allmählich erloschen Jennys Seufzer, ihr schläfriges Gähnen, Mutter arbeitete sich mit langsamen Bewegungen weiter durchs Wasser, wieder bis in die Mitte des Pools, im Kreisen ihrer Verwirrung kam sie nicht mehr voran, dachte sie, ihr Mann, ihre Kinder, die Verwirklichung ihrer Karriere, kam Mutter denn alleine, ohne sie, voran, war sie nicht unfähig zu handeln, ja, würde Mutter im Leben noch Fortschritte machen, fragte sie sich, in der Mitte des Pools, oder wären ihre Hoffnungen auf Fortschritt, auf persönliche Entwicklung, künftig nur noch Schattengewächse? Mutter betrachtete den Himmel und überlegte, weshalb Melanie nur so lange bei Vincent blieb, war es die Sorge um die Gegenwinde, die nachts über den Ozean wehen würden? Es war natürlich, dass eine Mutter für ihr Neugeborenes eine fast fleischliche Rührung empfand, aber Melanie sorgte sich zu sehr um dieses Kind, und gefangen zwischen der marmornen Einfassung des Pools, dachte Mutter an jene Worte, die sie einst von ihrer französischen Gouvernante zu hören bekommen hatte, übertreibt das Fräulein es nicht ein bisschen? Das Fräulein will sich wohl aufspielen, diese, mit den Fehlern eines fünfjährigen Kindes so unnachsichtigen Worte hätte Mutter in ihrer ganzen Härte nun gerne gehört, diese Worte waren zutreffend, Mutter hatte immer mit klugen Antworten auffallen wollen, in ihrem Elternhaus, wo man, wusste sie nicht schon alles, ihre Brüder zum Studium nach Yale schicken wollte, während für sie, damals noch ein kleines Mädchen, schon von Heirat die Rede war, die Gouvernante hatte recht gehabt, sie übertrieb es wieder ein bisschen, indem sie unbedingt wollte, dass Daniel und Melanie in ihr diese lebens- und erfahrungshungrige Frau sahen, aber bitte innerhalb eines wohlgeregelten Lebens, in dem man sie mehr als fünf Stunden pro Nacht schlafen ließ, hätte die französische Gouvernante nicht zurückkommen und Mutter beweisen sollen, dass sie eine ernst zu nehmende Person war, hätte sie sich nicht wie früher um sie kümmern, für sie und ihre Brüder die Nachmittagsmahlzeit auf der Wiese zubereiten sollen, auf den Tischen, wo Mutter von jenen Süßigkeiten gekostet hatte, für die sie noch heute so empfänglich war, dass sie sogar in einer Zeitschrift ein Sonderheft zu den besten Nachspeisen kreiert hatte, der Schokoladenkuchen mit Aprikosenlikör zählte zu Mutters Geheimtipps, an Backwaren mit Mehl, Zucker und Eiern ergötzte sich Mutter nun nicht mehr, seitdem ihr Ehemann sie wegen ihres übermäßigen Verzehrs getadelt hatte, die Dehnbarkeit von Mutters Diät war mit den Gesetzen der Ernährungswissenschaft nur schlecht vereinbar, und warum gefiel sie sich in diesen nichtssagenden Gedanken, wo ihre Tochter doch nicht mehr dieselbe war seit Vincents Geburt, Mutter hatte diesen an Ekel grenzenden Schmerz, diese Unfähigkeit am eigenen Leib erfahren, aber was war bloß los, Melanie erzählte ihr nichts von ihrem Unbehagen, und weshalb hatte Mutter nach der Rückkehr von einer Reise mit ihren Eltern die französische Gouvernante nie mehr gesehen, über das Ausbleiben oder die Entlassung der Gouvernante war nie ein Wort verloren worden, Mutter hatte sich nie von ihr verabschieden, ihr nach all den Jahren nie ihre Zuneigung bezeugen können, aber genau wie die während ihres Studiums in Yale frühzeitig verstorbenen Brüder, ja, waren sie nicht so harmlosen Krankheiten erlegen wie den Windpocken, einer banalen Lungeninfektion nach dem Baden im eiskalten Wasser, hatte sich die französische Gouvernante in ihrem schwarzen Wollmantel, mit dem Koffer in der Hand, wieder aufgemacht in die Ferne, eine vom Nebel verschlungene Gestalt, zwischen den Brüdern, unterwegs in eine andere Welt, wo Mutter sie nicht wiedersehen würde, das war also die Musik, die Samuel unter seinen Kopfhörern hörte, wenn er auf seinen Inlineskates von der Schule zurückkam, diese Musik, die das Orchester hinten im Garten spielte, diese ohrenbetäubende Musik, deren Lautstärke von den Mikros verstärkt wurde, zu den Klängen der Trommeln, der gegeneinanderschlagenden Becken hörte Samuel die Wellen des Meers, machte Samuel seine Hausaufgaben, das sehnsuchtsvolle Zupfen der Gitarren vibrierte bei seinen Studien, in seinem Schlaf, doch wo war Samuel nur, seitdem Mutter ihn aus dem Pool hatte steigen sehen, in dem raschelnden Seidenkimono, von Jennys, von Sylvies Armen emporgehoben, welches Sehnen in dieser Nacht der irrwitzigen Rhythmen, unter den Trommelschlegeln, ja, durfte Mutter vielleicht sogar hoffen wieder aufzuleben, zu tanzen und die Jüngeren nachzuahmen, doch es würde immer nur Nachahmung bleiben, welches Sehnen in dieser Nacht, führten die Wege unter den Bäumen, diese Gärten nicht zum Paradies, in der trunken machenden Luft, und da erinnerte Renata sich wieder an das hohle, unterschwellige Durstgefühl, sogar an jenem glühend heißen Nachmittag in den Straßen der Stadt, als sie in einer Wechselstube Halt gemacht hatte, sie setzte ein Telegramm für ihren Mann auf, ein luftiges Büro, zur Straße hin gelegen, zu den Passanten, vielleicht ein für Touristen improvisierter Schalterraum, wo hinter einem Gitter ein gebeugter Mann mit schmuddeligem Gesicht von seinen Papierbergen erdrückt wurde, hatte sich das hohle Durstgefühl nicht eingestellt, als Renata merkte, dass der Mann es in seinen Stapeln von Papieren nicht für nötig befand, den Kopf zu heben, weshalb hätte er sie auch beachten sollen, selbst wegen einer Eilmeldung, sie war doch nur eine Frau, das schmuddelige Gesicht des Mannes sackte nach unten, eine dunkle Masse zwischen den Papieren, vor der Helligkeit einer gelben, zu stark von der Sonne beleuchteten Wand, war der Mann, in seiner unbedeutenden Erscheinung, unter den schwarzen Stoppeln auf den Wangen, nicht selbst im Schmutz dieser gelben Wand gefangen, zwischen den Mücken, den Insekten, die tagsüber dort totgeschlagen wurden, und plötzlich hatte Renata die näselnde Stimme eines Papageis in seinem Käfig gehört, er schien extra für Renata noch einmal zu wiederholen, Guten Tag, wie geht es Ihnen, Guten Tag, die Anwesenheit dieses Sitzvogels, der sich an den Stäben seines Käfigs rieb und mit dem Schnabel an einem Knochen nagte, seine Verlassenheit, als wäre er nur ein von seinem Besitzer vergessenes Bündel gestutzter Flügel und nicht jener prachtvolle Vogel, der er im Paradies seines Dschungels einst gewesen war, früher einmal, wahrscheinlich war es die Anwesenheit des misshandelten Vogels, die das hohle Durstgefühl unerträglich machte, und Renata fasste sich mit der Hand ans Herz, als hätte sie in der stickigen Luft zu atmen aufgehört, der Papagei, die Füße an einen Draht gefesselt, sagte wieder Guten Tag, wie geht es Ihnen, Guten Tag, mir geht es gut, und Renata sah die Worte, die sie an Claude schrieb, sie würden nicht mehr lange getrennt sein, schrieb sie, aber was zählte das schon, eine Frau, die alleine den Grad des Wissens, der Erkenntnisse einschätzt, die sie alleine erworben hatte, vermutlich war dies der Grund für diesen holprigen, oft demütigenden Weg durch das Zwischenreich des ungewissen Daseins der Frau, alleine fühlte die Frau sich unnütz, ihr Körper wurde allenthalben bedroht, doch diese Worte würde sie nicht schreiben, der Mann mit dem schmuddeligen Gesicht wurde von seinen Papierbergen erdrückt, auf der anderen Straßenseite sang eine Frau in der schattigen Höhle einer Bar, hush baby hush baby don't cry, ich fühle mich Tag für Tag besser, schrieb Renata ihrem Mann, Daniels und Melanies Sohn geht es gut, aber würde das hohle Durstgefühl hier, in diesem Garten, in dieser Festnacht, nicht verfliegen, die Orchestermusiker waren alle so charmant, so attraktiv, sie glichen jenen Schiffern in ihren venezianischen Booten abends auf dem zitternden Wasser, woher kamen nur diese Schreie, die Renata noch zu hören meinte, waren die Münder der Studentinnen nicht geknebelt, waren ihnen nicht die Hände am Rücken zusammengebunden worden, damit kein Laut, kein Schrei zu hören sei in diesen adretten Häusern auf einem Campus in Florida, wo eine Gruppe von jungen Mädchen, ein paar Jungen auch, fleißig studierte, sich kaum ablenkte während der Prüfungszeit, wie konnte der Troubadour des Todes, in Anzug und Krawatte, als wäre er ein Geschäftsmann, mit einschmeichelnder Stimme zu ihnen vordringen, an jenem Abend, oder in jener Nacht, sie bezirzen, sie mit den unseligen Melodien seiner Stimme umgarnen, was sollten sie schon zu befürchten haben von dem amüsanten, charmanten Trouvère, von seiner Stimme, von seinen Liedern, erst in der einen Hand seine Kamera, in der anderen die Gitarre, streift er dann in der Tasche seiner Anzugjacke mit sadistischem Vergnügen über die Klinge seines Messers, ein Armeemesser, er streift mit einem Finger darüber, mit seiner Handfläche, die sich darum schließt, zuerst hören sie ihm zu, er kommt näher, und es folgten die Vergewaltigung und das Verbrechen, Mord und Verstümmelung, und während er sie vergewaltigte, während er sie tötete, hörte jede, hörte jeder seine Stimme, die unselige Melodie dieser Stimme, im Rhythmus der Messerstiche, des Bettelns, des Stöhnens, der Klagen der Opfer

mit den geknebelten Lippen, am nächsten Tag sollte sich
der singende Henker an nichts mehr erinnern, die furchtbaren Einzelheiten seiner Vergewaltigungen, seiner Morde
sollten ihm erst wieder einfallen, als der Film aus seiner
Kamera abgespult wurde, als hätte er die blutige Theatralik seiner Taten geträumt, auch den Ort, einen Campus
für Studentinnen mit adretten Häusern unter den Bäumen, die Bühne, auf der er zum Akteur dramatischer Wendungen, immer noch schändlicherer Tragödien würde, wer
weiß, ob er im Traum nicht das Messer sah, das einmal einem Soldaten gehört hatte, mit jenem Messer hatte ein
unglücklicher Soldat, auch er ein Schuldiger großer Massaker, auf den Reisfeldern kleinen Mädchen und ihren
Müttern den Bauch aufgeschlitzt, sollte der singende Mörder, der im Takt seiner samtigen Stimme einen schlafenden Studenten tötete, ihn nicht anschließend auf die Seite
drehen, um das plötzlich so blasse Profil in den Lichtstrahlen des Mondes besser sehen zu können, bevor er
vergewaltigte, und sie alle tötete, fünf junge Mädchen, der
Mörder hatte den raschen Flug eines Engels, mit seinem
Messer, das er direkt in die Herzen rammte, die Wirbelsäulen zerschmetterten, die Hälse, ohnehin schon lang
und zierlich, brachen, jene Hälse, die noch ewig über Bücher mit blutbefleckten Seiten gebeugt bleiben würden,
über Arbeitspulte, Tische, auf denen sich unter Lampen
die Lektüren stapelten, keiner von ihnen, so erbittert der
Kampf mit dem Engel auch sein mochte, würde sein Abschlusszeugnis in Empfang nehmen können, unter den gerührten Blicken der Eltern und Professoren, erst an den

Prozesstagen würde sich der singende Mörder seiner Taten entsinnen, in quälenden Albträumen, die gründliche Kamera würde ihm die vergrößerten Bilder seiner Verbrechen vorhalten, hier ein Bein, das aus einem Bett hängt, dort ein Mund, der noch zu atmen scheint wie eine Rose, Haarlocken, die über verschreckte Rehaugen fallen, ein Strauß dahingeraffter, weggeworfener junger Leben, zwischen Bettlaken, auf einem Parkett, neben umgekippten Stühlen, auf dem Arbeitstisch, und sogar der Kaffee, die um zwei Uhr, in einer Pause getrunkene Tasse Kaffee, würde die Spur an ein ausgekostetes Leben bewahren, der Schaum des abgekühlten Kaffees klebte noch an der Tasse, doch war, dachte Renata, der Fall dieses Sänger-Mörders, der junge Mädchen auf einem Campus in Florida abschlachtete, nicht ein Fall unter vielen, denn von der Geburt bis zum Tod war das Leben einer Frau dem Selbstopfer geweiht, und nun versuchten die Richter, professionelle Gewissenserforscher, den Grund für diese Opferung auf dem Campus in Florida zu begreifen, und ebenso wenig wie der Mörder verstanden sie, wie all das hatte passieren können, jene Katastrophen, die auf dem Gewissen eines einzigen, eher unauffälligen Mannes lasteten, eines Mannes ohne Anstand, der einfach in die Häuser spazierte, in die Schlafsäle der Kibbuzim, oder, hier, ein einfacher Sänger mit seiner Gitarre, und die Geschworenen verlangten die Todesstrafe, den elektrischen Stuhl oder die Giftspritze, wie für den Häftling in Texas, so attraktiv, so charmant, diese jungen Leute dort hinten im Garten, im Orchester, Renata glaubte die Schreie zu hören, das Stöhnen zwischen den geknebelten Lippen, aus den zerstochenen Studentinnenbrüsten, in einer lauen Juninacht, hätte sie nicht, wenn sie Richterin gewesen wäre, ihre Prinzipien vergessen und ihn ebenfalls verurteilt, doch es wäre vergeblich gewesen, die Studentinnen würden ihre Abschlusszeugnisse nicht bekommen, und das Gesicht zwischen den Händen verborgen, vor dem Gericht, vor dem Plenum der Richter, weinten die untröstlichen Mütter um die, die sie geboren hatten, und zwischen diesen Schreien, den Klagen, den Tränen und Schluchzern hörte Renata die liturgische Musik, *Der Tod und das Mädchen*, über jeden der leblosen Körper, über diese Lippen, aus denen das leuchtende Rot gewichen war, breitete sich wie ein Leichentuch Schuberts liturgische Musik, *Der Tod und das Mädchen*, das Mädchen und der Tod. Und plötzlich drang Franz während der Nacht in das verborgene Zimmer ein, wohin Renata sich zurückgezogen hatte, in einem Pariser Hotel, er wirkte wie eingezwängt in seinen Dirigentenanzug, das Jackett, die schwarze Hose, das blütenweiße Hemd, sein Haar fiel unordentlich über die im Dunkeln blitzenden schwarzen Augen, außer sich vor Wut, dass sie sich so von ihm entfernte, hatte er sich mit seinen Freunden betrunken, hatte viel Geld verspielt, aber so sei er eben, erklärte er Renata, ein wilder Mann mit ungezügeltem Naturell, er stammelte ein paar Entschuldigungen und sagte, er liebe Renata, sie stieß ihn zurück, schickte ihn aus dem Zimmer, *Der Tod und das Mädchen*, Franzens Konzert war von der Kritik gefeiert worden, stehende Ovationen im

Saal, wisse Renata denn nicht um die Krisen ihres Mannes, nach einem Konzert, habe sie denn kein Mitleid mit ihm, er schloss fest seine Umarmung um sie, ein Wilder, dachte sie, obwohl er das Orchester mit den ausdrucksstarken Nuancen seiner Kunst dirigierte, glich er nun wieder einem Berber, diese schwarze Flamme im Blick, er war in dieses Zimmer gekommen, dachte Renata, weil er die lustvollen Schreie der Liebenden auf der Straße gehört hatte, den Schrei der Frau, die an der Mauer stand, ein gedehnter Schrei, der in der menschenleeren Stadt im Nebel über dem Seine-Ufer nachhallte, es war dieser Appell des Begehrens, der in den Sinnen kribbelte wie ein warmer Wirbelwind, der Franz in seiner Trunkenheit zu Renatas Zimmer hatte eilen lassen, er hätte sie genauso wenig wie in der Kajüte auf der Jacht, überhaupt nie, wenn sie alleine war, sie hatte es ihm oft gesagt, mit seinem Drängen belästigen dürfen, doch ganz seinem erregbaren Begehren unterworfen, hörte er nicht auf sie, seine Fantasie trug ihm, wie Renatas Erinnerung, mit verzehnfachter Kraft den Schrei der Liebenden von der Straße zu, und wenn sie, an jenem Abend, dem wilden Charakter ihrer Liebe zu Franz nachgab, dann vielleicht deshalb, weil die demütige Nagelpflegerin, als sie sich so elegant zurechtmachen ließ, um Franz abends ins Konzert zu begleiten, gesagt hatte, dass sie schön sei, bei dem Gedanken an das, was Franz am Vortag zu ihr gesagt hatte, ob sie nicht ein bisschen zu alt für ihn sei, hatte sie geweint, ohne Scham die Tränen über ihre Wangen laufen lassen, als hätte sie so ihr Geheimnis einer Frau anvertraut, die nichts von ihr wusste, die sie in dieser Stadt nie wiedersehen würde, plötzlich, in der Not ihrer Tränen, nahm der Schmerz den ganzen Raum des verborgenen Zimmers ein, während Franz sein Gesicht an ihres drückte, sie mit der schwarzen Flamme seiner Augen verstörte, der Tod und das Mädchen, sagte er, diese Musik sei, obgleich sie eine solche Verehrung des Heiligen zum Ausdruck bringe, eine sinnliche Musik, mit seinen fleischigen Lippen küsste er Renatas Hals, sie sah seine weißen Zähne glänzen, wie hatte er doch über Schuberts Syphilis gesprochen, über die ersten vier Messen, die etwa zur selben Zeit entstanden waren wie *Der Tod und das Mädchen*, geschlechtskrank, von Not und Armut gebeugt, obgleich noch so jung, war Schubert auf seinen Spaziergängen durch die Wiener Parks von einem hartnäckigen Fieber verzehrt worden, hatte jene himmlischen Stimmen gehört, die ihm helfen würden, das inwendige Nagen des syphilitischen Geschwürs zu vergessen, der Tod und das Mädchen, sagte Franz zu Renata, so dicht neben ihr, mit einer Stimme, die härter wurde, als er von jenen jungen, aber schon verwelkten Frauen sprach, mit denen Schubert in den Dirnenhäusern Europas verkehrt haben mochte, verriet Schuberts Musik nicht das veredelte Streben nach den Genüssen der Liebe, die womöglich die einzigen Freuden seines Lebens gewesen waren, eines Lebens in Unverständnis und Armut, der Tod und das Mädchen, war er nicht plötzlich distanziert und verwendete eine andere Sprache, damit sie nicht verstand, dass diese Beschreibung von Schubert, die er ihr gab, auch einem Selbstporträt glich, sie erkannte darin die Einsamkeit wieder, die Armut bei der Auswanderung aus Kiew mit seinen Eltern, die Wirtshäuser der europäischen Städte, in denen er mit zwölf Jahren als Geiger aufgetreten war, und selbst die Dirnenhäuser, wo sich die Liebe für ihn mit dem Tod verbündet hatte, die sexuelle Lust mit der Angst vor der Syphilis, als er, wie der junge Schubert, in einem Spiegel über dem lachenden, frischen Mund, den er gerade küsste, das Abbild der eigenen Sterblichkeit sah, das Mädchen und der Tod, *Der Tod und das Mädchen*, und so hatte sie sich, an diesem Abend, nicht wehren können gegen den wilden Charakter ihrer Liebe zu Franz, den sie nicht aus dem verborgenen Zimmer verwiesen hatte, wo sie, ihre Schicksale ineinander verwoben, die Schreie der Liebenden auf der Straße gehört hatten, den gedehnten Schrei der Frau, der nach und nach erlosch wie das herzzerreißende Ende eines Lieds im Nebel der menschenleeren Stadt. Und die brennenden Lampen im Garten, die Musik und das Glitzern der Festnacht hatten Augustino geweckt, den Jenny nun an den Zipfeln seines Superman-Umhangs einfing, unter dem Orangenbaum mit den bitteren Orangen, Augustinos spitze Schreie verdrossen Mutter, wie bitte, es war schon nach Mitternacht, und man hatte ihn noch nicht ins Bett gebracht, rannte er nicht sofort wieder weg, sobald Jenny den Baum umrundete, dessen lange Zweige sich unter den schweren Früchten bogen, war Jennys Aufsicht der Kinder nicht ein bisschen nachlässig, dachte Mutter, sie spielte eher mit Augustino als dass sie ihn beaufsichtigte, strich ihm manchmal über die Wange, über die winzigen Schläfen unter dem verschwitzten Haar, ich will nicht mehr allein da oben schlafen, in diesem Zimmer, ohne meine Eltern, schrie Augustino, nein, nie mehr, zwei weitere Tage, zwei weitere Nächte würde er im Garten durch das Gras hüpfen, unter seinem wehenden Umhang, seit Mama dieses neue Baby hatte, dachte sie nicht mehr an Augustino, aber ich, ich hab Dich immer noch genauso lieb, sagte Jenny und streichelte Augustino über die Schläfen, über die Stirn, sieh mal, da bist Du ja, ich glaube, da unter meinen Fingern fühle ich Augustinos Schläfen, und seine Stirn, ich glaube, sein heißes Gesicht drückt sich gerade in meine Hand, Augustino, bist Du es wirklich, Augustinos gellendes Geschrei hob wieder an, ich will bei ihr schlafen, Mama, meine Mama, schrie Augustino, war das nicht jeden Abend so, dachte Mutter, seit der Geburt seines Bruders weigerte sich das Kind, abends in sein Zimmer hochzugehen, und plötzlich sagte Augustino belustigt zu Jenny, Du kannst mich gar nicht sehen, ich bin nämlich unter einem Baum, Jenny schnappte sich Augustino im Geraschel seines wehenden Umhangs, sie hob ihn hoch, bis zu ihren Schultern, sagte sie, damit er nicht mehr ans Weglaufen denke, nach wie vor hallte Augustinos Geschrei in Mutters Ohren, obwohl sie sich von ihm fernhielt und ab und zu einen kurzen Blick auf den Weg unter den Springbrunnen warf, der sie, dachte sie, in ihr Zimmer und zu ihrem wohlverdienten Schlaf gebracht hätte, Augustinos Geschrei, mit der ganzen Energie der Jüngsten, dachte sie, erinnerte sie an ihre Pflicht, wach zu bleiben, zumindest bis zum Ende dieser ersten Festnacht, aber was gab es eigentlich dort, auf der anderen Straßenseite, hinter dem Gartentor, das Jennys Aufmerksamkeit derartig beanspruchte, Mutter sah niemanden, nur Jenny, die reglos vor dem Gartenzaun stand, wie hypnotisiert, in einer furchtsamen Haltung, da ist ein Schatten auf der anderen Seite des Zauns, sagte Jenny, wer war dieser Schatten, dessen verschlagenes Gesicht sich unter einer Kapuzenmütze verbarg, wer stand dort drüben, und Daniel sah Jenny, die mit Augustino davonrannte, er erinnerte sich an den Schatten auf der anderen Seite der Mauer, an das feindselige Zischen in der Nacht, sobald sie alleine auf der breiten Veranda waren, nahm Jenny den Faden der Geschichte, die sie Augustino erzählt hatte, wieder auf, um ihn in dem Holzstühlchen in den Schlaf zu wiegen, schlaf, mein Engel, sang Jenny, wie zu Füßen Jesu, hier, wie meine Mama für mich gesungen hat, hören wir das bösartige Raunen nicht mehr, lass Dich vom Zirpen der Grillen einlullen, schlaf, mein Engel, zu Füßen Jesu, und bei diesen Worten sah Jenny das Gespenst mit der Kapuzenmütze, dessen Atem sie auf ihren Schultern zu spüren geglaubt hatte, alle tanzten und tranken am Pool, dachte sie, obwohl das Gespenst dort stand, war es eine Frau mit aufgedunsenem, rotem Gesicht, die sie auf der anderen Seite des Zauns gesehen hatte, Augustino würde unter einem Baum spielen, eine eiserne Hand würde sich um ihn schließen, nein, Jenny hatte nichts gesehen, es war die Erinnerung an Mamas Vergangenheit, dieses Blut, das sie überall sah, in ihren Gedanken wie in ihren Träumen, seitdem sie den Sheriff angezeigt hatte, ob sie nicht doch zu sichtbar war, vor allem in dieser animalischen Sinnlichkeit, die aus all ihren Gesten sprach, überall fiel sie auf, sogar wenn sie Augustino auf der breiten Veranda in den Schlaf wiegte, wussten die Vorübergehenden wirklich nicht, dass sie es war, diese schwarze Frau, die den Sheriff angezeigt hatte, er würde sie hier aufspüren, er würde seine Sümpfe hinter sich lassen, sein Buschland, wo er Adler und Hirsch tötete, und sie mit zurück auf seine Plantage, seine Ländereien nehmen, oh, schlaf, mein Engel, wie zu Füßen Jesu, dieses bösartige Raunen soll nicht bis zu uns dringen, murmelte Jennys Stimme, in der schwirrenden Abendluft, die das Zirpen der Grillen mit seinem ohrenbetäubenden Schrillen übertönte, dieser Schatten, wer griff dort mit eiserner Hand nach Augustinos Hals, nach dem aufgeblähten Umhang, während er unter dem Orangenbaum mit den bitteren Orangen herumlief, glich dieser Schatten nicht dem des Sheriffs, den gefährlichen Schatten seiner Freunde, Seeleute, Jäger, Gespenster mit Kapuzenmützen, die einst durch die Sümpfe in den Wäldern spukten, den Schwarzen ausrotteten, ihn an den Bäumen aufhängten, eine schlammverkrustete, im Sonnenschein ausblutende Leiche in einem Schwarm Mücken, der Schatten dehnte sich unter dem glühenden Himmel überall aus, war dieser Schatten nun wieder zurück, nein, Jenny trug, auch wenn sie immer noch zitterte vor Angst, ihr Schicksal wie eine Standarte vor sich her, hatte sie nicht den Mut gehabt, obwohl sie nur eine Bedienstete in seinem Haus war, den Sheriff anzuzeigen, wegen seiner schändlichen

Sittlichkeitsdelikte gegen schwarze Mädchen, und hatten die Gesetzeshüter ihr nicht beschieden, als sie sich beklagt hatte, ein Sheriff habe immer recht, stachele Jenny einen von den Seinen respektierten Mann nicht zur Rache an, Jenny bereute nichts, dachte sie, sie hatte den Mut gehabt, den Sheriff anzuzeigen, und sie würde es wieder tun, nehmen Sie sich in Acht vor diesem Mädchen Jenny, sagte der Bürgermeister zu Daniel, sie hat einen Sheriff ins Gefängnis gebracht, aber Jenny zitterte noch immer vor Angst, denn sie kamen aus den Sümpfen, aus dem Buschland, das Gewehr in der Hand, und plötzlich erschien ein Schatten, riesig, neben einem ins Spiel vertieften Kind, und unter dem Schatten zeichnete sich der Umriss einer eisernen Hand ab, die bereit war, zu verletzen, zuzustechen, die Hand des Raubtiers, eine menschliche Hand, die unterschiedslos den Fuchs und das Kaninchen erwürgte, den Menschen enthauptete, Jenny würde später eine jener Heldinnen sein, deren inspirierende Geschichte sie so oft aufs Neue las, in ihrem Bilderbuch, auch wenn diese Heldinnen für die Weißen nur Relikte waren, dachte Jenny, ihre Fotografien in den Zeitungen waren mit Asche umrahmt, sie waren zurück im Zwischenreich der Rassentrennung, des Vergessens, wo sie schon immer gelebt hatten, war es nicht Melanie, die Jenny deren Geschichte erzählt hatte, 1823 geboren, war Mary Ann Schadd Cary die erste schwarze Verlegerin des nordamerikanischen Kontinents gewesen, sie hatte in Kanada die erste Zeitung gegen die Sklaverei herausgegeben, hatte an den Heldenmut, an die Gerechtigkeitsliebe der Weißen appelliert, doch was verbarg sich unter den Gesichtern von Mary Ann Schadd Cary, der ersten schwarzen Verlegerin, wie unter den Fotografien von Crystal Bird Fauset, Spezialistin für Rassenbeziehungen im Jahr 1941, Anführerin einer demokratischen Partei in Philadelphia, oder von Ida B. Wells Barnett, Herausgeberin einer Zeitung für die freie Meinungsäußerung, von Nina Mae McKinney, dem ersten schwarzen Filmstar in Hollywood, von Ida Gray, der ersten schwarzen Zahnärztin in Cincinnati und ganz Amerika, weshalb wurden all diese, mit Asche umrahmten Gesichter noch über den Tod hinaus geschändet, wie schon zu Lebzeiten, denn abermals kamen Kränkung und Ablehnung über sie, so frisch noch, die Erinnerung an ihren Feldzug gegen die Lynchjustiz, diese geschändeten Gesichter forderten eine Wiedergutmachung der Kränkung, wie viel Blut wohl fließen mochte, nach all diesen Jahren, unter den Ascherändern, wie in Jennys Träumen, auch wenn sie hier auf der breiten Veranda in Sicherheit war, während sie Augustino mit Mamas harmlosen Liedern in den Schlaf sang, ob es wohl einen Platz für sie gab im Paradies der Weißen, nicht nur bei Daniel und Melanie, denn der streunende Schatten war zurück, man hörte das Zischen, die geifernden Worte, diese Worte, die eine Frau, ein Mann, ein Kind auf der anderen Seite des Gartentors, durch die Zweige des Orangenbaums mit den bitteren, bald von der Sonne geschwärzten Früchten, von sich gaben, dieses Zischen, das Jenny noch immer hörte, weg mit Euch, wir lynchen Euch alle, aber schlaf, mein Engel, sang Jenny, wir wollen dieses Raunen nicht hören, denn er ist auch für uns gestorben, derjenige, der am Kreuz gestorben ist, und im Seufzen und Klagen dieser jazzigen Stimme schloss Augustino die Augen, denn es war Nacht, und bald sah Mutter Jenny die Außentreppe hochsteigen, der schlafende Augustino hing schlaff in ihren Armen, er, der den ganzen Abend lang so aufgekratzt gewesen war, geradezu unwirklich schien es, dass er auf einmal so zahm war, seine Arme baumelten rechts und links von Jennys Hals, so wie ihn der Schlaf übermannt hatte, Mutter schlenderte alleine zum Pool, gewiss, als sie nachmittags geschwommen war, dachte sie, war es ihr so vorgekommen, als wären die schönsten Tage ihres Lebens die Tage einer weit zurückliegenden Epoche gewesen, als sie einen lebhaften Drang empfunden hatte, morgens aufzustehen, in Augustinos Alter oder etwas später, wieder auf dem Schoß der französischen Gouvernante, hörte sie aus dem Mund dieser strengen Frau, dass ihr eine glänzende Zukunft bevorstehe, so sprachbegabt wie sie sei, würden ihre Eltern sie denn nicht eines Tages zu einem Elitestudium nach Frankreich schicken, an die Sorbonne, oder hatte die Gouvernante einem kleinen Mädchen aus reichem Hause die Hoffnung ihrer eigenen, einem unterdrückten Leben entsprungenen Träume mitgeben wollen, ja, hatte die Gouvernante plötzlich mit fester Stimme gesagt, Fräulein Esther fällt das Lernen so leicht, sie könnte eines Tages an einer namhaften Universität studieren, in meiner Heimat, so könnte ich sie wiedersehen, ich wäre dann allerdings schon recht alt, im Ruhestand, oder aber, wie viele alte Menschen, schon nicht mehr von dieser

Welt, aber das Fräulein solle es nicht übertreiben, einfach die Sahneschnitten der Brüder stibitzen, Mutter hörte die strenge Stimme der Gouvernante, bliebe sie wirklich auf ewig untröstlich über diesen Verlust, ja, war ihr diese Schiffsreise mit ihren Eltern nicht zu lang erschienen, verdächtig lang, hätte sie nicht an dieser ausgedehnten Reise mit den Eltern merken müssen, dass eine Tragödie, ein schmerzlicher Verlust ihr junges Leben überschatten würde, hatte die Vorstellung der Gouvernante, dass Mutter eines Tages eine selbständige Frau sein, an einer Universität in Frankreich studieren würde, hatte diese Vorstellung nicht fortwährend Mutters Hoffnung genährt, sie mit der für eine Frau, in ihrem Milieu, undenkbaren Aussicht auf Freiheit beglückt, doch was bedeutete es schon, ein Abschlusszeugnis zu erhalten, tatsächlich hatte Mutter mit Begeisterung Politikwissenschaft und, später dann, Ingenieurwesen studiert, doch was bedeutete es schon, ein Abschlusszeugnis zu erhalten, wo Europa bald durch den Wahn seniler Diktatoren in Brand gesetzt würde, wo sich Tausende junger Menschen anschickten, für sie zu sterben, war es also nicht unsinnig, dass Mutter damals nur daran dachte, nach Amerika zurückzukehren, um eine Familie zu gründen, denn das Leben würde immer stärker sein als der Tod, lange hatte sie in ihrem Herzen den Traum gehegt, Melanie zu empfangen, Melanie, eine neue Geburt in einer geläuterten Welt, hätte sie nicht warten sollen, bis diese Welt weniger blutig war, um Melanie später zu empfangen, und nun war Melanie schon über dreißig, sie war Mutter dreier Söhne, ein Studium in Politikwissenschaft, was bedeutete es schon, ein Abschlusszeugnis zu erhalten, wo Mutter doch plötzlich die Scham ihres Entkommens erfahren hatte, wie der Geruch einer fernen Verwesung auf den Freuden ihres Lebens, stets am Rande ihres Bewusstseins, hatte sie die vage Erinnerung an die Cousins aus Polen betrübt, auch sie hätten lieber in Frankreich studiert, doch hatte der unberechenbare Wahn jener Menschen sie nicht in die Nähe einer Moorlandschaft, das Dachauer Moos, geführt, wo sie in eigens erbaute Lager verschleppt und dort getötet worden waren, wer war Mutter schon gemessen am Rätsel dieser Dramen, an der Unermesslichkeit dieser Tragödien, hatte sie nicht gedacht, während sie mit Samuel und Augustino über die hohe Mole spazierte, über den tosenden Wellen, dass sie nur ein Staubkorn war, das bald von den ewigen Winden fortgeweht würde, doch alles war gut so, dieses Staubkorn, dieses Leben, unterstanden einer unsichtbaren Macht, denn alles war gut so, nach und nach würden dieses Staubkorn, dieses Leben, einem fortschreitenden Verfall erliegen, so stand es im Willen jener Macht, die alle Bewegungen der Menschen regelte, war Mutter nicht ohne jede Antwort gemessen am Rätsel ihres eigenen Lebens, des Lebens ihrer Kinder und Enkel, wie jene Gesichter der bildschönen Eingeborenen, die auf den Gemälden Gauguins dem rosafarbenen Himmel ihres Paradieses zugekehrt sind und sich fragen, wohin gehen wir, was wird aus uns, weshalb sind wir auf dieser Welt, lange schon wurden diese schlafenden Gesichter der warmen Inseln, diese entblößten Körper, die von der duftenden

Brise gestreichelt wurden, nicht mehr von der Sinnlichkeit unserer Welt gewiegt, ja, ob sie sich dort, wo sie waren, überhaupt noch diese Fragen stellten, wer sind wir, wohin gehen wir, ein jeder von ihnen war wie Mutter nur ein Staubkorn, das bald von den ewigen Winden fortgeweht wurde, das dem Horizont entgegentrieb, und Morgen für Morgen, Nacht für Nacht, flog der Reiher von der hohen Mole schräg empor, breitete langsam und majestätisch seine Flügel aus, von der Plattform einer Mole, von einem Floß, über den Wellen, Mutter empfand nun die unaussprechliche Freude eines Lebens ohne Grenzen, ohne Schranken, lag es nicht hier, direkt vor ihr, es genügte ihr, um diese Freude auszukosten, das Lindernde einer wiedergewonnenen Harmonie, sich einsam zu besinnen, und plötzlich, ob bei Nacht oder Tag, war ihr, allein vor dem Ozean, als kämen die Götter ihr entgegen, um ihr diese Lügen ins Ohr zu flüstern, ich erkenne Dich, ich nämlich weiß, wer Du bist, denn ich bin oder wir sind die Urheber Deines Lebens, mit dem Gedanken an diese wortkargen Götter überließ Mutter sich ihren Träumereien über die Kürze des Lebens, der milden Luft, die sie mit ihrem süßlichen Wohlgeruch betörte, als wäre sie in Daniels und Melanies Garten und söge das Aroma der reifen Orangen und Zitronen ein, den hartnäckigen Duft dieses Baums, den man für Samuel gepflanzt hatte, dieser Strauch von den anderen Inseln, auch Lady of the night genannt, weil seine Blüten sich nur bei Nacht entfalten, war es nicht dieser Duft, den sie gerade einatmete und dabei überlegte, ob nicht vielleicht eine exotische japanische

Pflanze für eine beruhigende Note sorgen würde, hier, in dieser Gartenkulisse, an deren Vervollkommnung und Ergänzung sie unablässig wirkte, wie an der Einrichtung des Hauses, die ihr zu schwerfällig erschien, hier, im Patio hätten sich ein paar Paradiesvogelblumen gut gemacht, in einer Vase, auf einem Tisch, und die strahlende Blütenpracht der Bougainvillea an der Tür des Pavillons neben dem Pool, aber wer in diesem Haus fragte Mutter schon um ihre Meinung, sie war nur ein Staubkorn, das bald von den ewigen Winden fortgeweht würde, dabei hatte sie doch den Reiher seine weiten Flügel ausbreiten sehen, der untergehenden Sonne über dem Meer entgegen, und sie hatte gedacht, wenn alles erfüllt ist, wird alles gut sein, alles wird gut sein, plötzlich war sie nicht mehr so müde wie zu Anfang der Nacht, wahrscheinlich weil sie Augustinos Geschrei nicht mehr hörte; ein sonderbarer junger Mann war durch das Gartentor gekommen, ohne dass Daniel ihn gesehen hatte, wer war er, vielleicht ein Bettler mit einem schiefen Lächeln, unter seinem mexikanischen Hut, seine Haut war matt gebräunt, der Ausdruck seiner Augen unbestimmt, doch sobald sich diese Augen auf sie hefteten, sprach eine flehentliche Grausamkeit aus ihnen, wer war er, dachte Mutter, noch so ein Wesen, das sich als Bettler ausgeben musste, und dem Daniel und Melanie Obdach gewährten, obwohl keiner von beiden das lauernde Individuum zwischen den zahlreichen Gästen bemerkt hatte, die Kleidung des jungen Mannes hatte die gleiche matte Farbe wie seine Haut, in der Hand hielt er einen Stock, auf dem eine schmale silberne Klinge steckte, dieser Stock, dessen Spitze mit roten Papiergirlanden geschmückt war, hätte ein hübsches Accessoire sein können, wenn Mutter nicht die im Dunkeln blitzende silberne Klinge aufgefallen wäre, unter den Girlanden, die in der warmen Brise flatterten, Marie-Sylvie, auch Sylvie genannt, glitt verstohlen an der Mauer des Patios entlang, sie steckte dem Mann ein Paket zu, das er in eine von seiner Schulter baumelnde braune Tasche warf, aus der geöffneten Tasche quoll der Geruch verdorbener Lebensmittel, irritierende Ausdünstungen, mit betrübtem Gesichtsausdruck richtete Marie-Sylvie ein paar Worte an den Mann, auf die er keine Antwort gab, dann rannte sie, für die anderen unsichtbar, zum Haus zurück, wer war diese Person, dachte Mutter, Sylvies Ehemann, ein Bruder, ein Freund, wie sie weit geflohen, sie, die gestern in ihrer Heimat noch Marie-Sylvie de la Toussaint hieß, war in jener Nacht die Einzige, die sah, was der Ausdruck dieser starren Augen, unter einem mexikanischen Hut, einfangen wollte, der Mann, der Bruder, war ihr ebenso vertraut wie diese Weißen Reiter des Todes, bewaffnete Soldaten oder junge Leute, die bald ihrerseits von den schwarzen Schwadronen getötet würden, sie lauerten ihnen auf, unter den Palmen, in der Stadt der Sonne, der Stadt der Trauer und Trostlosigkeit, während sich im Hafen, in der Nähe der von den Wellen umspülten Strände, zwischen zwei Senken voller Unrat, zwischen Wegen voller Abwasser, die Leichen stapelten, die einzusammeln man keine Zeit mehr hatte, um sie zu bestatten, der Ehemann, der Bruder, der Freund, derjenige, der mit einem Boot hatte fliehen können, war ganz in der Nähe, hier in diesem Garten, dachte Mutter, der starre Ausdruck seiner Augen, hatte Sylvie ihn nicht sofort wiedererkannt, war der seines Wahnsinns, er gehörte, dieser Bruder, dieser Ehemann, dieser Freund, dieses Gespenst eines Menschen, zu einer Sekte, die auf der Insel gefürchtet wurde, wegen ihrer Tieropfer auf den Friedhöfen, und hatten die Augen des jungen Mannes sie nicht ohne ein Wimpernzucken alle sofort gesehen und erfasst, die, die er auf dem Altar seiner Opferungen, auf den Grabsteinen voller Rosen, hätte töten wollen, diese zarten Beutestücke, die sich so leicht auf- und anschneiden ließen, Samuels und Augustinos Wellensittiche, die bis zum Morgen in der Voliere, unter dem Dach der breiten Veranda, schliefen, die Küken, die Kaninchen, die Katzen, die Hunde der Familie, diese Haustiere, die wie Könige lebten, während die Menschen so bemitleidenswert waren, in Abwasserleitungen umkamen, in der sengenden Sonne, Jenny hatte, wer weiß, vielleicht als Einzige in diesem Garten, den verzehrenden Ausdruck dieser Augen, über die sich der Schleier des Unverstands senkte, bemerkt, eine dämonische Starre, die nur aus dem Unglück erklärbar war, Marie-Sylvie hatte das hungrige Gespenst des jungen Jägers erkannt, der womöglich ihr Ehemann war, ihr Bruder, ihr Freund, von Kummer gebeugt, war sie geflohen, denn die Stadt der Sonne hatte all ihr Licht verloren, sie würde nie mehr strahlend sein, ihre Kinder lachten nicht mehr, vergossen keine Tränen mehr, und sie hatte nicht anders gekonnt, als demjenigen, der ein zweideutiges Verhalten an den Tag legte, einen Rest von dem noch warmen Festessen zuzustecken, als hätte sie ihm die bösen Absichten der Nacht austreiben wollen, diesem jungen Mann, der ihr Freund, ihr Ehemann oder ihr Bruder war, und der plötzlich eine furchtbare Starre in den Augen hatte, wie auf seinem matten Gesicht, erneut sah Mutter die Klinge oben auf dem Stock blitzen, unter den roten Girlanden, der junge Mann ging aus dem Gartentor, und Mutter seufzte auf vor Erleichterung, fragte sich, ob sie nicht geträumt hatte, ihre Gedanken wanderten wieder zur Ausstattung des Gartens, des Hauses, zu der Zubereitung von Vanillenachspeisen für ihre Enkel, hatte ihr Mann ihr von einer Reise nach Panama nicht eine Vanillepflanze mitgebracht, aus deren Schoten würde sie das kostbare Aroma gewinnen, bald würden die gelben Blüten der Kletterorchidee die Gärten überschwemmen, die Umzäunungen der Patios, die Düfte der Gewürze, der Vanille, würden noch aromatischer sein mit der zunehmenden Feuchtigkeit und Wärme des Frühlings, mit dem nahenden Sommer, war es nicht erstaunlich, dass es über siebzig verschiedene Sorten Vanille gab und Mutter nur diese Pflanze mit den Luftwurzeln kannte, die ihr Mann ihr aus Panama mitgebracht hatte, die Kinder mochten vor allem Schokoladen- und Vanillekuchen, dazu frisch gepflückte Himbeeren, oder wussten sie jetzt, wo sie größer waren, diese Nachspeisen noch zu schätzen, und Mutter sah oben im Haus durch ein Dachfenster zwei kleine Mädchen hüpfen, Jenny rief sie herunter, sie würden das Baby aufwecken, was machten sie überhaupt dort, und als Mutter Jenny mit fester Stimme zu den kleinen Mädchen sprechen hörte, dachte sie wieder an ihre Gouvernante, genau wie Mutter gehorchten diese Kinder ihrer Mutter, ihrer Gouvernante, in ihrer Sonntagskleidung, das war also erst der Anfang vom Fest, dachte Mutter, mit all diesen Kindern, die überall so spät noch auftauchten, in den Tür- und Fensterrahmen des Hauses, in ihren mit Schmuckstücken veredelten Kleidern, alle bildhübsch wie ihre Mütter, sah man nicht, dass diese Kinder wohlhabend und jetzt schon hochmütig waren, dennoch hatten sie Jennys Anweisung gleich Folge geleistet, eines von ihnen sagte, Samuel habe eine Verlobte, die Veronica Lane heiße, es habe seine Liebesbriefe gelesen, was für ein Übermut, was für eine Gesundheit, all diese Kinder um Jenny herum, diese Blumen, die erst nachts erblühen würden, wie die Blüten an dem Baum, den man dieses Jahr für Samuel gepflanzt hatte, und die weißen Lilien glichen, Mutter sah den jungen Mann wieder vor sich, seine Augen, das Starre seines Lächelns, diese unglücklichen Gedanken, warum, dachte sie, vielleicht wegen der Leere, die sie nachmittags, in der Mitte des Pools, empfunden hatte, während Jenny Augustino auf der breiten Veranda in den Schlaf wiegte, dann stimmte es also, was dieses Kind sagte, Samuel war in eine Schauspielerin verliebt, die mit ihrem Vater am Theater spielte, er, Samuel, hatte die kleinen Mädchen oben ins Haus zum Dachfenster geführt, Mutter sah durch das Dachfenster, wie er dort oben mit den Beinen baumelte, er war gerade erst von seinen Kopfsprüngen in den Pool zurückgekommen, er schauderte unter seinem kurzen Seidenkimono, war es die Frische, die ihn überkam, oder das Schaudern eines dezenten, schamhaften Vergnügens, während das Kichern der Mädchen durch den Garten schallte, dieses Schaudern, dachte Mutter, unter dem Seidenkimono, das Tätscheln dieser Finger, dieser Hände, all dieser kleinen Mädchen auf Samuels Hals, auf seiner Brust, war Mutter nicht das Ungelenke dieser ersten Spiele der Liebe, dieser schüchternen Annäherungen, aufgefallen, wie zart Samuels Haut doch ist, sagten sie lachend, schade, dass er erst elf ist, wolle er sie denn nicht mit auf sein Boot nehmen, am Sonntag, und eines der Kinder hatte sich Samuels Matrosenmütze aufgesetzt und gesagt, er ist verliebt, er ist verliebt, und im Zimmer mit den heruntergelassenen Jalousien schlief Vincent, seine Atmung wirkte ruhig, Melanie kam oft, um sich über ihn zu beugen, rannte hastig die Treppe hinauf, fragte Sylvie, Jenny, ob die Belüftung auch wirklich ausreichend sei, ob es nicht Zeit sei für das Medikament, alle horchten auf das Zittern in Vincents Brustkorb, man möge die Jalousien ein bisschen öffnen, aber nur ein bisschen, schon ein Pflanzenstaub könne ihm zum Verhängnis werden, und Jenny legte Melanie eine Hand auf die Schulter, gehen Sie nur runter, sagte Jenny, er ist ein braver kleiner Junge, sagte Jenny, er schläft, wie zu Füßen Jesu, Du darfst Dir Deine Besorgnis nicht anmerken lassen, hätte Mutter zu Melanie gesagt, zwischen ihren Gästen und Freunden durfte sie sich nichts anmerken lassen, und Melanie verkörperte eine natürliche Eleganz, und sie hatte den Eindruck, dass ihr zwischen den Gästen nichts von ihrer tiefen Besorgnis anzumerken war, also war Samuel in Veronica verliebt, dachte Mutter, sie war allerdings gut zehn Jahre älter als er, sie spielte die Rolle von Ophelia, die abendlichen Anrufe bei Veronica in New York, die auf dem Computer seines Vaters verfassten Liebesbriefe, alles, im Garten hatten die kleinen Mädchen Mutter alles erzählt, und während sie mit ihnen sprach wie mit Erwachsenen, hatte Mutter gefragt, weshalb sie das Bedürfnis empfänden, Samuels Geheimnisse auszuplaudern, weil wir ihn lieben, hatte eine von ihnen, die nun Samuels Matrosenmütze trug, geantwortet, als wäre sie eine Frau, weil ich ihn liebe, sagte sie, und Mutter sah Samuel unter dem Dach mit den Beinen baumeln, amüsiert von dem Geplapper, aber sein Geheimnis für sich behaltend, Ophelia, die er im Theater gesehen hatte, wie sie auf einem Blumenbett ertrank, Veronica, die Ophelia spielte neben ihrem Vater in der Rolle von Hamlet, vor Samuels Augen erstanden märchenhafte Kulissen, Schloss Kronborg, die Wälder Dänemarks, Labyrinthe aus Wasser und Stein, die Riffe jener Inseln, jener Halbinseln, an denen Ophelia entlangfuhr, auf ihrem blumengeschmückten, von verschneiten Dünen gerahmten Floß, ach, warum lebten sie alle in diesem Inselstaat, wo doch, gestern, Veronica noch in Samuels Nähe gewesen war, im Theater, war sie nicht, mit ihrem schnellen Auto, zum Lunch zu ihnen gekommen, vor einer Probe, einer Besorgung in den Straßen von New York, hatte sie Samuel nicht Maximilian vorgestellt, dem zwölfjährigen Wunderkind, das auf sämtlichen Bildschirmen zu sehen war, dessen Schauspielergage sich jährlich auf über eine

Million Dollar belief, eines Tages wird es Dir genauso gehen, hatte Veronica gesagt, über eine Million Dollar jährlich, und Papa hatte beschlossen, dass sie alle woanders leben sollten, würde auch Samuel, wie Veronica und Maximilian, ein Opfer des raffgierigen Materialismus unserer Epoche werden, sie würden alle auf einer Insel leben, war es seinetwegen, wegen Samuel, oder wegen Vincent, wegen Vincents Atmung, dass sie nun alle hier, weit weg von Veronica, lebten, ob so wohl Samuels Gedanken gingen, dachte Mutter, wann würde man ihn Abend für Abend auf dem Bildschirm bewundern wie Maximilian, hatte Mutter auf seinem Nachttisch nicht die Fotografie von Maximilian gesehen, dem zwölfjährigen Wunderkind, was für ein Übermut, was für eine Gesundheit, all diese Kinder in den Fenster- und Türrahmen, Mutter bereute es nicht mehr, etwas Zeit mit ihren Kindern und Enkeln zu verbringen, alles war gut so, dachte sie, alles war gut so. Und hatte Renata, am Arm des Mannes mit dem angegrauten Haar, nicht eingewilligt, heute Nacht im Takt dieser langsamen Schritte zu tanzen, dem Unbekannten ihr Vertrauen zu schenken, während sich ihr vor Begehren ungeduldiger Blick auf sie, diese Schar junger Leute in ihren raffinierten weißen Outfits heften würde, auf diese Orchestermusiker, die in ihr noch immer das gleiche Entzücken, die gleiche süße, von der Hitze, der feuchten Luft beflügelte Ekstase weckten, glichen sie denn nicht dem in der Sonne blau funkelnden Meer, in dem sie nicht hatte baden können, heute Nachmittag, als sie aus der Wechselstube gekommen war, wo sie den Mann mit dem schmuddeligen Gesicht getroffen hatte, der vor der gelben Wand seines Schalterraums von seinen Papierbergen erdrückt wurde, sie waren jenes blaue, glatte, triumphierende Meer, auf das sie plötzlich nicht mehr zugehen konnte, ohne diese ungewohnte Schwäche ihres Körpers zu spüren, während der Rekonvaleszenz, obwohl sie wusste, dass die Narbe wieder geschlossen, dass dem Chirurgen mit der Operation ein Meisterstück geglückt war, würde es ihr noch lange verboten sein, im Meer zu baden, dachte sie, so wie es ihr verboten war, zu rauchen, und sie, die Orchestermusiker in ihren weißen Outfits, verkörperten diesen atemberaubenden Geschmack nach Wasser und Rauch, nach dem Feuer am Rand der Lippen, das den Blick flackern lässt, auf das sich alle Nerven konzentrieren, sie waren so leichtfüßig, während ihr der Mann, mit dem sie tanzte, mit seiner Schwerfälligkeit, mit seiner schwülstigen Präsenz zur Last fiel, aber sie hatte eingewilligt, hatte nichts gesagt, als der Mann mit dem angegrauten Haar ihr seinen Arm untergeschoben hatte, würde sie noch wie früher sagen können, ich will, ich begehre, mit demselben Körper, in dem einst eine so fieberhafte Lust gewohnt hatte, merkte sie nicht schon seit einer Weile, obwohl dem Chirurgen eine Meisterleistung geglückt war, obwohl nur noch der Stern einer blassen Narbe über der entnommenen Lunge zu sehen war, dass die Kräfte des Lebens zu verkümmern begannen, weil man ihr den Zugang zu diesem salzigen Wasser verwehrte, sowie den Genuss dieser Zigaretten, die ganz von selbst an ihren Fingerspitzen verglühten, während die Orchestermusiker, genau wie die pfeifenden Schiffer, die in ihren venezianischen Booten ruderten, unveränderlich blieben, oder sich nur verändern würden, um noch vollkommener, noch männlicher zu werden, als hätte man sie nebst den Attributen ihrer Jugend mit der feinen Goldschicht der Statuen überzogen, ja, sie würden nicht verkümmern, während sie ihre Ruder durch die Flüsse, die Wasserläufe gleiten ließen, was wüssten sie je von dem aufflackernden Begehren der Frauen, gleichgültig würden sie lange über die Ströme, die Meere fahren, und Renata würde sie sehen, einen von ihnen, der in seinem Kahn stand und sie grüßte, während er unter dem Bogen einer steinernen Brücke hindurchfuhr oder ihr zunickte zwischen zwei Backsteinmäuerchen, an denen sich stachlige Heckenrosen emporrankten, doch wenn sich ihre Kähne entfernten, unter andere steinerne Brücken, unter die Gewölbe anderer Rosenmäuerchen, würde das Verlangen sie wiederzusehen, sie um sich zu haben, nicht mehr von ihr weichen, und das Haar der Männer wehte noch im Wind, eine gefangene Schwalbe flog so tief, als hätte sie diese Schläfen, dieses Haar gestreift, unveränderlich auch der Himmel über ihnen, der flüssige Azur, in dem sich die Ströme und die Meere spiegelten, denen sie singend entgegenfahren würden, auf denen sie an Festtagen mit ihren Kähnen glorreiche Wettrennen in der Adria bestreiten, sorglos ihre Kähne in die verschlungenen Wege der Lagunen und Strände lenken würden, über Korallenriffe, schlammige Sumpfgebiete, fern von diesen Tempeln, Festungen und Zitadellen, von den Klöstern und

Abteien, die zu schwer auf ihnen gelastet hätten, und sie würden alle entschwinden, mit dem gleichen Lächeln, der gleichen Anmut, ohne dass Renata sie je wiedersähe, und sogar dieser Schiffer, der charmanteste von allen, der im Stehen ruderte und sie gegrüßt hatte, während er unter einer steinernen Brücke, zwischen den Rosensträuchern, hindurchfuhr, würde hinter sich, in der lauen Furche des Wassers, nur die Erinnerung an ein hohles, künftig unlöschbares Durstgefühl hinterlassen, und wen sah sie plötzlich, während sie lustlos in den Armen eines Unbekannten tanzte, schien er nicht auf dem erhöhten Podium mit seiner Geige auf sie zuzukommen, mit zärtlicher Langsamkeit das Instrument unter die Wange zu schieben, hatte er Renata nicht mit seinen spöttischen, heiteren Augen angeschaut, als hätte er sagen wollen, erkennen Sie mich denn nicht, bin ich nicht der Sohn einer Ihrer Freundinnen, womöglich war der Junge nur eine vertraute Erscheinung, der sie im Kreis von Freunden schon einmal begegnet war, er war siebzehn Jahre alt, trug, wie vorhin Samuel an der Bar, weiße Bermudashorts, seine weißen Socken reichten bis zu den Knien, sein Haar fiel gerade herunter, gekämmt und gebürstet, als hätte eine fürsorgliche Mutter dieses Haar gepflegt, zum Glänzen gebracht, sein Gesicht war gesund und leicht gebräunt, womöglich glich er einem dieser Söhne ihrer Freundinnen, dem sie ungern in deren Beisein begegnet wäre, hätte der vergötterte Jugendliche sie neben seiner Mutter nicht verachtet, sie, die wie seine Mutter um so viele Jahre älter war, hier aber, in diesem sinnlichen Garten, mit dem heiteren Lächeln des Jungen, seinen spöttischen Augen, die nach den ihren suchten, während er sich zärtlich die Geige unter die Wange schob, lud diese überraschende Erscheinung, wie die Schiffer in ihren venezianischen Booten im rosafarbenen Licht der untergehenden Sonne auf dem Wasser, Renata zu flüchtigen Augenblicken der Ewigkeit und zu einem melancholischen, quälenden Bedauern ein, dass es jene Augenblicke bereits damals gegeben hatte, als sie ohne zu zögern an dem festgehalten hatte, was ihr gefiel, aber versank sie nicht gerade in einer Nacht ohne Licht, der Mann mit dem angegrauten Haar hatte seinen schweren Kopf genähert, schwerfällig stützte er sich auf ihre Schulter, schon sah sie das heitere Lächeln des Jungen nicht mehr, der wieder seinen Platz zwischen den Orchestermusikern eingenommen hatte, am anderen Ende des Podiums, wahrscheinlich würde sie dieses zarte, noch unschuldige Kind nie wiedersehen, und da dachte sie, dass sie sich ihrem Mann manchmal deshalb so energisch widersetzte, weil er, der Richter, die Straftaten der Jugend so streng richtete, sie konnte nicht glauben, wie er wahrscheinlich, dass diese von der Frau geborenen Kleinen, so schön wie der, den sie gerade angeschaut hatte, von der Mutter zärtlich umsorgt, schon morgen zu vergewaltigen und zu töten imstande wären, er aber, Claude, wusste, dass unter jenen Fingern, die dem schönen Haar ihrer Kinder Glanz verliehen, düstere Träume schlummerten, obskure Ruchlosigkeiten, die sich von Generation zu Generation hinter den arglosen Stirnen verbargen, auf den schmalen Lippen zeigte sich die erste Falte der Grausamkeit, das

Zeichen unwürdiger Siege, aus dem, was an der Seite der Mutter einer Blume geglichen hatte, wurde der Mann, der darauf brannte, diese engen Blutsbande, das zärtliche Mitleid, das ihn noch mit einer Frau verband, abzutöten, widersetzte Renata sich nicht energisch allem, was Claude bei Gericht verkündete; das Richteramt, die Aufgabe, über den anderen zu urteilen, war Männersache, aber sie hatte den Eindruck, dass eine Frau diese Macht für sich hätte beanspruchen sollen, in dem Mitleid, das sie für diese engen Blutsbande empfand, für das Fleisch des Mannes, aus dem sie, wie Wurzeln, das furchtbare Übel, das Geschwür des Herzens und der uralten Gesetzen gehorchenden Sinne, hätte ausreißen können, doch hatte sie nicht, wie auch die anderen Frauen, dieser weiblichen Zärtlichkeit nachgegeben und war vor dem Kind männlichen Geschlechts in Entzücken geraten, als der junge Musiker seinen lachenden, dreisten Blick auf sie gerichtet hatte, denn es fehlte nicht viel, dachte sie, damit sie so wurde wie all die anderen, deren Status, deren Demut der Gefühle sie teilte, wie diese Mutter, die mit ihren fürsorglichen Fingern, ihrer Wachsamkeit dem Haar jener Männerköpfe Glanz verlieh, wenn sie so jung sind, ihre gebräunte Haut, alles, was für sie noch so eng mit dem Ungestüm der Sinne verknüpft war, aber auch mit der Mutterliebe, die nicht enttäuscht worden war, während Claude hinter derselben Stirn, demselben Haar, obskure Ruchlosigkeiten gewittert hätte, düstere Träume, nichts von der Unabwendbarkeit dieser Zeichen war für Renata sichtbar, als Frau und Mutter geboren, geadelt, dachte sie, von dem überlegenen Aspekt ihres Daseins, sah sie keinerlei Ruchlosigkeit in diesen arglosen, kindlichen Profilen, und Julio beugte sich auf das seidige Kissen, das bereits ganz feucht von Schweiß und Tränen war, wo Vincent in dem Doppelbett schlief, ein friedlicher Schlummer im Halbdunkel des Zimmers nach seiner flatternden Atmung, Julio hörte das leise Ausströmen von Vincents regelmäßiger Atmung, und er dachte, dass Ramón, Orest, Nina und Edna, seine Mutter, genauso atmen würden, wenn sie noch lebten, in jenem Halbdunkel der Zimmer mit den geschlossenen Jalousien hätten sie, nachmittags und abends, den intensiven Geruch nach Jasmin eingesogen, dessen gelbe Blüten in die Patios, in die Gärten, rieselten, auf der Flucht aus ihrem Land, ihrer Stadt, waren sie so schnell verschwunden auf diesen Flößen, mitgerissen von den Böen der hohen Wellen, mit wenig Proviant nur, eine Schwimmweste, ein Schwimmgürtel hätte sie gerettet, wären sie nicht alle so arm gewesen, so führungslos, verängstigt von dem überstürzten Aufbruch, sollte Edna einen einfachen Schal um die Taille von Ramón, Orest binden, Baumwollstoffe, sie würde ihnen ihre weißen Schuhe anziehen, damit sie nur ja anständig aussahen, wenn sie im Hafen eintreffen würden, denn Gott werde sie beschützen, sagte sie, man warte dort auf sie, in jenem Land von Milch und Honig, an den Ufern des Paradieses, sie sollten nur das wankende Floß besteigen, bald werde man sie mit Wasser und Licht versorgen, fern vom Gestank ihrer elenden Hütten, dort drüben, im Hafen, im Land von Milch und Honig würden sie ihren Durst, ihren Hunger stillen können, und so hatte man den Schwimmgürtel oder die Schwimmweste vergessen, vernachlässigt in dieser Litanei der Gebete, die Edna für ihre Kinder dem unerbittlichen Himmel schickte, umsonst hatten freiwillige und wagemutige Piloten lange den Himmel abgesucht, ohne sie zu sehen oder um Hilfe rufen zu hören, sie, die der Wind von den wackligen Masten ihres Floßes riss, Homeland, das wiedergefundene Land, dort drüben sei sie, ihre Heimat, sagte Edna, in jenem grünenden Paradies, wo in Fülle Milch und Honig flossen, erwartete die Küstenwache die eintreffenden Kähne und Flöße, an jenen sonnigen Ufern, oh, ihre Kinder sollten nur den Mut nicht verlieren, sagte Edna, denn Gott sei mit ihnen, doch während sie für die Ihren zum Himmel betete, während Edna ihre spärliche Habe einpackte, Ramón, Orest und Nina in ihren zerknitterten Schal hüllte, ihnen die weißen Schuhe anzog, die sie unter so viel Entbehrungen gekauft hatte, glitzerte das Land von Milch und Honig am Horizont, doch keiner von ihnen würde gerettet, es wäre schon zu spät, wenn Julio einem im Wasser treibenden Ertrunkenen, das Gesicht dem Meeresgrund zugekehrt, zwischen den aufgeblähten Lumpen, den Schwimmgürtel wegnehmen würde, als unter den dicken Wolken der Motor des *Homeland*-Hubschraubers brummte, sollte man nur noch einen der weißen Schuhe finden, der Orest gehört hatte, Ednas Schal, Ninas Puppe, denn sie würden den Hafen nie erreichen, würden weder Proviant bekommen, noch mit Wasser und Licht versorgt werden, und Julio glaubte die stürmischen Winde auf den Wellen rings um das Floß zu hören, das Grollen des Wassers und der wirbelnden Winde unter den Blitzen und dem Wetterleuchten der warmen Nächte, tagsüber unter der gleißenden Sonne, dieser Durst brannte ihm auf den Lippen, schmeckte er nicht nach dem salzigen Meer, das den Durst der Flüchtlinge nie zu stillen vermochte, wer versehentlich von diesem Wasser trank, starb daran, wie Orest, Ramón, Edna, deren Herzschlag verstummt war, anderen dunklen Gestalten, die an die wackligen Masten ihrer Boote, ihrer Flöße geklammert waren, galt der flüchtige Segen aus Öl und Antibiotika, den die mutigen Piloten aus ihren Flugzeugen warfen, während sie am Himmel kreuzten, Ramón, Orest, Nina, Edna, ihre Mutter, hätten nicht eine Stunde überlebt, wenn man sie auf die anderen, vom Golfstrom umspülten Inseln gebracht hätte, nie würden sie ihre Augen auf diese Archipele öffnen, jene Inseln mit den Gefangenenlagern, bald das Los ihrer Brüder, Ednas Gebete waren erhört worden, der unbarmherzige Himmel hatte ihre Kinder von dem quälenden Durst erlöst, dachte Julio, denn die Flamme einer Gewitternacht hatte diese Fliegen, die Mücken in ihrem Flug verbrannt, Ramón, Orest, Nina und Edna, ihre Mutter, Staubkörner, die noch immer auf dem Wasser trieben, Orests weißer Schuh, Ramóns Haar, Ednas zerfranster Schal in den Maschen eines Fischernetzes, Ninas Puppe mit den blinden Lidern unter einem stählernen Firmament, anderen galt nun das grünende Paradies, wo in Fülle Milch und Honig flossen, Nina, Orest, Ramón, Nina von ihrer Puppe getrennt, sie schliefen alle, fern des blauen Schimmerns am Ufer, wo seit so vielen Nächten, so vielen Tagen, die Küstenwache auf sie wartete, sie schliefen in den trüben Gewässern der Ozeane, und Gott hatte Ednas Beten erhört, Edna, die so alleine, so führungslos war, die den Schwimmgürtel, die Schwimmweste vergessen, vernachlässigt hatte, sie sollten doch alle adrett aussehen, mit weißen Schuhen an den Füßen, wenn sie im Hafen eintreffen würden, dort drüben, in ihrer neuen Heimat aus Gras und Milch, aus Honig, und während er neben Vincent auf dem Doppelbett saß, lauschte Julio dem zu ihm aufsteigenden Atem des Lebens, spürte, wie Jennys Hand die seine berührte, es sei nicht vernünftig, dass sich Julio noch immer an den Stränden herumtreibe, nachts, sagte Jenny, wozu halte er noch nach dem Licht der Leuchttürme auf dem Wasser Ausschau, kein Boot, kein Floß würde in der Nacht zurückkehren, im Glitzern der grünen Lichter, höchstens die Boote der Dealer, Julio ziehe bei seinen Streifzügen zu viel Gewalt auf sich, sie würden nicht wiederkommen, in diesen Booten, auf diesen Flößen, wonach er denn spähe, Ramón, Orest, Nina, Edna, sie alle seien, wie so viele andere, tot, und künftig zu Füßen Jesu und seiner Barmherzigkeit, und wenn Julio gerettet worden sei, dann, um seinen Brüdern zu helfen, sagte Jenny, und als sie Vincents Köpfchen auf dem seidigen Kissen anhob, sah Jenny Schweißtropfen perlen, Vincents Atmung sei beklommen, sagte sie zu Julio, es sei bald Zeit für das Medikament, die Luft der Nacht, diese schwüle Luft sei es, die Feuchtigkeit der Luft, die durch die Jalousien des Hauses drang, die Blütenpollen, ob Julio nicht in den Garten gehen und Melanie rufen könne, der arme Engel dürfe nicht unruhig werden in seinem Schlaf, mit diesen Herzschlägen, die in seiner Brust rasten, unter der Haut, die so zart schien wie die Rosenblüten, deren Blässe sie hatte, nein, sie würden nicht wiederkommen, in diesen Booten, auf diesen Flößen, der Sog der Stürme, der Zyklone, sagte Julio, hätte sie anderswohin abgetrieben, so weit weg, zu den auf See verschollenen Fischern, den von rivalisierenden Banden getöteten Abenteurern, Mücken, Fliegen, die nicht mehr zu erkennen waren, erloschen und begraben im Schein des Windlichts, doch hartnäckig, war es ein irrer Starrsinn, würde Julio Nacht für Nacht an den Stränden warten, auf Ramón, Orest, Nina, Edna, wolle er sich denn um den Schlaf, um den Verstand bringen, wo ihn seine Brüder doch so dringend bräuchten, sagte Jenny, stündlich hoffte eine Horde Lebender, man möge sie aus den finsteren Ozeanen bergen, deren Ufer sie nicht sahen, und als das Medikament Vincent besänftigt hatte, erinnerte sich Jenny wieder an die Sorglosigkeit jener Sommertage, als sie alle heiter waren, glücklich, sie dachten nie an dieses Glück, als wäre diese Freude ewig gewesen, und vielleicht war es das auch, für die Dauer jener Tage, Jenny stand auf einer Terrasse am Meer und sah, unter dem Badeanzug streifte sie eine warme Brise, wie Augustino mit Melanie schwimmen lernte, Samuel schwamm auf dem Rücken um sie herum, das Wasser war klar und wellenlos, es war an einem jener Tage der ruhigen, köstlichen See, und Jenny hörte fröhliches Lachen und Geschrei, war es nicht erst gestern gewesen, dachte sie, als Augustino, unter Melanies verzückten Blicken, obwohl er schon zu laut und zu versessen auf Zuckriges war, seine ersten Schritte gemacht hatte, an einem Strand, im Gras eines Palmenhains, eines Parks, wo Samuel Tennis spielte, oh, war es nicht erst gestern gewesen, vor Vincents Geburt, der Kummer seiner Mutter, als sie seinen gequälten Atem gehört hatte, die Seeluft belebte sie, lebten sie nicht ständig draußen, mit Jenny und ihrer Mutter, womöglich wurden sie zu sehr geliebt, doch sie würden schnell größer werden, sie sollten Spaß haben und singen wie zu Füßen Jesu, sollten tanzen, denn es war Sommer, und schon ein Jahr lang bei Melanie, bei den Kindern, war Jenny nicht mehr die Dienerin im Hause des Sheriffs, kein weißer Mann, der sie schändete, und der Sheriff hatte vor Gericht erscheinen müssen, oh, war es nicht erst gestern gewesen, als Jenny auf einer Terrasse, in der warmen Sommerbrise, diese fröhlichen Stimmen hörte, das Lachen der Kinder, die in den Wellen tobten, wenn die Winde dieser tropischen Sommer auffrischten, schnappte sich Venus, die Tochter des Pastors, das kesse Mädchen, zu der Zeit, da die reichen Familien mit ihren Hunden spazieren gingen, einen von ihnen am Halsband und schwamm lange alleine und unbeschwert im Ozean, Jenny hörte das spöttische Echo dieses Lachens, das die große Weite des Wassers, des Himmels zu spalten schien, mit einem triumphierenden Gestus, Halleluja, dachte sie, Halleluja, ich werde zu denjenigen zählen, die am Tag des Jüngsten Gerichts nichts zu befürchten haben, Halleluja, Halleluja, war es nicht erst gestern gewesen, als Jenny sang, auf der Terrasse in der lauen Brise tanzte, bevor die Kinder ihr entgegenliefen, sie versprach, sie oben auf ihren Schultern festzuhalten, bis zu den rosa Farben der untergehenden Sonne, bis ihr Vater mit dem Schreiben fertig wäre in dem Zimmer mit den geschlossenen Jalousien, im Summen der Ventilatoren, manchmal aber wurde es Nacht, und er war noch immer nicht bereit, um die Kinder zu sehen, sich abends mit ihnen zu Tisch zu setzen, was mochte er wohl dort oben schreiben, das ihn so verdrossen stimmte, so ungerecht gegenüber Samuel, oh, war es nicht erst gestern gewesen, Venus, diese Pastorentochter, die sich rittlings auf die Hunde mit ihrem prachtvollen Fell schwang, weiße Hunde, schlanke schwarze Hunde, das spöttische Echo hallte in der Sonne nach, auf der glatten Oberfläche des Wassers, als alles so ruhig, so heiter schien, plötzlich, in Jennys Leben, war es nicht erst gestern gewesen, dieses Glück, Venus, die Tochter des Pastors, die mit den Wachhunden, den Wolfshunden, schwamm, mit kreisenden, anmutig aus dem Wasser tauchenden Armen und Beinen die wilden Tiere mit ihren scharfen Zähnen, aber sanften schwarzen Augen, mandelförmigen Augen, bezwang, das Lachen und Geschrei der Kinder, im Wasser rings um Melanie, und sie, Jenny, die sie so hoch auf ihre Schultern hob, das Wogen der Wellen, all dieser Leben, während Jenny auf der Terrasse stand, sie sollten sich entspannen, dachte sie, wie zu Füßen Jesu, denn bald schon, wie die gegen Tagesende über dem Meer aufkommenden Stürme mit ihrem heftigen, dichten Regen, würden jene dunklen Januarmorgen kommen, wenn Augustino seinen Vater fragen sollte, ob tatsächlich heute alles Leben auf Erden enden müsse, die Pflanzen, die Vögel, und Jenny, die Augustino für den Kindergarten ankleidete, hörte diese Worte Augustinos, ein uralter Mann, berichtete er, habe im Fernsehen gesagt, dass man sich nicht mehr für die Schule oder den Kindergarten fertigmachen müsse, es sei künftig zwecklos, denn vor dem Himmel zeichne sich eine Rauchwolke ab und Augustino werde seine Eltern nicht wiedersehen in diesem Rauch, weder sein Haus, noch Jenny, noch Sylvie, Papa hatte, wie gewöhnlich, bis mittags um etwas Stille gebeten, Samuel hatte, vor dem Aufbruch in die Schule, sowohl an sein Obst als auch an die Tennisbälle gedacht, doch in jener Januarfrühe hatte Augustino verstanden, dass eine unterirdische Flamme, so wie das Feuer die Flügel der Schmetterlinge verzehrt, die Flügel der Schüler versengen würde, die kurzen Kleider über den nackten Beinen, ihre Ranzen, die Mittagsmahlzeiten, die sie dabeihatten, eine Wolke aus Flügeln würde über die Welt kommen, aus Flügeln und Blut wie Jenny sie im Traum sah, oh, sie sollten mit den Hunden in den Wellen spielen, ihre Mutter sollte sie zwischen Wasser und Himmel mit schallenden Küssen bedenken, denn der Trauermann würde kommen, und wie oft würde Jenny noch die Ihren sehen, verletzt, gekränkt, von sämtlichen Übeln geschlagen, dort, auf der roten, trockenen Erde in Baidoa, die Augen von den Fliegen zerfressen, vergeblich schmiegten sie sich an die leere Brust ihrer Mutter, ihre ausgezehrten Schatten türmten sich, so wie sich bald ihre Leichen türmen würden, auf Lastwagen, in Massengräbern, in diesem kargen Land, ohne Regenwolken, würde man ihnen, die solchen Durst gehabt, den Napf in der Hand gehalten hatten, würde man ihnen, die nicht hatten fliehen können oder auf der Flucht umkamen, heute Mais und Soja austeilen, die sie retten könnten, sie würden durch die Sonne laufen, vom Durst betäubt, bis zur Kantine des Roten Kreuzes, von der Hitze, vom Hunger benommen, wickelten sie sich wie in einen Mantel in ihre Knochenhülle, in ihr zerknittertes Fleisch, verweigerten plötzlich kraftlos den Reis, den ihnen ein paar abgezehrte Mütter noch schenken mochten, das Vieh war getötet worden, die vom Krieg malträtierte Erde der Vorfahren siechte dahin, und zwischen den Reihen dieser Leichen, von denen sich die Hyänen nähren konnten, schritt ein General, von seinen bewaffneten Anhängern beschützt, in Zivil, einen Spazierstock mit silbernem Knauf in der Hand, brachte er zum Ausdruck, dass er Herr über eine ungeteilte Macht war, erwartete er nicht, während die Leichen verrotteten, mit der nächsten Aussaat, den Sturz eines feindlichen Diktators, den er ersetzen wollte, oh, wie oft, dachte Jenny, würde sie noch diese Frauen sehen, die ihren Napf über die Köpfe, über die von den Fliegen zerfressenen Augen ihrer ausgehungerten Kinder streckten, wie oft würden die Ihren noch auf Lastwagen gehäuft und in diese Massengräber geworfen werden, denn so floss das Blut in ihren Träumen, in einer Wolke aus Flügeln, Mündern, Haaren, faltigem Fleisch, mit der Asche verschmolzen, fliehen oder sterben, hätte auch sie sich auf den Weg machen, sich einer internationalen Hilfsorganisation anschließen sollen, wie Melanie es damals getan hatte, sie sollten ihren Spaß haben, in den Wellen toben, denn an dunklen Januarmorgen würden sie in dem stillen Haus plötzlich aufwachen, aus ihren Betten nach ihrer Mutter rufen, nach ihrem Vater, die nicht mehr antworten würden, ein General hätte sie beiläufig, aus seiner Rauchwolke heraus, in Zivil inmitten seiner bewaffneten Anhänger, in der Hand einen Spazierstock mit silbernem Knauf, alle umgebracht, aber geräuschlos, damit er Herr über dieses stumme Universum werde, der unbestrittene Herr einer ungeteilten Macht, während Jenny, die auf der Terrasse stand, die Welt so schön erschienen war, bei Melanie und den Kindern, die im klaren Wasser schwammen, oh, sollten Augustino und Samuel doch nur fröhlich schreien, denn bald würden diese dunklen Januarmorgen kommen, wo sie nach dem Aufstehen unveränderliche Tränen weinen sollten, wie jene, mit zahllosen Sonnenstrahlen verzierte Schmetterlinge, goldene Entfaltung bei der Geburt, ihre Flügel würden in den brennenden Kerzen lautlos schrumpfen, ein unseliges Staubkorn aus dem Himmel, man höre nur das fröhliche Echo ihrer Stimmen und die schallenden Küsse ihrer Mutter, denn jeder Tag war, für Jenny, voll der Erinnerung an jene glückliche Ewigkeit, die sie zu Füßen Jesu lebte, betete sie nicht täglich in der Kirche, während ihre Freundin Venus, die Tochter des Pastors, sich von den Männern auf Abwege führen ließ und Onkel Cornelius in die verrufenen Clubs der

Stadt begleitete, dabei war Jesus doch für sie, wie für Jenny, am Kreuz gefoltert worden; und Lucs Boot schwankte in den schlingernden Wellen, so nah am Ufer, dass Luc und Maria noch die auf dem Wasser aufgereihten Hausboote ausmachen konnten, die schwimmenden Häuschen und ihre mit Meerjungfrauen, mit roten und blauen Laternen geschmückten Balkone, wo ihre festlich gestimmten Freunde Hochzeit feierten, in einer fröhlichen Trunkenheit, die bis zum Morgengrauen währen würde, bevor sie unermüdlich wieder zur See fuhren, auf ihren Booten, ihren Segelschiffen, denn während sie in ihren Hängematten schaukelten, auf ihren Balkonen die Füße über den Ozean streckten und die Seeluft streiften, bejubelten sie ihre Befreiung von dieser Erde, auf der sie nicht mehr leben wollten, nichts würde sie aus ihren klapprigen Hausbooten locken können, niemals wollten sie woanders leben als auf dem Wasser, riefen sie, Luc und Maria sollten es ihnen nachtun und ihre Hochzeit wäre ein nicht enden wollendes Märchenspiel, aber sie sollten vorsichtig sein, die Patrouillenboote hätten es mit Gewehrschüssen auf diese Luxusboote abgesehen, die sich die Inselbewohner für eine Festnacht mieteten, sie rochen schon von Weitem das Haschisch, witterten das Crack, das in Form von Eiswürfeln im Ruderstand, wo es sich die Insassen des Boots betont bequem machten, unter den Klappsitzen und Bänken gehortet wurde, ja, waren die Seesoldaten nicht überall, nun aber verblasste das Boot mit den vornehmen, fließenden Linien in der Sternennacht, dachte Paul, auf das Geländer seines einsamen Balkons gestützt,

Luc und Maria hatten also geheiratet, sie fuhren ohne ihn, Luc und Maria würden bald jene Bucht durchqueren, in der Jacques' Asche verstreut worden war, so wie Jacques es gewünscht hatte, ein Festtag, an dem sie Ballons in den Himmel hatten steigen lassen, eine Nacht, in der sie auf dem Wasser Champagner tranken, hatte ihnen auf einem benachbarten Kutter nicht ein Fischer mit seiner Lampe geleuchtet und gesagt, so viel Asche haben wir noch nie in diesem Sarkophag des Meeres gesehen, wird der Wind sie nicht wieder zurück an ihren Ausgangspunkt wehen, was für ein Dickkopf aber auch, Ihr Freund, und während der Fischkutter näherkam, hatten sie noch weitergefeiert, herzlich gelacht und ihre mit Haschisch versetzten Zigaretten geraucht, und nun verblasste das Boot in der Nacht, Paul würde alleine sein, ach, was erhoffte sich nur dieses in seiner Jugend, seiner Unerfahrenheit verwirrte Paar, Luc und Maria, sie, eine Flüchtlingsfrau aus Kuba, und Luc, dessen Asche sich eines Tages, in einem Jahr, in zwei, kannte er das ärztliche Verdikt denn nicht, mit Jacques' Asche vermischen würde, im Wasser jener Bucht, wo er diese Nacht, hinten auf der Badeplattform, an der das Armaturenbrett des Boots angebracht war, mit einer Frau schlief, sie sollen einander lieben, sollen weit davonsegeln, im Frieden des Wassers, dachte Paul, mit ihren verborgenen Narben, sie sollen, wie ihr Held, durch Windböen und gigantische Wellen, in achtzig Tagen die Erde umrunden, den Äquator erreichen, das unbeschwerte, treulose Paar, sie sollen kentern, sollen umkommen, es bräuchte nur eine winzige Murmel, um Rumpf und Schwert des

Boots zu zerstören, eine Murmel, sie sollen zurückkommen, vor diesen gefährlichen Besatzungen fliehen, sie waren keine robusten Seefahrer, die stolz das Kap Hoorn umrundeten und sämtliche Hindernisse bezwangen, so gesund, so stark, sie waren nur Luc und Maria, ihr Bootsrumpf war bereits durch gravierende Risse beschädigt worden, doch Luc träumte schon seit Langem am Pier, wenn er die von der offenen See zurückkehrenden Schiffe anlegen sah, an dieser Landestelle, wo er nachts, in der grünen schillernden Spur seiner Inlineskates plötzlich stehen blieb, er würde zusammen mit Paul nach Australien gehen, wäre Landwirt, Rinderhändler, Pferdezüchter, Familienoberhaupt, denn es galt vor seinen Blicken, wie gestern vor den Blicken Jacques', diese braunen Flecken auf dem Gesicht zu verbergen, und den ganzen stummen Schmerz, den die anderen nicht sehen, geschweige denn spüren konnten, schon seit Langem betrachtete Luc diese eleganten, morgens im Hafen vertäuten Ozeandampfer, doch sie sollen einander lieben, sollen davonsegeln im Frieden des Wassers, Paul würde auf sie warten, den Kater Mac auf dem Schoß, beim Klingeln der orientalischen Glöckchen, am Gartentor, würde er sich an das erinnern, was Jacques zu Pastor Jeremy gesagt hatte, kommen Sie zu mir, denn das Tal der Orchideen, das Paradies, von dem Sie mir immer erzählen, ist hier, und sie würden von jenen Stürmen über dem Meer zurückkehren, denn Luc und Maria waren nur ein junges Paar, in ihrer Jugend verwirrt, zwei Verlobte, von denen der eine schwarze Luftballons zum Himmel hatte aufsteigen lassen, zwischen all den bunten Festballons, so verscheuchte Luc das böse Vorzeichen, verbannte es aus seinem Blick. Und während er in der grünen, schillernden Spur seiner Inlineskates an den Stränden entlangglitt, beobachtete Luc im Dunkeln das schwindende Licht der Leuchttürme über dem von den südlichen Winden gefältelten Wasser; als Jacques die Augen geschlossen hatte, dachte er, ging gerade die Sonne über dem Meer unter, zwischen den Pinien, am Strand der Militärs, Paul hatte den Kopfhörer, dessen Kabel noch von Jacques' Ohren baumelten, von dem ausgezehrten Gesicht, von dem hohl geformten Kopf genommen, und diese *Große Messe in c-Moll*, die Mozart in der Freude, im Aufruhr des Herzens geschrieben hatte, diese himmlische Musik hörte jetzt Paul, während er mit seinen Inlineskates über die vom Meer gesäumten Straßen flitzte, an jenem Tag hatte Jacques über Durst geklagt, es war ein glühend heißer Tag, und niemand schien vor der Hitze Zuflucht zu finden, es war, als hätte der Durst, der Jacques verzehrte, den Boden der Gärten getrocknet, die Blätter des Oleanders eingerollt, die spärlichen Blüten der Frangipani, deren betörenden Duft Jacques sogar zwischen seinem ruckartigen Erbrechen noch eingeatmet hatte, und als nach all diesem Rucken und Beben sein Kopf zurück auf das Kissen sank, hatte er jene himmlische Musik gehört; und über Durst geklagt, jetzt, wo die Turteltauben so tief über die Zäune zu fliegen schienen, dass Mac sie mit seinen Bissfantasien verfolgte, mit seinem gedehnten, leisen Miauen, drang in der Hitze, aus den Grotten der Bars, wo alle nach Schatten suchten, die Musik von Trommeln und Trompeten, die elegische Klage einer Frauenstimme vor der langen Stille jener Nachmittage, als die Erde so nah am Wasser glühte, Rue Bahama, Rue Esmeralda, und die Streithähne auf den Rasenflächen einnickten, jetzt, dachte Paul, flogen die Turtel- und Ringeltauben in den gleißenden Himmel, und Jacques' gefangene Taube, deren Hals ein rosafarbenes Band zierte, nach dem Öffnen des Käfigs hatte Paul sie zu den anderen fliegen sehen, dem endlosen Horizont der blauen, glitzernden Meere entgegen, und dabei gedacht, dass auch Jacques' Seele davonflog, ohne Rückkehr, war es die c-Moll-Messe, der er so andächtig gelauscht hatte, oder dieses Oratorium von Beethoven, *Christus am Ölberge*, Paul glitt an den Stränden entlang, in der grünen, schillernden Spur seiner Inlineskates, künftig umgeben, dachte er, von all der himmlischen Musik, der c-Moll-Messe, Christus am Ölberg, er warf sich vor, diese Musik bisher nie richtig geschätzt zu haben, in welcher Zerstreutheit hatte er nur gelebt, nachts immer zum Klang dieser die Sinne betörenden Musik geschlafen, wie hatte er nur mit Luc die Glut ihrer Jugend so verschwenden können, jetzt aber, mit zwanzig Jahren, waren sie, ohne Vorwarnung, ohne es zu merken, zu leprösen Alten gealtert, ohne dass sie Zeit gehabt hatten es zu merken, während sie auf ihren Surfbrettern das Gleichgewicht zu halten versuchten, sich in den Gewitterwellen, oder, nachts, tanzend in den Diskotheken, in den Saunas vergnügten, nein, ohne es zu merken, traten sie in das letzte Lebensalter ein, jenes Alter der zynischen Vereinsamung, mit den sichtbaren, eitrigen Spuren, sie waren schön, sie waren jung, ach, konnte dieses Unglück, das sich gegen sie verschwor, mit all seiner Niedertracht, dem Affront gegen ihre Unschuld, nicht bald ein Ende haben, ja, Luc und Maria sollten einander lieben, auf und davon segeln im Frieden des Wassers, sie sollten frei und stolz sein, die dumpfen Schläge der Trommeln hören, auf denen nachts die Schwarzen spielten, die elegische Klage einer Frauenstimme, über dem Wasser, Paul folgte ihnen, in der grünen, schillernden Spur seiner Inlineskates, auf den vom Meer gesäumten Straßen, wenn die Sonne sie zu stark gebräunt, in der gleichen dunklen und glühenden Farbe gegerbt haben würde, wie das Feuer, das sie verzehrte, könnten sie sich wohl nur noch mit rührender Vorsicht einander hingeben, dachte Paul, die flüchtigen Berührungen würden den Kontakt mit der brennenden Haut vermeiden, Luc würde an andere, ähnliche Sehnsüchte in den Dachgeschossen, im Schatten der Fensterläden denken, als sich zur Besänftigung des Feuers unter die Liebkosungen das bittere Harz der im Garten geernteten Aloe mischte, denn der Balsam der afrikanischen Pflanze heilte alles, Mac würde, am Atlantik, Eidechsenschwänze zwischen den Zähnen, der Ringeltaube, der Taube nachstellen; der Hibiskus würde das ganze Jahr über blühen, man würde das Klingeln der orientalischen Glöckchen hören, wenn Jacques abends nach Hause käme, war es nicht eher die Kantate *Davide penitent*e, die Jacques so gerne hörte, wusste er denn nicht, dass man ihn in wenigen Minuten waschen und umziehen würde, treuherzig fragte er, werde ich heute also bis zum Meer gehen, nun sagt schon, ist es nicht heute, und sie würden sagen, morgen, morgen ist es, und dann gehen wir zusammen bis zum Hafen; und zusammen würden sie alle, ob aufrecht oder bettlägerig, auf das am Strand glitzernde Licht zugehen, zwischen den Pinien, und mit ihren Kopfhörern, die auf den immer schmaler werdenden Köpfen saßen, würden sie Beethovens Oratorium hören, das einem rüpelhaften Kritiker damals nicht gefallen hatte, fehle es der musikalischen Struktur denn nicht an ausdrucksvoller Strenge, sie würden die Arie der Engel hören, das Rezitativ Jesu am Ölberg, wie würde sein Vater im Himmel ihn von der Todesangst erlösen, ob aufrecht oder bettlägerig, würde dasselbe Licht ihre Truppe durch die Nacht geleiten, schon sahen sie die Lanzen der Soldaten auf ihre Seite zielen: Wie würde ihr Vater sie von der Todesangst erlösen, ach, konnte dieses Unglück nicht bald ein Ende haben, dachte Paul, diese Niedertracht, die sich gegen sie verschwor, Luc würde zurückkommen, enttäuscht von seiner wilden Hochzeit, sie würden nach Australien gehen, wären Landwirte, Rinderhändler, Pferdezüchter, Familienoberhäupter, denn sie wären gesund, jung und lebendig, überall glücklich auf jener Erde von Milch und Honig, ihrem Paradies; die *Große Messe in c-Moll*, die Mozart in der Freude, im Aufruhr des Herzens geschrieben hatte, diese himmlische Musik, die die Schönheiten der Erde pries, hörte Paul nun seinerseits, jetzt flogen die Tauben, die Turteltauben in den gleißenden Himmel, der Käfig war geöffnet worden; auch Jacques' Seele flog davon, ohne Rückkehr, nach einem

Tag, an dem die Erde so trocken, so glühend heiß gewesen war, als er seine Freunde, Paul und Luc, mehrmals gefragt hatte, warum, mein Gott, habe ich solchen Durst, als im Garten noch, unter der sengenden Sonne, ein schmales Rinnsal aus dem Brunnen floss, dann hatte er die Augen geschlossen, dachte Paul, denn endlich ging die Sonne über dem Meer unter, von Weitem hatten sie alle, in der Rue Bahama, Rue Esmeralda, die dumpfen Klänge der Trommeln gehört, später dann hörte man die gedehnten Töne der Posaunen, die auf dem Ölberg, in einem Oratorium von Beethoven, den Tod verkündet hatten. Aber, dachte Mutter, das war erst der Anfang vom Fest, mit all diesen Kindern in den Tür- und Fensterrahmen, die erwachsenen Paare drängten sich dicht um den Pool, unter dem Sternenhimmel, es schien ihr nun, dass Melanie ihr geduldig zugehört hatte, während ihrer Nachmittagsunterhaltung auf der Schaukel, als Augustino noch schlief, auf der breiten Veranda, Mutter hatte befürchtet, nur eine langweilige alte Frau zu sein, wie so viele ihrer Freundinnen, was sagte sie zu Melanie, während in der warmen Luft noch ein Puccini-Duett nachklang, dem sie gemeinsam gelauscht hatten, diese Musik ist so mutig komponiert worden, hatte Mutter gesagt, in einem kennerhaften Tonfall, dem ihre Tochter sich stets fügte, anschließend hatte Mutter ihr Entzücken angesichts der kürzlich gelesenen Bücher bekundet, hatte sie nicht vor allem dabei gefürchtet, Melanie zu langweilen, als sie von den Werken eines japanischen Psychiaters berichtet hatte, der seinen Patienten eher zur Dankbarkeit für das

Leben riet als zur Selbstabwertung, könne nicht jeder von ihnen, schriftlich, seine Dankbarkeit für die erhaltenen Geschenke zum Ausdruck bringen, diese buddhistische Hymne auf das Leben verstörte Mutter, die, wie jene Patienten, einen Briefwechsel mit sich selbst begonnen hatte, in der Dankbarkeit lag eine unleugbare Harmonie, ein Gleichgewicht, was haben wir unseren Eltern gegeben, im Gegenzug für das Leben, für ihr Vermögen, schon zählte Mutter all ihre Glückschancen und die ihrer Kinder auf, in diesem Augenblick, während Melanie ihre Mutter schweigend ansah, liefen in Mutters Kopf verschiedene Szenen ab, sie glaubte, eine Reise nach Ägypten mit ihrem Ehemann nachzuerleben, kurz vor jener misslichen Phase von Verrat und Untreue, als Mutter sich in einer düsteren Kälte verschlossen hatte, für Jahre, nie richtete sie bei den Mahlzeiten vor den Kindern das Wort an ihren Mann, keine Trauer hätte sie miteinander versöhnen können, waren sie sich nicht sogar bei der Beisetzung einer ihrer Eltern auf dem Friedhof feind, wie traurig für die Kinder, dieses Schauspiel ihres Kummers, inzwischen dachte Mutter anders als früher, es schien ihr natürlich, dass die Männer Geliebte hatten, warum sollte man es nicht als Arrangement für die legitime Ehefrau begreifen, die sich allmählich mit ihren Pflichten gegenüber den Kindern abfand, man hatte Mutter neben ihrem Ehemann sitzen sehen, in der weißen Limousine, sie brachten ihre Söhne im Herbst gemeinsam zu den Colleges, den Universitäten, an denen sie studierten, Mutter erinnerte sich, wie sie auf dem Rücksitz der Limousine saßen, es war die Idee ihres Mannes, nicht ihre gewesen, dass sie an diesen kostspieligen Universitäten studierten, während sie sich rasch das Gesicht in einem Taschenspiegel schminkte, den sie auf Augenhöhe hielt, las Mutter aus dem zurückgespiegelten Blick ihrer Söhne die launische Verachtung, die sie für ihre Mutter empfanden, seitdem ihr Ehemann sie betrog, dabei war sie diejenige, die sie Jahr für Jahr mit den eleganten grünen Wollpullis unter ihren dunkelblauen Blazern ausstaffierte, bevor sie sie wieder in den Turnhallen dieser Colleges oder Universitäten abgab, wo sie in allen möglichen Sportarten glänzten, würde sie bei dem Gedanken an die beiden Jungen auf dem Rücksitz, wie es der japanische Psychiater seinen depressiven Patienten verschrieb, ihre Dankbarkeit notieren, vom Leben so viele Geschenke erhalten zu haben, nie aber würden diese Söhne sie über ihre Scham hinwegtrösten, ihre Hymne ans Leben galt Melanie, ihrem einzigen Kind, wie ihr manchmal schien, schade, dass sie nach Afrika gegangen war, schon bald nach der Reise auf dem Nil, und der Beerdigung ihrer Großmutter, in dieser unheilvollen Phase, wo Mutter eine düstere Kälte ausgestrahlt hatte, schade, dass auch Melanie hatte heiraten und Kinder bekommen wollen, gewiss, es galt, Gott für die erhaltenen Geschenke zu danken, dass Puccini *Madame Butterfly* komponiert hatte, gleichzeitig mit der Tragödie der Frau die erbärmliche bürgerliche Tragödie erfasst hatte, an der auch Mutter teilhatte, sie, die erst die Liebe ihrer französischen Gouvernante verloren hatte, dann die ihres Ehemanns, wegen irgendeiner Affäre, ein Schönheitschirurg mit Ruf, was für eine Schwäche bei diesem ansonsten doch tadellosen Mann, lieber Dankbarkeit als Wut, als Selbstabwertung, prangerte der japanische Wissenschaftler nicht die Luxusleiden des Westens an, die Schuldgefühle, Depressionen, Erkältungen und Grippen unserer Alltagsleben, an denen wir irgendwann sterben, sagte er, das Nirwana auf Erden lasse sich nur über das Gute erreichen, in einem Zyklus vielfacher Wiedergeburten, würde Mutter noch einmal das gleiche Leben leben, in ihrem Spiegel erneut die harten Blicke ihrer Söhne sehen, die auf dem Rücksitz der weißen Limousine saßen, und sich fragen, womit habe ich diese Hölle verdient, war es dieses Duett aus der Puccini-Oper, das ihr jene Augenblicke in Erinnerung rief, da ihre Söhne sie verurteilt hatten; obwohl sie ausgesprochen weltlich dachte, sagte Mutter der Buddhismus zu, dachte sie, diese Reise nach Ägypten mit ihrem Mann schien ihr auf einmal zu den vom Leben erhaltenen Geschenken zu zählen, diese Tempel, vor denen ihr Kreuzfahrtschiff vertäut war, die Fürstengräber, das friedliche Wasser des Nils, diese Nacht, die sie gemeinsam auf dem Schiff verbracht hatten, als Mutter noch in der Illusion schwebte, als Frau geliebt, begehrt zu werden, während über die Tempel der Götter nach und nach die Nacht kam, mit ihrer Stille, durchpflügte ihr Schiff den Strom, war es nicht, als liebten sie einander noch, als genössen sie beide die erholsamen Stunden des Mittagschlafs, im Brummen der Schiffsmotoren, ja, auf dem Wasser des Nils, verloren in den glanzvollen Städten einer tausendjährigen Vergangenheit, hörten sie nachts die eintönige Klage der Gebetsrufe der Muezzin, aus den verfallenen Fürstengräbern der frühen Hochkulturen schienen für Mutter nur zahllose Sklaven zu steigen, Wäsche waschende Frauengestalten, ausgezehrte Bauern, die sich im roten Schein der Sonne über ihre Feldarbeit beugten, in der Nähe jener Wege, der sandigen Hügel, wo sie Reis und Zuckerrohr anbauten, dem unerschütterlichen Zyklus der Wiedergeburten gehorchend, die sie ins Nirwana der Demütigen brächten, als Pyramidenbauer hatten sie einst auf den Mauern der Tempel, der Pyramiden, ihr Schweiß- und Blutopfer hinterlassen, noch immer zu Füßen jener Kronen, denen sie gedient hatten, beförderten sie heute Steine auf den verkehrsreichen Gewässern, luden ihre Steinladungen für ihre gnadenlosen Herren am Ufer ab, was hätte Mutter getan, wäre sie jene Frau gewesen, die inmitten ihrer Kinder die Wäsche wusch, jener erschöpfte Mann, der den ganzen Tag lang Steine am Ufer ablud, hatte Mutter nicht während eines Zwischenstopps in Esna, am Rand der Wüste, den ersten Verdacht gehegt, zog nicht jede junge und schöne Frau den Blick ihres Mannes auf sich, ein verlegener Tonfall in seiner Stimme hatte seine Ungeduld verraten, sei er als Mann von Berufs wegen denn nicht ständig von hübschen Frauen umgeben, sagte er, man möge ihn mit solchen Skrupeln verschonen, er sei eben ein Mann, und Mutter hatte gewusst, dass sie nach den erholsamen Stunden des Mittagschlafs auf einem Kreuzfahrtschiff diese betrübliche, dachte sie, für ihre Familie kompromittierende Phase durchmachen würde, denn was würde sie Melanie sagen, wenn sie von ihrer Mission in Afrika zurückkäme, wie würde sie den Jungen beibringen, dass ihr Vater in diesem Sommer die Ferien nicht mit ihnen verbringen werde, versetzte sie tatsächlich ein Duett aus einer Puccini-Oper, das noch in der warmen Luft nachhallte, so weit zurück, bewirkte die Musik italienischer Komponisten nicht immer so quälende Erinnerungen in Mutters Seele, still hatte Melanie ihrer Mutter zugehört, die Hände im Schoß gefaltet, auf der Schaukel, erst später, dachte Mutter, hatte Melanie eine Hand in die warme, feuchte Luft gestreckt und eine schroffe Bewegung in Mutters Richtung vollführt, als wäre Mutter zu der langweiligen alten Frau geworden, die sie nicht sein wollte, wie ihre Freundinnen zur Tea Time, schwatzhafte, müßige Frauen, die am Ende des Tages in ihren Liegestühlen rauchten, in den von ihren Bediensteten gepflegten Gärten, stimmte es, dass sie in diesem Augenblick für ihre Tochter nur eine welke Blume war, die man auf den Gehweg warf, dass ihre Blütenblätter nur noch verfaulen und vertrocknen sollten, mit den Reminiszenzen, den Gespenstern des verschwundenen Lebens, die quälende Erinnerung an das Duett aus einer Puccini-Oper, *Madame Butterfly*, *Tosca*, gehörte Mutter nicht all das, die Pyramiden in Oberägypten und Puccinis harmonische Kühnheiten, die Dogmen des Buddhismus, die Sakralmusik Vivaldis, ungezählte Geschenke, die Mutter vom Leben erhalten hatte, der bekannte japanische Therapeut hätte sie ermutigt, ihre Hymne aufs Leben mit den Vornamen von Daniel und Melanie zu beginnen, ihren vergötterten Kindern, danach würden die Namen ihrer Söhne Edouard und Jean zu Papier gebracht, ach, wie unliebsam, diese Erinnerung an ihre Anwesenheit auf dem Rücksitz einer Limousine, war Mutter nicht auch froh darüber, dass beide bei guter Gesundheit und so erfolgreich waren, ja, Melanie hatte ihr auf der Schaukel geduldig zugehört, war erst mit dem nahenden schlechten Wetter etwas ungeduldig und nervös geworden, denn über dem Atlantik zogen widrige Winde auf, vielleicht war es eine Befürchtung, die Mutter sich nicht eingestehen mochte, doch steckte, hinter Melanies Bewegung, ihrer in die warme, feuchte Luft gereckten Hand, im Glanz ihrer braunen Augen unter dem Pagenkopf, in dem energischen Profil nicht etwas von ihrem Vater, plötzlich schien eine Spur von ihm, durch seine Tochter hindurch, bis zu Mutter, als wäre sie abermals nur diese welke Blume, die man auf den Gehweg wirft, eine Frau, die belogen wird, denn Melanie sagte ihr nicht alles über Vincent, weshalb nur legte sich über Mutters Liebe zu ihrer Tochter dieser Schatten, der Atem eines neuen Lebens, und womöglich gäbe es für lange Zeit immer wieder ein neues, Vincents Atem, ungezählt aber waren die Geschenke, die Mutter vom Leben erhalten hatte, ungezählt, mit dem Auftauchen all dieser Kinder in den Tür- und Fensterrahmen nahm das Fest, nahmen die Festnächte gerade erst ihren Anfang, und war es nicht immer so, dachte Mutter, die älteren Generationen fanden sich nicht ohne Mühe, ja Widerwillen mit dem Aufstreben der neuen ab, denn die Blütenblätter derer, die einst Blumen waren, verfaulten und vertrockneten, und Sylvie hörte in ihrer hohlen Hand das Herz des Wellensittichs schlagen, es war Augustinos Wellensittich, in dessen um Augen und Schnabel orangefarbenes Gefieder sich ein Rosaton mischte, flieg, mein Engel, Du musst fliegen, sagte Sylvie, der Vogel flatterte schwach mit den Flügeln, kam jedoch nicht mehr hoch, das Klopfen erlosch in Sylvies Hand, das orangefarbene Gefieder, in das sich künftig ein Rosaton mischte, war eiskalt, genau wie das Herz unter dem Gefieder, gleichsam unter einem Frostregen erstarrt, und Marie-Sylvie de la Toussaint sah den Schatten ihres Bruders am Gartentor, er sollte jetzt mit dem noch warmen Festessen verschwinden und nie mehr wiederkommen, man sollte ihn fern von hier verfolgen, dachte sie, flehte zu Gott, Er möge Erbarmen haben mit diesem Mann, der in ihrem Dorf Der-Immer-Schlaflose hieß, denn ihr Bruder war beauftragt gewesen, Tag und Nacht am Ufer des Meers aufzupassen, wo plötzlich der Feind mit seinen Maschinengewehrsalven auftauchen sollte, oh, was für ein Schluchzen, wie viele Tränen, wenn Augustino, im Morgengrauen, zu seinen Wellensittichen, seinen Küken laufen und das Kükenhaus, den Käfig leer finden würde, während Unmengen orangefarbener und blauer Federn, in die sich ein Rosaton mischte, an den Zellen der Käfige klebten, von der silbernen Klinge an der Spitze des Stocks würden sich ihre Flügel, ihre hellen Federn lösen, und man würde in der Stille der Straßen, nachts, diesen Stock von Sylvies geisteskrankem Bruder hören, wie er mit seiner silbernen Klinge unter den Girlanden gegen die Eisengitter und -zäune klirrte, denn blutbeschwert war der Schatten von Der-Immer-Schlaflose, des Totenwächters an den Ufern der Sonnenstadt, geduckt unter seinem mexikanischen Hut, zermalmte er nun in der Stille eines Friedhofs zwischen seinen Schneidezähnen mit idiotischem Gelächter das Herz der Vögel, ihr zartes Fleisch, die Fasern der geopferten Kaninchen und Ferkel, erinnerte sich nicht mehr an jene Zeit der friedlichen Stille, als er, im Dorf Gott-Ist-Gut am Ozean, bei Marie-Sylvie, seinen Brüdern, ein Fischer und argloser Salzwerker gewesen war, nachts am Strand geschlafen hatte, ein frommes Kind im Dorf Gott-Ist-Gut, wo er in die Priesterschule ging, war nicht einer dieser Priester ihr Retter gewesen, als er ihnen mit seinem Motorboot zu Hilfe geeilt war, Marie-Sylvie de la Toussaint hatte zwischen den Maschinengewehrsalven seinen Namen gehört, kommt mit mir, hatte der Priester gerufen, das Meer ist Eure einzige Zuflucht, und so machten sie sich zu den Bahamas auf, alle, die blieben, sollten umkommen, unter den Macheten, den Säbeln, im Feuer der Maschinengewehre, schon verpestete der faulige Geruch der Leichen, die von ausgehungerten Hunden und Schweinen ausgebuddelt wurden, das Dorf Gott-Ist-Gut, war es der Hunger oder der Durst auf dem Boot, der den Geist von Der-Immer-Schlaflose so zerrüttet hatte, oder war es die Ruhr, die drei seiner Brüder dahingerafft hatte, er sah wieder vor sich, wie sie sich im Sand wälzten, mit Exkrementen besudelt, vor Durst fantasierend, ein Durst, der genauso schmerzte wie die Krämpfe ihres roten Durchfalls, oder hatte er plötzlich gar keine Erinnerung mehr an sie alle, die Haut von Der-Immer-Schlaflose, dachte Sylvie, diese matte Haut unter dem breiten mexikanischen Hut war wie tierisches Gewebe, wie das jener Tiere, die er jagte und verzehrte, ein altes, sonnengegerbtes Leder, die Klinge hatte ihr etliche Verletzungen zugefügt, diese Klinge an der Spitze seines Stocks, von dem sich der Flügel eines Kükens, eine helle Feder lösten, im Eifer eines makabren, auf einem Friedhof zelebrierten Rituals, Tränen über Tränen morgen in der Frühe, wenn Augustino die leeren Käfige sähe, was würde Sylvie nur seiner Mutter sagen, bevor Augustino aufwachte, würden Jenny und Sylvie alles wieder in Ordnung bringen, denn am Ostermorgen wollten sie beim Händler die begehrtesten Vögel der Insel kaufen, den Wellensittich, den Kolibri, mit den Fingern würden sie die Flügel des Topaskolibri, des Roten Ibis, des Kubatrogons glätten, die Pelikane und die Grünen Pfaue würden im Garten herumspazieren, neben den Fischen im Teich, denn Kindertränen sind ein Affront gegen Gott, sagte der Priester, der ihr Retter gewesen war, und künftig sei das Meer, einzig das Meer, ihre Zuflucht, doch wie viele ermordete Körper hatte man im Dorf Gott-Ist-Gut aus der Lagune gezogen, wie viele Rebellen waren getötet worden, von den Wellen gebeutelte Opfer, die mit dem Wasser dargebracht, angeschwemmt wurden, denn man musste schnell ans Meer rennen, in die Boote steigen, nur, um dann doch unter der dröhnenden Schusslinie am Strand zu fallen, war es das Fieber einer ansteckenden Krankheit, das den Geist ihres Bruders so zerrüttet hatte, waren es Hunger oder Durst, Marie-Sylvie aber erinnerte sich an die Stimme des Priesters, die ihren Namen gesagt hatte, Marie-Sylvie de la Toussaint, mitten in den Maschinengewehrsalven, die aus allen Richtungen auf sie einprasselten, aus der Ferne würden sie ihre Ziegen, ihre Schafe sehen, verletzt auf den gelblichen gräsernen Abhängen, angeblich waren ihre Eltern und Großeltern in ihrem Haus ermordet worden, lange waren sie über das blutige Meer, an den Ufern der einst so leuchtenden Stadt, entlanggefahren, Marie-Sylvie lauschte dem Schlag von Augustinos Herzen, war es in Sylvies Armen, zwischen ihren Händen, nicht genauso klein wie der Wellensittich, wie das Kaninchen von Augustin, ihrem kleinen Bruder, hatte dieses Herz unter den Maschinengewehrsalven nicht zu schlagen aufgehört, Marie-Sylvie traute sich nicht ihre Hand zu öffnen, aus Angst, es könne Blut von ihnen tropfen, aber lebendig, Augustin war lebendig, so würden ihn die Männer der Küstenwache auf ihre Arme nehmen, wenn sie an ihrem Ufer stranden würden, oh Paradies aus Milch und Honig, Augustin strahlt voller Lebenslust, seine Schwester würde ihn an die Brust drücken, als wäre er ihr aus seiner Wiege, in seinen Wickeltüchern, überreicht worden, Augustin hätte auf wundersame Weise überlebt, und über die Taue des Boots bahnte sich das Paradies einen Weg zu ihm, ein Land aus Milch und Honig, denn alles würde wieder in Ordnung gebracht, dachte Sylvie, die Trauer und der Kummer, Jenny und Sylvie würden beim Vogelhändler den Topaskolibri kaufen, den Wellensittich mit dem blau-orangenen Gefieder, den Roten Ibis, den Paradiesvogel, den Kubatrogon, und später, wenn die Soldaten der Junta das Dorf Gott-Ist-Gut geplündert und niedergemetzelt hätten, wenn in der Sonne die Gerippe der letzten Ziegen und seiner letzten Schafe verfaulten, würde Marie-Sylvie diese Stimme über dem Meer hören, wäre es die Stimme des Priesters, der sie gerettet hatte, oder die des geisteskranken Bruders, der mit der Klinge auf seinem Stock gegen die Gitter und Zäune der Häuser klirrte, in der Stille der Straßen, nachts, Marie-Sylvie de la Toussaint, würde die Stimme sagen, kehre, jetzt, da alles verwüstet und zerstört ist, mit Deinem Bruder in Dein Dorf Gott-Ist-Gut zurück, kehre mit Der-Immer-Schlaflose in Dein Land zurück. Und Melanie sah ihre Mutter zwischen den glitzernden Gartenlampen alleine um den Pool schlendern, war ihre nachmittägliche Unterhaltung auf der Schaukel, dachte Melanie, nicht überschattet worden von der Anschaffung des griechischen Gemäldes während eines Abstechers zum Antiquitätenhändler, hatte Mutter nicht durchblicken lassen, dass Melanie mit dem Kauf dieses Gemäldes einen Mangel an Geschmack, an Urteilsfähigkeit bezeigte, es ist mir unbegreiflich, hatte sie, noch immer streng mit ihrer Tochter, gesagt, warum Du dieses Bild ausgesucht hast, wo es doch so viele Kunstwerke gibt, die Heiterkeit ausstrahlen, das Motiv des Gemäldes ist trostlos, und sei nicht auch der Maler unbekannt, seine Signatur, in griechischen Buchstaben, unleserlich, gewiss, es handle sich um ein naives, eindringliches Gemälde, aber müsse man es jetzt unbedingt auf den Wänden in Daniels und Melanies Haus sehen, ob Mutters Älterwerden alles komplizierter machte, dachte Melanie, wo war ihre frühere, innige Vertrautheit, als sie gemeinsam Hand in Hand liefen, den Louvre besichtigten, die schönsten Städte der Welt bereisten, alle Museen, sagte Mutter, wir müssen uns alle Museen anschauen, nie trennten sie sich im Sommer voneinander, während ihre Brüder in die Schweiz aufs Internat oder in Ferienlager geschickt wurden, wo sie reiten und Wassersport treiben konnten, dann hatte Mutter nach ihrer Brille gegriffen, das Gemälde eingehender studiert und mit bekümmerter Miene geseufzt, ach, diese armen Frauen, diese armen Frauen, wann war das nochmal, sagte sie plötzlich in einem schneidenden Tonfall zu Melanie, damals, als die Türken Griechenland besetzten oder beim Eingreifen der ägyptischen Armee, und stillschweigend hatte Melanie das Gemälde betrachtet, den Blick unverwandt auf die dargestellte Szene geheftet, sieben, acht, zehn Frauen, es waren so viele Frauen, die auf dem Gemälde des griechischen Malers dargestellt waren, standen aufgereiht nebeneinander, an eine Mauer aus Stein gepresst, jede einzelne, in einem Tuch ihren Säugling fest an die Brust gedrückt, wartete, bis sie an der Reihe war, im Hintergrund die lodernde Stadt unter dem Himmel voller Rauch, um sich mit ihrem Kleinkind in eine Schlucht zu stürzen, diese unerträglich realistische Szene aus Besatzungszeiten hatte Mutter betrübt, dachte Melanie, schließlich war auch Mutter eine Mutter, wie all diese Frauen, die vor dem Aufstand flohen, diese Meutereien damals, sagte Mutter, fanden zur Zeit der aufeinanderfolgenden Kriege zwischen

Griechenland und Serbien statt, ja, und wie viele andere Besatzungen gäbe es heutzutage, die armen Frauen, alle blutjung, gehen mit ihrem ersten Kind kampflos in den Tod, nacheinander wanken ihre Gestalten auf die Schlucht zu, und das Kind weiß von nichts, hat Vertrauen, es wird den Sturz gar nicht mitbekommen, sein Schädel wird zwischen den Zweigen, an den Steinen in der Schlucht sofort zerschmettern, Mutter leierte diese Worte herunter, dachte Melanie, wie etwas auswendig Gelerntes, sie war nicht mit dem Herzen dabei, denn das Motiv des Gemäldes beleidigte ihren Geschmack, ihren Sinn für das Schöne, das Flammenmeer des Himmels und der lodernden Stadt war ihr zu purpurfarben, das Dunkelrot zu vulgär, und die armen Frauen, die sich in die Schlucht stürzten, Mutter konnte nicht umhin, Mitleid mit ihnen zu haben, wäre es nicht eigentlich ihre Pflicht als Mütter gewesen, sagte sie, sich um jeden Preis für das Überleben zu entscheiden, Melanie sah unter dem Himmel voller Rauch, hinter der Mauer aus Stein, wo die Frauen aufgereiht nebeneinander standen, das geplünderte Land der bescheidenen Bäuerinnen, die Händler waren aus dem Hafen geflohen, in den verwüsteten Straßen waren die Läden geschlossen, wie hätten sie ihre Kinder ernähren sollen, wo sich doch die Honoratioren, der hohe Klerus, wie bei jedem Aufstand, bei jeder Meuterei, mit all ihrem Hab und Gut, das sie verpfändeten, aus dem Staub gemacht hatten, hatte die Welt und Griechenland, dieses Juwel, nicht immer schon ihnen und ihrer Kavallerie gehört, doch diese Überlegungen, Melanie wusste inzwischen, dass sie sie nicht mehr mit ihrer Mutter teilte, denn Mutter verstimmte die wahrheitsgetreue Szene auf dem Gemälde, es sei einfach zu betrüblich, sagte sie erneut zu Melanie, und wo wolle Melanie dieses Bild überhaupt aufhängen, und dieses Duett aus einer Puccini-Oper, dieses Duett, dem sie gemeinsam lauschten, nah beieinander auf der Schaukel, während Augustinos Mittagschlaf, seien dieses Duett, diese Stimmen, nicht wunderbare Geschenke des Lebens, sagte Mutter, ob auch Melanie gelegentlich daran denke, was sie vom Leben erhalten habe, denn das Leben, sagte Mutter, sei ein Geschenk, Mutter hatte einen japanischen Psychiater gelesen, der seine depressiven Patienten zur Dankbarkeit, zur Erkenntlichkeit ermutigte, und Melanie sah den Himmel voller Rauch, und Vincent, Augustino, Samuel, die an ihrem Hals hingen, in den Falten ihres Kleids, die Wolke, die über die Ukraine gezogen war, durch die Haare der Kleinen, die sie in unzählige kahlköpfige, leukämiekranke Kinder verwandelt hatte, ganz in der Nähe der Totengrube, die mit den widrigen Winden über dem Atlantik schwebende Plutoniumwolke, nur ein winziger Tropfen an jenem Januarmorgen, und Augustino käme zurück von den Spielen im Kindergarten ohne seine blonden Locken, ohne eine einzige Augenbraue, ohne Wimpern, das Entsetzen in diesem nackten Blick, unter dem Augenlid, diese unsägliche Angst, die Melanie im Blick ihrer Söhne lesen würde, hätte sie ihrerseits schon längst in die Schlucht getrieben, denn der Besatzer war nicht mehr fern, und man hatte seine Kavallerie gehört, früh an jenem Januarmorgen, als die

Kinder noch in ihren Betten lagen, ob es das Älterwerden war oder die quälenden Erinnerungen, die die Musik der italienischen Komponisten in Mutters Seele auslösten, Mutter interessierte sich nicht mehr wie früher für Melanies Sorgen, die Musik, wie auch die Kunstwerke in einem Museum, schienen ausschließlich ihrem oberflächlichen Zeitvertreib zu dienen, ganz von ihren Ausflügen und Zerstreuungen in Anspruch genommen, leugnete sie die Apokalypse des winzigen Plutoniumtropfens über der Ukraine, der mit den widrigen Winden über dem Atlantik schwebte, in Augustinos Haaren, in Vincents Atem, für die er womöglich verantwortlich war, Vincents pfeifender Atem, den ebenjener Plutoniumtropfen unterbrochen hatte, und diesem nackten Blick unter dem wimpernlosen Augenlid, wie könnte Melanie ihm nur einen Augenblick lang standhalten, die jungen Bäuerinnen auf dem Gemälde hatten lange in einem Paradies aus blauem Wasser und Himmel gelebt, Baumwolle gepflückt, Obst und Gemüse dieser Erde im Überfluss, sie hätten nie geglaubt, dachte Melanie, dass es ihnen eines Tages an frischem Obst und Rosinen fehlen würde, bis eine von ihnen diese Flamme am Himmel sah, über dem Hafen von Piräus, sie rannte ihre Schwestern und ihre Freundinnen benachrichtigen, und sie nahmen ihre Kinder mit, so würden sie immer wieder nebeneinander vor der Schlucht stehen, über die Totengrube gebeugt, während jeder Besatzung, der bulgarischen, der italienischen, der deutschen, jedes Mal würden sie diesen Brand am Himmel sehen, angezogen von der Schlucht, tränenlos, denn alles war verloren, alles war verloren, Melanie sah, wie ihre Mutter alleine, zwischen den glitzernden Gartenlampen auf den Tischen, umherschlenderte, sie bereute es, sich ihr gegenüber ungeduldig gezeigt zu haben, nachmittags, als die widrigen Winde über dem Ozean aufzogen, Mutter, die womöglich nur noch wenige Jahre zu leben hätte, dachte Melanie, hasste an der Anschaffung des Gemäldes bei dem Antiquitätenhändler den Fingerzeig auf ihr eigenes Ende, einen Mangel an Urteilsfähigkeit, an Geschmack hatte Melanie bezeigt, mit der Wahl dieses Gemäldes, und indem sie mit Mutter darüber gesprochen hatte, während Augustino auf der breiten Veranda schlief und die Vögel gurrten, als Mutter Melanie doch vor allem ihre Musik vorspielen wollte, ein Liebesduett aus einer Oper, von ihrem Vater hatte Melanie die Kraft, die Unabhängigkeit, aber auch die mangelnde Sensibilität, dachte sie, und nun ließ dieses Duett aus einer Puccini-Oper ihrer Seele keine Ruhe mehr, Melanie bewunderte ihren Vater, aus einfachen Verhältnissen stammend, hatte er nie die Arroganz der herrschenden Klasse verkörpert, obwohl er in seiner charakterlichen Härte denen, die er nicht mochte, immer ähnlicher wurde, was wäre er ohne Mutters Großzügigkeit gewesen, und was wäre Melanie gewesen, war Mutter etwa schuld an der Strahlenwolke, die über dem Atlantik schwebte, über Augustinos Haaren, über Vincents Atem, arme Mutter, dachte Melanie nun, auf dass ihr die Unschuld derer bewahrt bliebe, die von der Zeit langsam abgenutzt, unbeschadet, und womöglich unversehrt gelassen würden, allein mit einem Lieblingsbuch, einem Lieblingsstück, Melanie gehörte nicht in die Zeit ihrer Mutter, die Zeit der Auswanderung und der Cousins aus Polen, des vor den Baracken der Hölle erschossenen Großonkels Samuels, dessen Namen Samuel trug, sie gehörte in die Zeit des Januarkrieges, als der Präsident eines Landes im Radio, im Fernsehen, sprach, bevor die Kinder in ihren Betten geweckt wurden, in diesen Zeiten spontaner Kriege und ökologischer Abwanderungen wurden die Städte, die Dörfer der Ukrainischen Republik immer kahler, wie ihre Kinder, die Blätter ihrer Bäume, die Touristen kamen von weit her angereist, um sich diese Geisterstädte und -dörfer anzusehen, wo ihnen verstrahlte Bauern in ihren Isbas Wodka anboten, an einem Kaminfeuer, dessen Flamme den Schnee zu versengen schien, der in der Weite von der Tannenhütte aus zu sehen war, dabei waren diese Stadt und dieser Schnee endgültig tot, so wie die Bauern und der Wodka, mit dem sie sich aufwärmten, denn ohne das Touristengeschäft, das ihnen geholfen hätte, nannte man Tschernobyl die Totenstadt, die Touristen kamen mit ihren Reiseführern, von der verhängnisvollen Wolke, die Kühe und Schweine verseucht hatte, war nichts mehr zu sehen, und im Frühjahr, im Sommer, in der Totenstadt Tschernobyl, der neuen Gottheit des Tourismus, aßen alle Verstorbenen, wie gestern, noch immer ihre Kürbisse und Kartoffeln, bei den Festen eines bäuerlichen Lebens, das genauso tot war, und man lud sich gegenseitig in die Isbas ein und pfiff auf das Risiko der Verstrahlung, ein so immenses Risiko, dass alles in der Stadt kahl und tot war, wie diese saftlosen, blattlosen Bäume dort im Schnee oder in der Sonne, Sommer wie Winter, aber, dachte Melanie, warum hätte Mutter schuld sein sollen an jenen widrigen Winden über dem Atlantik, an der Existenz jenes Plutoniumtropfens, der sich unter die Luft, unter das Wasser, unter das Licht über der Ukraine mischte? Melanie war beruhigt, als sie Mutter im Gespräch mit einem befreundeten Architekten der Familie sah, wahrscheinlich war sie gerade dabei, über eine neue Ausstattung für Haus und Garten nachzudenken, was sollte das, dieser Pavillon unter dem Oleander neben einem Brunnen, purer Luxus, zu dem Raunen der Stimmen gesellte sich der Applaus für Samuels gewagten Kopfsprung, vom Dachbodenfenster aus in den Pool, das helle Lachen blutjunger Mädchen drang überall aus dem Garten, von der Veranda zu Samuel, dieses Fest war für ihn, dachte Melanie, alles wäre ein Fest für Samuel, sein in der Marina vertäutes Boot, der Seidenkimono, den er von Jermaines Mutter bekommen hatte und den Jenny über seine tropfenden Schultern breiten würde, dieses Fest, dieses Festmahl, ja, war er im Grunde nicht immer glücklich, dachte Melanie, manchmal, wenn er aus dem Wasser kam, aus dem Pool, oder aus den Wellen des Ozeans, in den aufwirbelnden Düften des Wassers, der Luft, drückte er seinen Körper an ihren, stillschweigend, doch seine braunen Wangen erröteten inzwischen leichter, sie streichelte den langen Rücken von Samuel, der schon wieder gewachsen war, Samuel so schön, bei Tag, Daniel bei Nacht, obwohl man Augustino nicht in das Doppelbett hätte lassen dürfen, bis zum

Morgen, die auf dem griechischen Gemälde dargestellten jungen Bäuerinnen vor der Schlucht, hatten, nie um frisches Obst verlegen, in einem Paradies aus Licht und blauem Wasser gelebt und wie Melanie die Verzückung, das Glück sinnlicher Lebensfreude empfunden, mit ihren Ehemännern, ihren Kindern, auf ihren Feldern, während ihre Herden weideten, sie hatten sich am Duft des Eukalyptus berauscht, wie Melanie hatten sie das funkelnde Meer im Licht der untergehenden Sonne betrachtet, während ihre Körper schwindelerregende Liebes- und Lebensgelüste verströmten, bevor diese Wolke, diese Flamme, dieses Brennen an einem Sommerhimmel sie alle vor der Schlucht erstarren ließ, ihre Neugeborenen inzwischen schwer wie eine bleierne Last an der Brust, bevor Melanie merkte, dass über dem Atlantik widrige Winde aufkamen, aber überall aus dem Garten, von den Veranden drangen fröhliche Stimmen zu Samuel, dachte Melanie, und hatte man ihr nicht versprochen, dass Vincent in ein paar Monaten robuster sein werde, Melanie werde nur gesunde, starke Kinder haben, mit welcher Ungeduld sie alle auf Vincents erste Schritte warten würden, am Strand mit den Silberreihern, Donnerstag würde Melanie vor den Aktivistinnen der Stadt ihren Vortrag halten, Julio brauchte einen neuen Anzug, Jenny würde nachmittags mit Augustino zum Zahnarzt gehen, dieses Duett aus einer Puccini-Oper ließ Melanies Seele keine Ruhe, in jenem anhebenden Jahrhundert, wenn Melanie in einem Konzertsaal in New York, in Baltimore, die Werke von Anna Amalia Puccini hören würde, all dieser vergessenen Anna Amalias, die Werke von Anna Amalia Mendelssohn, deren Kompositionen ihr Bruder Felix manchmal an sich gerissen hatte, denn Anna Amalias Vater hätte es nicht gern gesehen, wenn die Werke seiner Tochter öffentlich aufgeführt worden wären, wer weiß, ob Anna Amalia nicht, wie Vivaldi, eine Geigenvirtuosin gewesen war, eine den Verpflichtungen ihrer Ämter ergebene Dirigentin, sie war Kapellmeisterin in Klöstern und Abteien, strikten Einrichtungen für Waisenkinder, sie war zum schnellen Komponieren von Gottesdienstmusik verurteilt, süßlicher Vespermusik, sehr viel eindringlicher, hatte sie als Äbtissin im 12. Jahrhundert eine zutiefst liturgische Musik geschrieben, eine preußische Prinzessin verlangte, dass ihre Kompositionen am Hof aufgeführt wurden, wo sie Märsche, Musikstücke für deren Paraden geschrieben hatte, gänzlich verarmt hatte sie in die Verschüttung von Gräben und Schluchten, wo ihre Werke samt ihren Kindern ruhten, ihre Musik mit sich genommen, die noch dissonant war von den Beben ihrer Zeit, vom Galopp der schwarzen Pferde von Pest und Cholera über ganze Städte, doch in einem neuen Jahrhundert, in einem Konzertsaal in Baltimore, in New York, würde Melanie Amalias Werke hören, ein aus einem Kloster, einer Abtei geborgenes Fragment, ein so verhaltenes Fragment, dass sie es kaum hörte, beim Blick in eine Enzyklopädie der Künste würde Melanie den Namen von Anna Amalia unter den sechstausend Namen von Musikerinnen und Komponistinnen lesen, obwohl es Anna Amalia Mendelssohns Vater nicht gern gesehen hätte, dass die Werke seiner Tochter öffentlich aufgeführt worden wären, obwohl ihr Bruder Felix deren Fortbestehen an sich gerissen hatte, auf einmal wäre dieses Fragment ein Symbol verwundeter Nachklänge und Trennungen, wer weiß ob Anna Amalia nicht wie Vivaldi eine Geigenvirtuosin gewesen war, von ihren fünfzig Kompositionen, die sie von Kindheit an in den Abteien, den Klöstern, wo sie Kapellmeisterin gewesen war, geschrieben hatte, waren ihr und ihren Kindern fast alle in die Gruft der Gräben und Schluchten gefolgt, wo sie von ihren Ämtern, ihren Verpflichtungen entbunden, auch ihre Seele weggeworfen hatte, dachte Melanie, ja, dieses Puccini-Duett ließ Melanie keine Ruhe, während rings um sie das Lachen und fröhliche Stimmengewirr zu ihr drang, und diese Altstimme von Venus trällerte Rhythmen, die sie morgens in der Kirche gesungen hatte, eine respektlose, leicht angetrunkene Stimme, die einsam vom Podium aufstieg, während einer Pause der Orchestermusiker lauschte Melanie den synkopischen Modulationen dieser Stimme, die der von den Weißen komponierten Musik so wenig Respekt bezeugte, und sie dachte, dass man in diesem Lied den unbändigen Zorn zwischen Venus' zusammengebissenen Zähnen spürte, hörte sie nicht die Ketten der Sklaverei klingen, und vor dem Hintergrund des Sternenhimmels sah man auch die Häuser der schwarzen Community in der Stadt von Wald-Der-Rosensträucher brennen, denn ein Abgeordneter, den während des Brands kein Zeuge aus seinem Auto hatte steigen sehen, hatte den Befehl zur Auslöschung der Stadt und ihrer dornigen Rosen gegeben, lange, zwischen den

Baumgruppen, den duftenden Blumen, waren Sylvester und sein Hund Polly, und Sarah, Sylvesters Mutter, durch das Gehölz, durch die Wälder geflohen, während ihre Häuser brannten, hatten hinter den Zweigen bange den Ansturm des Feuers und der Menschen in Wald-Der-Rosensträucher verfolgt, eine Meute von Menschen mit Hunden schnüffelte an ihren Spuren, auf den Wegen, Sylvester und sein Hund Polly, Sarah, sie alle würden sehen, wie durch den löchrigen Schleier des Winterlaubs, in der Kälte, die Bretter ihrer Hütten zusammenkrachten, ihre Stadt unter den Geschossen, den Pulverladungen, in Rauch aufging, ein Abgeordneter hatte den Befehl gegeben, all diese Munition anzuschaffen, obwohl er in seinem Auto seelenruhig das Ende des Gemetzels abwartete und dabei seine Zigarren schmauchte, und ganz in der Nähe sahen Sylvester und sein Hund Polly, seine Mutter Sarah, diesen schwarzen Mann, nach dem gesucht wurde, weil er mit einer weißen Frau gesprochen hatte, das Hecheln der Meutehunde, die Menschenmeute erfüllten die Nacht, und unter dem kalten Sternenhimmel sah Sylvester, wie der Mann an einem Baum, zwischen den Dornensträuchern, ausgepeitscht wurde, man peitschte mit einem Seil auf ihn ein und zwang ihn, seine Verbrechen zu gestehen, um welche Uhrzeit er das Wort an diese Frau gerichtet habe, ob es in ihrem Anwesen gewesen sei, die Gesichtsmuskeln des Mannes, im Dunkeln, waren zerschnitten, die Sehnen an seinem Hals unter den Fasern des Rosshaarseils, unter den Ledergürteln der Männer zerrissen worden, plötzlich regte sich kein Muskel mehr, keine

Sehne, das Gehölz, die Wälder brüllten vom Geschrei der Menschen und ihrer Tiere, neben dem an einen Baum gefesselten Mann hielt der eine ein Gewehr, der andere ein Seil, obwohl sich in diesem Gesicht kein Muskel, keine Sehne mehr regte, in der Nacht, in jener Nacht hatten Sylvester und sein Hund Polly, Sarah, seine Mutter, alle, ihre Stadt brennen sehen, versteckt und verkrochen im Gehölz, zwischen den Baumgruppen, und sie sollten sich noch lange erinnern, während sich Venus' Stimme erhob, die mit der Musik der Weißen so respektlos umging, dachte Melanie, dieses Lied einer unbändigen, noch immer an den Ketten der Sklaverei zerrenden Wut, die Asche des Brandanschlags auf Wald-Der-Rosensträucher, die synkopierten Modulationen von Venus' Stimme ließen Melanies Seele keine Ruhe, ob morgen jener Abend wäre, an dem Sylvesters, Sarahs Nachfahren, den Wäldern entkommen, ihrerseits mit der Peitsche und dem Seil Gerechtigkeit und Wiedergutmachung fordern würden, und da stieg aus Venus' lasziver, lachender Stimme auf dem Podium ein unbändiges Lied der Wut. Und nur sie saßen noch um einen Tisch, zwischen den glitzernden Lampen, der Nachtwind bauschte die Tischdecke unter ihren flinken, fahrigen Fingern, während sie über ihre Arbeiten sprachen, Übersetzungen von Dante, von Vergil, ein Werk in Versen oder Prosa, das der eine oder der andere verfasst hatte, waren Charles, Adrien und Jean-Mathieu nicht mit der Zeit, mit der literarischen Anerkennung zu ehrwürdigen Gestalten geworden, dachte Daniel, sie hatten, alle drei, vermutlich die maximale Schärfe ihres Bewusstseins erreicht, war das Dasein mit seinen Trivialitäten nicht eine schwerfällige Rüstung, die sie kampflos an den Toren zur Ewigkeit ablegen würden, und was dachten sie, die in ihren zahlreichen Werken so gewandt mit den gewählten Worten umzugehen wussten, über Daniel, über diese neue Generation von Schriftstellern und ihren ungezwungenen Umgang mit der Sprache, die sie nach Belieben dekonstruierten und neu zusammensetzten? Das Manuskript von *Merkwürdige Jahre* war abgelehnt worden, war es das wirklich, dachte Daniel, in diesem New Yorker Verlag, von einem transzendenten Club der Dichter, die nichts begriffen von dem chaotischen Zusammenleben der Menschen mit ihrer Vergangenheit, diese neuen Menschen, die schon vor der Geburt von der Vergangenheit ihrer Väter verschlissen worden waren, dachte Daniel, diese jungen Leute, die doch, wie Daniel, gleichfalls auf der Suche nach dem Paradies waren, voller Leben und Sinnlichkeit, Charles sagte, es gelte das Schwärmerische der Jugend zu bewundern, die als Einzige recht habe, ähnele nicht jeder von ihnen, Charles, Adrien und Jean-Mathieu, sagte Charles schmunzelnd, dem alten Schopenhauer vor seinem Scheiden aus der Welt, Schopenhauer, dessen argwöhnischen Kopf und Blick sie geerbt hatten, denn nichts war trauriger als jenes unnachgiebige, reizbare Alter, das an allem litt, sogar an den Mücken, die im Licht der Lampen starben, die sie mit den Händen verscheuchten, die ihnen durch den feinen Schweißfilm in den Nacken stachen, diese Mücken, die auf die zarte, fast durchsichtige Haut die Erreger von

Fieber und Malaria übertrugen, war es nicht erstaunlich, dass das, was einst ein Paradies gewesen war, mit den Empfindlichkeiten und den Unverträglichkeiten des Alters zum Fegefeuer wurde, und mit dem durchdringenden, gelben Schimmern seiner Augen betrachtete Daniel die feinen Umrisse der drei Männer vor dem Hintergrund eines dunkelblauen Nachthimmels, wo man, als wäre es nun näher, das Lied der Wellen hörte, sei künftig also hier der Ort, sagte Charles zu Adrien, für all das Drängen zu der verlorenen Liebe, das Bedauern eines ganzen Lebens, wie es die Verse Dantes im *Purgatorio* beschrieben: »und da dem neuen pilger liebe ans herz greift, wenn er von weitem eine glocke hört, die den sterbenden tag zu beweinen scheint«, e che lo novo peregrin d'amore, punge, s'e' ode squilla di lontano, che paia il giorno pianger che si more, deklamierte Charles mit emphatischer Stimme, und deutete wirklich, wie Daniel es sich vorstellte, jeder dieser drei Dichter die ihn beseelende Göttliche Komödie so, stets argwöhnend, dass die Hölle ihn aus dem einsamen Zimmer vertreiben könnte, wo er vom frühen Morgen an schrieb und dachte, was sei schon Schlimmes daran, in seinem Zimmer zu schreiben, sagte Charles, während sich die Welt, die Erde im Niedergang befinde, dieser junge Mann, Daniel, wollte nichts davon wissen, dabei stimmte es, alles würde sich verflüchtigen, in den bläulichen Farben des Wassers versinken, Charles, Adrien, Jean-Mathieu hatten, wie Vergil, wie Dante Alighieri, ihre Rolle gespielt, sie hatten Aufsätze und Abhandlungen geschrieben, aber fehlte nicht oft jemand, wenn sie, von Jahr zu Jahr, in einer Felskulisse am Meer gemeinsam fotografiert wurden, in diesem Jahr war es Jacques, vor nicht einmal einem Jahr hatte er dort, neben Adrien, gestanden, trotz der Hitze in einer grauen Cordhose und mit seinen hohen Stiefeln, der Platz war plötzlich leer, wo war nur dieses lächelnde Gesicht, das für Caroline Modell gestanden hatte und dessen Ausdruck so rasch zwischen Sanftheit und spöttischer Respektlosigkeit wechselte, Adrien, Charles, Jean-Mathieu hörten nur noch die Klänge ferner Glocken über dem Meer, Caroline hatte sie zusammengetrommelt, nah beieinander in Schülerreihen, um sie Jahr für Jahr zu fotografieren, und plötzlich war der Platz, den Jacques eingenommen hatte, leer, seine Asche war im Wind verstreut worden, spiele nicht jeder von ihnen, sagte Adrien, getreu seine Rolle weiter, an einem Tisch, bei einem Festessen, auch wenn man sie in dieser Rolle nie eingeladen hätte, wie Dante oder Vergil, in die politischen Irrungen ihrer Geburtsstadt, ihres Heimatlandes einzugreifen, man hatte sie den Gefahren ihrer überbordenden Fantasie und dem Wahnsinn der Mächtigen dieser Welt ausgeliefert, was hofften sie nun, alle drei, wagte nicht jeder von ihnen heimlich zu glauben, er werde anderswo erwartet, wo sie, wie an jenen langen Nachmittagen, als sie im Schatten der Sonnenschirme miteinander diskutierten oder in der feuchten Laue der Veranden, unter den Moskitonetzen, Schach spielten, bald in dem erlesenen Club der Unsterblichen die linguistischen Fragen, die sie beschäftigten, oder ein bestimmtes Sonett, das Dante für Beatrice geschrieben hatte, erörtern würden, war der Anblick Beatrices für den noch kindlichen Dante nicht, in all seiner Strahlkraft, der große Schatten Gottes, der den Dichter bis zum Ende verfolgte, hatten sie, die Beatrice nicht gekannt, nie eine so machtvolle jungfräuliche Leidenschaft erlebt hatten, nicht geschrieben, dass sich aus der Schattenerde, ohne Licht und ohne Leuchtturm, ihre Worte, und auch sie selbst, gemeinsam mit Jacques in den bläulichen Farben des Wassers, des Himmels, an denen sie sich so erfreut hatten, zu verflüchtigen drohten, denn wie in dieser Festnacht zerstob alles in der wohlriechenden Luft, Venus' schwarze Stimme auf dem Podium, die bleibet meine Freude sang, wie die rassistischen Äußerungen derer, die ihr zuhörten, während sie hochmütig um den Pool wandelten, und ebenso die herrlichen Verse eines Dichters, e che lo novo peregrin d'amore, alle Worte zerstoben in der wohlriechenden Luft, von den Wellen stieg in der Nacht ein blauer Rauch auf, der einmal Jacques' Körper gewesen war, sein Körper aus Wasser, aus Salz, wer von ihnen wäre bald ein Häuflein Asche unter einem blühenden Baum, und hatten sie nicht alle drei, als die Kopfhörer von Jacques' Ohren, von der eingefallenen Form seines Kopfes genommen worden waren, auch diese Messe gehört, die Mozart in der Freude, im Aufruhr des Herzens geschrieben hatte, diese himmlische Musik, als die Tauben und Turteltauben aufflogen, später dann ein Oratorium von Beethoven, wahrscheinlich würden sie noch eine Weile zusammenbleiben, wie hier an diesem Abend, in dieser Nacht, bei Daniel, bei seiner Frau Melanie, die so reizend war, und ihren Kindern, morgen im Schatten der Sonnenschirme mit ihren Büchern, wenn es heiß an den Stränden wäre, oder in der Laue der Veranden, wo sie Schach spielten, wie gerne würden sie sich alle im gleichen Eden versammeln, unter den gleichen Palmen, in der gleichen Meeresbrise, und diese köstliche Luft atmen, Charles, Adrien, Jean-Mathieu würden Vergil und Dante sehen, deren Biografen und Fürsprecher sie gewesen waren, von dem einen und dem anderen würde man die schönsten Verse seines poetischen Wirkens hören, Jean-Mathieu hatte, wie Vergil vor seiner Begegnung mit Maecenas in Rom, eine arme Jugend im Hafen von Halifax verlebt, oder würden Charles, Adrien, Jean-Mathieu von ihren hehren Meistern als Dichterneulinge betrachtet, an denen der Zyklus der Ewigkeiten noch nicht gefeilt hatte, ja, würden sie sich noch an die Verse erinnern, die sie geschrieben hatten? Eine italienische Gebirgsstadt, plötzlich aus der Schwerelosigkeit aufgetaucht, würde Jean-Mathieu vorschweben, er hatte sich ein alkoholisches Getränk gegönnt, mittags, in der Sonne, köstlich, dieser Cinzano oder Wermut, während es ihm nun verboten war zu trinken, so viele Echos, Wasser- und Stimmengeräusche in dieser Stadt, in die er aus Mailand mit dem Zug gekommen war, hatte er am Vortag nicht schlecht geschlafen, dann zogen jene Morgen auf mit ihrem hellen Licht, das den fahlen Schein der Nachtlaternen verscheuchte, eine Familie schluchzte in den Abgasen eines Busses, vor dem Bahnhof, ein Priester spie mit einem forschen Spuckestrahl seinen Apfelbutzen aus, welcher Sinn war diesen Worten zuzuschreiben, in dem neuen Reich, auf dieser Insel, wo womöglich alle Sprachen vergessen würden, der Cinzano mittags in der Sonne, der dicke Pfarrer, der seinen Apfelbutzen ausspuckte, oder es wäre dieselbe Stadt und die Fensterläden wären geschlossen, ein Hund, ein Bleistiftverkäufer, in einer schattigen Ecke, während er sie beim Schreiben, von einer Terrasse aus betrachtete, hatte Jean-Mathieu in seinem Kopf diese Frage gehört, wie alt bin ich, war es damals nicht viel zu früh, um sich diese Frage zu stellen, wohin lief der Hund, sein Gefährte, der Bleistiftverkäufer, das schattige Viereck, dazu die Spuren eines um seine Füße flatternden Taubenschwarms, diese Bilder, für einen Augenblick in Jean-Mathieus Gedanken gefangen, schienen ihm lebendig wie damals, über der Gebirgsstadt, eine Hand schloss die Fensterläden in der abendlichen Stille, allein auf der Terrasse dieses Cafés, zwischen den verschneiten Gipfeln, fragte sich Jean-Mathieu, was er hier tat, nachdem er die morgendlichen Briefe gelesen hatte, im Hotel gäbe es bis zum nächsten Tag keine Post mehr, keinen Regen auf jenen Gipfeln, heute oder morgen, wo Jean-Mathieu doch nie ohne seinen Schirm auf die Straße ging, und schon war sein Glas leer, der magere Hund und der Bleistiftverkäufer waren verschwunden, was fehlte also an jenem Ort, der ihn so niedergeschlagen stimmte, erstickte er nicht an einer Atmosphäre versteckter Frömmigkeit, womöglich würde plötzlich aus den Kirchen, aus den Glasscheiben eine Gesandtschaft aus Aposteln und Heiligen drängen, grün gekleidet, wie das Gras auf den Hügeln, nein, es wurde dunkel, morgen würde Jean-Mathieu einen Berg besteigen, wie alt war er, es war idiotisch, dass er sich diese Frage gestellt hatte, wo er doch am nächsten Tag einen Berg besteigen würde, sagte sich Jean-Mathieu nun, der deutlich den früheren jungen Mann in der verlassenen Berglandschaft vor sich sah, er hatte, wie heute, eine Glatze und sein geheimnisvolles Grübchenlächeln, er trug eine Hose und ein über der Krawatte zugeknöpftes Jackett, seine Gesichtshaut war frisch und rosig, es war idiotisch gewesen, dass er an jenem Tag an die Probleme des Alters gedacht hatte, zwischen der Gesandtschaft der grünen Apostel und Heiligen aus den Kirchen flatterte der Schwarm Tauben um seine Füße, der junge Mann war nun in einem Kirchenfenster, wo er bei seinem Besucher ein heftiges Gefühl hinterließ, wie erfrischend die Luft gewesen war, die er im Gebirge geatmet hatte, wie erfrischend auch die Luft, die er noch immer auf dem Balkon seiner Wohnung atmete, am Meer, frühmorgens schon, wenn der Himmel sein grelles Licht über das Wasser streute, nach der morgendlichen Dusche würde Jean-Mathieu, unbeschwert und ausgeruht, in den kakifarbenen Bermudashorts lange an seinem Fenster schreiben, später würde er mit Caroline zu Mittag essen, nachmittags seinen ehemaligen Studenten in englischer Dichtung schreiben, oh, er müsste für die Zustellung der Post trotzdem bis zum nächsten Tag warten, sein Erfrischungsgetränk würde fade schmecken, das Glas würde in der Sonne lange seine unerhörten, quälenden Durstgefühle widerspiegeln, während Caroline ihn mit dem schalkhaften, aufmerksamen Auge ihrer Kamera erneut zu einem gemeinsamen Buchprojekt animieren würde, meine Liebe, würde er zu Caroline sagen, und seine Stimme klänge vernünftig, es bleibt mir nicht genug Zeit, um dieses Buch mit Ihnen zu machen, obwohl mir die Idee ausnehmend gut gefällt, aber was wollen Sie, irgendwann muss man eben gehen, gehen, würde sie sagen, unnachgiebig, aber, mein Lieber, das kommt gar nicht in Frage, ich brauche Sie für dieses Buch, Sie kennen doch alle diese Dichter, die ich in ihren jungen Jahren fotografiert habe, Sie sind der Einzige, der über sie schreiben kann, wir sind die Einzigen, würde Jean-Mathieu besonnen sagen, denn, meine Liebe, wir waren gemeinsam dort, Sie, Ihre Kamera und ich, dann würde er seinen Blick in den wunderbaren winterlichen Sommer der Blumen auf der Terrasse versenken, in das smaragdfarbene Wasser des Golfs von Mexiko, das alles gehört uns noch, würde er schlicht sagen, während er sich in Carolines Auge gefangen fühlte, dieses Auge oder diese Kamera, die alles registrierte, was er lieber nicht mehr an sich gesehen hätte, das gepflegte Altersgesicht eines Schriftstellers, eines Dichters, musste man es wirklich für die Zukunft auf Film bannen, ein Regenschirm, ein Hut, hätten ihm gut gestanden, aber nun verschwamm er in diesem schalkhaften und aufmerksamen Auge mit den Blumen auf der Terrasse wie mit dem glitzernden Wasser, in einem entmündigten, passiven Ausdruck, er rührte sich nicht mehr, wie hypnotisiert, und würde denken, dass er diese Frau, Caroline, noch immer gernhatte, obwohl sie unter ihrem Strohhut zu angespannt auf ihn wirkte, von einer unerschöpflichen Energie; in diesem stets etwas kalten Winterlicht würde sie ihm befehlen stillzuhalten, und aus ihrer Tasche einen besseren Fotoapparat holen, diesmal werde das Bild gefiltert, abgetönt, würde sie sagen, die Sonne schien so kräftig an jenem Tag, Jean-Mathieu wäre sicher nicht zufrieden gewesen, nur ein dunkler Punkt auf einem Lichtstreifen zu sein, und bei jeder Aufnahme von Caroline, deren Blick an die Kamera geschweißt war, würde er die Gesichter seiner Freunde vor sich sehen, Gefährten, die fortan nur noch Fotografien in Büchern waren, Prägungen von Männern und Frauen auf der schwarz-weißen Seite in einem Buch, einem Bildband, ja, gehörten diese Dichter, die man die Modernen genannt hatte, womöglich schon einer früheren, vergangenen Zeit an, weil sie, zumindest manche von ihnen, zu den Verstorbenen zählten, oh, wie kurz das Leben doch gewesen war, die einen waren Kriegshelden gewesen, segensreiche Ärzte auf den Schlachtfeldern, andere hatten literarische Protestbewegungen in Nordamerika angestoßen, der eine hatte mit den größten Dichtern seiner Zeit verkehrt, manche waren Kunstkritiker gewesen, ein Leben zwischen Paris und New York, andere waren an Krebs, Depressionen oder Selbstmord zugrunde gegangen, wie kurz das Leben doch war, nach der morgendlichen Dusche würde Jean-Mathieu, unbeschwert und ausgeruht, in den kakifarbenen Bermudashorts lange an seinem Fenster schreiben, wusste er nicht um die unverrückbare Ordnung seiner Tage, das Leben, war es denn heiter und harmonisch, war unwiderstehlich lang, er würde ebenso ungeduldig bis zum nächsten Tag auf die Post warten, unterdessen ein Gedicht vollenden, er würde wie früher schreiben, zwischen den verschneiten Gipfeln, warum dieses Unbehagen, was fehlt nur an diesem Ort, hatte Adrien auf dem Schachbrett nicht seinen König schachmatt gesetzt, Jean-Mathieu war durch die brütende Hitze abgelenkt gewesen, die Situation der Dame war nur eine vorläufige, Adriens Kopf arbeitete auf Hochtouren, wenn er Schach spielte, genau wie wenn er Verse schrieb, morgen wäre Jean-Mathieu aufmerksamer, es war schon peinlich, von seinem Gegner geschlagen worden zu sein, der König schachmatt, alle waren so reizbar, wenn die Mattigkeit der glutheißen Sommer drohte, wäre es nicht besser, wenn sie sich alle drei bald trennten, Jean-Mathieu träumte vom stärkenden Klima der Seealpen, Adrien würde den ganzen Sommer über mit Suzanne Tennis spielen, oh, was für ein herrlich unabhängiges Paar, Charles, der die Geselligkeit der Festnächte mit seinen Freunden verachtete, an diesen Freuden keinen Gefallen mehr hatte, würde sich zum Schreiben in ein Kloster zurückziehen; die Situation mit der Dame war heikel, und so war Jean-Mathieu von Adrien geschlagen worden, die Situation mit Charles, bei dem seit einiger Zeit die Nerven blank lagen, war nur eine vorläufige, was hatten diese gereizten Ausbrüche von Charles zu bedeuten, war es die feuchte Luft in den Zimmern, wo sie alle den ganzen Tag lang schrieben, oder die erstickende Hitze hinter den Jalousien, der rasende Wind der Zyklone über dem Atlantik,

Charles ertrug das Meer, die Inseln nicht mehr, diese weiten flüssigen Flächen waren für ihn künftig ein Quell von Schmerz und Leid, oder war es sein von einer heimlichen Unruhe getrübter Blick, der das Bild vom Meer umzäunte, auf dass ich es nur nicht mehr sehen muss, sagte er, auf dass ich es nur nicht mehr sehen muss, hatte er in einem seiner Gedichte geschrieben, die Meere, die Ozeane hatten ihre Überlegenheit verloren, ihre titanische Größe, was sah man nicht alles, beim morgendlichen Öffnen des Fensters, das nicht aufs weite Meer getrieben war, erbärmliche Dinge, derer sich die Meeresfluten nicht erbarmt hatten, sie lagen dort, auf unseren Ufern, klebten am nassen Sand der Strände, wie Kinderspielzeug in einer leeren Badewanne, aufblasbare Reifen, vom Wasser abgenutzt, ein gelber, noch um den abgebrochenen Mast geschlungener Rettungsring, eine ungewisse, ziellose Flottille mit ihren Flößen, ihren Holz- oder Gummibooten, die kleinen Särgen glichen, hier und da stak ein Ruder aus dem Gestade, beschwor die Erinnerung an den menschlichen Arm herauf, der es alleine hergesteuert hatte, an diese Küste, wo hastig zurechtgezimmerte Boote, unförmige Objekte, länger überlebt hatten als so viele Männer, Frauen und Kinder, die mit ihnen an den Riffen, den Verzweigungen der Korallen gestrandet waren, was sah man, beim morgendlichen Öffnen des Fensters, das nicht aufs weite Meer getrieben war, das Kleid eines kleinen Mädchens hing an verfaulten Brettern, der Rettungsring, gelb und funkelnd wie eine Sonne, noch immer oben auf seinem Mast, war jenes Kreuz des ertrunkenen Pilgers, das aus dem Wasser ragte, stimmte es, dachte Jean-Mathieu, dass dieses Meer, wie Charles schrieb, dessen Nerven blank lagen, der an Kopfschmerzen litt, dass dieser Ozean, den Jean-Mathieu morgens beim Schreiben betrachtete, ein Meer war, für das wir uns schämen sollten, oder war es Charles' Blick, der von so vielen Klippen, diesen, seine Sicht, seine Gedanken verzerrenden Hinterhalten verstellt wurde, außerdem hatte der Dichter in Anfällen eines prophetischen Wahns geschrieben, dass seine Begräbnismesse in der Kathedrale von New York, wo er geehrt worden war, gesungen werden sollte, quälte sich Charles tatsächlich derartig mit einem unabwendbaren Tod, während Jean-Mathieu auf diesen Gedanken nur so wenig Zeit verschwendete, zu welchem Zweck auch, verlor man dabei nicht seine Aufgeschlossenheit, seine Herzensgröße, während Jean-Mathieu, unverbesserlich gesellig, noch täglich zum Lunch verabredet war, und so liebten sich auch Adrien und Suzanne, mit diesem kraftvollen Elan, der ihre Bindung bis ins Alter prägt, mit der gleichen, zu Herzen gehenden Liebe, sie schrieben und veröffentlichten ihre Bücher gemeinsam, gingen, sobald die Sonne über dem Wasser glitzerte, Hand in Hand zum Swimmingpool, zum Tennisplatz, ihre grazilen, sonnengebräunten Füße bereit zum morgendlichen Laufen in ihren Ledersandalen, wie frisch das Wasser und der Himmel doch waren, wenn Jean-Mathieu so früh aufstand, um einen gleichförmigen, friedlichen Tag in Angriff zu nehmen, warum nur hatte Charles, in diesem harmonischen Paradies, geordnet wie es auch der Himmel sein sollte, immer so strapazierte Nerven, schuld daran waren wohl seine häufigen Besuche in den Klöstern, in Mexiko, in Irland, diese fanatischen Exerzitien, beim Überarbeiten seiner Schriften, im spirituellen Leben, wo war nur Jean-Mathieus liebenswerter Freund, den Caroline in der Entstehungszeit von Charles' ersten Büchern fotografiert hatte, auf dem Schwarz-Weiß-Abdruck schien er Jean-Mathieu mit seinem feinen, resignierten Lächeln anzulächeln, in diesem Buch, mit Carolines Fotografien, das Jean-Mathieu vor Ewigkeiten herausgegeben hatte, Charles war dort mit dem Rücken zu einem Klavier, einer Partitur zu sehen, in einem Studier- oder Musikzimmer, unter den Balken eines alten Hauses, oh, heißblütiger Jugendlicher, Liebling aller Götter, war es derselbe Junge, der sich heute mit dem alten Schopenhauer verglich, er, der nicht wie Vergil oder Jean-Mathieu mit den Absurditäten des materiellen Lebens zu kämpfen gehabt hatte, Jean-Mathieu, der praktisch noch im selben Jahr, da er in einem ärmlichen Viertel von Halifax lesen gelernt hatte, zum Familienoberhaupt geworden war, doch was für ein sanftes Licht hatte seine Kindheit beschienen, an jenen nebligen Morgen am Hafen, aus einer reichen Maklerfamilie stammend, hatte Charles, wie Dante, früh die Philosophen gelesen und sich nicht um sein Schicksal sorgen müssen, eigenständig in seinem Denken, war er mit den Dienstboten seiner Eltern auf ihrem großzügigen Anwesen aufgewachsen, er war kein am Straßenrand bettelndes Kind gewesen, geschweige denn jener arbeitslose Arbeiter in einer weltweiten Wirtschaftskrise, in der Jean-Mathieu sich abgestrampelt hatte wie im Schlamm, ja, hatte er nicht, einsam und schwärmerisch unter den Seinen, in seinem abgeschiedenen Zimmer unter den Balken, oh, Charles, der Götterliebling, dachte Jean-Mathieu, einen ernsthaften, intellektuellen und theologischen Blick auf das Leben gehabt, obwohl einsam und unglücklich, war Charles ein geborener Moralist, dem alles Dekadente zuwider war, er strebte nicht nach persönlichem Glück auf Erden, machte sich früh an die harte Arbeit seines immensen literarischen Schaffens, ersparte sich diesen Schlamm, den Dreck, die auf armen Leuten lasten und ihnen so rohe Manieren aufprägen, für Charles Beatrice, die »glückselige, schöne Dame«, für ihn die Kunst, Jean-Mathieu hatte, vor dem Schreiben, dem späten Unterricht an den Universitäten, die rauen Hände des Arbeiters, des Arbeitslosen in den Jahren der Entbehrungen gehabt, dieses zerklüftete Gesicht unter einer Schirmmütze, das junge Gesicht der hohlwangigen Grubenarbeiter, das Caroline in einer Zeit des rasanten wirtschaftlichen Abschwungs fotografiert hatte, Zeiten wie diese, der Angst und des Kampfes, sollten nicht wiederkommen, dachte Jean-Mathieu, hatte er sich nicht endlich ein Recht erworben auf ein Leben ohne diese Sorgen, ein geordnetes Leben, wie ärgerlich, dieser König, den Adrien schachmatt gesetzt hatte, morgen würde Jean-Mathieu besser aufpassen. Doch in dieser Festnacht zerstob alles in der wohlriechenden Luft, das betrunkene Lied von Venus, die ihre Espadrilles ausgezogen hatte und barfuß auf dem Podium tanzte, zwischen den Musikern, wie auch das helle

Lachen, das zu Samuel drang, überall aus dem Garten, von den Veranden, wäre es morgen, gleich nach dem Aufwachen, dachte Samuel, der neben seiner Mutter stand, während der Seidenkimono seine vom Poolwasser tropfenden Schultern notdürftig bedeckte, dass er auf sie zulaufen, den vor Kummer am Strand zusammengebrochenen Julio aufwecken, zu Jenny und Sylvie, Augustino sagen würde, hier seht ihr die herrenlose Arche der Tiere, und der technische Offizier auf einem Militärstützpunkt, der Augustin aus Sylvies zitternden Armen geborgen hatte, würde Samuel bestätigen, ja, das ist tatsächlich das Floß, auf das wir seit Tagen warten, wir haben es letzte Nacht im Schein der Leuchttürme erspäht, es handelt sich um die Arche der Tiere, deren Herren in eingezäunten Lagern gefangen gehalten werden, wie Augustin, den wir nur noch waschen und füttern müssen, sind sie gerettet, ihre Haut, ihr Fell ist von der brennenden Sonne, dem Salz gegerbt, aber sie haben die Randzone überwunden, wo in den Strudeln die Boote plötzlich hängenbleiben und so dicht vor der Küste untergehen, dass wir die tränenfeuchten Augen der Schiffbrüchigen sehen, auf den Booten, in die wir ihnen, vergeblich, die Decken reichen, das Wasser und den Reis, stöhnen sie, wir werden nicht weiterkommen, hier, nehmt das Opfer unserer Leben, das Ende des Exodus, Samuel würde Julio wecken, werden sie landen, sind sie da, fragte Julio, hatte der Offizier sie unter den anderen womöglich nicht erkannt, ein weiteres Floß hatte sich am Horizont verirrt, an diesem Tag, unter den Wolken, war es jenes Floß, das Santa Fe, wie man die Zone der Todesgewässer nannte, nicht hatte befahren können, so dicht vor der Küste, den Hafenbecken, dass man, sagte der Offizier, die Augen, die Gesichter derer sah, die bald unter den heranflutenden Wellen ersticken würden, hatte der Offizier sie unter den anderen nicht erkannt, Orest, Nina, Ramón, seine Mutter Edna, sie waren, noch vor wenigen Augenblicken, doch da gewesen, und auf einmal sah man sie nicht mehr, auch nicht ihren Mast aus Laken und Lumpen, an denen der Wind zerrte, diese Zone von Santa Fe so dicht am Ufer, hatte schon unzählige Leben verschlungen, ein berauschendes und trauriges Abenteuer, sagte der Offizier, Augustin hatte sich von den Schwellungen der Sonne erholt, tausend Meilen von zuhause entfernt, hatte der technische Offizier den kleinen, mit Blasen übersäten Körper von Augustin, der Hunger und Durst hatte, in den Armen gehalten und dabei an seine Tochter Casey gedacht, zuhause, wenn er am Abend seine Frau anrief, würde er ihr, so weit gereist, tausend Meilen von seinem Wohnort entfernt, sagen, heute habe er Casey gerettet, wann würde sich das Kind, das arme Kind, nur von seinen Schwellungen, von seinen Blasen erholen, denn hatte ihn nicht eine reine Liebe bis nach Santa Fe geführt, diese Gewässer voller Wracks, in denen die beiden Gesichter, Caseys und Augustins, plötzlich eins wären, und Julio würde zu Samuel sagen, sie sind noch dort drüben, auf diesem Floß, das von den Wolken am Horizont niedergedrückt wird, meine Mutter und Ramón, was Orest und Nina betraf, glaubte Julio sie vergessen zu haben, sah er sie nicht in einem Kleiderschrank vor sich, oder quer über den Fächern eines Möbelstücks, des Kühlschranks, wo Julio sie vor der sengenden Hitze in Sicherheit gebracht hatte, gleich morgen wollte Samuel Julio wecken, wozu dieser unruhige Schlaf an den Stränden, wo doch heute, auf dem glatten Wasser, zwischen den Fischerbooten, das Floß der Tiere sinken sollte, würden einige ihrer Herren später nicht zu ihnen kommen, in ihre Zwinger, in die Lager, wo ihre Käfige stünden, zwischen den rot blühenden Mangroven, unter dem blauen Himmel würde die Arche der Tiere eintreffen, die Samuel und Augustino schon seit Tagen erwarteten, der Kanarienvogel, das weiße Kätzchen, sie wären mehr als neun auf dieser Überfahrt, mit einem Rehkitz namens Kiefernadel und Charlotte, dem Ferkel, Überlebende der qualvollen Odyssee, noch am selben Abend würden sie dankbare Luftsprünge auf dem Linoleumbelag ihres Gefängnisses vollführen, manche litten an inneren Blutungen, an gebrochenen Gliedmaßen, sie würden von Tierärzten versorgt, in ihren Tierheimen, der Chihuahua neben dem Riesendobermann, der Kanarienvogel sowie das weiße Kätzchen, das wäre Samuels und Augustinos Arche Noah, wozu also Julios unruhiger Schlaf an den Stränden, in der Nacht, plötzlich beschwingt, noch in ihren Lumpen von den Flößen, verstört vom Rhythmus der Wellen, würden sie, ihre Plastikhüllen in der Hand, nachweisen, dass sie die Besitzer eines alten, unter seinem rauen Fell dehydrierten Hundes seien, die eine würde Toki erkennen, und Kikita, würde man ihnen denn verbieten können, sie wieder mitzunehmen, eher wollten sie wieder aufs Meer hinaus, Linda und Toki gingen dann, zufrieden, an ihr Herrchen angeleint mit einer blauen Schnur, einem Halsband mit ihrem Namen, ohne Ort oder Ziel, eine Irrfahrt zwischen der Auffangstation und einem umzäunten Lager am Meer, aber sie wären nicht mehr allein, vergessen wie in Albträumen, Julios Albträumen an den Stränden, in einem Schrank, über einem Fach, in einem Kühlschrank, um sie vor der sengenden Hitze zu schützen, vor ihrem zerstörerischen Fieber, vor ihren Gefahren auf See, sie wären nicht mehr allein wie Orest, Ramón, Nina, verhakt in die mächtigen Wurzeln der Mangroven, unter den blühenden Bäumen der Lagunen, den Leuchterbaumwäldern, im Schlamm der stehenden Gewässer, weit abgetrieben ins Laub, in die Vegetation des salzigen Bodens, den rötlichen Schein der Blüten, während über ihnen langsam die Pelikane dahinzogen und die Adler, ja, gruben nicht auch sie, durch die flüchtige Wand der Mangroven vor den Orkanen geschützt, wie der Leopard, der Krebs, der wilde Delfin, ihre mächtigen Wurzeln in die Bucht, ihr lockiges Haar in die Algen, die raffinierten Pflanzen der Ozeane, verwandelten sie sich nicht ihrerseits in jene mikroskopische Nahrung der Meeresgründe für die Greifvögel, den Jaguar, den Hai, so tief verschlungen mit den beweglichen Wurzeln der Mangrovenwälder, sie nahmen den Kanal mit den Insekten, den Delfinen, den Schildkröten, diesen Kanal mit dem Wasser, aus dem Quecksilberdämpfe aufstiegen, die den Hirsch getötet, den Steinadler vergiftet hatten, so tief verstrickt ins Laub des Meeresbodens, sah Julio sie schon seit Langem nicht mehr, was hätte schon aus diesen undurchdringlichen Mangrovenwäldern, den Leuchterbäumen kommen sollen, kein Boot, kein Floß, obwohl man sie doch alle gesehen hatte, Nina, Ramón, Orest, und ihre Mutter Edna, so dicht an der Küste in der Zone von Santa Fe, schienen die Mangroven bei Nacht nicht zu leuchten, für Julio, mit ihren rötlichen Droh- und Alarmsignalen, dem vor Kummer an einem Strand, einem Pier, Zusammengebrochenen, dem Wachenden kundzutun, dass hier, zwischen den Mangroven, die das frische Regenwasser filterten, aus dem Salzwasser das Leben von Ramón, Orest, Nina und Edna gefiltert wurde, deren Kahn so nah am Ufer gekentert war, in der blühenden, sandigen Bucht von Santa Fe. Und Renata hob den Kopf, immer noch in Angst vor ihm, denn womöglich hatte der Antillaner beschlossen, ihr zu folgen, sie in dieser Festnacht in die Enge zu treiben, als sie Melanie und Samuel sah, die auf sie zukamen, wie erfrischend, sie wiederzusehen, fast wie die Hoffnung, bald in dem grünen, glatten Wasser schwimmen zu können, an einem wellenlosen Tag, sie standen hier bei ihr, unter den Mandelbäumen, warum nur, fragte Melanie, habe sie sich dieses entlegene Haus zwischen den Kletterpflanzen in der Stadt ausgesucht, wo doch hier ein Pavillon unter dem Oleander auf sie wartete, Renata führte eine Zigarette an die Lippen, wirkte Melanie nicht noch ein bisschen anfällig, so kurz nach der Geburt ihres Sohnes, diese Festnacht, diese Nächte, wie es hier hieß, würden sie von der Qual ihrer Rekonvaleszenz ablenken, wie gern war Renata auf einmal bei ihnen, Melanie, Samuel, fern vom Insel-Zwischenreich ihres Daseins als alleinstehende Frau, in einem gemieteten Haus, wo der Wecker, neben dem Bett, auf einem Tisch, neun Uhr anzeigte und ein Mann mit ihr eintrat, der ihr seinen säuerlichen Atem in den Nacken blies, nach einer Nacht, in der er alles verspielt hatte, einer Nacht der Trunkenheit und Wut, diese Demütigung, über die Renata kein Wort verlieren würde zu Melanie, einer glücklichen Frau, der kühle Kontakt des Feuerzeugs, des Goldetuis, der zarte Qualm ihrer Zigarette in der nach Jasmin duftenden Luft, waren sie nicht, diese lächerlichen Gegenstände ihres Durstgefühls, mehr als jede menschliche Anwesenheit, wohltuend und beruhigend, sie würde auf sie verzichten, bei ihrer Rückkehr, gleich morgen, heute Nacht, denn sie waren Gegenstände eines Verlusts oder einer vergeblichen Sättigung, sie wusste all das, was ihr Mann ihr regelmäßig sagte, und Samuel sei im letzten Winter so gewachsen, sagte Melanie, dass er auf Zehenspitzen seiner Mutter bis zu den Schultern reiche, sein Kopfsprung sei kühn gewesen, aber war es jetzt nicht an der Zeit, ein paar Stunden zu schlafen, Samuel sei stark gewachsen, wiederholte Melanie, die sich vorstellte, wie die Fernmeldetürme, die Brücken und die Erdölraffinerien in Bagdad bombardiert wurden, und überlegte, wie sie es den Aktivistinnen sagen würde, verblasste der Januarkrieg nicht schon stark in der Erinnerung, denn wurden nicht auch, wie diese Bäume, die von den Tornados fortgerissen werden, die Tragödien dieser Welt mit der gleichen wütenden Geschwindigkeit fortgerissen, war die Insel, das Paradies, strategisch nicht plötzlich genauso wichtig wie die Stadt Bagdad, für diese europäischen Urlauber, die ihre Aufenthalte lieber vertagten, weil sie überall, in den Straßen, als wären sie rankendes Efeu, an den Häuserwänden, unter den Palmblättern, an den Stränden zusammengekauert, dahintreibende Grabfiguren vermuteten, noch störender, dachten sie, sei jedoch der Anblick der von all den Flößen angerichteten Schäden, an diesen Küsten, wo sie einst so wohlig ausgespannt hatten, im milden Licht der Sonne, Samuel sei wirklich sehr gewachsen, sagte Renata, die zusah, wie Samuel mit den Bewegungen seines hübschen Kopfes, in einem geschmeidigen, kaum wahrnehmbaren Tanz, ähnlich dem Unterwassertanz einer Schlange, Venus' Gesang begleitete, ihre Musik, ihre Stimme, die die Luft und die Nacht zerrissen, mit ihrer Trance, ihren inbrünstigen, entfesselten Beschwörungen, ein freudiges und wütendes Wehklagen, das Renata vermeintlich aus sich selbst dringen spürte, während Venus sang, barfuß auf dem Podium tanzte, zwischen den Musikern, und genau jene Musik nahm auch Samuel auf, mit der zaghaften Wiederholung seiner Gesten, seiner Bewegungen, man hätte erwarten können, dass er nach und nach, wie Venus, rasend wurde, mitgerissen von der Musik, während er barfuß tanzte, so oft hatte er Venus für die Weißen singen sehen, auf ihren Festen, auf ihren Hochzeiten, an Weihnachten in ihren Geschäften, für ihre Kinder, in ihren Kirchen und Gotteshäusern, dieser wallende Tanz griff willig auf Samuel über, der sich von seinem Rhythmus packen ließ, und war es nicht wieder dieses Gefühl der Frische, das Renata beim Anblick des jugendlichen Geigers, auf dem Podium, bewundernd empfunden hatte, sie bewunderte an Melanie und Samuel ihre reine Widerstandsfähigkeit, das zu sein, was sie selbst nicht sein würde, Wesen, herrliche Geschöpfe der Zukunft wie der jugendliche Geiger, diese, Samuels und Melanies Widerstandsfähigkeit gegen die schlimmsten Scheußlichkeiten des Lebens, gegen seine entsetzlichsten Übel, war eine Widerstandsfähigkeit, die ebenso aus dem Fleisch wie aus dem Granit ihres Denkens gemacht schien, denn mussten sie nicht erst einmal lernen, allem zu widerstehen, was diese Reinheit beflecken könnte, ja, würde ihnen, so scharfsichtig, so spürbar ähnlich sie einander waren, nicht eher die Bestimmtheit als die Sanftheit dabei helfen, mit diesem Glauben zu leben, den sie in sich verankert hatten, so wie sich die Wellen des Meers fast zu ihren Füßen legten, schien sich, unter den Fensterläden, den Gräsern im Garten, eine warme Welle, Venus' Stimme, mit dem lauen Schein der Lampen um sie zu ergießen, die schillernde Nacht rings um ihre Profile, um ihre so ähnlichen Gesichter, sie beide, auf vollkommene Weise für ein fruchtbares Weiterleben geeignet, wären hier, auf dieser Erde, wenn sie selbst nicht mehr wäre, höchstens ein Bild in ihrer Erinnerung, sie würden sie überleben bis zu ihrer strahlenden Sterblich-Unsterblichkeit, und was wäre Renata, in ihrer Erinnerung, eine Verwandte, die auf einer Festnacht vorbeigeschaut hatte, von der sie eher die Würde in der schweren Prüfung als die Bruchstelle kannten, denn hatte sie nicht allen bestätigt, dass sie geheilt sei, weil sie es so wollte, doch seit sie bei ihnen war, zweifelte sie nicht mehr daran, und Melanie sagte zu Renata, Vincent schlafe in diesem Zimmer dort oben, geräuschlos, sie könnten doch zu ihm hinaufgehen, sei die Luftfeuchtigkeit nicht etwas zu hoch, fragte Melanie plötzlich besorgt, und Renata merkte nichts von Melanies Besorgnis, so ausgiebig wie Melanie von dem Neugeborenen schwärmte, von seiner Kraft, seinem frühen Charme, Vincents Fingerchen, die sich wie Blütenblätter öffneten, der entzückende Ausdruck seines Lächelns, hatte er nicht die Gesichtszüge seines Vaters, seine langen Wimpern, die Augen hatten noch eine eigenartige Farbe, weder Braun noch Blaugrün, seine italienischen Großeltern vergötterten ihn, aber sei die Luft heute Abend nicht mit einer ungesunden Feuchtigkeit gesättigt, gab Melanie zu bedenken, oder war es diese Müdigkeit, wie vorhin, als sie sich nachmittags hatte hinlegen müssen, wahrscheinlich hatte sie es getan, um sich für ein paar Augenblicke zu Vincent zu legen, in der Bedürftigkeit ihrer Liebe, während sie ab und zu über seinen Haarflaum streichelte, die Finger, diese Blütenblätter, all das, was Melanies Werk und Leben war, sie hatte Renata geschrieben, das Kind sei wohlauf, schon außergewöhnlich kräftig, und im Zimmer, in dem Vincent schlief, beugten sich Renata und Melanie über das Kind, und Melanie dachte, dass es stimmte, tatsächlich, ihr Kind war schön und bei guter Gesundheit, seine Atmung ging regelmäßig während es schlief, Melanie, Jenny und Sylvie, die abwechselnd auf Vincent aufpassten, hatten sich womöglich zu früh geängstigt wegen eines unbegründeten Symptoms, Vincent, Melanie, Samuel, Augustino, ihr Vater, alle würden sie Renata überleben, wenn sie nicht mehr auf dieser Erde wäre, und Renata hatte das Gefühl, als wäre dieser Gedanke nicht ohne Glück oder Verdienst, ja, hatte sie nicht gedacht, dass Melanie, wie sie selbst, eine Frau und bereits verstümmelt war, auch wenn ihr nichts anzumerken war, wie bei dieser verschollenen Dichterin aus Brasilien, dachte Renata, deren Haus sie gemietet hatte, eine Frau wurde nicht geboren, um zu überdauern, um Fuß zu fassen, anders als ihr Mann, als ihre Söhne, war Melanie nicht von dauerhafter Beständigkeit auf dieser Erde, wie Renata war sie ein Wesen mit Bruchstellen, teilte das gleiche Dasein, die gleiche Unterwerfung, auch wenn sie Leben geschenkt hatte, und Renata empfand für Melanie jene Zärtlichkeit, die manchmal Tiere einander bezeigen, unvermittelt sagte sie, ach, liebe Melanie, als sie sah, wie Melanies Hand sachte über Vincents Stirn, seine Augen, seinen Haarflaum strich, denn Melanie verriet die inwendige Bruchstelle, das Versagen der Frau, indem sie erwähnte, was sie beide so lebhaft betraf, eine Zusammenstellung, ein Bericht, die in einer amerikanischen Universitätszeitschrift veröffentlicht worden waren, über Vergewaltigungen an fünf- bis achtzigjährigen Frauen im ehemaligen Jugoslawien, während des Winters, Studentinnen, angehende Juristinnen verwahrten in ihren Computern die Geständnisse der Opfer dieser Vergewaltigungen, dieser Übergriffe, ein Kriegsgericht würde es geben, man arbeite sich gerade langsam durch diese in ihrem Grauen noch so frischen Archive, sagte Melanie, ein Kriegsgericht wie man seit Jahren keines erlebt habe, und Renata stieß Melanie vor den Kopf und sagte, gewiss sei die Arbeit, die Suche nach der Wahrheit seitens der Jurastudentinnen und freiwilligen Anwältinnen bewundernswert, doch die Mörder würden für ihre fünftausend Morde und Vergewaltigungen niemals bestraft, die blutigen Archive würden zwischen anderen unermesslichen Grausamkeitsarchiven der Geschichte schlummern, und nie würden diese Mörder, diese Vergewaltiger vor Gericht von Frauen zur Rechenschaft gezogen werden, sie würden weiter vergewaltigen und weiter morden, jede Hoffnung auf Erfolg sei vergeblich, denn auf ewig verstümmelt, brächten die Frauen, die kleinen Mädchen, kaum auf die Welt gekommen, wollte man sie sich als Bild vergegenwärtigen, in ihren Händen ihre Brüste, ihre Gebärmutter dar, all diese Organe bereit für Folter und Vergewaltigung, für die Verstümmelung der Männer, oder aber sie waren dem Verschwinden geweiht, in ihrem Schweigen erniedrigt, durch eine Vergewaltigung, ein Verbrechen, schon bei der Geburt brachten sie in ihren Händen diese Organe ihres Lebens und ihrer Vernichtung dar, oft war es ihr gedemütigter Geist, der noch vor dem Körper verschwand, durch die Vergewaltigung und die Folter, in diesem neuen Jahrhundert, sagte Melanie, würden sich alle Spuren zurückverfolgen lassen, Melanie würde mit ihren Söhnen die Sitzung dieses internationalen Gerichtshofs besuchen, sie würde die Stimme der Opfer hören, sie würde die Mörder im Gefängnis sehen, nein, sagte Renata, nichts von alldem wird geschehen, unsere Archive werden stets blutig sein von unserem Blut, ein Blut, immer neue, immer neuere und jüngere Organe, die Persönlichkeitsrechte werden aber zunehmend geachtet, sagte Melanie, dessen sei Melanie gewiss, und in seinem Schlaf schlang sich eins von Vincents Fingerchen um Melanies Finger, die Frauen, die Männer, die Kinder, sagte Melanie, werden in Zukunft keine so schlimmen Verletzungen ihrer moralischen Rechte mehr zu befürchten haben, nein, denn Frauen werden uns regieren und die Mentalität der Männer verändern, heute lebe die Frau in ihrem Land wie in einem totalitären Land, doch das sei morgen anders, sagte Melanie, wenn die Männer getötet werden, in einem Krieg, sagte Renata, sind ihre Witwen das Vieh der überlebenden Männer, sie sind da, um ermordet und vergewaltigt zu werden, in Peru werden sie in Kasernen monatelang mit Strom gefoltert, oder man versucht sie zu ertränken, in vielen Ländern werden sie ohne Anklage inhaftiert, sobald ein Militärputsch stattfindet, sie werden absichtlich misshandelt und unter furchtbaren Bedingungen gefangen gehalten, politische Gefangene werden geschlagen, vor ihrer Hinrichtung gefesselt, ich sehe kein Ende dieser Vergewaltigungen, dieser Schändungen für die Frau und ihre Kinder, sagte Renata, wenn ich eine Frau verteidige, weiß ich, dass sie im Schmerz geboren wurde und sterben wird, selbst in Fällen von Kindsmord, mit denen ich mich befassen musste, zweifle ich, habe ich an der Schuld der Frauen gezweifelt, obwohl auch sie andere töten und misshandeln können, ich werde immer an ihrer eigentlichen Schuld zweifeln, wir kennen die Gefährlichsten, die Kriminellsten, nach denen in den Vereinigten Staaten, in Kanada, in Mexiko noch gesucht wird, Montserrat, Berta, Sharon, Valerie, sie haben einen Hotelportier umgebracht und ausgeraubt, sie sind drogensüchtig, sind ausgebrochen aus ihren Besserungsanstalten und Gefängnissen, wo sie auf dem rechten Weg Fortschritte zu machen schienen, sie waren in den Rang von Wärterinnen aufgestiegen, doch ihr Charakter war scheinheilig und verlogen, sie seien pervers, hieß es, oft psychotisch, wie Berta aus Guatemala, in Betrug, in den Verkauf von Kokain verwickelt, doch sie arbeite für einen Mann, das seien die Repressalien ihres erbärmlichen Daseins, sagte Renata, man müsse die Geschichte jeder Einzelnen kennen, sich bis zu den Wurzeln des eigentlichen Unglücks in ihrer Kindheit vortasten, denn vor der Eskalation all dieser Verbrechen seien sie kleine Mädchen gewesen, vergewaltigt von einem Vater, einem Bruder, immun gegen ihre Angreifer, ihre Seele und ihr Geist hätten sich verflüchtigt, all diese Verbrechen, in ihrer Häufung, seien Zeichen von jenem Verschwinden des Geistes, der Seele, ein so verbreitetes Verschwinden, alle diese Frauen seien sexuellen Übergriffen zum Opfer gefallen, Missbrauch, einem Akt der Folter, der sie befleckt habe, Renata zweifele an der Schuld jeder einzelner dieser Frauen, oft könne sie nachts nicht schlafen und denke an diese Kindsmörderin, Laura, die vom Richter zum elektrischen Stuhl verurteilt worden war, Laura, die Mutter von dem, den man Süßes Bonbon nannte, musste sterben, selten nur wurde eine Frau zum Tode verurteilt, aber Laura Nadora hatte den Kleinen, Süßes Bonbon, getötet, ein vorsätzliches Verbrechen, sagte der Richter, Laura Nadora hatte diese Worte vor Gericht gehört, morgens um fünf vor halb zehn, nach einer Nacht voller Angst und Schrecken, in ihrer Zelle, Laura Nadora, Sie sind zum Tode verurteilt, raus mit Dir, Du Verbrecherin, hatte sie außerdem gehört und mit brüchiger Stimme, die Augen vor Entsetzen aufgerissen, gemurmelt, Euer Ehren, so hören Sie mich doch an, während sie sich gegen ihre Aufseher zur Wehr setzte, hatte sie mehrfach gesagt, der Richter muss mich anhören, ich muss mit ihm sprechen, als hätte sie, mit diesem erbarmungswürdigen Appell, den Beistand eines Beichtvaters, eines Freundes auf fremdem Boden erwartet, zunächst hatte sie nicht verstanden, was der Richter zu ihr sagte, Süßes Bonbon sei geschlagen, zu Tode geprügelt worden, daran ist dieser Mann schuld, hatte sie gerufen, dieser Mann und das Kokain, aber er hat ihn am Strand begraben, ein abscheuliches, grausames Verbrechen, hatte der Richter kommentiert, ein unverzeihliches Verbrechen für eine Mutter, während Laura Nadora weiter rief, dass sie unschuldig sei, nicht unschuldig an dem Verbrechen, das man ihr vorwarf, sagte sie, aber man solle sie bitte anhören, ein Mann habe sie zu all diesen Vergehen angestiftet, ein Mann, der ihr Kind nicht wollte, die vor Angst weit aufgerissenen Augen im Gesicht der jungen kubanischen Frau sahen, jenseits des Richters, seines Urteils und jenseits des Gerichtssaals, dieser überwältigenden Feindseligkeit, die ihr zum Verhängnis werden würde, den Akt der Verdammnis, der Folter, der sich in der Finsternis ihres Lebens vollzogen hatte, schon vor Langem war sie verletzt worden, unvorstellbar, dass sie, die in dieses Land eingewandert war, um zu erfahren, was Freiheit ist, von einem gnadenlosen Richter, der nicht ihre, sondern die Sprache der Freiheit, des Überflusses, sprach, von einem gutgläubigen und höchstwahrscheinlich christlichen Mann, einfach auf den elektrischen Stuhl geschickt wurde, sie trug an jenem Tag ein geblümtes Kleid, sie hatte ihr Haar gewaschen und frisiert, hatte in ihrer geistigen Verwirrung gebetet, aber wusste man denn nicht, dass sie Hilfe brauchte, dass ihr kleiner Junge ihr verzeihen musste, weil sie den Verstand verloren hatte, dass vor allem aber ihr Sohn am Leben bleiben musste, er, der durch einen Unfall zu Tode gekommen war, dachte sie, denn sie fühlte sich feige und bange, Süßes Bonbon, der immer auf einem Bonbon lutschte, ihm wurden den ganzen Tag lang Bonbons zugesteckt, weil man keine Zeit hatte, sich um ihn zu kümmern, Süßes Bonbon, der zu Tode geprügelt worden war, legte noch immer seine schokoladenklebrige Hand auf die seiner Mutter, seine Wangen waren blutverschmiert, obwohl er zu klein zum Sprechen war, sagte er zu seiner Mutter, alles wird gut, denn er war der Liebesengel, gerade war der Racheengel gestorben, und Laura erinnerte sich nicht mehr an ihn, war er unter dem Sand an einem Strand begraben, unter den Lagunen im Meer; er war geflohen, bei ihr blieb nur ein guter kleiner Junge, nicht der, den sie nie gewollt hatte, sondern ein anderer, sein einziger Fehler, er war ganz versessen auf Süßes, ihm war ständig übel davon, und jetzt sagte er zu seiner Mutter, es werde alles gut, mit ihrem sauberen Haar, ihrem blasslila geblümten Kleid, alles werde gut, sie sei zum Tod auf dem elektrischen Stuhl verurteilt, hatte der Richter gesagt, und sie wollte ihm nicht glauben, wiederholte, bis man sie zurück in ihre Zelle gebracht hatte, da müsse ein Irrtum vorliegen, sie sei nicht schuldig, man möge sie doch allein mit dem Richter sprechen lassen, aber dieser Richter war ein Mann, sagte Renata, es bedeutete den Tod für die Angeklagte, dass der Richter ein Mann war, ohne Zweifel würde sie auf dem elektrischen Stuhl sterben, in diesem Land, in der Fremde, im Exil, wo sie sich auf Kosten der Verbrechen gegen sich selbst und die Unschuld ihres Kindes, ihre Freiheit hatte erobern wollen, und sie würde sterben und denken, dass dies nur ihr widerfahren konnte; es war ein Albtraum, und das Lächeln Gottes, zu dem sie gefleht hatte, würde ihr den Himmel öffnen, denn in ihrer verschwundenen, abgetöteten Seele erwachte mit der Trauer um ihr Kind allmählich eine treuherzige Seele, Gott, dachte sie, musste einfach existieren, wie man es ihr als Kind beigebracht hatte, damit das Verbrechen der Ungerechtigkeit, ihr Tod, die Todesstrafe, wiedergutgemacht würden, sagte Renata, und Melanie hörte diese leise, ein wenig heisere Stimme an ihrem Ohr, während sie über die Gartenwege lief, und sie dachte an Augustino, der auch so gerne Zucker aß, an Vincent, der friedlich dort oben schlief, Augustino war ihr Sohn, und Süßes Bonbon, der noch nicht einmal einen eigenen Namen hatte, war geboren, um getötet zu werden, der Sohn von Laura, einer Kindsmörderin, einer schuldigen Mutter, dachte Melanie, keine Vergewaltigung in Lauras Kindheit, keine Verletzung könne das Abscheuliche ihrer Tat rechtfertigen, schuldig, zutiefst schuldig sei diese Frau, dachte Melanie und reckte ihre entschlossene Stirn in die Nacht. Da ist ein Schatten, auf der anderen Seite des Gartentors, des Gartenzauns, sagte Jenny und floh mit Augustino Richtung Haus, sehen Sie denn nicht diesen Schatten, der sein hinterhältiges Gesicht unter einer Kapuze verbirgt, hören Sie nicht das hasserfüllte Zischen, Daniel erinnerte sich an diesen grauen Schatten, während er neben Charles saß und, wie Charles, seine Hände auf die weiße Tischdecke legte, zwischen den glitzernden Lampen, der athletische Adrien, der breitere Schultern hatte als seine Gefährten, war aufgestanden und zu Suzanne gegangen, die genau seine Größe hatte, mussten sie morgen nicht früh aufstehen, sie würden auf den Tennisplatz gehen, sagte Suzanne, ein unverbrüchliches Einvernehmen, zwischen ihnen bestand ein unverbrüchliches Einvernehmen, dachte Jean-Mathieu, der auf den verlassenen Stuhl neben sich blickte, funkelnd weiß, zusammen mit der Decke und den weißen Blumen in einer Vase auf dem Tisch, in der Nacht, verblüffte ihn dieses makellose Weiß auf einmal, der bequeme Gartenstuhl, von dem Adrien sich gerade erhoben hatte, auf dieser Seite des Gartens war alles weiß, ich möchte aber mit diesem jungen Autor noch über sein Manuskript sprechen, sagte Adrien zu Suzanne, die Form, ich möchte mit ihm über die Form sprechen, ein paar Korrekturen wären nötig, dieses Manuskript sollte *Die Ufer des Flusses Ewigkeit* heißen, das dunkle Wasser der Flüsse und Ströme bei Dante ist darin sehr präsent, diese Höllenkreise schließen die verdammten Geister ein, das Unheil, tutti son pien di spirti maladetti, brachte er mit kräftiger, dramatischer Stimme vor, tutti son pien di spirti, ja, aber wir müssen auch unseren Sohn am Flughafen abholen, sagte er, plötzlich im Ton intimsten Einvernehmens, zu Suzanne, wir wissen doch beide, wie zerstreut der Junge ist, wahrscheinlich hat er die Ankunftszeit seines Flugs schon wieder vergessen, er vergisst sie schon nicht, sagte Suzanne, er ist vielleicht zerstreut, das schon, aber auch ein hervorragender Mathematiker, ja, ist das denn ein Leben, die Mathematik, rief Adrien, ein paar Korrekturen wären unerlässlich, setzte Adrien hinzu, ich muss mit Daniel über *Merkwürdige Jahre* sprechen, und Daniel sah dieses einträchtige Paar, das Adrien und Suzanne bildeten, und dachte, eines Tages, werden wir auch so sein, Melanie und ich, ob wir uns wohl oft streiten, und wo werden die Kinder sein, *Die Ufer des Flusses Ewigkeit,* wäre dieser Titel nicht passender, fragte Adrien Daniel, *Die Ufer des Flusses Ewigkeit*, und Daniel sah die Schatten, den Schatten mit dem unter einer Kapuze versteckten roten Gesicht, am Gartenzaun entlang, am Gartentor, rings um Jenny und Sylvie, diese Schatten, deren Gesichter so rot waren wie die der Ungeheuer, erhitzt von der kalten Flamme der Hölle, Dantes Hölle, oder war es Daniels, nein, sagte er zu Adrien, diese Ungeheuer waren nicht dort, an den Ufern des Flusses Ewigkeit, nicht abstrakt, sondern hier, ganz in unserer Nähe, ich sehe nichts, ich gebe zu, dass ich nichts sehe, sagte Adrien schulterzuckend, und Daniel dachte an jene unabwaschbare Markierung, von der Julio ihm erzählt hatte, auf Samuels Boot, der Schatten und sein Zischen, dachte Daniel, tutti son pien di spiriti maladetti, diese Schatten kletterten an den Hauswänden empor, bis in das Zimmer, in dem Vincent schlief, mit den Wirbelwinden aus Dantes Hölle, Samuels Boot war mit der roten Farbe ihres Hasses angepinselt worden, dieses Boot pflügte durch die Wellen, an strahlenden Sonnenmorgen, an Bord ein Kind, Dantes Kreis, der Kreis der Verdammten peitschte ebenfalls die Wellen, rings um das Boot von Samuel, der glücklich war, unschuldig, und von gar nichts wusste, wie sein Bruder Augustino unter seinem Superman-Umhang, doch wahrscheinlich verliefen auf diesen Stufen, wie Daniel geschrieben hatte, die Kreise der Hölle in den dunklen Wellen der unschuldigen Seelen, diese Wellen der Flüsse und Ströme vom Meer der Ewigkeit, im Manuskript von *Merkwürdige Jahre* wimmelte es nur so von diesen verstörenden Seelen, sei es nicht ein bisschen peinlich, sie wiederzusehen, hatte Adrien zu Daniel gesagt, sei es nicht geschmacklos, sich an sie zu erinnern, aber Daniel war ein Schriftsteller seines Jahrhunderts, obgleich noch so jung, reichte sein Gedächtnis weit zurück, hatte er nicht ein zu weiches, verletzliches Herz, es gebe nichts Schützendes, sagte Adrien, zwischen Daniel und seinem Kreis der Verdammten, wo doch, bei seiner Begabung, seiner wunderbaren Familie, das Leben für ihn so wohlig, sinnlich und sanft sein könnte, warum nicht, fragte Adrien, doch der Unglückliche hatte ein Gewissen, er, dem nichts zu einem glücklichen Leben fehlte, ja, wirklich ein Jammer, morgen, dieser Tennisplatz um acht Uhr, dann müssten sie unbedingt fertig sein, hatte Adrien zu Suzanne gesagt, ach, das Manuskript von *Merkwürdige Jahre* wimmelte von ihnen, von jenen, die an den Toren der Hölle abgewiesen worden waren, denn manche Seelen gelangten nicht hinein, sagte Daniel in seinem Buch, diese Seelen, diese abgewiesenen Geister atmeten ewig eine unerträgliche Substanz ein, hatte Daniel diese Menschen nicht so beschrieben, als hätte er sie gekannt, in einem Bunker war eine Frau mit ihren Kindern vergiftet worden, was hatten sie getan, um dorthin gebracht zu werden, von einem verdammten Angehörigen, der mit ihnen umgekommen war, in dem Bunker, adrett angezogene Kinderleichen, unfreiwillige Selbstmörder, was sollte man mit Goebbels Kindern anfangen, und mit Hitlers Hund, war es nicht ihre Hölle gewesen, in den Händen ihrer Henker geboren zu werden, niemand hatte Mitleid mit aus der Verdammnis geborenen unschuldigen Seelen, konnte ein Säugling, ein kleines Kind denn schuldig sein an der Auslöschung ganzer Bevölkerungen? Und doch waren sie es, im Urteil der Menschen, ihnen allen, und waren es nicht Scharen, wie die Scharen Dantes, die an den Toren zur Hölle abgewiesen wurden, entlockte Daniel Klagen und Geschrei, denn es stehe zu befürchten, hatte er geschrieben, dass diese Seelen der Hunde, der Kinder als Zeugen jener schauerlichen Ereignisse, an der Schwelle zur Hölle wie zum Paradies, das nie hatte errungen werden können, in ihrer Enttäuschung wiederkämen, dass man ihnen heute zwischen diesen rachsüchtigen Schatten begegnete, schon vor ihrer Geburt auf Erden zum Verbrechen angestiftet, noch vor ihrem Wachstum vergiftet, seien diese Seelen, diese Körper, hatte Daniel geschrieben, nicht die zugrunde gerichteten Körper und Seelen, von denen Dante sprach, doch durch welchen, womöglich göttlichen Fluch hatten diese Seelen, die doch unschuldig waren, jenes Unheil getragen, denn rings um Samuels Boot, das durch die Wellen pflügte, suchten andere dunkle Wellen das Weite, die Mündung, der Golf waren überfüllt von ihnen, diese Seelen waren dieselben einstigen Engel, die im trüben Wasser der Sümpfe, der Moore erstickten, in stagnierenden, schlammigen Teichen, unschuldig forderten sie ihr Recht auf die Unschuld, nicht freiwillig geboren zu sein, ihre Klage war die des ewigen Dürstens in jener unerträglichen Luft, die Kreise der verdammten Geister, deren Klagen dem Bellen der Hunde glichen, tutti son pien di spiriti maladetti, Kinder verdammter Väter und Mütter, in jenem Kreis der Wellen, wo sie ertrunken waren, von dort drüben, aus der Ferne, erschien ihnen nie das Ufer, und nie würde ihr Durst gestillt, dieser moderne Schriftsteller, wie ließ er sich beschreiben, überlegte Adrien, Daniel, dieser Schriftsteller, hatte *Merkwürdige Jahre* bestimmt unter der Wirkung einer gefährlichen Substanz geschrieben, Heroin womöglich, hatte ihn nicht ein Krankenwagen eingesammelt, mit gebrochenem Rücken, in seinem Auto, auf einer Brücke in der Nähe von Brooklyn, dachte Jean-Mathieu und erforschte, hinter seiner Brille, das gelbliche Funkeln in Daniels Augen, durch das Schreiben gerettet, hatte er diese Apotheose auf die dunklen Tiefen verfasst, ihnen gehörte die Kunst, die Glückseligkeit, denn wir werden gehen, Daniel wird uns ersetzen, und ist das Wesentliche am Leben nicht das Träumen, der Traum, Jean-Mathieu würde im Senat der Unsterblichen sitzen und Gertrude Stein sehen, zwischen Vergil und Dante, an der festlichen Tafel, auch Caroline und Suzanne wären dabei, würden dem Lobpreis auf ihre irdischen Verdienste lauschen, schriftstellernde Frauen, Schriftstellerfrauen, was für ein Martyrium, dachte Jean-Mathieu, Dichterinnen, Übersetzerinnen, hatte man ihre Bücher tatsächlich gelesen, ob sie wohl in der Sphäre der Sonne oder des Mondes wären, das hehre Licht rings um sie bliebe künftig ohne Schatten, Caroline war eine der ersten Frauen ihrer Generation gewesen, die ein Flugzeug steuern konnte, in der weltweiten Depression hatte sie der Architektur entsagen müssen, sie würden alle auf den Plätzen der männlichen und weiblichen Heiligen von Dantes Kirchen sitzen, neben dem feuerbekränzten Löwen und Panther, mit Suzannes federndem Gang würden sie die Ringe der Sonne durchqueren, ihre Strahlen, die uns angeblich blenden, alle würden noch immer ausgelassener tanzen, come, da più letizia pinti e tratti, Gertrude Stein sähe aus wie auf dem Porträt, das Picasso von ihr gemalt hatte, die gleichen herbstlichen Schattierungen, Picasso hatte dieses Porträt oft unterbrochen, sein Modell befragt, es wiederaufgenommen und auf die Leinwand gemalt und gezeichnet, das blasse Gesicht der Schriftstellerin unter dem schwarzen Band der Haare hatte die religiöse Intensität eines El Greco, Picasso, der damals in Armut lebte, liebte diese Farben der Sonne, die Schattierungen eines aufflammenden und wieder abgekühlten Lichts, Zeichen innerer Reife, auf seinem Schreibtisch bewahrte Jean-Mathieu eine Replik von Picassos Porträt auf, das ihm jeden Morgen seine strengen Gebote diktierte, das Warten auf die Sonne im Herbst und im Winter, der Angreifer, der Besatzer stand vor der Tür, und trotzdem war die Schriftstellerin unerschütterlich geblieben in ihrer Wohnung in der Rue de Fleurus, Kunst, Sprache und Literatur würden über alles triumphieren, schien sie den Malern, die sie besuchen kamen, zu sagen, und stimmte es nicht, dachte Jean-Mathieu, sie würden über das schändliche, kleinliche Chaos der Menschen triumphieren, über die Ausschweifungen und Verderbnisse ihrer Kriege, come, da più letizia pinti e tratti, auf dass ihr Tanz fröhlich und ausgelassen sei, Gertrude Stein würde im Senat der Unsterblichen sitzen, zwischen Vergil und Dante, auch Suzanne und Caroline wären dort, ja, was war ein Menschenleben ohne die unverzichtbare Rolle des Träumens und des Traums, und so schwanden und zerstoben in der Luft die zugrunde gerichteten Seelen, dachte Daniel, die an den Toren zu Dantes Hölle, an den Toren der verseuchten Städte abgewiesenen Seelen, die Schar der ansteckenden Waisen, deren Mütter schon gestorben waren, streunte unbehandelt, obdachlos, durch die Städte, New York, San Juan, Puerto Rico, was tun, mit den unzähligen verdammten Waisen, Tote unter Lebenden, so wie der getötete Hund, die steifen Kinderleichen in ihren schönen Kleidern in einem Bunker, sie weckten das Mitleid der Menschen nicht mehr, an den Fenstern der Häuser sah man ihre ausgemergelten Schatten, sie würden zahllos sein, und die Krankenhäuser blieben ihnen verschlossen, wer sicherte ihren Lebensunterhalt auf einer überbevölkerten Erde, wo allein der Hunger zunahm, vermischt mit jenen anderen, von den Hungersnöten dezimierten Gestalten, würden sie weder ernährt noch bekleidet, Baumwolle, Zucker, Spargel, Erdnüsse wären nicht für sie, jene Verbannten, auf dass ihre leichenhaften Umrisse in der Sonne schmelzen, zwischen dem Schotter, den Mülleimern der Slums, denn sie waren die Verdammten der Erde, und die Seelen dieser Waisen würden sich in der von all den Katastrophen verpesteten Luft auflösen, dachte Daniel, wie viele waren wohl schon zugrunde gegangen, in dieser Festnacht; vermutlich hatte Daniel unter dem Einfluss von Heroin, von Cannabis, diese unsinnigen Prophezeiungen geschrieben, dachte Jean-Mathieu, ein Sohn, von seinem Vater verwöhnt, hatte Joseph nicht den Vorsitz am Labor für Meeresbiologie inne, Daniel hatte in New York ein naturwissenschaftliches Studium begonnen, bevor er den Drogen verfallen war, Josephs Vergangenheit war es, die Daniel aus der Bahn geworfen hatte, doch wie hatte dieser Junge aus gutem Hause, dem eine vielversprechende Zukunft winkte, gesehen und erfahren, welches Geheimnis Joseph vor allen verbarg, vielleicht die Nummer auf dem Arm seines Vaters, obwohl Joseph mit keinem seiner Kinder je über die Vergangenheit gesprochen hatte, oh, auch von dem im Ghetto erschossenen Großonkel Samuel sollten sie nichts erfahren, hatten es aber erfahren, Daniel hatte es intuitiv begriffen, urplötzlich, während seiner Experimente mit den harten Drogen, Melanie sah ihn schreien, er stand auf einem Felsen am Ozean, in den Ferien, an der Atlantikküste von Maine, was rief er da, in der Verwirrung seiner Ekstase, er stünde auf einem dieser ausgemergelten Köpfe aus Dachau, auf diesen Schädeln, den leichenblassen Gesichtern, die aus den Meeren, den Ozeanen auftauchten, wie besessen brüllte er, ich stehe auf dem blutigen Kopf von Großonkel Samuel, ein Autounfall, bei dem Daniel fast ums Leben gekommen wäre, hatte ihn von seiner Vergiftung geheilt, sicher, das Manuskript von *Merkwürdige Jahre* war nicht ohne einen gewissen Mut zustande gekommen, dachte Jean-Mathieu und überlegte, dass es an der Zeit sei, nach Hause zu gehen, waren diese jungen Leute im Orchester nicht viel zu laut, auch wenn sich das in ihrem Alter so gehörte, konnte man ihm doch keinen Vorwurf machen, wann würde die Post morgen wohl kommen, diese jungen Leute wirken zwar nett und wohlerzogen, aber ich würde ihnen lieber verheimlichen, dass ich einen Stock brauche, um nach Hause zu gehen, ich stehle mich unauffällig durch das Gartentor davon, wie schön, dass Melanie ernsthaft Politikerin werden will, es wird eine neue Partei geben, sie könnte gewählt werden, eine intelligente Frau, dachte Jean-Mathieu, während er auf seinen Stock gestützt aufbrach, ob sie wohl in der Sphäre der Sonne oder des Mondes wäre, in einem kontinuierlichen Meer aus Licht, eher Sonnen- als Mondsphäre, Gertrude Stein saß zwischen den Unsterblichen, und dieses Mal Suzanne, ohne Adrien, was sie mit so nachdenklicher Miene wohl einander erzählen mochten, ob sie wirklich noch immer verliebt waren, diese Ästheten, wie akzeptierten sie das Verblühen durch das Alter, seine Trägheit, die langsame geistige Lähmung, die Pusteln, die Krankheitserreger, die die Schönheit ihrer Körper befleckten, ein Verfall, der uns keine Wahl lässt, ob sie, wie andere, wohl einen Pakt geschlossen haben, einen heimlichen Pakt, ein unmoralisches Abkommen, von dem sie ihren Kindern nichts erzählen können, aber haben die Eltern nicht das Recht zu schweigen, warum sollte man ihnen alles sagen, früher herrschten die Eltern autoritärer über ihre Familie, ja, färbten die düsteren Töne von Daniels *Merkwürdige Jahre* nicht auf einen ab, schrieb Daniel nicht mit Chlor auf Stoff, die Schutzschicht seiner Leser, Hitlers Hund musste natürlich genauso freigesprochen werden wie das Kind Mussolini, in Ermangelung gegenteiliger Beweise, trotzdem war dieser Junge doch ein bisschen verrückt, dachte Jean-Mathieu, während er sich charmant von Melanie verabschiedete, Madame, was für ein unvergesslicher Abend, sagte er, und sah zur Straße hinüber, die dunkel und verlassen dalag, es ist schon so spät, bald hören wir die Turteltauben und die Tauben singen, und Veronica Lane wird meine Verlobte sein, dachte Samuel, der neben Venus auf dem Podium tanzte, sie wären verheiratet, in den Tiefen des Atlantiks mit ihren Taucheranzügen, vierundzwanzig Fuß unter der Meeresoberfläche, wie dieses andere Paar der Meere, Rachel und Pierre, es würden weitere Unterwasserhochzeiten bei der Meeresstatue folgen, dem von den Seefahrern aus Holz geschnitzten Christus der Felsen, eine fliegende Statue, wie auch sie es wären, Samuel und Veronica, zwischen Felsen und Fischen, der flinken, zitternden blauen Fauna, den gestreiften Wasserspinnen, wenn sie vom Deck des Surfbretts oder von Samuels Boot springen, tief hinabtauchen würden mit ihren Luftschläuchen, ihren wasserdichten Lampen, ihren Gurten und Bleigürteln, wie Rachel und Pierre, hinter ihren Masken, die Füße in Schwimmflossen, wären sie dann vereint, Samuel und Veronica, wann würde sie aus New York zurückkommen, ein schwül-heißes Hochzeitsfest, sie hätten viele Kinder und würden sie in einem Auto herumkutschieren, bequem auf durchsichtig schillernden Kufen, wie Samuels Inlineskates auf dem Asphalt bei Nacht, bei Tag über ihren Köpfen ein Regenschirm gegen die Sonne, während sie unaufhörlich weiterglitten und -fuhren durch das beharrliche Summen der Fliegen und Bienen, Samuel, Veronica, und mit seiner Altstimme hatte Samuel zusammen mit Venus auch Psalmen gesungen im Schulchor, und stimmte es, was seine Eltern sagten, dass es keine, nicht die geringste Entschädigung gegeben hätte für die, die ihre Bleibe, ihre Kirchen, ihre Gotteshäuser in Wald-Der-Rosensträucher verloren hatten, sehr viel später, Sylvester, seine Mutter und sein Hund Polly, ermordet hinter den Bäumen, ein Gewehr an den Schläfen, durch die leicht geöffnete Tür hörte man ihre Gebete, kommt tanzen, sagte Venus, denn hier ist unsere Wohnstatt, außerdem hörte man ein hohles Lachen, Zähneknirschen, ein schwül-heißes Hochzeitsfest zwischen Käfern und Fröschen, Samuel und Veronica, im selben Moment begannen die Flugtage der Astronauten, vielleicht würde ein Forscher, Joseph, Samuels Großvater, dort in der Weltraumstation Selbstversuche für die Ärzte seines Labors durchführen, wie passte sich der menschliche Organismus dem Weltraum an, sollte man nicht eine Sonde einführen, um den Herzschlag zu kontrollieren, während dieser Flugtage in der Schwerelosigkeit würden auch Mäuse an Bord sein, winzige Tiere in der Umlaufbahn, wie reagierten sie wohl auf die Tests, die die amerikanischen, die sowjetischen Besatzungen an ihnen vornehmen würden, keine Verheißung auf Landung mit solchen Schiffen, und doch würde man über Umwege auf dem Mars landen, in der Ferne würde sich jeder an die sanfte Welt, die sanfte Erde erinnern, nach Jahren des Fliegens würden die Piloten der Raumfähren plötzlich erdkrank, bald verheiratet, Samuel und Veronica, vierundzwanzig Fuß unter der Oberfläche des Ozeans, wie Rachel und Pierre, selbst eine fliegende Statue, wie der Christus der Felsen, der hinter ihren Masken seine Arme zum Himmel erhob, denn in diesen Festnächten, wenn die Blüten des Jasmins, der Mimosen durch die wohlriechende Luft rieselten, sang Venus, bleibet meine Freude, was für ein erfrischendes Gefühl, sie alle wiederzusehen, dachte Renata, Daniel, Melanie, Samuel, der im Winter so gewachsen war, Daniel und Melanie, dieses strahlende Paar, das die schmerzlichen Entdeckungen des Zauderns, der Zerrissenheit noch nicht kannte, wie erfrischend, fast wie die Hoffnung, bald wieder im grünen Wasser zu schwimmen, nach Wasser, nach Regen auf ihrem glühenden Körper gierend, warum hätte sie ihren Aufbruch nicht verschoben, reagierte sie nicht plötzlich zu empfindlich auf die auseinanderdriftenden Vorstellungen, zwischen ihr und Claude, sollte ihr nicht das Geheimnis jener unbekannten Frau, die unter den Kletterpflanzen des gemieteten Hauses ein Werk verfasst hatte, offenbart werden, die Schriften einer Frau waren oft undurchdringlich, weil jede der Kühnheit ihrer rebellischen Gefühle die Panzerung einer archaischen Erziehung aufgezwungen hatte, was für eine Verzweiflung indes, was für ein Schwindel, hier alleine schlafen zu gehen und aufzustehen, ohne Wollust, aller Kräfte beraubt in diesem Insel-Zwischenreich, während der Wecker schon vom Tagesanbruch, vom Morgen kündete, und sie nicht weniger einsam wäre, wenn sie, abends, Claudes Stimme hörte, wie oft würde er noch in diesem vorwurfsvollen Ton zu ihr sprechen, ihre Zigaretten, dieses Goldetui, Gegenstände einer unrettbaren Sättigung, oh, kringelnder Rauch in der Luft, die nach Jasmin duftete, beruhigende, wohltuende Gegenstände, wie das grüne Wasser des Ozeans auf der von einem sanften Feuer entflammten Haut, in der trägen Hitze, wenn sie zum Strand ginge, die feuchte Luft einsog, die Wärme und die unbestimmte Sehnsucht, woanders zu sein, ausgebrochen, aufgelöst im Leben jener anderen, weit Geflohenen, Schatten eines

Frauenlebens, über das der Wind geweht hatte, obwohl sie, wie es hieß, doch großartige Verse geschrieben hatte, in der Einsamkeit dieser dichten, üppigen Vegetation, an jenem Ort verschwunden, wie sie es auch anderswo wäre, hatte sie die Litanei ihrer Seelenklage gesungen, sie hatte Hebräisch gelernt, Altgriechisch, sie hatte geschrieben »in dieses Zimmer, wo Anspannung, Unordnung und Zwietracht herrschen, hinter dieser Tür, zieht mein erleuchteter Geist sich zurück«, ja, ob ihr Geist sich in der Abgeschiedenheit eingemauert hatte, wen hatte sie erwartet, geliebt, gegen welchen Mann, gegen welche Liebe hatte sie sich gewehrt, einsam, in der Anspannung ihres inbrünstigen, glühenden Geistes, sie konnte nicht leben ohne zu warten, ohne zu hoffen, das Studium des Altgriechischen, der hebräischen Sprache, waren ihre verborgenen Schätze in der lähmenden Hitze gewesen und allmählich in der Verlassenheit, wie Renata hatte sie Angst vor dieser Wache hinter der Tür gehabt, war erschrocken, wenn auf der Straße jemand geniest hatte, nachts, nur ein paar Schritte entfernt, unendlich nah, war da stets dieser Schatten, die schwarze Wache hinter der Tür, plötzlich die undurchdringliche Anwesenheit des Antillaners, der gegen einen Holzzaun gesackt war, auf dem Gehweg, wie jene andere Frau, die ebenfalls Verse geschrieben hatte, die niemand hatte entziffern können, in der Deportationsstelle eines Ghettos, sie hatte nur ein paar leserliche Worte hinterlassen, zu Hilfe, zu Hilfe, bevor man sie in einen Zug verfrachtet hatte, der Zug sollte nach Treblinka fahren, hier ziehe ich mich zurück mit meinem erleuchteten

Geist, man würde keines ihrer Gedichte lesen, in diesem Zimmer, wo Anspannung und Zwietracht herrschten, hinter der Tür, zu Hilfe, dieses Dasein war nur ein Schatten gewesen, über den ein Wind des Wahnsinns geweht hatte, und statt nach Brasilien zu fliehen, wo sie gestorben war, war diese unbekannte Frau, die großartige Verse geschrieben hatte, von einem Bruder, einem Freund, eingesperrt worden, im Namen des christlichen Glaubens, Stille, Beklemmung, in einer psychiatrischen Klinik, wo sie auf einmal nicht mehr geschrieben hatte, abgestumpft und verwirrt zwischen den weißen Wänden ihrer Zelle, auf Hebräisch, auf Altgriechisch, hatte sie Buchstaben auf diese Wände zu schreiben versucht, zu Hilfe, sie hatte die Litanei ihrer Seelenklage gesungen, im Zimmer der Unordnung, wo sich ihre Stimme verloren hatte, zwischen all dem Geschrei und den Wehklagen, rings um sie lauter Frauen, manche gerade erst geboren, diese Rätsel ihres Verschwindens, in Indien, in China legten ihre Mütter sie noch immer zu zweit in jene Erdlöcher, die ihnen Gräber sein würden, die nämlichen Mütter hatten sie mit Reisbällchen langsam erstickt, und nun ruhten hier, ineinander verknäult, Puppen unter ihrem flachsenen Haar, von ihren Leben abgeschnittene Garben, mit gefalteten Händen unter dem Schleier der schmutzigen, staubigen Erde, unrentabel, ohne Mitgift, ihre Mütter hielten sie an sich gepresst, als stillten sie sie mit einer todbringenden Milch, ein letztes Abstillen ihrer zusammengeschnürten Kehlen, während sie sie fest an ihre Brust drückten, wer hörte die Worte, die diese Mütter zu ihren Töchtern sagten, während sie erstickten und weinten, oh, wie unrentabel, mit ihren Töchtern erstickten und weinten und die Reisbällchen hineinstopften, diese Mütter, deren Finger eine Schere war, die in den Mund, in die Kehle ihrer Kinder schnitt, die Venen dieser Vogelkinderschlünde durchtrennte, in anderen Ländern setzten die gleichen Mütter, vom gleichen Mittäter assistiert, die Insassen ihres Lieferwagens an einem Strand aus, ein Mädchen, einen Jungen, Kleinkinder, mit einer Schaufel, einem Eimer, schon lange, denn bald würde es dunkel, warteten sie auf die Rückkehr des neuen Autos, sein niedriges, blitzendes Profil, auf diese Frau am Steuer des Autos, die ihre Mutter war, auf der langen Reise, von zuhause bis zu diesem Strand fernab der Stadt, hatten sie geborgen geschlafen, hinter der verriegelten Tür, und plötzlich standen sie alleine, mit ihren Eimern, ihren Schaufeln, im Sand eines Strandes, der Lieferwagen raste schon über andere Straßen, was würde bloß aus ihnen, ohne ihre Mutter, die am Steuer saß, die feindlich surrende Nacht hüllte sie ein, eine Mutter, Laura, eine Mutter, die nie ohne ihr Verbrechen betrachtet werden konnte, die Mutter von Süßes Bonbon oder der Waisen an einem Strand, eine Frau, die zu verschwinden, von ihrem Entführer gekidnappt zu werden drohte, hatte sie verraten, ausgesetzt oder getötet, manche dieser Frauen erinnerten sich an ihr Verschwinden, an ihre Entführung, Seil hüpfende Schülerinnen, in den Parks, hatte sie nicht ein Junge, fast schon ein Mann, aufgefordert, sich neben ihn zu legen, ins Gras, an jenen Maitagen, wenn die Erde duftete, sie erinnerten sich an ihr Verschwinden aus diesem Park, aus diesem Garten, manchmal waren sie, wie von der Abendbrise, aus dem Bett, in dem sie ihren Mittagschlaf hielten, fortgetragen worden, kaum entjungfert und schon wieder zurückgelegt in ihre Betten, wo ihre Mütter sie entdecken und ihre Wunden heilen würden, oh, das Plädoyer nach ihrer Rückkehr, Renatas Plädoyer wäre unermüdlich, für jene Leben, Opfer oder Kriminelle, alleine, mit Claude, wäre sie unermüdlich, sagte Renata zu Melanie, und als sie die beiden Frauen so vertraut bei ihrer leidenschaftlichen Diskussion sah, Renatas Hand, die Melanies Hand in der ihren hielt, in einem beschützenden Impuls, als wäre Melanie noch eines dieser jungen Mädchen, die sie gerade beschrieben hatte, fortgetragen aus ihren Betten, während des Mittagschlafs, von irgendeinem aufmerksamen Verführer, der durch ein Fenster gekommen, an einem Mauerstück herabgeklettert war, erinnerte sich Mutter wieder an ihre einsamen Überlegungen, nachmittags, im Pool, Renatas nackte Schultern unter dem Satinblazer, die Art, wie diese stolze, schöne Frau die jungen Männer anzog, missfiel Mutter plötzlich, vor allem aber der Einfluss, den Renata, wenn auch zurückhaltend, auf Melanie auszuüben schien, die ihr mit respektvoller Aufmerksamkeit lauschte, falls das Gespräch mit Melanie jedoch auf Politik oder Mutterschaft käme, würde Mutters Tochter aus der Haut fahren, man konnte diese Themen mit Melanie einfach nicht mehr besprechen, ob sie noch einmal schwanger werden, ein viertes Kind bekommen wollte, wie Mutter Melanie nachmittags auf der Schaukel gefragt hatte, auf dass Mutter vor allzu vielen Enkeln verschont bleibe, gebe es nicht auch so schon genug zu besuchen, beizubringen, zu erziehen, wo Mutter mit der Unbeständigkeit ihres Ehemannes schon so oft alleine sei, wo Melanie schon so alle Hände voll zu tun habe, sie, bei ihrer Begabung, in der Tat, wie der befreundete Architekt Mutter erklärt hatte, wäre ein Teich neben dem Pavillon unter dem Oleander eine reizende Idee gewesen, Mutter erinnerte sich an ein Schloss, Schloss Marconnay im Loiretal, an die Einzelheiten seiner Architektur aus dem 15. und 16. Jahrhundert, oh, das Loiretal, sagte Mutter, mit seinen Schlössern, seinen Weinkellern, der Zucht von Schnecken und köstlichen Champignons, den geklopften, über einem Holzkohlefeuer getrockneten Äpfeln, Mutters gastronomische Leidenschaft flammte bei diesen Erinnerungen auf, es ist schon lange her, dass ich dieses Schloss gesehen habe, damals, in Begleitung meiner französischen Gouvernante, sagte Mutter zum Architekten, der feinsinnige Gelehrte lauschte Mutter, wiederholte, ach, Sie waren dort, Sie waren schon einmal im Loiretal, doch Mutters Rührung bei der Erwähnung ihrer französischen Gouvernante ließ ihn gleichgültig, Mutter sah wieder traurig zu Melanie und Renata hinüber, unter den schwarzen Mandelbäumen, zu Samuel, der neben Venus tanzte, hatte sich Melanie nicht vor wenigen Stunden noch über Mutter geärgert, wegen einer Bemerkung von Mutter, die ihr gegenüber die Tatsache gerügt hatte, ja, war diese Bemerkung nicht vor allem eine moralische, dass Models sich im Bikini hochschwanger auf Zeitschriftencovern und im Fernsehen produzierten, früher hätten sich die Models aus der Öffentlichkeit zurückgezogen, wenn sie ein Kind erwarteten, wozu auch diese Zurschaustellung auf den Covern der Zeitschriften, der Illustrierten mit Abbildungen ihrer von der Mutterschaft entstellten Körper, jetzt aber produzierten sich diese jungen Frauen ostentativ manchmal noch im siebten Schwangerschaftsmonat, und ihre Hände betonten das Anstößige ihrer runden Bäuche, nackt oder im Bikini, was sollte diese Mode, Kinder zu fabrizieren und, in diesem Geschäft mit der Mode, schon vor der Geburt mit ihnen zu prahlen, die Designer hätten diesen jungen Frauen nicht erlauben dürfen, sich so zu erniedrigen, sagte Mutter, und warum hätten diese jungen Frauen ihre Karriere unterbrechen sollen, hatte Melanie ihrer Mutter entgegnet, waren sie nicht vorübergehend verstimmt gewesen, uneinig, die Kinder dieser lebensklugen Frauen, hatte Melanie gesagt, ob ihre Tochter nicht ein bisschen zu idealistisch sei, dachte Mutter, diese Kinder, die ihre Mütter, wie auf den Titelseiten der Zeitschriften zu sehen, so stolz erwarteten, würden in eine ihnen zuliebe entwaffnete Welt geboren, die Großmächte unterzeichneten Friedensabkommen, nie mehr würde man den Völkermord mit Atomwaffen anvisieren, und hatte Mutter nicht, während Melanie mit ihrer Mutter redete, diese Todestechniker aus den Laboren vor Augen, unter der Tarnung ihrer Handschuhe, ihrer Schürzen, zerlegten sie sorgfältig die Bomben, die sie gebaut hatten, diese Bomben, die ihre Kinder waren und die sie zärtlich beim Namen nannten, sie würden sie zu Bett bringen, nachdem sie ihnen schon in der Wiege ans Herz gewachsen waren, sagten sie traurig, sie würden das atomare Material zerstören, das Arsenal der Vernichtung, in den Fahrstühlen jener Labore hatte lange eine plötzlich abbrechende Musik das Ultimatum verkündet, den ausweglosen Notfall, die Techniker zerlegten ihr Spielzeug, bewaffnete Konvois würden auf kurvenreichen Straßen leblose Bomben transportieren, wo würden sie begraben, bestattet, direkt in den Sand, in die Erde legte man die explosive Ladung, brachte sie nicht ohne Bedauern zu Bett, die Musik in den Fahrstühlen würde verstummen, vier strahlende junge Frauen stellten ihre runden Bäuche auf den Titelseiten der Illustrierten, der Zeitungen zur Schau, wo würden sie bestattet, diese verblichenen Bomben, unter welchen Hügeln, welchen Bergen, unter dem Sand welcher kalifornischen Wüste, diese Kinder würden in eine versöhnte, entwaffnete Welt geboren, und Mutter hatte ihrer Tochter ihre dummen Bemerkungen anvertraut, und plötzlich stand diese Differenz zwischen ihnen, ja, Mutter war glücklich gewesen im Land der Loire, es sei schon lange her, sagte sie, zu dem mit der Familie befreundeten Architekten, damals, in Begleitung ihrer französischen Gouvernante. Und auf seinen Stock gestützt ging Jean-Mathieu auf die dunkle, verlassene Straße zu, Daniel und Melanie sind wirklich reizend, dachte er, warum nur dieser Autolärm und all die Stimmenfetzen von den Hauptstraßen, die Feste begannen, diese für einen alten Mann so lärmenden, närrischen Feste, viel zu viel Lärm und Trubel, die über das Ohr aufgenommenen Eindrücke werden von unseren inwendigen Geräuschen, jenen Schwingungen in uns, verstärkt, wo der Dichter doch am liebsten im Stillen gelebt hätte, Boulevard de l'Atlantique, zu viel Lärm, die Motoren der Boote und der Autos, das ganze Dröhnen, Jean-Mathieu hatte vergessen, dass die Feste in diesem Jahr so früh begannen, doch es genügte, die Hauptstraßen zu vermeiden, Richtung Hafen zu laufen, sicher, Daniel und Melanie hatten damals, als sie hier ankamen, allen Grund zur Freude gehabt, ein wahres Paradies, wir wurden von der Freiheit und von der Poesie regiert, oder von beiden gleichzeitig, die Insel war das Athen unseres sokratischen Bürgermeisters, Platons Athen, wir waren die Stadt des Liberalismus, mit Martin, seinem Lebensgefährten Johann, überall, auf den Terrassen, lasen die Dichter aus ihren Werken, der künstlerisch veranlagte Johann eröffnete Galerien, die Haare der jungen Leute wallten bis zur Taille hinab, sie waren nicht immer sauber, schliefen nachts an den Stränden, dieses Athen in Amerika, diese Insel des Friedens, hatte Daniel und Melanie bezaubert, es glich ihnen, entsprach ihrem Alter, das »ewige Werden«, hier war es, sagte Martin, als er plötzlich krank wurde, ein Dichter folgte ihm, Lamberto, ebenso einfallsreich und entschlossen, ein Gourmand, der gutes Essen liebte, und die Frauen, mit ihnen erweiterte sich das Spektrum der Ideen, ein paar Frauen, ein paar schwarze Richter wurden gewählt, Martins Athen, Lambertos epikureische Insel, und dann waren sie plötzlich da, es ist unbegreiflich, wie sie sich haben einschleichen können, zuerst sah man sie nicht, hörte sie kaum, ach, jetzt ist es zu spät, um sich noch nützlich für die Gesellschaft zu fühlen, wer will schon die Proteste eines alten Mannes hören, eines Tages, wer weiß, wird man sie vielleicht hören, eine Hand auf seinen Stock gestützt, blieb Jean-Mathieu stehen, um den Ozean zu betrachten, auf den er nun zulief, der arme Martin, dachte er und hielt den Atem an, als ich ihn im Krankenhaus gesehen habe, diese Tumoren, diese Dinge im Kopf, sagte er, in der Stadt des »ewigen Werdens«, und plötzlich war er ganz in Weiß, in seinem Bademantel, Johann an seiner Seite, Martin bat um ein Glas Wasser, und als Johann aus dem Badezimmer zurückkam, war Martin nicht mehr bei uns, Martin hatte immer gesagt, er glaube nicht daran, an diese Dinge, die wie Würmer an ihm nagten, er glaube nicht an den Tod, sagte er, morgen werde er das erste Licht der Frühe sein, denn, ihr werdet schon sehen, kein Licht geht verloren, Jean-Mathieu war zu schnell durch die dunkle, verlassene Straße gelaufen, war dem nahen Lärm der Hauptstraßen ausgewichen, man hörte schon den Klang der Trommeln, der arme Martin, er hatte gesagt, man müsse mit dem Tod tanzen, der arme Martin, dachte Jean-Mathieu auf seinen Stock gestützt, er hatte stets verkannt, dass die Geier unter uns lebten. Und Tanjous schwarzes T-Shirt, die Cordhose, die Stiefel, deren Leder nicht dazu gekommen war, sich abzunutzen, all diese Dinge hatte Jacques' Schwester in die richtige Ordnung gebracht, ebenso wie das Notizheft über Kafka, die unvollendete Übersetzung eines Gedichts von Huldrych Zwingli, dessen Vers G'sund,

Herr Gott, gsund! Hoffnung gab, Ich mein', ich ker schon widrumb her, ob das die Rückkehr der Gesundheit wäre, ich bin nunmehr ungefährdet, musste sie diese Dinge, diese Worte nicht wieder in die richtige Ordnung bringen, galten diese Verse künftig nicht ihr, G'sund, Herr Gott, gsund!, ungefährdet nun von diesen Dingen, die sie so lange auf ihrem Schoß gehalten hatte, Tanjous schwarzes Trikot, die Cordhose, die Stiefel, deren Leder nicht dazu gekommen war, sich abzunutzen, denn sie war gesund und lebendig, sie war Jacques, während sie diese Worte seiner Auferstehung übersetzte, siegreich aus der demütigenden Überfahrt hervorging, sie war Jacques, während sie in sein Heft schrieb, G'sund, Herr Gott, gsund!, ob ich nun ungefährdet bin, sie war der feste Blick auf das Heft, die geschickte, schreibende Hand, gsund, Herr Gott, gsund, wäre das die Rückkehr der Gesundheit, denn was hatte sich nach der demütigenden Überfahrt, der vollständigen Verwandlung des Körpers, plötzlich ereignet; die Verbesserung, die Vollendung eines Lebens, ein Licht, ein Sonnenstrahl in der Nacht, jedes einzelne dieser Dinge war wieder in die richtige Ordnung gebracht worden, dachte die Schwester, die Freundin, an jenen Morgen, in der bald um Jacques' wiedererwachenden Frühe, würde ein harmonisches Einvernehmen zwischen ihnen herrschen, war nicht mit seiner Asche alle Wut zwischen ihnen verflogen, G'sund, Herr Gott, war nicht alle Wut zwischen ihnen verflogen, als Jacques, im Traum, seiner Schwester verraten hatte, wo sich der Schlüssel befand, war es nicht in dieser Schublade, wo sie die

Sachen der Kinder für die Schule verstaute, im Herbst, ihre Schals und Wollmützen, sie solle nur rasch das Schubladenfach öffnen, es gebe keine Geheimhaltung mehr, nur die richtige Ordnung, und was für einen strahlenden Eindruck machte auf ihr Auge, was sie dort entdeckte, Malereien, die ihr Bruder ihr vererbte, unfertige Gemälde vielleicht, die jedoch eine rosafarbene Helligkeit verströmten, was für einen strahlenden Eindruck diese Gemälde doch auf die Seele machten, hatte sie bei ihrem Anblick nicht wieder Mut geschöpft, aus der rosafarbenen Helligkeit schälten sich die blassen Zeichnungen ihrer Kindergesichter, damals, als sie noch sanft miteinander umgegangen waren, ganz ohne Groll, bevor Jacques von den Seinen verachtet wurde, plötzlich war ihr, als spürte sie etwas Tröstendes in der Anwesenheit ihres Bruders, stand er nicht neben ihr, um ihr den Weg zu weisen, hier, nimm diesen Schlüssel, öffne dieses Fach, diese Gemälde sind für Dich, das Licht der Frühe hatte sie geweckt, hatte sie geschlafen, wovon hatte sie geträumt, ungefährdet nun von diesen Dingen, Tanjous schwarzes T-Shirt, die Cordhose, die Stiefel, deren Leder nicht dazu gekommen war, sich abzunutzen, all diese Dinge hatte Jacques' Schwester in die richtige Ordnung gebracht, G'sund, Herr Gott, gsund!, sie war ungefährdet von ihnen, sie wurde zu Jacques' geschickter Hand, zu dem festen Blick auf das Heft, und das Licht der Frühe schimmerte unter ihren Lidern. Marie-Sylvie wird in ihr Land zurückkehren, Jenny wird Ärztin sein in diesem Buschland der stagnierenden Sümpfe, wo die weißen Herren auf ihren Plantagen ihre Sklaven nicht mehr töten, dachte Melanie, denn Jenny hat den Mut gehabt, den Sheriff anzuzeigen, und Melanie wiederum würde allein sein mit Vincent, allein, ohne Jenny und Sylvie, was würde aus Melanie bei Vincent, über ihn, Vincent, im Doppelbett, gebeugt, käme er heute Abend, morgen, würde sie Daniel täglich fragen, der Ausbruch der Winde, gemeinsam über Vincent gebeugt, würden sie von Luftmassen aus den verschiedensten Richtungen geschüttelt, so nah bei Vincent, seinem plötzlich beschleunigten Atem, im Zimmer der Wirbelwinde, im sturmbewegten Zimmer, doch die Luft wäre rein, unablässig gereinigt, in dem von sämtlichen Gewittern, sämtlichen Tropenstürmen nachhallenden Zimmer, manchmal müssten sie mit dem Kind in einer Decke schnell rennen, zum Sauerstoffzelt, doch galt es nicht dem Himmel zu danken, dass Vincent im Paradies geboren war, und nicht in irgendeiner teuflischen Region von Mosambik, Daniel und Melanie gehörten diesem Verein für überlebende Kinder an, auch sie hießen Vincent, Augustino, Samuel, dann retten wir die Kinder, die nicht mehr gerettet werden können, dachte Melanie, denn es ist zu spät, sie waren schon mit acht, manchmal früher, Offiziere, Kommandanten von Guerillakämpfern, die in der Erwachsenenguerilla das Plündern und Töten gelernt hatten, fast wie eine Versammlung von Schülern, Vincent, der im Doppelbett schlief, wäre nicht bei ihnen in Angola, in Kambodscha, ja, lieben Kindersoldaten denn nicht den Krieg, ohne Lösegeld gekidnappt aus ihrer Familie, aus ihrem Dorf, setzten sie, den Befehlen gefügig, die Gräueltaten ihrer

Vorfahren fort, angeblich lernten sie schnell, manchmal kehrten sie zurück nach Hause, um ebenjene Dörfer zu plündern, denen man sie entrissen hatte, die Kindersoldaten gaben hervorragende Mörder ab mit ihren Maschinenpistolen, man sagte ihnen, töte sie, deinen Vater, deine Mutter, schneide sie auf mit deinem Messer, wie eine Zwiebel, und sie gehorchten, als Belohnung Zigaretten, etwas zum Anziehen, ein paar dürftige Vorräte, sie zogen in den Kampf mit den Rebellen, den Patrioten, doch für welches Land, Mosambik, Afghanistan, in den Lagern, zwischen ihren Gewehren, hätte man sie für treuherzige Schüler halten können, sie waren gekidnappt, ihren Müttern geraubt worden, sie starben zu Tausenden an der Front, und an Entkräftung, sie kannten die AK-47, waren in der Lage das feindliche Lager zu stürmen, was sollte nur anschließend aus ihnen werden, selbst wenn sie von einer freiwilligen Organisation aufgegriffen wurden, in ein paar Monaten würde Vincent am Strand seine ersten Schritte machen, die AK-47, die Melanie in ihrem Vortrag erwähnen würde, Mosambik und Kambodscha, käme er heute Abend, morgen, dachte Melanie, der Ausbruch der Winde im Zimmer, jene Winde, die gegen die Jalousien, die Fensterläden peitschten, das Grollen jener Winde, der dunkle, gedehnte Klang ihres Tosens hinter den schwarzen Wolken, sie würden durch das Zimmer kreisen, und in alle möglichen Richtungen, plötzlich dann, selbst an sonnigen Tagen, Wasser- und Regenspritzer auf dem Dach, aber Vincent wäre bei ihr, im Doppelbett, dort drüben, in dem Sauerstoffzelt, mit Daniel, mit den Krankenschwestern wollte sie über seinen Schlaf wachen, Tag und Nacht, sie würden nicht schlafen, nicht mehr essen, angespannt lauschen auf den Atem von Vincent, der gerettet würde, in dem von sämtlichen Gewittern nachhallenden Zimmer, wenn Jenny und Sylvie weit weg wären, wenn Melanie alleine wäre, was ist denn, warum diese plötzliche Traurigkeit, fragte Renata und nahm Melanies Hand in ihre, und Melanie sagte, sie mache sich Sorgen um Jean-Mathieu, er habe nicht gewollt, dass Daniel ihn nach Hause begleite, die Straßen sind dunkel und verlassen um diese Zeit, aber es sind Festnächte, sagte Suzanne zu Adrien, einmauern können wir uns auch später noch, mein Lieber, aber wir gehen wirklich jeden Abend aus, sagte Adrien, sogar nachts, nachmittags schlafe ich über meinen Wörterbüchern ein, seufzte Adrien, mit unserem Sohn, der morgen kommt, diesem Gesundheitsfanatiker, werden wir nicht mehr rauchen, geschweige denn trinken dürfen, noch nicht mal einen Martini um siebzehn Uhr, dabei ist er doch von uns gar nicht so erzogen worden, mir wäre ein Sohn mit ausschweifendem Lebenswandel lieber gewesen, sagte Suzanne, ach komm, versetzte Adrien und versuchte, Suzanne in ihrem Eifer zu bremsen, sie war ihm oft zu exaltiert, zu euphorisch, ach komm, ich weiß, dass Du die Gesellschaft Deiner Töchter bevorzugst, weil sie schlichtweg interessanter sind, sagte Suzanne mit Überzeugung, junge Journalistinnen, die in New York schon von sich reden machen, ich muss nur Daniel kurz sprechen, bevor wir gehen, sagte Adrien, wie wird uns dieser Junge in seinen Büchern beschreiben, vielleicht hat er ja vor, uns irgendwo unterzubringen, zwischen den Schatten am Ufer des Flusses Ewigkeit, unser Boot ist nicht bereit für eine solche Fahrt, sagte Suzanne lachend, dieser Junge sollte wissen, dass wir noch ein langes Leben vor uns haben, viele Empfänge und Einladungen, was für ein Kind, ich würde ihm gern ein paar meiner Jugendsünden gestehen. Gar nichts darfst du ihm gestehen, sagte Adrien, sein Gedächtnis ist so schon gut genug, aber ist es nicht irritierend, dass derartig junge Leute schon Bücher schreiben, haben wir nicht später angefangen? Nein, sagte Suzanne, wir waren damals auch dreißig, ich lade ihn zum Mittagessen ein, sagte Suzanne, dann können meine unterhaltsamen Geschichten die Gluten an den Ufern seiner Hölle etwas mildern; Melanie hörte Suzannes Lachen in der Nacht, noch ist es nicht hell, dachte Jean-Mathieu, um diese Zeit hadern die Kranken mit ihren Leiden, vielleicht könnte ich bei Frederic vorbeischauen, ist das nicht hier, ganz in der Nähe vom Hafen? Wie lästig, diese Hintergrundgeräusche, dort drüben, vielleicht das Grölen einer Menschenmenge, und Jean-Mathieu ging auf die Wege zu, von denen man nur die Riesenpalmen sah, mit ihren von den Stürmen halb entwurzelten Stämmen, schienen sie nicht auf dem Wasser zu treiben, dachte Jean-Mathieu, Frederics Haus lag unter den Palmen verborgen, Eduardo, ich bin's wieder, sagte Jean-Mathieu und klopfte ein paarmal an die Tür des gelb getünchten Hauses, ich komme auf einen kurzen Besuch, Jean-Mathieu folgte Eduardo in Frederics Zimmer, mein lieber Fred, ich wusste doch, dass

Du nicht schläfst, gestern waren wir auf der Dachterrasse eines Cafés verabredet, mit Adrien und Suzanne, ich glaube, Du hast ganz vergessen zu kommen, war das nicht vor einem Monat, dieses Treffen, sagte Frederic, komm, setz dich hier aufs Bett, Jean-Mathieu, Eduardo hat einen Fernseher gekauft, auch einen neuen Walkman, willst Du das Grieg-Konzert hören, Eduardo gibt seinen Job als Gärtner auf und kümmert sich um mich, warum sorgen sich alle so um mich? Weil du deine Verabredungen vergisst, sagte Jean-Mathieu, Eduardo erinnert Dich daran, natürlich, aber nie vergisst Du das Grieg-Konzert oder das kleinste Bild aus deinem Fernseher, Eduardo zog Jean-Mathieu in den Gang, was kann ich tun, sagte er, Frederic weigert sich anständig zu essen, er hat noch weiter abgenommen, Fred wird immer dünner, dachte Jean-Mathieu, während er auf seinen Freund zuging, der ausgestreckt auf dem Bett lag, vor seinem Fernsehgerät, Du ähnelst zunehmend einer Skulptur von Giacometti, Fred, bemerkte er, wie ich sehe, warst Du komplett angekleidet um auszugehen, als wolltest Du die Nacht mit uns verbringen, sogar Charles haben wir gesehen, der doch so wenig ausgeht, und Daniel und Melanie sind wirklich reizend. Ich habe die Einladung ganz vergessen, sagte Frederic, die Augen auf den Bildschirm seines Fernsehgeräts geheftet, Eduardo hatte mir einen Zettel geschrieben, und trotzdem habe ich alles vergessen, war das nicht vor einer Woche, letzten Montag, auf der Dachterrasse eines Cafés, fragte Frederic plötzlich mit angsterfüllter Stimme, das ist in drei Tagen nun schon das vierte Mal, dass ich eine

Einladung vergesse. Die Leute sind alle verkleidet, und schon auf der Straße hört man die Trommeln, ja, ich höre sie, sagte Frederic, und Jean-Mathieu sagte, anstrengend werde sie sein, diese Eröffnung der Feste, es sei mit Übergriffen zu rechnen, und dieser ganze Lärm, dieser ganze Lärm, wiederholte er, und Du bist so abgemagert, dass der Gürtel nicht mal mehr Deine Hose zusammenhält, und schwindlig ist mir auch, sagte Frederic, oh, wenn Eduardo nicht wäre, was würde dann aus mir? Der Satz blieb unvollendet in der wohlriechenden Luft, Frederic atmete die frische Abendluft ein, die frische Nachtluft über den Orangen- und Zitronenbäumen, ich fühle mich so wohl hier, sagte er, seine Stimme war vom Tabak ganz brüchig geworden, was für eine Qual, sagte Frederic, dieses stundenlange Üben von Griegs *Lyrischen Stücken*, die ich mit zwölf Jahren aufgeführt habe, und das Mendelssohn-Konzert, wir sollten Mitleid haben mit den Stirnen dieser Wunderkinder über ihren Klavieren, ihren Geigen, ich hingegen habe gut daran getan, alles aufzugeben, mein jüngerer Bruder, meine Klassenkameraden, sie alle waren so eifersüchtig, was für eine Qual, diese stundenlangen Übungen, Griegs *Lyrische Stücke*, das Mendelssohn-Konzert, jetzt heißt es schweigend den Bildschirm betrachten, ihr Lieben, wo liegt schon diese Straße, nun sagt schon, wie komme ich zu Daniel und Melanie? Und ist Charles schon in einem Kloster, hat er vergessen, dass wir fast ein Jahrhundert lang Freunde waren, hat er diese Porträts vergessen, die ich in Griechenland, in Deutschland, von ihm gemacht habe, richtig, sagte Jean-Mathieu, fast ein halbes Jahrhundert, richtig, welcher alte Kämpfer erinnert sich nicht an seine Verletzungen, sagte Frederic, Charles war meine Kriegsverletzung, meine Niederlage im Kampf, er, Charles, ist ein Genie, ich war ein junger Virtuose, die Stirn auf die Tastatur meines Klaviers gepresst, wir sollten Mitleid haben mit diesen Jungen und Mädchen, die vor Müdigkeit über ihren Musikinstrumenten zusammenbrechen, Charles, warum lebt er nicht mehr bei mir? Meine Musik, vielleicht mag er meine Musik nicht mehr, oder das Geräusch meines Fernsehers, die ganze Nacht lang. Charles ist ein Junggeselle und Asket, er kann mit niemandem zusammenleben, sagte Jean-Mathieu, und die Liebe Gottes ist ein Kampf, sagte Frederic, und nickte mit dem Kopf, sein Kopf schien wie bei einem Vogel mit flauschigen, weißen Federn geschmückt, Gott, ein Kampf gegen die Kälte, das habe ich immer zu Charles gesagt, Gott ist zu kalt für mich, ich dachte, Du seist Atheist, Fred, was hat Gott hier verloren, wir haben doch über Charles gesprochen, Gott und Charles sind sich ähnlich, sagte Frederic, hat Eduardo Dir mein Buch gezeigt, ein Meisterwerk, es war wieder Charles' Idee, meine Schriften zu versammeln, ein Geschenk von Charles, ein Meisterwerk, an das ich nur wenig geglaubt habe, ein wunderschönes Buch unter seinem nachtblauen Einband, und all diese Zeichnungen, all die Porträts, stammt das wirklich von mir, es ist so wichtig zu leben und zu schaffen, auch wenn, wie ich, alles plötzlich vergessen ist, auch wenn ich selbst alles vergesse, weißt du, Jean-Mathieu, ich bin wirklich der Urheber dieser Porträts, dieser Zeichnungen, auch wenn ich oft alles vergesse, Gott, so kalt Er auch ist, sagte Jean-Mathieu, obwohl ich lieber nicht von Ihm spreche, was hat Er schon wieder in unserem Gespräch verloren, Gott hat Dir keine seiner Gaben vorenthalten, die Musik, die Malerei, wie Charles, oh, hättest Du nur gewollt, hättest Du der Dichter deiner Generation sein können, ja, aber das Schreiben, diese stundenlangen Übungen, schon bei der Aufführung von Griegs *Lyrischen Stücken* war ich es leid, und was machte mein Bruder, er spielte Ball, er ging mit den Mädchen zum Tanzen, mit sechzehn hatte ich den unwiderlegbaren Beweis von Gottes Kälte, Er überbot mich, den das Publikum umjubelt hatte, mit einem Interpreten, der nicht übte, er spielte, unabhängig vom jeweiligen Schwierigkeitsgrad, mit einer dämonischen Mühelosigkeit, ein Paganini des Klaviers, auch er hieß Frederic, er war noch nicht einmal in der Pubertät, ich wunderte mich, dass er mit seinen Kinderfingern überhaupt an die Noten kam, ich hatte mein Studium vertieft, er nicht, er brauchte nur vor Publikum aufzutreten, schon wurde er beklatscht, ja, da war dieses Porträt von Charles, im samtroten Musikzimmer, irgendwo in Neuengland, in einem der Häuser, in denen wir miteinander lebten, er und ich, ich erinnere mich auch an die *Blumen auf Christines Tisch* in Sizilien und an eine *Büste von Charles*, wir spielten Bridge, wie wehmütig denke ich heute an diese Winterabende in Griechenland, auch wenn wir viel stritten, in dieser Zeit, wie jung wir doch waren, dreißig, zweiunddreißig vielleicht, der Kerzenständer war sechsarmig, und war nicht auch die Decke des Arbeitszimmers, diese Decke, die ich in einem Aquarell gemalt habe, rot? Der Paganini des Klaviers, ein Phänomen, ein wahres Wunderkind, als ich diesen unbequemen Beweis von Gottes Kälte hatte, habe ich alles aufgegeben, obwohl ich Griegs *Lyrische Stücke*, das Mendelssohn-Konzert auswendig konnte, aber wie geht es Charles, trägt er sich wirklich mit dem Gedanken Mönch zu werden? Ist er immer noch so mürrisch, liebt er mich noch ein bisschen, auch wenn ich als Erster das Gedächtnis verloren habe, erinnert er sich noch an mich? Tutti son pien di spirti, dachte Jean-Mathieu, als hätte er plötzlich die Fragen vergessen, die er gestellt hatte, Charles' Gesicht verblasste in Frederics Geist zwischen jenen Nebeln, in denen Gott Seine Kälte über die Menschen ergoss, während der Fernsehbildschirm erneut seine ganze Aufmerksamkeit verschlang, Frederic erzählte, wie die Piloten in München unter den Brücken durchflogen, ich war dabei, sagte er, in diesen Flugzeugen, wie grauenvoll für all die Leute, die in den rauchenden Trümmern umkamen, andere rannten fort, ganz normale Leute, wie grauenvoll für sie, für uns alle, als wir unter den Brücken durchflogen, ihr werdet mich nie mehr in einem dieser Flugzeuge sehen, nie mehr, ich bin gekommen, um Dich daran zu erinnern, dass wir, Sonntag, bei Suzanne und Adrien zum Abendessen eingeladen sind, sagte Jean-Mathieu, ich werde Dich um sieben Uhr abholen, das müssen wir notieren, Eduardo, sagte Frederic, sonst erinnere ich mich nicht mehr, sagte Frederic, Sonntagabend, Essen bei Suzanne und Adrien, waren wir dreißig oder zweiunddreißig in Griechenland, zwei junge Männer begegnen sich in einer Bar, beide warten auf jemand anderen, und zwei Wochen später teilen sie schon ihr Leben, für eine ganze Ewigkeit, sie, die sich kaum kennen, purer Wahnsinn oder die großherzige Eingebung der Jugend? Tutti son pien di spirti, dachte Jean-Mathieu, was für ein Lärm, was für ein Lärm, diese Flugzeuge, die unter den Eisenbrücken durchflogen, die armen Leute, die ohne Gepäck flüchteten, Vincent würde im Paradies aufwachsen, dachte Melanie, doch stets mit dem Schatten der Raubtiere, dem Schatten mit dem roten Gesicht, unter der Kapuze, von dem Julio erzählt hatte, fantasierte Julio nicht in seinem Kummer, nachts an den Stränden? Vincent würde seine ersten Schritte an einem luftigen Strand machen, die Frau mit dem roten Gesicht in Begleitung ihrer Kinder, sie waren fettleibig wie die Mutter, steckten in den gleichen, sackähnlichen Kleidern, ihre Körper unterzogen sich keinerlei Ertüchtigung, eifersüchtig auf Samuel, Augustino, Vincent, an den Stränden, beim Spiel in den Meereswellen, eifersüchtig, grausam, die Söhne des Schattens, üppig genährt vom gemetzelten Vieh, diese Söhne, deren Körper wie Gelatine wirkten, die massigen Kinder des Schattens, dieser Volksstamm, so elementar, dass er nicht mehr menschlich war, sie alle würden sich grob an der Schönheit vergehen, an der Anmut von Samuel, Augustino, Vincent, Melanies Kinder zu töten wäre ihre Rache an dieser unguten Welt, in der sie geboren waren, sie, die nie geliebt, nie erwünscht worden, die dick und hässlich waren, von einer Leibesfülle, vor der es sie selbst ekelte, während sich das Fett um sie sammelte, diese Söhne des Schattens mit dem roten Gesicht unter einer Kapuze, bekehrt zum Hass, zum Rassismus, oh, wie gerne hätten sie Samuels schlanke Beine, auf seinen Inlineskates, mit Steinen beworfen, sie schnappten sich ein Engelchen, Augustino, mit ihren nach Steinen, nach Stockschlägen gierenden Händen, die Kinder von Melanie schänden, töten, mit ihren gierigen Händen rissen sie ihnen die Sonntagskleider herunter, sie mussten die Wesen einer anderen Klasse, einer anderen Religion misshandeln, diese rohe Grausamkeit würden sie selbst vor Gericht noch bewahren, sie alle würden sich an Samuel und Augustinos Anmut vergehen, an Vincents Anfälligkeit, sie waren die Raubtiere, ihre Schatten streunten um Samuels Boot, auf dem Meer, am Gartentor entlang, sie waren überall frei, mit zunehmendem Alter erkannte man sie nicht mehr unter ihren Kapuzen, während sie ihre blutfarbenen Zeichen auf die Wände malten, stimmte es, was Julio sagte, was Jenny und Sylvie sagten, aber davon durften die Kinder nichts wissen, sie sollten sich lieber neben Venus auf dem Podium vergnügen, und singen, oh, stimmte es, was Julio Melanie leise ins Ohr flüsterte, als sie alleine waren, stimmte es, dass die Weißen Reiter jetzt da waren? Suzanne ist eine zuversichtliche Frau, dachte Melanie, auch ich war eine zuversichtliche Frau, und offenbar hatte sich die Zuversicht, die Melanie vor Vincents Geburt empfunden hatte, verflüchtigt, wie diese Ozeandampfer mit ihren lichtgeschmückten Aussichtsplattformen, plötzlich sah man sie nicht mehr, in der Nacht, an der äußersten Linie des

Ozeans, und da war noch immer diese Erinnerung an das hohle Durstgefühl, das Renata empfunden hatte, als unter dem Flug der Schwalben die lachenden Schiffer über das Wasser glitten, beim Kontakt mit dem Durst, wenn er in ihre Leben trat, zitterten sämtliche Kreaturen, sie begriffen, wie sterblich sie waren, das bloße Entsetzen für alle, die Tiere, schlechter als wir dagegen gewappnet, gingen zugrunde, dachte Renata, erinnerte sie zwischen den stolzen Palästen Venedigs, seinen Marmorfassaden, in seinen Basiliken, in der Nähe des Canal Grande mit den dichtgedrängten bunten Häusern über dem Wasser, nicht ein demütigendes Detail an diesen erbärmlichen Durst, an dem man sterben konnte, hinter einer Eisentür, wo die Männer ihren Urin loswurden, durch die kostbare gotische Architektur irrte eine durstige Katze, die Haut der Flanken direkt über den Knochen, sie würde hinter die Eisentür schlüpfen, auf das Exkrementenwasser des Lebens zukriechen, einsam im hellen Licht des venezianischen Nachmittags, da die Glocken nicht mehr vom Eintreffen jener wohlhabenden Reisenden kündeten, die ihr früher vielleicht zu trinken und zu essen gegeben hatten, einsam in jener großartigen Kulisse, würde sie womöglich an einem quälenden Durst zugrunde gehen, an diesem hohlen Durstgefühl, das an den Sinnen zehrte, das für alle das Zeichen einer schleichenden Veränderung der Lebenskräfte war, eines heimtückischen Niedergangs zur Sterblichkeit, und während sie in ihrer geöffneten Hand einen wenige Tage alten Leguan hielt, ein Geschenk für Samuel, und mit ihren sinnlichen Fingern über den stachligen Kamm strich, sang Venus, und tanzte auf dem Podium zwischen den Musikern, höher als der Klang der Trompeten, der Altsaxophone, dachte Melanie, Venus' Stimme, ihre Höhe, ihr Umfang, überwältigte sie, hatte sie nicht vergessen, dachte Melanie, dass Deandra und Tiffany zuhause noch nicht geimpft waren, dass Mama kaum lesen und schreiben konnte, Onkel Cornelius, der nachts über seinem Klavier vegetierte, im Gemischten Club, er, der an Tuberkulose litt und sich keine Ruhe gönnte, oh, daran sind all die Frauen in seinem Leben schuld, sagte Mama, schnappen sich sein ganzes Geld und ruinieren seine Gesundheit, wo Onkel Cornelius doch so viele Kinder hatte, wo waren sie alle, Rue Bahama, Rue Esmeralda, Venus war jene Schlittschuhläuferin, die über das Eis glitt und die eine Bronzemedaille bekam, für ihre glänzende Technik ausgezeichnet, machte sie sich künftig über die Sachkenntnis der Weißen lustig, sie war Mary McLeod Bethune, nach der Abschaffung der Sklaverei geboren, gründete sie die erste Schule für schwarze Mädchen in Florida, mit Eleanor Roosevelt befreundet, spielte sie, in der Regierung ihres Landes, eine wichtige Rolle im Kampf gegen die Rassendiskriminierung, denn so hoch war der Umfang von Venus' freudenbeschwingter Stimme, dass die alte Welt und die Finsternis der zurückliegenden Jahre an ihrer Frische zerschellten, dachte Melanie, nachdem die Sklaverei abgeschafft war, bot sich der Schneestrand eines Jahrhunderts dar, in dem noch keine Schritte Fußstapfen hinterlassen hatten, kein Echo, keine Stimme, nur die Stimme von Venus, und Tanjou war die ganze Nacht an den Stränden, den Piers, den Holzhütten entlanggelaufen, er ging, seine Segeltuchschuhe in der Hand, auf den Tennisplatz zu, auf die Gärten des Grand Hôtel, ihr schillerndes Grün unter dem rosafarbenen Streifen der Morgenröte, auf den er Morgen für Morgen zulief, in seinen Shorts, seinem hellen Hemd, heute wäre sein Spiel luftig, fliegend, er wollte den Ball mit einer entscheidenden Präzision auf die andere Netzseite befördern, würde er dort nicht plötzlich Jacques' Gestalt vor dem rosafarbenen Weiß des Himmels sehen, wann hört dieser Spieler nur auf zu fliegen, würde sein Partner über ihn sagen, er hält sich ja mit dem Flügel seines Tennisschlägers in der Luft, ein spöttisches Flügelwesen, wann hören diese Orientalen endlich auf uns zu übertreffen, waren sie nicht zu geschickt, ungeheuer präzise würde Tanjou ihm in seinen leichten Tennisschuhen den Ball zurückspielen, aus der Stadt drangen durch das Rauschen der Wellen unterschiedliche Stimmen, Geschrei, der zweite Spieler würde gleich kommen, oder musste Tanjou nicht bereits zugeben, dass auch er verlieren konnte, trotz seiner Tränen bei einer Zeremonie, wo er Blumen bekam wie Martina Navratilova, zu lächeln vermochte, ja, man konnte diese Niederlage mit einem Lächeln wegstecken, das Verlangen zu siegen wurde immer stärker, je mehr er sich dem Platz näherte, wie wach und präzise er den Ball auf die andere Netzseite befördern würde, dachte Tanjou, aber wo war der zweite Spieler, vielleicht noch dort drüben, bei den Straßenumzügen während der Maskerade der Festnächte, und Renata sagte zu Melanie, bald bricht der Morgen an, könnten wir nicht einen Toast auf Vincent ausbringen, ihm alles Gute wünschen, denn ohne Zuversicht ließ es sich nicht leben, dachte Melanie, ja, bei Tagesanbruch wollten sie alle ihr Glas auf Vincent heben, oben, im ersten Stock des Hauses, auf der rosenbewachsenen Veranda, Daniel neben ihr, Jenny und Sylvie, die sie mit ihrer wachsamen Anwesenheit umgäben, sei die ausgehende Nacht nicht zu feucht, die Luft zu warm, würden sie fragen und das Blumenaroma in der Luft einatmen, Melanie würde ihr Kind auf den Arm nehmen, sie wäre triumphierend, glücklich, denn in jener Morgendämmerung eines neuen Jahrhunderts war Vincent geboren worden, und sie würde allen sagen, hier ist mein Kind, mein Sohn, was sie gesehen hatte, dieser Ozeandampfer *America* mit seinen lichtgeschmückten Aussichtsplattformen, verschmolz nicht mehr mit der Tiefe einer langen Nacht, am äußersten Ende der Linie des Ozeans, ein Ozeandampfer mit flackernden Lichtern, der noch lange schimmernde Strahlen wie die des Mondes aufs Wasser warf, Vincents Leben war jener Strand, an dem noch keine Schritte, keine Fußstapfen ihre Spuren hinterlassen hatten, nein, wer konnte ohne Zuversicht leben, ohne Glück, ohne Hoffnung, dachte Melanie, so groß war der Umfang von Venus' freudenbeschwingter Stimme, dass an ihrer Frische die alte Welt zerschellte. Seit einer Weile lagen Charles' Nerven blank, war es die feuchte Luft in den Zimmern, wo sie alle den ganzen Tag lang schrieben, oder die erstickende Hitze hinter den Jalousien, ich muss nach Hause, dachte Charles, Schluss mit der Geselligkeit, sagte er, während er sich erhob, Adrien und Suzanne plauderten mit Daniel über Literatur, wann würden sie in ihre Häuser zurückkehren, all diese Einladungen, diese Reisen, Charles wurde an einer jener fernen Universitäten erwartet, wo ihm eine Auszeichnung verliehen würde, ein Ehrendoktortitel, ist nicht die Stunde der Meditation, der Stille gekommen, dachte er, unsere Leben bestehen so lange aus diesen Belanglosigkeiten, dann kommt der Tod, und wir haben uns dafür noch nicht einmal ein bisschen Zeit aufgehoben, diese ganzen Belanglosigkeiten, dachte Charles und betrachtete die Strohstühle, auf denen sie heute Nacht alle vier gesessen hatten, die Morgendämmerung tauchte die Lehnen, die Sitzflächen dieser freien Stühle in ein helles Licht, weiß, ein paar Jahre, und man wird nur noch dieses Weiß unserer leeren Stühle um einen Tisch sehen, weiß wie die weiße Flagge unserer gemeinsamen Kapitulation, denn war in diesem Garten mit den Stimmen all dieser Kinder und jungen Leute, für uns, für Jean-Mathieu, Adrien und mich, die wir nur dieses Weiß unserer Stühle, dieses kreidige Weiß in den zögerlichen Strahlen der Morgendämmerung hinterlassen werden, nicht die Zeit gekommen, dachte Charles, uns zurückzuziehen, uns dem Gebot des Schweigens zu unterwerfen, fern vom Irrsinn dieser Welt, dem ganzen Gerede, den nicht enden wollenden Diskussionen, waren sie nicht jeden Abend zum Essen eingeladen, wo doch bald alles weiß wäre, wie diese vier Stühle, die von der Sonne der Morgendämmerung in ein helles Licht getaucht wurden, obwohl es Charles schien, als wäre noch Nacht, als spendete ihm ein Sternenhimmel noch immer einen gewissen Trost, eine Illusion von Wohlbefinden, weiß, immer nur weiß, auf den Wänden einer Abtei, eines entlegenen Klosters in Irland, in einer buddhistischen Einkehr in Michigan, was würde Charles in Chicago nur machen, eine hochtrabende Rede vor seinen Studenten halten, und Adrien sagte zu Daniel, mein Lieber, glauben Sie mir, jetzt spricht der Kritiker in mir, die Beschreibung des Chaos ist zu opulent, mein Lieber, schlichte Sätze, schlichter und unaufdringlicher, mein Lieber, ist Ihr Manuskript *Merkwürdige Jahre* nicht ein überdrehtes Produkt unserer Epoche, genug jetzt, dachte Charles, ich meine mich selbst zu hören hinter Adriens Stimme, dieses Schnurren der Lehrer vor ihren Schülern, bilden wir uns nicht ein alles zu wissen, wo wir doch so kurz vor unserer Todesstunde genauso wenig wissen wie zur Stunde unserer Geburt, lagen Charles' Nerven nicht schon seit einer Weile blank, er ertrug das Meer nicht mehr, man hätte es umzäunen sollen, um es nicht mehr sehen, das lästige Plätschern der Wellen unter dem Fenster, während er schrieb, nicht mehr hören zu müssen, auch das Kratzen der Feder auf dem Papier nicht, denn nie würde er eine Schreibmaschine, einen Computer, sein Eigen nennen, und was bedeutete diese weiße Mähne, oben auf dem Kopf, altern, nannte man es, Unsinn, das war das Weiß der Kreide, dieses Weiß oben auf einer Stirn, einem Kopf, dieses Weiß der vier leeren Stühle um einen Tisch, während aus dem Garten der fröhliche Lärm von Kindern, von jungen Leuten drang, würde Charles nicht, sogar zurückgezogen in einem Kloster in Irland, noch immer alles hören, das Kratzen der Feder auf einem Blatt, wie auch die *Lyrischen Stücke* von Grieg, denen Fred, auf seinem Bett ausgestreckt, lauschte, vor seinem Fernsehgerät, das war die Fähigkeit der Greise, noch den leisesten Hauch in der Nacht zu hören, zahllosen Geräuschen ausgeliefert, wälzten sie sich unruhig im Schlaf, er würde das Beethoven-Oratorium hören, dem Jacques gelauscht hatte, mit seinem ausgezehrten Kopf zwischen den Kopfhörern, zurückgezogen hinter den Wänden einer Abtei, eines Klosters, einer buddhistischen Einkehr, würde er den Tumult des Betens in einer Moschee hören, das Tosen der zu Gott betenden Stimmen, vom Gewehrfeuer der automatischen Waffen unterbrochen, das Gebet, die Intifada, die sanft aus den Herzen, aus den Kehlen drang, war plötzlich das reuevolle, ergreifende Lied des Krieges, wie viele niedergedrückte, kniende Körper vor der in einem solchen Tosen tauben Gottheit, was für ein Blutvergießen aus diesen Knien, diesen Kehlen, diesen Herzen, alle ins Gebet versunken, was für ein Blutvergießen, während aus ihnen die sanfte Klage der Intifada drang, und Jean-Mathieu sagte, als er sich verabschiedete, zu Eduardo und Frederic, er werde am Sonntag wiederkommen, bald sehen wir die Tauben und die Turteltauben, sagte er, ich werde am Strand entlang nach Hause gehen, aber Fred solle daran denken, dass sie alle bei Adrien und Suzanne zum Abendessen eingeladen seien, Sonntag, Eduardos Haare waren immer sehr gepflegt, lagen in einem schweren Zopf auf seinem Rücken, dachte Frederic, und sagte Eduardo nicht zu Frederic, der ihm zerstreut zuhörte, immer um diese Jahreszeit denke ich an den Duft der gerösteten Maisfladen, die ich bei meiner Mutter gegessen habe, und an den Duft der Gärten in Oaxaca, von Puebla, der Sierra Madre, aber mein Platz ist hier bei Frederic, sagte Eduardo, die Turteltauben mit dem schwarzen Federhalsband, mit ihrem durchdringenden Blick, sehe ich beim Schreiben auf meiner Terrasse, sagte Jean-Mathieu, der köstliche kalte Wasserstrahl der Dusche, herrliche Stunden, bevor er Caroline mittags sehen würde, dachte Jean-Mathieu, während er auf das friedliche Ufer des Meeres zuging und sich sagte, dass es richtig gewesen sei, Frederic zu besuchen, früher haben wir uns beklagt, wenn unsere Mülltonnen auf den Gehwegen nebeneinander standen, wenn unsere Äste sich in den Ästen der Nachbarbäume verfingen, und auf einmal werden wir bitter das Gegenteil bereuen, die fehlenden Eindringlinge auf den rissigen Gehwegen, die einsam wuchernden Äste der Feigenbäume, ohne dass man sich bei jemandem beklagen könnte, weder Charles, noch Fred, noch Johann, ach, eines Tages wird uns noch eine tiefe Reue überkommen, dachte Jean-Mathieu und setzte seinen Stock vor sich, er hatte den Eindruck, dass sein Gang unverändert sicher und würdevoll war, wie hätte er mit den Schwindelanfällen von Fred umgehen sollen, der manchmal neben seinem Bett aufwachte, er war auch nicht reizbar wie Charles, sein Gesundheitszustand war stabil, zuversichtlich, ach, welcher Badende musste so früh schon die friedliche Morgendämmerung trüben, Jean-Mathieu näherte sich der Gestalt auf dem Wasser, ein blonder junger Mann, der mit der rechten Hand eine Tauchermaske festhielt, er schwamm fast geräuschlos, als ließe er sich treiben, in dem blauen, gräulich schimmernden Meer, dann richtete er sich auf, man sah nur sein rechtes Profil, während er das Wasser von seinen Schultern zu schütteln schien, einer dieser blonden Götter, der sich für Leichtathletik, Schwimmen und Sporttauchen begeisterte, doch wirkte der junge Mann nicht besorgt, dass ihn jemand überraschen könnte, dachte Jean-Mathieu, wer mochte er sein, es ging eine so kompakte, einsame Kraft von ihm aus, und plötzlich sah Jean-Mathieu die linke Seite des jungen Mannes, der ein Arm fehlte, ein Teil des verunglückten Arms saß noch an der Schulter, zwischen den Narben der Amputation, wie der Stumpf eines Vogelflügels, dem um seinen linken Arm amputierten Körper haftete eine gewisse Größe an, eine entschlossene Selbständigkeit in der ganzen Gestalt des Schwimmers, der mit der rechten Hand so geschickt seine Tauchermaske hielt, nein, dieser zermalmte Gott wusste sicher nicht, dass ein alter Mann mit seinem Stock über einen Strand trippelte, denn war er nicht, wenngleich verunglückt, noch immer ein vollkommenes Geschöpf, was Jean-Mathieu, mit all den Gebrechen des Alters, nicht mehr war, schade, wie schade, dachte Jean-Mathieu, dieser blonde, am Gestade des Paradieses niedergestreckte Gott, der allein inmitten einer Spezies schwamm, die plötzlich die seine schien, die der Pelikane, die nach Nahrung suchten, der Turteltauben mit dem schwarzen Federhalsband und dem durchdringenden Blick, der schneeweiß gefiederten Tauben, in dem blauen, gräulich schimmernden Wasser, breitete er nicht, wie alle diese Vögel, seine Flügel aus, und so entstand ein Gedicht, dachte Jean-Mathieu, womöglich ein Gedicht in Prosa über die gebrochene Gottheit von Fred, der dieses Mendelssohn-Konzert hörte, das er mit zwölf Jahren aufgeführt hatte? Von dem Jungen, der im Wasser stand, ging eine so kompakte, einsame Kraft aus, bis dieser Anblick in ein heftiges Zittern überging, ein mächtiges Flügelschlagen unter dem Wasser. Und alles ist gut so, dachte Mutter, während sie den Sonnenaufgang über der hohen Mole betrachtete, neben Augustino, den sie an einem Zipfel seines Umhangs festhielt, war dieses Kind nicht ein bisschen zu zappelig und unruhig, tatsächlich hatte er wenig geschlafen in der letzten Nacht, bis alle im Morgengrauen auf Vincents Gesundheit angestoßen hatten, wie stolz war Mutter auf ihre Tochter gewesen, die unter einem Bogengang aus Rosen auf der Veranda erschienen war, alles war gut so, dachte Mutter, dem Branden der Wellen zugewandt, hier, an der Mole hatte sie morgens eine Frau gesehen, die keine von Mutters Bedenken, ja, und waren sie nicht überflüssig, teilte, eine Frau, älter als Mutter, die, einen lächerlichen Hut auf dem Kopf, beherzt im Wasser schwamm, mit einer animalischen Heiterkeit, einer Fröhlichkeit, die ansteckend auf Mutter gewirkt hatte, es war Zeit, dass Mutter ihre Bedenken ablegte, es war nicht zu spät, Melanie konnte noch für die Wahlen im County kandidieren, dachte Mutter, während sie plötzlich eine unermessliche Lebenskraft verspürte, und wen sehen wir denn da drüben, sagte Mutter zu Augustino, die Sterne sehen wir nicht mehr, sie sind alle verschwunden, sagte Augustino, nein, die Sterne sehen wir nicht mehr, auch den Mond nicht, sagte Augustino, sah Augustino denn die Schiffe, die bald anlegen würden, und den weißen Reiher, alleine auf dem hohen Deich in der unendlichen Weite von Himmel und Ozean, die Sterne sehen wir schon nicht mehr, sagte Augustino, es war derselbe weiße Reiher, der sich schräg und gemächlich über ein ungestümes Meer schwang, würde Mutter nicht ebenso, in jenem stillen, gelassenen Auffliegen, aus der Welt scheiden, mit stummer Würde, dachte sie, und Luc und Maria sollen einander lieben, sollen weit davonsegeln, im Frieden des Wassers, aus der Ferne sollen sie die dumpfen Schläge der Trommeln in den Festnächten hören, Paul glitt mit ihnen dahin, in der grünlich schillernden Spur seiner Inlineskates, über die vom Meer gesäumten Straßen, Paul hatte von Pedro Zamora, einem im Alter von zweiundzwanzig Jahren verstorbenen Aktivisten, die Erleuchtung, die Gnade empfangen, dachte er, war Pedro, um den sieben Geschwister trauerten, und Hunderte von Demonstranten an einem Strand, während eines Gottesdienstes, so viele Kerzen, die abbrannten für Pedro, den Helden mit den sanften braunen Augen unter buschigen Brauen, nicht geboren worden, um Leben zu retten, hatte er ihnen nicht bis zum Schluss gesagt, überall an den Schulen, den Universitäten, bei jedem seiner Vorträge, auch Euch kann es treffen, dieses Unglück, die Ansteckung mit dem Virus, Paul hörte die Stimme des zartfühlenden Pedro, lasst uns für heute leben, nicht für morgen leiden, Pedro, der geliebt und verehrt worden war, Gott liebt Pedro, sagten seine Freunde und Brüder, Gott verachtet Dich, sagten seine boshaften Gegner, warum haben sie Dich nicht in Kuba inhaftiert, in diese Lager für Aidspatienten gesteckt, aus denen niemand mehr herauskommt, Pedro, Pedro Zamora, so viele abgebrannte Kerzen, so viele Lieder und Gebete für Pedro, der in seinem letzten Studienjahr an der Universität gestorben war, ganz plötzlich, der Erzieher der Massen, ein vor Liebe überbordender Held, wie Paul, Luc und Maria geboren, um sein Leben zu verlieren, Gott liebte Pedro Zamora, und während eines Gottesdienstes brannten an einem Strand die Kerzen ab, so viele Tränen, ein solches Lachen bei der Erinnerung an den zartfühlenden Pedro, dessen unendlich sanfte braune Augen unter den buschigen Brauen auf einer Videoaufnahme zu sehen waren, denn es kann auch Euch treffen, sagte er, und ein Pastor sagte zu den Demonstranten, sein Geist soll uns leiten, Pedros Geist soll uns leiten, es gibt Tage, da besteigen wir den Gipfel eines Berges und gelangen nicht mehr herunter, das ist die Geschichte von Pedro, von Pedro Zamora, und Augustino sah Samuels Arche Noah, ein am Pier vertäutes Boot, das auf dem grünen Wasser schlingerte, er sagte zu Mutter, sie alle seien auf diesem Boot, das Samuel gesehen hatte, die Sumpfhirsche, und sogar die Schildkröten, die von einem Tropensturm in die Flucht geschlagen worden waren, die Katze bei den Enten, der Windhund neben dem Huhn, alle bereit zum Aufbruch, doch ohne Mond, ohne Sterne, es wird kälter werden, sagte Augustino, es ist, als stünden wir an einem offenen Fenster vor allen möglichen Wundern, sagte Mutter, und ihr war, beim Anblick des weißen Reihers, als besänftigte sich in ihr der Aufruhr oder das schmerzliche Gefühl, sämtlichen Gefahren ausgeliefert zu sein, wie damals, als sie in ihrem Spiegel das dreiste Lächeln ihrer Söhne auf der Rückbank der Limousine gesehen oder von ihren Eltern erfahren hatte, dass ihre französische Gouvernante entlassen worden war, lasst uns für heute leben, nicht für morgen leiden, sagte Pedro Zamora, und sein Geist leitete Paul, auch er würde an die Schulen, an die Universitäten kommen, Paul glitt mit Pedros Seele, seiner Anmut, seiner Sanftheit, in der grünlich schillernden Spur seiner Inlineskates dahin, und Luc und Maria segelten weit davon, dem Frieden des Wassers entgegen. Und Carlos lief so schnell er konnte durch den Umzug der Festnacht, jener Nacht, die noch drei Nächte, drei Tage dauern würde, und er meinte die donnernde Stimme von Pastor Jeremy in der warmen, feuchten Luft zu hören, diese Stimme, die Carlos so oft nachgeahmt hatte, wenn er mit dem Bekloppten durch die Rue Bahama, Rue Esmeralda gelaufen war und ihnen allen in ihren Hauseingängen, auf ihren Balkonen zugerufen hatte, oh Ihr verirrten Schafe, Ihr seid Eurem Hirten nicht treu gewesen, wahrlich, ich sage Euch, Ihr kommt alle in die Hölle, denn wenn das Öl aus der Lampe schwindet, endet auch das Leben des Menschen, Du, Carlos, sagte die donnernde Stimme des Pastors, hast Du nicht Deinen Hund im Schuppen vergessen, hast Du nicht Deine Mutter belogen, wer seinen Hund im Schuppen vergisst, kommt in die Hölle, für diese fahrlässige Sünde, er wäre ja fast erstickt, seine rosa Zunge baumelte unter dem Fell der Schnauze, sie, Polly, hätte keine Luft mehr bekommen, wenn Mama sie nicht rechtzeitig aus dem Schuppen gerettet und sie dem Hahn, den Hühnern, auf dem gelblichen Gras, überlassen hätte, und wo war Polly in der Festnacht, ohne ihr verstellbares Halsband, alleine, verängstigt in der Menge, Polly, die Carlos nicht mehr anleinte, drei Tage, drei Nächte lang würde Carlos auf sämtlichen Grills im Freien, Rue Bahama, Rue Esmeralda, Fleisch verspeisen, würzigen Reis, er wäre trunken vom Tanzen, vom Bier- und Rumtrinken mit den Bösen Negern, die Nase ganz blutig von den letzten Fausthieben, und Unglück über ihn, sagte Pastor Jeremy, er habe Polly im Schuppen gelassen, ein Hund, ein gestohlenes Tier, dem Ersticken ausgesetzt, im Schuppen seines Vaters, in diesem Garten voller Gestrüpp, zwischen dem Eisschrank, dem Würfeltisch, den dürren Weihnachtsbäumen mit ihren Girlanden, man hätte im Garten aufräumen, den Eisschrank ersetzen müssen, aber was heute nicht getan ist, wird morgen gemacht, sagte Mama, und Carlos hatte die Riesensphinx unter ihrer Perlenkrone gesehen, ihr Löwenhaupt glitt an den Veranden vorbei im Umzug der von Pharaonen angeführten Wagen; überall defilierten hybride Wesen unter dem Himmel, während der Mond und die Sterne langsam verblassten und Carlos, nach Polly rufend, rannte und rannte, und andere, die unter den Palmen torkelten und wirres Zeug faselten, sagten, ich auch, Carlos, ich habe auch meinen Hund verloren, Sonnenstrahl, wo bist du, fragten sie, so antworte doch, und meiner war ganz klein, er trug eine Weihnachtsmütze, Lexie, er heißt Lexie, und meiner war als König Arthur verkleidet, an meinen Hals geschmiegt, aber Polly, wo war Polly, mit der herabbaumelnden Zunge, ihren rastlosen Augen, Polly, wo war Polly, alle Musiker von Onkel Cornelius waren da, saßen, ihre Instrumente auf den Schoß gepresst, auf schmalen Stühlen, wirkten sie nicht finster, wie sie dort vorbeifuhren, in einem holpernden Lastwagen durcheinandergerüttelt, Rue Bahama, Rue Esmeralda, aber was heute nicht getan ist, wird morgen gemacht, hatte Mama gesagt, was ist von diesen nichtsnutzigen Söhnen schon zu erwarten, von dem Bekloppten und von Carlos, dem Boxer, wer funkelnagelneue Fahrräder mit einem blitzenden gelben Lenker klaut, kommt in die Hölle, sagte Pastor Jeremy mit seiner donnernden Stimme, oh, Ihr verirrten Schafe, warum hört Ihr nicht auf mich, es war die Nacht der Prinzen und Königinnen, der Nymphen und korallenartigen Walfische auf den von Pharaonen angeführten Wagen, die Nacht der stolzen Fische, die über die Meere herrschende Nacht, und Carlos war nicht verkleidet wie die anderen, ein bisschen Blut befleckte sein gelbes T-Shirt, das T-Shirt, das gestern auf dem Fahrrad, wo Polly in einem Korb saß, im grellen Gelb des Lenkers geblitzt hatte, und Pollys Art alles zu verstehen, wenn Carlos sagte, sitz, Polly, sitz, Polly, auf dem Sand der Strände, lass uns zusammen in die Wellen laufen, Polly, zickzackartig bewegte sich die Menge voran, Carlos rief nach Polly, ein Fieber beseelte die Menge, ein vergiftendes Glühen, während sie die allegorischen Wagen mit ihren Sphinxen, Widdern und Sperbern anführte, auf ihrem beweglichen Rücken alle möglichen Meeresungeheuer transportierte, aus Karton, aus Plastik, aus Gips geformt, zwischen den Löwen mit Frauenköpfen unter ihren Federn und ihrer Perlenkrone, unzählige Najaden kamen aus dem Wasser und schwebten durch die Straßen, von den Hotelveranden, den breiten Balkonen beugte man sich herab, besah fasziniert diese Verkörperungen von Mythen, von Meereslegenden, das wunderbare Gespann mit Tieren und Wäldern, das sich überall seinen Weg bahnte, Boulevard de l'Atlantique, und wie traurig Onkel Cornelius wirkte, der dort zwischen seinen Musikern saß, in dem holpernden Lastwagen unter den Palmen, den bahamischen Bäumen, Rue Esmeralda, ist er nicht schwerkrank, sagte Mama, er, der ein so sündiges Leben geführt hat, aber ein Kriegsheld, ein bedeutender Mann, den die eigene Nation nicht belohnt hat, sagte Mama, er, der Klavier gespielt, früher in den Straßen von New Orleans getanzt hatte, mit gekrümmten Fingern und gebeugtem Rücken, unendlich müde, Onkel Cornelius, sie alle, schwarz gekleidet in dem holpernden Lastwagen, als wären ihre Hände, ihre Füße noch angekettet, der Blick so leer, woran dachte Onkel Cornelius, Cristo salva, rief eine Stimme, Cristo salva, rote Flugzeuge glitten geräuschvoll über den tiefen Himmel, Cristo salva, rief eine Stimme, wo war Polly, verängstigt, allein in der Menschenmenge, dachte Carlos, und Sonnenstrahl,

wo war er, der Legende der Festnacht zufolge sei eine
ganze Insel samt ihren Bewohnern versunken, in die Tiefe gerissen worden, jenes Atlantis auf dem Meeresgrund,
das plötzlich aus den Gewässern einer Katastrophe, einer
Verheerung auftauchte, mit seinen steinernen Säulen, seinen Schätzen, die man von den Balkonen, von den Veranden besah, wo war Polly in der zickzack laufenden Menge, war sie zusammen mit den Tausenden Bewohnern des
versunkenen Atlantis in die Tiefe gerissen worden, und
hier ist der Weg des Gedenkens, der Weg der Erinnerung,
dachte Charles, der gemächlich vor sich hin radelte, was
für ein ohrenbetäubender Lärm, dort drüben, so nah,
doch hier, unweit vom Weg des Gedenkens, der Erinnerung, hörte man das einsame Totengeläut in den Kirchen,
den Gotteshäusern, das Sterbehaus von Pastor Jeremy läutete die Totenglocke, ihr nachdrücklicher Hall in den Kirchen, den Gotteshäusern, inmitten des Freudengeschreis,
des festlichen Trubels, verkündete das Ende von Jacques,
von Pedro, von so vielen jungen Leuten, sagte Pastor Jeremy, dass man sie noch nicht mal mehr auf dem Rosenfriedhof beherbergen konnte, all die untröstlichen Großeltern, denen die Enkel, die Kinder ihrer Töchter und
Söhne nach deren plötzlichem Tod anvertraut wurden,
denn durch die lebendigen Kräfte von Jacques, von Pedro,
würde Atlantis in die Tiefe des Atlantiks gerissen, und vor
dem rosafarbenen Weiß des Himmels erkannte Tanjou
Jacques' Gestalt nicht mehr, der zweite Spieler kam auf
ihn zu, sein Partner beim Tennisturnier, warum war er
so spät dran, überlegte Tanjou, und hatte er nicht zu

viel getrunken, sie haben einfach nicht unsere Disziplin, dachte Tanjou, Raoul würde ihm bestimmt wieder sagen, dass die Orientalen zu gut seien, geistige Sportler, würde er sagen, Raoul hatte schon seine Turnschuhe angezogen, aber noch nicht die nächtliche Verkleidung abgelegt, was hat dieses Kostüm zu bedeuten, dachte Tanjou, während Raoul ihm über den Platz entgegeneilte, der ganze Körper bemalt, mit dem Gerippe eines Skeletts, ähnlich wie dieses Muster auf dem schwarzen T-Shirt, das Tanjou lange Zeit getragen hatte, damals, als er über die Strände flanierte, ich hatte noch keine Zeit, es auszuziehen, sagte Raoul, das ist nur ein Bettlaken, auf das ich ein Skelett gemalt habe, sagte Raoul, viele hatten dieselbe Idee, und plötzlich, im Morgengrauen, ist die Stadt voll von uns, mit all diesen Aufmachungen als Skelett, die einen grünlichen Widerschein auf die Haut werfen, und Tanjou suchte mit bangem Blick nach Jacques' Gestalt vor dem rosafarbenen Weiß des Himmels und überlegte, dass er das Turnier nicht gewinnen, den Sieg nicht erringen würde, dieses zerbrechliche Skelett, das auf Raouls Oberkörper in der Luft tanzte, beunruhigte ihn, Tränen der Wut stiegen ihm in die Augen, wir werden verlieren, sagte er, und er meinte Raoul auf der anderen Netzseite lachen zu hören, flüsterte er ihm nicht irgendetwas Verächtliches zu, mit leichenblassem Gesicht griff Raoul wieder nach seinem Tennisschläger im Gras, es ist alles in Ordnung, sagte er, aber mir ist übel, und die Festnacht, die Nächte würden weitergehen, zwei weitere Nächte, zwei weitere Tage, ob Tanjou denn die Trommeln und Trompeten höre, und

Polly, wo war Polly, dachte Carlos, so viele junge Hunde, die binnen weniger Stunden unter ihren Schmuckbändern, ihren glitzernden Halskrausen verloren gingen, unzählige Papageien, die von den Schultern ihrer Besitzer flogen, in der Menschenmenge, die auf ihnen herumgetrampelt war, und wer waren all diese Leute, die da, in dem Umzug, erst hinter den anderen kamen, ihre Schritte waren schwerfällig, unter dem wallenden, weißen Laken sah man ihre Augen durch die Löcher ihrer Kapuzen, zwischen ihren Händen hielten sie Feuerkreuze, Flammenkreuze, sie würden die Schule anzünden, mit diesen Gluten würde Wald-Der-Rosensträucher erneut in Brand gesetzt, und Polly, wo war Polly, stimmte es also, was Mama und Pastor Jeremy sagten, oder waren diese Augen, unter den Kapuzen, unter den weißen Laken, nur Verkleidungen in einer Nacht der Maskerade, dachte Carlos, der rannte und rannte, während er das Aroma der duftenden Lebensmittel auf den an den Gehwegen aufgebauten Tischen einsog, knurrte der Hunger in ihm, dieser Hunger in seinem Bauch, den er zwei weitere Tage, zwei weitere Nächte würde stillen können, würziger Reis, Honigbohnen, knurrte sein Hunger, der bald gestillt werden würde, er wäre gesättigt, von den Honigbohnen, von den gezuckerten Bananen, tutti son pien di spiriti maladetti, sagte Adrien zu Suzanne, mit seiner kräftigen, dramatischen Stimme, diese Höllenkreise umfassen die verdammten Geister, das Unheil in Daniels Buch, das Manuskript von unserem Freund Daniel beschäftigt Dich aber wirklich, sagte Suzanne, mich faszinieren vor allem seine Augen, schattige, fast schwarze Augen mit einem gelblichen Funkeln, ich lade ihn diese Woche zu mir zum Mittagessen ein; sie gingen am Ufer des Meeres entlang, hatten es plötzlich eilig, ihr Haus zu erreichen, das mit seinen braunen Holzlatten einem japanischen Pavillon glich, die grazilen Füße in ihren Ledersandalen, Hand in Hand, konnten sie es kaum erwarten, ihre von der Hitze knittrig gewordenen Kleider abzustreifen und eine Siesta zu halten, nah beieinander, sie wurden von Freunden um acht Uhr auf dem Tennisplatz erwartet, das Meer glitzerte zu ihren Füßen, in den ersten Sonnenstrahlen, bin ich nicht genauso schön, fragte Suzanne lachend ihren Mann, habe ich nicht die gleiche herausfordernde, königliche Haltung wie Renata, Melanies Tante, die sichtlich die ganze Nacht lang von jungen Männern umringt worden ist? Aber der Stil ist wirr, fuhr Adrien fort, der Stil folgt der abgründigen Schräge eines irrationalen Denkens, sagte Adrien, und da meinte er Suzanne auf einmal summen zu hören, ein Summen, das ihre Zufriedenheit zum Ausdruck brachte, ihre heitere Laune, dachte Adrien und überlegte, dass die Ankunft ihres Sohnes unweigerlich ihre müßiggängerischen Angewohnheiten verändern würde, den Champagner, die Musik im Bett, Antoine würde bestimmt ungern erfahren, dass seine Eltern bei ihren Vergnügungen unzertrennlich waren, und das so nah an den Ufern des Flusses Ewigkeit, dachte Adrien, ich denke, wie Charles es heute Abend vorgeschlagen hat, dass der Teil mit dem Inferno ganz anders angelegt werden sollte, sagte Adrien, natürlich, auch ich habe den auffälligen

Schatten auf Josephs Arm gesehen, aber ich habe verstanden, warum er seinen Kindern nie etwas gesagt hat, überlassen wir den Höllenkreisen der Vergangenheit, was der Vergangenheit gehört, tutti son pien di spiriti maladetti, war das nicht Josephs Reaktion gewesen, sogar als ihn in einem Bus in Hamburg unlängst ein Skinhead angepöbelt hatte, gleichzeitig aber das Bedauern darüber, dass sich nichts änderte, Josephs Reaktion hatte zunächst im Verzeihen bestanden, tutti son pien di spiriti maladetti, sagte Adrien, schade, dass Daniels Art zu schreiben mir manchmal völlig unverständlich erscheint, aber warum sind Charles und Jean-Mathieu schon so früh gegangen? Diese leeren Stühle plötzlich, mittags, die Siesta, summte Suzanne, ein bisschen Champagner und Musik, die Sonne, die durch die Jalousien scheint, das Paradies, sagte Suzanne, und Adrien hatte Angst, dass Suzanne sich unvermittelt ausziehen könnte, um im Meer zu schwimmen, er hörte ihr Summen, das ihre Lebenszufriedenheit zum Ausdruck brachte, Suzanne hatte recht, beschäftigte ihn Daniels Manuskript nicht viel zu eingehend? Und der Weg der Erinnerung, der Weg des Gedenkens, dachte Charles, während er unter den Palmen radelte, hier war nur das nachdrückliche Klingen des Totengeläuts in einem Gotteshaus, in einer Kirche zu hören, ein fünfter Strohstuhl blieb unbesetzt, er gehörte Justin, ein Stuhl, der auf einem Fluss im Norden Chinas vor sich hin trieb, dachte Charles, wer hatte das Edle des menschlichen Geistes besser beschrieben als Justin, in seinen Büchern, zum Maler geworden, zu einem chinesischen Philosophen wie die Gestalten aus seiner Kindheit im Norden Chinas, schwebte seine Seele zwischen den hohen Bergen eines Dorfes, wo sein Vater einst Pastor gewesen war, wie traurig, dass Justins mitfühlendes Herz im Lärmen und Tosen der Welt so wenig lärmte, dass er so bescheiden war, während sein Werk doch die verheerendsten Umwälzungen hinterfragte, den Bombenabwurf auf Hiroshima und Nagasaki, in den zerstörten Städten hatte er Männer, Frauen, Kinder unter dem Metall der Waffen gesehen, dem verbrannten Fleisch entrissener Staub, Justins Stuhl, künftig leer in jenem Garten, wo sich Jahr für Jahr seine zahlreiche Familie versammelte, und so war er zu den Flüssen, den Bergen im Norden Chinas zurückgekehrt, dieses demütige Herz, das rief, es habe nicht genug geschlagen, ein Schlag noch, und sein Roman über das moderne China wäre beendet, so, mit der Feder in der Hand, müsste man sich elegant verflüchtigen, dachte Charles, wie ein chinesischer Maler, ein alter Philosoph, ein unbesetzter Stuhl, der auf einem der Flüsse Chinas vor sich hin trieb, und sie, die Orchestermusiker in ihren weißen Outfits, verkörperten diesen atemberaubenden Geschmack nach Wasser und Rauch, nach dem Feuer am Rand der Lippen, das den Blick flackern lässt, auf das sich alle Nerven konzentrieren, leichtfüßig waren sie, als sie mit Renata, die sie nach Hause begleiteten, durch die Straßen fegten, zu ihren Schritten die Musik ihrer Gitarren, ihrer Geigen erklingen ließen, sie würde sich an ihr spöttisches Lachen, an diese Lieder im Morgengrauen erinnern, sie würden nach wie vor das gleiche Entzücken in ihr wecken, die gleiche, von der Hitze, von der feuchten Luft beflügelte sanfte Ekstase, ihre Arme quollen von der Gabe der blauen Orchideen und Paradiesvogelblumen über, sie alle waren nur wogende Formen im Licht, dachte sie, vor dem glatten Meer, seiner Ruhe, seiner Unermesslichkeit, aber wie jene Schiffer, die in ihren Kähnen standen und sie grüßten, während sie unter dem Bogen einer steinernen Brücke hindurchfuhren oder ihr zwischen zwei Backsteinmäuerchen, an denen sich stachlige Heckenrosen emporrankten, zunickten, als sich ihre Kähne entfernten, würde sie ihnen nie mehr begegnen, würde sie nur ein paar schwache Klänge vernehmen, die sie ihren Instrumenten noch entlockten, ihr spöttisches Lachen, und allmählich würde das hohle Durstgefühl nachlassen, auf diesem Weg der Erinnerung, des Gedenkens, wo Charles alleine war, kam eine Frau aus den Büschen gelaufen und erklärte Charles, er dürfe auf diesem Weg nicht Fahrrad fahren, Charles erkannte die Verrückte, die den Kindern des Pastors nachstellte, ständig baute sie das Gestänge ihres Zauns ab, hinderte die Leute am Zugang zu ihren Häusern, die Verrückte des Weges, dachte Charles, kam sie nicht immer ansehnlich daher, mit ihrem gestreiften Marinepullover, ihrer weißen Hose und ihrer einzigen Sorge, der Sauberkeit der Insel, sagte sie, während sie das Gestänge ihres Zauns abbaute oder, mit dem Besen in der Hand, die Gehwege von den Abfällen säuberte, diese ganzen Gauner, sagte sie, diese ganzen Gauner, und stimmte es, was die Verrückte sagte, dachte Charles, dass diese Stadt ihr gehörte, jedes einzelne Haus, jeder einzelne Weg, jede einzelne Straße, ach, wissen Sie, Mister, ich kann sie kaufen, dann ist die Stadt endlich gesäubert von all den jungen Leuten, von all diesen Juden und Chinesen, ich kann alles kaufen, ich habe vier Autos und zwei Chauffeure in meinem zweiundzwanzig-Zimmer-Anwesen mit den geschlossenen Fensterläden, aber niemand geht raus, ich verbiete es, oder stellte sich Charles die Verrückte in der Erschöpfung der ausgehenden Nacht vor, auch ich habe mehrere schwarze Bedienstete wie Ihre hundertjährige Mutter, haben Sie Ihre Mutter dieses Jahr denn überhaupt besucht, Mister, wie kann ein so berühmter Schriftsteller wie Sie, der alle möglichen Preise zur Ehre unseres Landes eingeheimst hat, obwohl Sie doch viel zu vehement für die Schwarzen und Homosexuellen eingetreten sind, diese Schmarotzer unserer Gesellschaft, die alle mit ihren Krankheiten anstecken, in die Wellen des Ozeans, Mister, in die Wellen des Ozeans sollte man sie wieder schicken, wie schon Freud sagte, ja, wie kann ein Schriftsteller mit Ihrer gesellschaftlichen Stellung und Ihrem Vermögen nur seinen ganzen Besitz diesen dreisten jungen Arbeitslosen geben, die auf den Straßen betteln, vor unseren ansehnlichsten Gebäuden, mit ihrem Hut in der Hand, und wie vor allem kann ein Schriftsteller wie Sie Fahrrad fahren, was würde eigentlich Ihre Mutter sagen, wenn sie Sie sähe, diese Insel, die einmal unser Paradies war, das Paradies Ihrer hundertjährigen Mutter und das meiner Familie, mit fünfzehn war meine Schwester schon Sekretärin bei einem Bankier, wir hatten hier bis zur Ankunft dieses Verbrecher- und Gaunerpacks nämlich nur Bankiers und vornehme Leute, schauen Sie doch, wie sie mit ihrem Müll unsere Gehwege, unsere Wege, verschmutzen, wie Sie, immer mit dem Fahrrad auf unseren Wegen, fast wäre ich hingefallen, als ich Sie gesehen habe, Sie fahren ja alles über den Haufen, was Ihnen in die Quere kommt, diese Insel ist eine Hölle, Monsieur Charles, dieses ganze Gaunerpack, Sodom lebt zwischen unseren Mauern, haben Sie denn nicht gelesen, was in der Bibel steht, Sodom ist zwischen unseren Mauern, und das ist Ihre Schuld, Monsieur, Ihre Toleranz hat sie angelockt, diese verkommenen Individuen, diese Transvestiten, die erst herauskommen, wenn es dunkel wird, aus Angst getötet zu werden, aber das werden sie alle, das werden sie alle, der Ku-Klux-Klan wird mit seinen Flammenkreuzen ihre Häuser abbrennen, Sie werden sehen, Monsieur, Sie werden sehen, oh, höllische Stadt, Insel in den Niederungen der Hölle, Inferno, Inferno, sagte die Verrückte und schwenkte ihren roten Zaunpfahl, doch stellte er sie sich nicht vor, er, der alles hörte an diesen perfiden Stimmen, hörte er nicht abermals die spöttische Stimme des Wahnsinn, die überall gesellschaftsfähig war, in der Beweihräucherung ihrer reaktionären Lehren, dachte Charles, oh, Lambertos Republik, Platons Athen hatten nur von jener Lady Macbeth verstoßen werden können, die für die Gesamtheit der Bürger stand, glich Lamberto nicht dem König von Schottland, den sie von ihrem Gatten hatte ermorden lassen, da Lambertos Republik, das glückliche Athen, entschwunden waren, würde mit der Herrschaft des neuen Bürgermeisters kein schwarzer Kommissar wiedergewählt werden, womöglich hatte Lady Macbeth das in ihrem Zweiundzwanzig-Zimmer-Anwesen, wo sie ihre Leibeigenen gefangen hielt, so beschlossen, ja, warum sollte man diesem falschen schwarzen Kommissar, diesem ehrgeizigen Knaben, nicht eine Seereise vorschlagen, von der er nicht wiederkäme, die Prinzen, die jungen, schönen Könige, die in aller Unschuld und Güte regierten, sorgten für Widerwillen, für Zorn, sie konnten den flüchtigen Erfolg ihrer Herrschaft nicht überleben, sie wurden ermordet wie die Brüder Kennedy, dachte Charles, er blickte sich um, da ist doch niemand, ich fasele dummes Zeug, gar niemand, nur das Rascheln der Eidechsen und Katzen im Laub des Weges, werden nach Lambertos Republik, nach Platons Athen, nicht der Verrückte oder die Verrückte des Weges, die so angepasst daherkommen, über uns triumphieren? Und die fast hundertjährige Mutter jener Söhne, die in ihrem Kopf noch junge Leute sind, sagte, es ist mir gleich zu sterben, ich werde sie sehen, heute Abend, heute Nacht, dann werden wir gemeinsam am selben himmlischen Tisch sitzen, endlich finde ich sie wieder, alle beide, den Weg der Erinnerung, den Weg des Gedenkens, dachte Charles, während er unter den Palmen radelte, hier war nur das nachdrückliche Klingen des Totengeläuts in einem Gotteshaus, in einer Kirche zu hören, gelegentlich gelang es einem alten Weisen, wie Justin, eine unter unsäglichen Schmerzen errungene Weisheit auszudrücken, der Bürgermeister von Nagasaki, ja, hatte er nicht einen Gewehrschuss in die Brust überlebt, als er den Kaiser kritisiert und damit die nationalistische Rache auf sich gezogen hatte, sagte sehr viel später, nichts sei grausamer gewesen als jene Bombe auf Hiroshima, kein Akt der Zerstörung ist vergleichbar, denn alles versank, unter einer Schicht von Glut und Asche, im Nichts, die Tempel und alle, die dort beteten, die Kindergärten, die Katzen, die Hunde, und auch Justin hatte geschrieben und gesagt, dass kein Akt der Zerstörung mit jenem Völkermord zu vergleichen sei, der Gewehrschuss in die Brust war für ihn dieses Stück Stahl gewesen, die Lungen, das Herz, dieses Stück Stahl, das Schuldgefühl, das ihn langsam umgebracht hatte, der Weg des Gedenkens, der Weg der Erinnerung, dachte Charles, während er unter den Palmen radelte, hier war nur das nachdrückliche Klingen des ganzen Totengeläuts in den Gotteshäusern, den Kirchen, den Gärten zu hören, unter einem strahlenden Augusthimmel im herbstlichen Licht, wo, unter einer Glutschicht, alles Leben, ohne einen Atemzug, versunken war im Nichts. Und es ist, als stünden wir an einem Fenster vor allen möglichen Wundern, sagte Mutter zu Augustino, den sie an jenen weißen Sandstrand mitgenommen hatte, wo Vincent, in ein paar Monaten, seine ersten Schritte machen würde, du kannst in den Wellen toben, sagte Mutter, aber ganz in der Nähe, ganz in der Nähe, ich setze mich auf den Felsen und passe auf, waren Augustinos Kleider, auf Mutters Schoß, nicht so winzig wie ein Taschentuch, dachte sie, sollte er doch nur spielen und herumtollen, welche Anmut, die Züge dieses Kindes, ist die Nase unter seinem lockigen Haar nicht leicht gebogen, schon so starrköpfig und eigensinnig, genau wie Melanie, er spielte und tollte herum, nackt unter seinem Superman-Umhang, welche Anmut, wo seine Kleider auf Mutters Schoß nicht größer waren als ein Taschentuch, doch was für ein gellendes Freudengeschrei in Mutters Ohren, die Kinder heutzutage sind wirklich zu laut, dachte sie, mit dem Anblick des weißen Reihers auf der Mole hatte sich in Mutter der Aufruhr besänftigt, und jenes schmerzliche Gefühl, sämtlichen Gefahren ausgeliefert zu sein, und plötzlich, in der Stille der Morgendämmerung, die von Augustinos Piepsen und der trägen Abfolge der Wellen unterbrochen wurde, meinte Mutter ihren Namen zu hören, Esther, sagte eine Stimme, Mama, wir suchen Dich, Esther, es sah aus, als wollte Mutter sich umdrehen, sich der französischen Gouvernante, stocksteif in ihrem schwarzen Kleid, ans Herz schmiegen, und wie früher liebevoll ihren Namen hören, an ihrer Wange, in dem langen Haar, das die Gouvernante jeden Morgen bürstete, Esther, sagte Melanie, Mama, ich habe dich überall gesucht, denn hier stand Melanie, neben ihrer Mutter, an diesem weißen Sandstrand, endlich kommt sie zu mir, dachte Mutter, wahrscheinlich ist es Renatas Anwesenheit, die Melanie milder gestimmt hat, und gerührt bei dem Gedanken an den Reiher, auf der hohen Mole, dachte Mutter, sie liebt mich, schließlich ist Melanie meine Tochter, und Sylvie sah den Schatten ihres Bruders auf dem Gartentor, glich er nicht plötzlich seinem Land, blutbefleckt, unter dem Joch der Diktaturen, was für ein Gemetzel auf der Erde von Milch und Honig, dieser Bruder durfte ihr nie mehr näherkommen, mit seinem Stock den Vogelkäfig öffnen, mit seiner Klinge über den Flügel der Wellensittiche, der Küken streichen, sie musste den kleinen Augustin, den ein Priester vor dem Schiffbruch gerettet hatte, vor ihm beschützen; geduckt unter seinem breiten mexikanischen Hut, zermalmte er in der Stille eines Friedhofs zwischen seinen Schneidezähnen, mit idiotischem Gelächter, oh, möge es nie geschehen, die Fasern, Augustins zartes Fleisch, und sie hörte in der Stille der Straßen, nachts, diesen Stock des geisteskranken Bruders, der gegen die Eisengitter und -zäune klirrte; denn blutbeschwert war der Schatten dessen, der gestern der Totenwächter an den Ufern der Sonnenstadt war. Und während er über den rauen Rücken seines Leguans streichelte, sagte Samuel zu Venus, er werde sich für die Festnächte verkleiden, die noch zwei weitere Tage, zwei weitere Nächte dauerten, all diese Nächte, in denen er singen konnte, seinen Eltern nicht gehorchen musste, ein paar Musiker waren gerade zu den Straßen, den Gärten, aufgebrochen, zwei weitere Nächte, zwei weitere Tage, aber unaufhörlich summte eine Musik hinten im Garten, Venus' Stimme, die von den vereinzelten, tiefen Klängen der Gitarre, des Kontrabasses begleitet wurde, so viele lange Festnächte noch, dachte Samuel und nahm tanzend die Treppe hinauf zu seinem Zimmer; Samuel, dem Venus in dieser Festnacht einen Leguan geschenkt hatte, mit rauem Rücken, stachlig beim Anfassen, wie die Distel oder der harte Dorn des Kaktus, ein Leguan für Samuels und Augustinos Arche Noah, zwischen den Füchsen, den Schildkröten, den Tauben und

Turteltauben, und Daniel sah, dass der Schatten immer noch da war, der Schatten, der den Zaun streifte, neben dem Orangenbaum mit den bitteren Orangen, wo Venus sang, ob die Frau mit dem roten Gesicht verkleidet war, nein, es war keine Obdachlose, sie war es, die Gattin, die Ehefrau eines der Weißen Reiter, sie war nicht mehr alleine, war nicht auch er dort, neben ihr, zwischen ihnen ein Kind, sein Aussehen war trügerisch, in dem Kleid, das an seinen Körper genäht zu sein schien, unter dem weißen Laken der Kapuze, ein für die Feste kostümiertes Kind, wie man so viele vorbeiziehen sah, die in ausrangierten Straßenbahnen sangen, unter der Kapuze, trug es nicht, wie die Kinder aus den Zügen und Straßenbahnen, auf der Straße, eine glänzende Muschelkrone auf dem Kopf, doch warum hatte Daniel, trotz dieses märchenhaften Anblicks, unter dem weißen Laken der Kapuze, solche Angst vor den drei Gestalten, oder waren es nur die fiktiven Figuren aus seinem Werk, alle drei liefen unruhig auf und ab, der Mann, die Frau, das Kind mit dem schwerfälligen Gang, ganz in der Nähe der singenden Venus, der beiden schwarzen Musiker neben ihr, warum hatte Daniel solche Angst vor ihnen, da sind drei Schatten auf der anderen Seite des Zauns, sagte Jenny, ihre verschlagenen Gesichter sind unter Kapuzen verborgen, hören Sie denn nicht dieses Zischen, die geifernden Worte, sagte Jenny, von einer Frau, einem Mann, einem Kind, Neger, wir lynchen Euch alle, sagen sie, oder waren sie, deren Zahl stetig wuchs, nur die fiktiven Figuren aus dem Roman, den Daniel schrieb, sie waren da, denn Jenny unterschied deutlich drei Schatten unter der Kapuze, die Mutter, den Vater, das Kind mit dem schwerfälligen Gang, und Carlos sah die riesige Sphinx, ihr Löwenhaupt glitt an den Veranden vorüber, im Umzug der ungezählten Herrlichkeiten, und von zahlreichen schwarzen Schülern auf Wagen gezogen, erblickte Carlos das Schiff *Henrietta Marie*, seine drei Masten, die Berge von Gold und Silber, die in den Meeren versunken waren, bei einem Schiffbruch im 18. Jahrhundert, der große Dreimaster mit seinen, in den Korallenriffen der Marquesas verborgenen Schätzen, wo waren nur die Juwelenjäger, die der Neuen Welt entgegensegelten, man hatte die *Henrietta Marie* identifizieren können, ihr Name stand auf einer eisernen Glocke, einer neben anderen Objekten im Wasser schlummernden Glocke, die Ruderbank hielt in ihren Fangeisen noch die Füße der Häftlinge, woher kamen sie alle, aus Nigeria, aus Guinea, welch verschlungene Wege würden sie auf den Ozeanen nehmen, bis in den Golf von Mexiko, bis in die Neue Welt, wo die afrikanische Ladung auseinandergerissen und verkauft würde, zwischen den Haufen von Gold und den Edelsteinen, so viele Füße noch in ihren Fangeisen, lange hatte eine Glocke geklagt, in der nebligen Nacht, unzählige Tote auf jenen verschlungenen Wegen, auf jenen Ozeanen bis in die Neue Welt, Carlos sah die *Henrietta Marie*, die man geborgen hatte, wo waren nur die Schatzjäger, wo verbarg sich der Atocha-Schatz der Kapitäne, zwischen den Metallstäben der Fangeisen über den geschundenen Füßen, welche Nacht der Trauer für die *Henrietta Marie*, die mit ihren Kapitänen in den Meeren versank, an den Veranden glitt das Schiff *Henrietta Marie* vorüber, von zahlreichen Schülern gezogen, Cristo salva, rief eine Stimme, und Carlos rannte und rannte, wo war Polly, ganz verängstigt in dieser Menschenmenge, und wie traurig Onkel Cornelius wirkte, der zwischen seinen Musikern saß, in dem holpernden Lastwagen, Rue Esmeralda, Rue Bahama, der Lastwagen transportierte die Schüler und die vom Meeresgrund geborgene *Henrietta Marie*, ihre Gold- und Silberhaufen im Kohlenladeraum, auf welch verschlungenen Wegen war das Schiff *Henrietta Marie*, mit seinen drei Masten, über die Ozeane gelangt, sie, diese Männer, diese Frauen, mit den noch immer eisenumschlossenen Füßen, waren von den Barracudas, den Haifischen verschlungen worden, und sah er nicht im Schein der Morgenröte, an diesem Strand, den Julio täglich aufsuchte, über den Wellen das bunte Banner, so breit, dass es die Hälfte der Stadt eingenommen hätte und auf dessen Stoff alle Namen gestickt waren, José, getötet am 11. März, Pinar del Rio, Candido, Opfer von Polizeigewalt, am 4. November, Ovidio, im illegalen Kampf gefallen, Andrés, beim Fluchtversuch aus seinem Land erschossen, alle ertrunken oder getötet, José, Candido, Ovidio, Ramón, Orest, Edna, Julios Mutter, ihre Namen waren auf den durchscheinenden Stoff eines über dem Wasser schwebenden Banners gestickt und genäht worden, dachte Julio, und da riss Julio sich plötzlich die Binde von seinem verletzten Auge und rannte durch die Wellen auf das Banner seiner Märtyrer zu, rief nach jedem einzelnen von ihnen,

Orest, Ramón, Candido, José, Nina, Edna, seine Mutter, in Havanna, in Miami, dachte er, hätte sich dieses Banner in seiner Breite der blutbestickten Namen über fünfzehn Straßen, fünfzehn Gebäude gezogen, dieses riesige Banner, das von so vielen Verlusten, so vielen Verbrechen und Ertrunkenen zeugte, ich glaube an Gott und an die menschliche Güte, hatte die letzte Nachricht eines der Ihren gelautet, und Julio schwamm auf das bunte Banner zu, über dem Wasser, schwamm fieberhaft, während sich das Ufer entfernte, Cristo salva, rief eine Stimme, komm zurück, Julio, und Julio schwamm ans Ufer zurück, wo ein Junge wild gestikulierte, um den Anker an seinem Boot zu lichten, wo wolltest du hin, fragte er, über Jamaika tobt ein Sturm, es ist leichtsinnig, so weit hinauszuschwimmen, immer um diese Zeit liefen Melanie und Daniel für eine Weile am Strand, auf diesem Streifen Erde, war es dieser Gedanke, der Julio so schnell wieder ans Ufer getragen hatte, plötzlich war er auf sie zugeschwommen, als wären sie dagewesen, als wären sie in ihren beigefarbenen Shorts unter den Pinien, in den bereits warmen Sonnenstrahlen der Morgendämmerung gelaufen, die Namen des bunten Banners, so breit, dass es die ganze Insel eingenommen hätte, José, Candido, Ovidio, Ramón, Orest, Edna, ihre Mutter, bedeckten ihn in den Wellen mit ihren Grabtüchern, mit den Spuren ihrer Kämpfe, hatte Julio nicht, für sie alle, die Pflicht zu leben, Ramón, Orest, Nina, doch hätte der Junge, der den Anker an seinem Boot lichtete, nicht nach ihm gerufen, hätte ihn ein Nichts bis zum Leichentuch dieser Leben getrieben, ein Nichts, dachte Julio, ein Nichts hätte ihn in die Tiefen eines Meeres, eines Ozeans gleiten lassen, zu dem bunten Banner über dem Wasser, und Tanjou erkannte Jacques' Gestalt vor dem rosafarbenen Weiß des Himmels nicht mehr, er hielt den Kopf von Raoul, der sich in dem schillernden Grün rings um den Tennisplatz erbrach, erneut stiegen ihm Tränen der Wut in die Augen, was für abscheuliche Drogen hast Du bloß wieder genommen, sagte er zu Raoul und schüttelte ihn, und noch zwei weitere Festnächte, zwei weitere Festtage, murmelte Raoul, ich erinnere mich nicht mehr, noch zwei Tage, zwei Nächte, ich habe eine Mischung probiert, guck mal, ich zittere vor Kälte, und unter Raouls finsterer Verkleidung erkannte Tanjou auf Raouls brauner, muskulöser Schulter die rituelle Tätowierung, den von einem Schwert durchstoßenen Totenkopf, und das schubweise Erbrechen alarmierte Tanjou, merkst Du, wohin das führt, sagte Tanjou zu Raoul, merkst Du es endlich, ohne Disziplin, im Chaos, können wir das Turnier nicht gewinnen, und Tanjou begriff ebenfalls, dass Raouls Tätowierung, auf seiner Schulter, vielleicht von seiner Zugehörigkeit zu einer gefährlichen Gang zeugte, sie waren schön, sie waren jung, ach, konnte dieses Unglück, das sich gegen alle verschwor, nicht bald ein Ende haben; Tanjou erkannte Jacques' Gestalt vor dem rosafarbenen Weiß des Himmels nicht mehr, doch auf einmal, obwohl Raoul außerstande war, die krampfartigen Geräusche seines über das Gras gebeugten Körpers zu unterdrücken, meinte er dieses Oratorium von Beethoven zu hören, *Christus am Ölberge*, dem Jacques so andächtig gelauscht hatte, er hörte die Arie der Engel, das Rezitativ Jesu am Ölberg, wie würde Sein Vater im Himmel Jesus von der Todesangst erlösen, während die Lanzen der Soldaten auf seine Seite zielten, es geht schon wieder, sagte Raoul, gib mir meinen Schläger, sieben zu fünf, sagte er im Aufstehen, lass uns wieder auf den Platz gehen; fit und erfrischt in ihrer Sportkleidung, dabei hatten sie nur wenig geschlafen, dachte Adrien, sagte Suzanne nicht, dass ihnen für ihre Gesundheit drei oder vier Stunden pro Nacht reichten, sei zu viel Schlaf nicht geradezu unanständig, liefen Adrien und Suzanne, Hand in Hand, auf den Tennisplatz zu, auf die Gärten, die nach den offenen Blüten im Morgentau dufteten, heute, da bin ich mir sicher, sagte Suzanne, wird Tanjous Spiel luftig sein, überrascht er uns nicht immer mit seinem zuvorkommenden Schlag über das Netz, ich spiele lieber zwischen zwölf und drei, wenn mich niemand sieht, sagte Adrien, heute Morgen fühle ich mich wie ein geschlagener Ritter, und diese jungen Leute haben ein so aggressives Spiel, ach komm, komm, sagte Suzanne, die bei sich dachte, dass ihren Mann vor allem die Analyse beschäftigte, die er schreiben wollte, wenn das Manuskript der *Merkwürdigen Jahre* veröffentlicht wäre, denn dieses Manuskript würde veröffentlicht, schien Adrien plötzlich zu beschließen, dieses Manuskript würde bald ein Buch sein, ein konkretes, greifbares Werk, damit Adrien zu jenen gehörte, die eine brillante, kritische Rezension verfassten, einen Beitrag, über den er schon nachzudenken begann, seiner Idee zufolge, gestand er Suzanne, ganz beglückt von dieser Entdeckung, schildere Daniel die Welt wie Hieronymus Bosch und Max Ernst, ja, absolut, sagte er, Daniel hat zwar nicht die geschmeidige Sicherheit dieser großen Meister, aber in seinem Buch wimmelt es von ihren Visionen, er nimmt uns mit in das Narrenschiff, wie in den Garten der Lüste, Adrien hatte sich getäuscht, als er geglaubt hatte, dass der junge Autor, wie alle Schriftsteller aus dem Süden, von der Schwere der Sünde in einer puritanischen Gesellschaft besessen sei, in erster Linie sei Daniel ein zügelloser Maler, gelegentlich sei sein Mitleid grotesk, sein Stil überreich an Symbolik, was beim ersten Lesen des Manuskripts kaum auffalle, unendlich behutsam nehme er uns mit in die schwindelnden Regionen der Hölle, ging es ihm um den Wahnsinn der Menschen, dieses für Bosch so wichtige Thema, um den Tod, in seinen verrückten Kompositionen konfrontierte er die moderne mit der alten Welt, ein theatralisches Gewimmel ringsherum, eine seltsame Prozession der menschlichen Fauna, seiner Flora, das Narrenschiff, der Garten der Lüste, und manchmal das Jüngste Gericht, eine nachdrückliche Esoterik, wie Max Ernst kombiniert er Objekte, Trompe-l'œil-Collagen, auch er hat Psychologie studiert, er ist ein Schriftsteller des Okkulten, lass es Dir gesagt sein, Suzanne, das ist alles sehr verstörend, vor allem beim ersten Lesen, aber wie ich Daniel schon sagte, zu viele verwirrende Assemblagen. Außerdem gab es ein ärgerliches Versäumnis in Daniels *Merkwürdigen Jahren*, auf das Adrien hinweisen wollte, denn schien Daniel nicht, so präsent die Hölle und ihre Ränder auch waren, zu verkennen, und das war die Sünde der Jugend, sie wusste nicht alles von jenem Aufenthalt der Seelen im melancholischen Zwischenreich des Lebens, von der Gleichförmigkeit der Gesten, dass es sich um das Zwischenreich der lustvollsten Freuden, den Höhepunkt der sexuellen Lust oder die Vernichtung in den materiellen Freuden handelte, wusste ein Mann wie Adrien im Rausch seiner köstlichsten und befriedigendsten Besessenheiten denn nicht, dass mit einer Ejakulation oder einem unerhörten, über das erlaubte Maß hinausgehenden Appetit die kurze, seine, Unsterblichkeit endete, aber auch die der Vögel und der Wiesenblumen, ja, wiederholten sich diese unerträglichen Aufenthalte in jenem Zwischenreich ohne Zukunft nicht auf dem täglichen Spaziergang von Adrien und Suzanne zum Tennisplatz, zu den Gärten mit ihrem schillernden Grün unter der Sonne, schien Daniel nicht zu verkennen, dass dieser genüssliche Spaziergang eines Tages nicht mehr stattfinden würde, so wohltuend diese Angewohnheit im Laufe eines Lebens auch gewesen sein mochte, plötzlich würde Gott uns in unseren frischen Morgenkleidern fallen lassen, wie den Schmetterling in die Flamme oder die Blüte in die stürmischen Winde, was für ein schweres Versäumnis, das Adrien in seiner Kritik ansprechen würde, das scheinbar allen gewährte sanfte Paradies war niemandem gegeben, darüber durfte er bloß nicht mit Suzanne sprechen, die Frauen litten weniger als die Männer an jenem Überdruss, der die Selbstbezogenheit, den Egoismus nach sich zog, ja, waren ihnen, ganz auf ihre Kinder konzentriert, diese heftigen Besessenheiten des Lebens nicht unbekannt, oh, unselige Melancholien des Mannes, des Männlichen, das seine Kraft allen Dingen aufzwängen wollte, dachte Adrien, und Suzanne überraschte ihn mit der Erklärung ihrer Andersartigkeit, indem sie, wie so oft, ihrem Glauben an das Leben nach dem Tod Ausdruck verlieh, sie zweifele nicht daran, sagte sie plötzlich zu Adrien, das Gesicht von einer übernatürlichen Gewissheit erleuchtet, dass Charles und Frederic früher mit den Geistern der Verstorbenen kommuniziert hätten, in jenen Nächten in Griechenland, rings um einen Tisch, im Schein der Kerzen, hätten sie die Zeichen dieser Geister gesehen und gehört, ihre Eintragungen gelesen, in den Tafeln auf dem Tisch, der von unterirdischen Händen bewegt zu werden schien, diese Kommunikation zwischen den Lebenden und den Toten werde es immer geben, sagte Suzanne, die Anhänger des Spiritismus in Griechenland hatten es begriffen, um Mitternacht, im Schein der Kerzen, als eine Stimme sagte, ein Seemann, siebzehn Jahre, noch immer auf dem Meer verschollen, kommt zu mir, oh, Qualen der Schenken und Hafen im Nebel, sinkende Schiffe, kommt zu mir, siebzehn Jahre, Name, Thomas, in England geboren, Waise, wie Keats, der Dichter, mein Freund, auch ich habe Sonette verfasst, oh, Qualen der Schenken und Hafen, 1818, Waise, schon auf dem Meer verschollen, Buchstaben und Wörter, die sich von selbst schrieben, auf dem Meer verschollen, ein Nebel, wie jener Nebel in London, der Thomas' Geburt oder die des romantischen Dichters John Keats empfing, in einer Zeit, da der Tod so rasch auf die Geburt folgte, der nämliche Nebel, dieser Dunst, in dem auf einmal alle Schreie und alle Zeichen flackerten, löschte jede Spur des unverfrorenen Verstorbenen, die der Schatten wieder aufnahm, Tho-mas, Tho-mas, Keats, Charles und Frederic merkten sich voller Überschwang das höchste Zeichen, rings um den Tisch, im Schein der Kerzen, und Adrien, ein vernünftiger, besonnener Mann, enttäuschte Suzannes Hoffnung mit einem knappen Satz und sagte, es handelt sich hier, bei Charles und Frederic, um ausgesprochen fantasievolle Menschen, die nicht nur an das Überleben des Geistes nach dem Tod glauben, sondern außerdem häufig mit John Keats und etlichen anderen Zwiesprache halten, deren Verse über die Schönheit und Wahrheit sie mit ihren eigenen verwechseln, oh Qualen, oh Schenken, schrieb Fred, zu jener Zeit, in Griechenland, in den Wirren seiner Ehe, sie sind Dichterpersönlichkeiten, Geschichtenerzähler, Fabulanten, was haben sie nicht alles gesehen und gehört, rings um den drehenden Tisch, im Schein der Kerzen um Mitternacht, was haben sie nicht alles gesehen und gehört, Keats, der Dichter, Shelley, welche edle, schwärmerisch erfüllte Seele würde sich ihnen nicht anvertrauen, im Geräusch eines Atemzugs, rings um einen Tisch, und Adrien bedauerte, dass aus seiner dramatischen Stimme merklich die Eifersucht sprach, schließlich, sagte Adrien, bin auch ich ein Dichter, aber ich bleibe auf dem Boden der Tatsachen, oder war es womöglich eine andere eifersüchtige Regung, dachte Adrien, in Bezug auf die unsichtbaren, geheimnisvollen Bande, die Suzanne, Charles und Frederic vereinten, in der Tat, sie steckten alle so häufig zusammen, plötzlich entwickelten sie die gleichen Leidenschaften, auch die gleichen Schwächen, sei die Tatsache, zu fantasievoll zu sein, nicht eine Schwäche, aber auch ich glaube doch an diese Lehre, sagte Suzanne leise, und da meinte Adrien einen vergifteten Pfeil in sein Herz eindringen zu spüren, drei, sie waren drei, die den gleichen Geheimnissen auf den Grund gingen, drei Auserwählte der göttlichen Geheimnisse, und was habt Ihr sonst noch gehört oder gelesen rings um diesen Tisch, vor ein paar Tagen, hattet Ihr nicht ein Treffen bei Charles, ja, was habt Ihr nach so vielen Anstrengungen, Illusionen und Interpretationen wohl nicht alles gehört oder gelesen, drang Adrien mit nachdrücklicher Stimme in Suzanne, das Wort Daleth, wir haben gesehen, wie es sich vor unseren Augen zusammengesetzt hat, Daleth, ein hebräisches Wort, das Tür bedeutet, siehst du, und man weiß nicht, ob diese Tür offen oder verschlossen ist, sagte Adrien verärgert, Daleth, sagte Suzanne, mit Langsamkeit, oder war es hartnäckige Wehmut, dachte Adrien, Daleth, man muss auf diese Tür zulaufen, von der aus man, selbst von Weitem, eine das Licht reflektierende Wand sieht, Daleth, sagte Suzanne, während sich ihr von einer unergründlichen Gewissheit erleuchtetes Gesicht Adrien zuwandte, das ist alles, schien sie zu sagen und wiederholte das Wort, indem sie die Silben deutlich voneinander absetzte, Da-leth, eine Tür. Und würde Suzanne nun endlich, morgen, ihren Töchtern schreiben, morgen oder später, noch waren sie so glücklich, im Hinblick auf ihren Pakt, um jenes

Recht auf die Tür zu erlangen, Daleth, ohne dass es ihren Kindern Kummer bereitete, war es nicht ganz einfach, geradezu natürlich, nachdem man ein langes, ausgeglichenes Leben im Paradies verbracht hatte, noch bei guter Gesundheit auf jene Tür, Daleth, mit ihrer leuchtenden Öffnung, zuzugehen, Schritt für Schritt, ohne Verfall, aufrichtig und offen, wie morgens auf den Tennisplatz, unter dem gleißenden Licht der Sonne, sie hätten auch Jean-Mathieu davon erzählen sollen, aber würde er sie nicht streng verurteilen, meine geliebten Töchter, würde Suzanne schreiben, ob heute Abend, ob morgen, in zehn Jahren, in fünf Jahren vielleicht, meine geliebten Töchter, ich schreibe Euch hinter dem chinesischen Wandschirm, der mein Arbeitszimmer von dem Eures Vaters trennt, die Zeichnung einer weißen Lotusblüte auf dem Wandschirm, erinnert Ihr Euch, symbolisiert die buddhistische Philosophie in China, die mich immer fasziniert hat in ihrer ruhigen Erhabenheit, meine geliebten Töchter, schon lange trage ich mich mit dem Gedanken, Euch unsere Entscheidung mitzuteilen, Ihr wisst, sogar dem Gesetz nach, bald ist es so weit, gilt der assistierte Tod nicht als Selbstmord, Daleth, Tür, Öffnung auf die Bucht, die Sonne, das Grün, war es wirklich klug, ihnen zu schreiben, dachte Suzanne, hatten sie ihre Geheimnisse nicht immer vor den Kindern gehütet, an diesem Tag werden wir auf einem Kreuzfahrtschiff sein, würde Suzanne schreiben, während ihr Blick hin und wieder auf die chinesische Zeichnung der weißen Lotusblüte fiel, nein, sie würde ihnen, auch Jean-Mathieu, nichts sagen, wozu allen den gleichen Schrecken einjagen, spürte Jean-Mathieu in seinen eiskalten Gliedern nicht noch immer die Kälte, die aus den Mauern der Fabrik troff, in der er, als Kind, in Halifax, gearbeitet hatte, nein, sie müsste sich korrigieren und schreiben, der assistierte Tod ist, auch wenn derzeit viel über diese Frage diskutiert wird, kein Verbrechen, doch zugegebenermaßen habe ich Angst, meine lieben Kinder, dass Dr. Keworkian von den Gerichten für die einundzwanzig Toten, die man ihm anlastet, verurteilt wird, welcher würdige Mensch könnte nicht Anteil nehmen am Leiden derer, denen das Recht auf einen friedlichen Tod verwehrt wird, wie sehr ich sie alle bemitleide, meine geliebten Töchter, sie alle, die unter demütigenden Schmerzen dieses Recht fordern, Ruth, zweiundneunzig Jahre alt, Knochenkrebs, was für Qualen, die Einnahme zerstörerischer Medikamente, wer sind die Eindringlinge, die am Ende auf diese Weise die Schönheit der Leben, ihre Harmonie verunstalten, wir haben an Eurer Seite ein wundervolles Leben gehabt, und sie alle, die, körperlich entstellt, fordern und warten, sind wir nicht von Geburt an für uns selbst verantwortlich, nein, dieser Gedanke war zu hochmütig, dachte Suzanne, sie würde den Brief nicht schreiben morgen, zumindest heute Abend nicht, meine geliebten Töchter, selbst die erfahrensten Ärzte kennen unsere Körper nicht so gut wie wir selbst, Ihr, bei bester Gesundheit und so jung noch, hört nicht auf alles, was man Euch sagt, nein, niemals hätten ihre Töchter diese Ratschläge hingenommen, meine geliebten Töchter, würde Suzanne schreiben, ich denke, dass wir, wenn wir älter werden und nicht gut auf uns aufpassen, von den anderen misshandelt werden, erinnert Euch nur an die Überlebenden auf diesem Kreuzfahrtschiff, alles Greise, die ihre zynische und grausame junge Besatzung fast hätte umkommen lassen, während einer Überfahrt nach Kenia, oder an die fünfhundert weißhaarigen Passagiere, die auf die Hilfe ihres lachenden Kapitäns warteten, in ihren Rettungsbooten, auf dem Indischen Ozean, kein Motor an diesen Booten, kein Trinkwasser, keine Decke, und der Kapitän lachte und plauderte auf dem Deck, während das Feuer auf die Kabinen und seine Passagiere zukroch, nein, meine geliebten Töchter, dieses Schicksal wird uns nicht ereilen, es würde nicht morgen sein, noch waren Suzanne und Adrien so glücklich, ein einfacher Pakt, den sie nicht unterzeichnet hatten, aber wie duftend und wohlriechend dieser Tag doch war, dachte Suzanne, und wie beruhigend, der Anblick dieses Spielerpaars im goldenen Licht, Raoul, Tanjou, Tanjou mit seinem luftigen Spiel. Und sie, diese Orchestermusiker in ihren weißen Outfits, dachte Renata, verkörperten den atemberaubenden Geschmack nach Wasser und Rauch, nach dem Feuer am Rand der Lippen, das den Blick flackern lässt, plötzlich aber vernahm sie nur noch die schwachen Klänge, die sie ihren Instrumenten entlockten, ihr spöttisches Lachen, während sie zu den Vergnügungen des Festes auf den Straßen entschwanden, ihre Arme quollen noch über von der Opfergabe ihrer Blumen, sie sah ihnen nach, und dann erblickte sie ihn, er war immer noch da, sie hatte dieser schmutzigen Masse auf einem Gehweg ausweichen müssen, war es der erniedrigte, vergiftete Antillaner, der unter blinden Lidern zu ihr aufblickte, oder so viele andere, die ihm hätten ähneln können, ein Obdachloser, der in der grellen Klarheit der ersten Stunden im neuen Jahr vom Auto eines Betrunkenen angefahren worden war, ein ziellos durch die Gefängnisse Kaliforniens, Nevadas und Michigans Irrender, ein auf dem Gehweg, an einer Autobahn Ausgesetzter, Orangenpflücker ohne Verwandte oder Freunde, wie würde er morgen eingeäschert, bestattet werden, oder war er es, unter dem schwärzlichen Film, der sich über sein Gesicht zog, war es dieser entwürdigte Körper unter dem Ruß seiner Lumpen, dieser Mann zwischen lauter Paketen und Schnüren, die Straßen und Gehwege versperrten, denen sie hatte ausweichen müssen, während ihre Arme überquollen von den Blumen, sie wusste nicht, welch tief verwurzeltem Mitleid ihr Zugewandtsein entsprang, denn hefteten sich diese menschlichen Reste nicht an sie, wie an alle anderen, da, wohin sie zurückkehrte, würde sie geliebt und geachtet, während er nur noch mehr herabgesetzt würde, ein schnöder schwarzer Fleck vor einer weißen Mauer, unter einer strahlenden Sonne, oder sitzend, den Oberkörper steif vor Kälte, dieser Kälte, die einzig für ihn aus seinen feuchten Stofflappen sickern würde, doch das war nur ein besorgter Impuls, sie würde mit schnellen Schritten einen Bogen um die Masse auf dem Gehweg machen, um den trüben Widerschein aus dem Blick unter den Lidern des Mannes, der sie noch bis zu ihrer grünenden Höhle verfolgen würde, bis zu dem gemieteten Haus, eine schmuddelige Masse, die ihr stets mit ihrem bettelnden Blick zusetzen würde, diesem Band der Scham, oh, auf dass sie ihn nicht mehr sehen musste, in der Schar der abgemagerten Tiere, die ihm folgten, Tiere, Frauen oder Kinder, ihre unruhigen Scharen zerstreuten sich über die feinen Sandstrände, in das Gras der Gärten vor den Kirchen und Schulen, manchmal schlossen sich ihnen junge Leute an, ganz in Schwarz, unter Filzhüten, mit Nietenstiefeln an den Füßen, in Leder gekleidet, ein Frettchen oder eine Ratte auf der Schulter, wenn sie ihren Hut abnahmen, sah man diese Narbe zwischen spärlichen Haaren, wo die Ratte hauste, nachts, unter dem Hut, angeknabberte Knabberer, angenagte Nager, alle verkeilt in diese schwärzliche Masse, vor der weißen Mauer, an der sie vorbeiging, die sie nicht mehr sehen wollte, als wäre, jetzt schon, ihre Lebenskraft geschwunden, während in ihr noch das Echo des Festes nachhallte, und die schwachen, beschwingten Klänge, die die Musiker, in der Ferne, ihren Instrumenten entlockten, und Adrien dachte an seinen kritischen Beitrag über Daniels *Merkwürdige Jahre*, er war nicht durchlässig genug, dachte er, um zu akzeptieren, dass das Schreiben dieses Jungen wie Chlor auf ihn abfärbte, also wirklich, ein bisschen Zurückhaltung, unbezwingbar wäre er vielmehr hinter dem Schild des Kritikers, oder hinter den Schilden des Kritikers und des Dichters, unbezwingbar, ja, dieser junge Autor durfte ihn nicht mehr quälen, während er seine Ellbogen vor dem Computer streckte, so erleuchtet, dass er seine Stimme nicht zum Verstummen bringen konnte, ja, man durfte ihn nicht mehr hören, das Manuskript sollte veröffentlicht werden, an dieser gefährlichen Wegbiegung erwartete Adrien ihn schon mit seinen hellsichtigen Analysewerkzeugen, eine seltsame Prozession der menschlichen Fauna, seiner Flora, das Narrenschiff, der Garten der Lüste, Daniel kombiniert Objekte wie Max Ernst, Trompe-l'œil-Collagen, die Ufer des Flusses Ewigkeit, dieser Titel wäre treffender, ja, aber wie unerfreulich, sie alle wiederzusehen, Hitlers Hund, die unfreiwilligen Selbstmordkinder in einem Bunker, die Kinder Goebbels', die er freispricht, noch heute begegneten wir diesen rachsüchtigen Seelen, schrieb er, die unfreiwillig in den dunklen Wellen trieben, nein, das alles war unter einem gefährlichen, unheilvollen Einfluss geschrieben, diktiert worden, die Luft zwischen diesen Zeilen war unerträglich, sicher war er einer jener deprimierten, verabscheuenswerten Schriftsteller, dachte Adrien, es färbte allmählich sogar auf ihn ab, wenn er mit seiner Frau Tennis spielen ging und so herrliches Wetter war, dabei entsprach das Leben doch, wie die visionären Maler es erfasst hatten, dieser rätselhaften Collage oder dieser verwirrenden Assemblage, Fred hatte in München Blumen gemalt, diese Blumen mit dem Titel *Evas Blumen*, frisch, als wären sie im Garten Eden gemalt worden, gelbe Blumen, die den Glanz der Sonne hatten, damals, als Frederic mit seinen zerstörerischen Flugzeugen unter den Brücken durchgeflogen war, als die Städte bombardiert wurden, *Evas Blumen* in München, als hätte das Leben immer wieder aufs Neue begonnen, teilte Frederic nicht mit Daniel, und womöglich bestand darin ihre Naivität, das Gefühl einer umfassenden, über die Menschheit verbreiteten Unschuld, und sei es eine in die Hölle gestürzte heilige, heldenhafte Menschheit, wie damals Max Ernst in der berechtigten Wut seiner Prophezeiungen, ließ er nichts aus in seiner furchterregenden Roman-Collage, man sah dort die Geschichte des vergangenen Jahrhunderts vorbeiziehen, die Akademie der Wissenschaften mit ihren Totenköpfen unter einem Regenschirm, zu einem Ball waren die Dames du Calvaire, die Feen der Zerstörung geladen, Schiffe glitten über blutverschmierte Bretterböden, mit abgetrennten Köpfen, der Maler war ein Provokant und Frevler, das Meer, die Wälder, waren kannibalische Orte unter Raben und Schlangen, die einen kahl fraßen, die Körper überzogen sich mit Rissen und Verbrennungen wie unter der Asche der Atombombe, über die Umgebungen der Städte fielen Riesenspinnen her, Heuschrecken, die alles Blau verschlangen, jene, die in einer sternenlosen Nacht beteten, Mönche, deren Messbücher zwischen den gefalteten Händen langen Gewehren glichen, und wovon kündeten diese Bilder, von der Geißel, der Pest, ein schmerzhaftes Husten zunächst, die Geißel der Brusterkrankungen, und was sah man, hoch oben auf einem Mast, Schiffbrüchige, überall Schiffbrüchige, Scharen von Schiffbrüchigen unter einem tristen Himmel, ließen sie sich nicht alle, Charles, Daniel, Frederic, Suzanne, von dieser dämonischen Macht des Traums hinters Licht führen, ein Traum, der sie bald unter sich begraben würde wie unter dem Flügel eines Albtraums, aber am schwerwiegendsten war Daniels Versäumnis, dachte Adrien, in Bezug auf das Glück, er hatte jenen Aufenthalt der Seelen in die Gleichförmigkeit der Gesten gelegt, und vergessen zu sagen, dass eines Tages der tägliche Spaziergang von Adrien und Suzanne zum Tennisplatz, zu den Gärten mit ihrem schillernden Grün unter der Sonne, dass dieser Spaziergang eines Tages nicht mehr stattfinden würde, so wohltuend diese Angewohnheit im Laufe eines Lebens auch gewesen sein mochte. Unaufhörlich summte eine Musik hinten im Garten, Venus' Stimme, die von den vereinzelten, tiefen Klängen der Gitarre, des Kontrabasses begleitet wurde, so viele lange Festnächte noch, sagte Samuel, der, unter dem Beifall von Augustino, die Treppe von der hohen Veranda herabstieg, Samuel ist ein Vogel, rief Augustino mit seiner hellen Stimme, Samuel erschien Venus mit einer Augenmaske aus grünblauen Federn, fast wie das prächtige Gefieder eines Pfaus, er posierte auf der Treppe, Samuel hatte den mit einem Schnabel versehenen Vogelkopf, die Flügel, die Brustpartie selbst gebastelt, aus unterschiedlichen Materialien, zerbröselte Glasteilchen, Pappmaché, bestickter Stoff, arbeitete er nicht schon so lange daran, fast wie die Zeichnung eines kubistischen Malers, mit aufgeschweißten Collagen und getrockneter Gouache, und würde man Samuel so nicht an Bord seines Schiffes, Augustinos Arche Noah, sehen, über und über mit Federn bedeckt wie der stolzeste aller Vögel, einst hatten sich seine Vorderbeine in Flügel verwandelt, und er war bereit zu fliegen, zu migrieren, mit seiner Familie, seine Muskeln waren stark, dachte er, richtige Motoren, die ihn zum Fliegen und

Landen befähigten, und ein Singen, ein Zwitschern erfüllte seine Kehle, in seinen Klauen würde er den grünen Leguan, den Fuchs der Sümpfe, die Schildkröte, den im abendlichen Auffliegen der Tauben und Turteltauben von den Autofahrern getöteten Hirsch halten, oder Samuel und Veronica würden aus einem Ballon in die heiße Luft geworfen, wie jene Piloten, mit Fallschirmen auf dem Rücken, Guy und Pamela, Vermählte der Lüfte am Himmel von Colorado, schwebend, Hand in Hand, würden sie elftausend Sprünge absolvieren, mit einer Geschwindigkeit von zweihundert Meilen pro Stunde über die Wolken fliegen, Samuel stieg, unter dem Beifall von Augustino, die Treppe von der hohen Veranda herab, Samuel ist ein Vogel, rief Augustino mit seiner hellen Stimme, und Jenny wunderte sich, dass er von seiner Siesta schon wieder aufgewacht war, aber zwei Nächte, zwei weitere, lange Nächte, sagte Samuel, niemals schlafen, nie den Eltern gehorchen, und tutti son pien di spiriti, dachte Frederic und überlegte, weshalb er aus seinem Bett gefallen war, wo war nur Eduardo, im Hof bei der Gartenarbeit, oder wartete er vielleicht auf Ari und seine Skulptur im Garten, dieser Schwall von Lauten und Stimmen, kam er aus dem Garten, aus dem Fernseher oder von der Straße, in jenen Festnächten und -tagen, war es heute Abend, dieses Essen mit Adrien und Suzanne auf der Dachterrasse des Grand Café, das der Architekt Isaac erbaut hatte, waren sie nicht alle auf den Gipfeln der Stadt verabredet, das Grand Hôtel, das Grand Café, doch vergaß Isaac, ganz von der Erbauung seiner genialen Träume absorbiert, nicht die armen Leute darunter, die, die ohne Gepäck flüchteten, was für ein Lärm, diese Flugzeuge, die zerstörerisch unter den Eisenbrücken durchflogen, dachte Frederic, ich werde es Isaac sagen, heute Abend, er weiß um meine Offenheit, er wird es mir nicht verübeln, Isaac, denk nur an deine Kindheit in Polen, aber nein, würde Isaac entgegnen, Du sprichst von meinem jüngeren Bruder Joseph, Samuels Onkel, ich war klug genug, schon vor allen anderen zu fliehen, Isaac, all diese Leute in den rauchenden Trümmern, ich habe sie gesehen, weißt Du, würde Frederic sagen, was machte Frederic nur, in seine Decke gewickelt, auf dem Teppich in seinem Schlafzimmer, und wo waren sie alle, Ari, Eduardo, ach, der Zettel, ich muss lesen, was Eduardo mir aufgeschrieben hat, um mich zu erinnern, dachte Frederic, aber wo sind sie alle, warum bin ich plötzlich so alleine, und Frederic sah Eduardos Nachricht, auf einem Stuhl, neben dem Bett, er las seine akkurate Schrift, Sonntag, Abendessen bei Suzanne und Adrien, jetzt brauche ich mich nur noch anzuziehen, dachte Frederic, denn ich muss Isaac doch überzeugen, heute Abend, diese Kinder in München, ihre Mütter, ich denke jeden Tag daran, würde ich ihm sagen, welches Grauen für sie alle, den gestreiften Anzug, Eduardo hat mir diesen eleganten Anzug besorgt, und den Gürtel, sonst rutscht die Hose runter, sagte er, wo ist der Gürtel, tutti son pien di spiriti, schon wieder diese unkontrollierbaren Schwindel, ja, das ist es, sie müssen im Garten sein, um Aris Skulptur neben dem Brunnen aufzustellen, ein Bogen, ein in den Himmel gespannter stählerner Draht, Symbol für den Raum, für die Freiheit, ein Gedächtnis, das frei ist sich zu erinnern, wie mochte das sein, ein von sämtlichen Sorgen befreiter Körper, der Gürtel, wo ist der Gürtel, Eduardo hat mir oft gesagt, verlier ihn nicht, und hatte Jean-Mathieu nicht gesagt, dass er mich abholen käme, ich habe noch Zeit, bis Jean-Mathieu da ist, Griegs *Lyrische Stücke* für das Konzert zu üben, sonst schlägt mir der Lehrer auf die Finger, er wird mit einem Streichholz über meine Fingernägel fahren und sagen, wenn Sie nicht anständig spielen, verbrenne ich Ihnen die Finger, komisch, ich habe immer gedacht, dass er es wirklich tun würde, Frederic sitzt schon am Klavier, sagte Eduardo zu Ari, neben dem Brunnen, im Garten, wo sie neben der Skulptur standen, nach einem geeigneten Platz zum Aufstellen suchten, nein, nicht hier, da ist es zu schattig, sagte Eduardo, die Sonne, immer der Sonne zugewandt, sagte Eduardo, hier würde sich der lange stählerne Draht, die konstante, von Ari geschaffene Bewegung in einer Legierung aus Eisen und Harz, der er mit seinen Fingern Geschmeidigkeit, Größe und Bewegung verliehen hatte, entfalten, dabei das Licht verzaubern, es einfangen, sagte Eduardo, und, zunächst noch so klangvoll, verblassten die Noten, die Frederic auf dem Klavier spielte, im Lärm der Straße, und Eduardo sagte wieder mit wehmütiger Stimme, wie sehr er, um diese Zeit des Jahres, an seine Mutter denke, an die Sierra Madre, an Oaxaca, doch habe seine Mutter ihm nicht gesagt, es sei seine Pflicht, hier, bei Frederic, zu sein, so wie er damals, vor Jahren, in Mexiko bei seinem kranken Vater gewesen sei, und weißt du, Ari, meine Mutter fand mich so hässlich, als ich geboren wurde, runzlig wie ein Äffchen, sie wollte mich nicht, dieser Geruch nach Maisfladen in unserer Küche, sagte Eduardo, noch immer mit bebenden Nasenflügeln, wenn ich bedenke, Ari, dass Du, vor Deinem fünfzigsten Geburtstag, schon ein Kriegsveteran bist, Du siehst gar nicht danach aus mit Deiner schlampigen Kleidung und Deiner struppigen Pferdemähne, ein ungutes Abenteuer, sagte Ari, ein ganz ungutes Abenteuer, sagte Ari, und verdrängte widerwillig seine Erinnerungen, andere Veteranen, richtige Männer des Krieges, sitzen, unter sich, in Hütten, in Zelten, an abgesperrten Stränden, wo sie in einem bitteren, feindlich gesonnenen Exil zu leben scheinen, worüber sprechen sie miteinander, über die Ruchlosigkeit unserer dortigen Verbrechen, über die bittere Zerstörung einer Rasse, eines Landes, wenn ich an diesem Lager vorbeiradle, zittere ich immer noch vor Angst, doch was habe ich nicht alles meinem Abenteuerdrang geopfert, sagte Ari, wie verrückt, die Kunst, die Skulptur kann immer nur einen Teil von uns rehabilitieren, der andere liegt in einem schlammigen Graben in Vietnam, stets wird es Generäle geben, die Jugendliche in die Hölle schicken, damit sie niemals ganz zurückkehren, und Dein Abenteuer in Südamerika, sagte Eduardo, und Dein Abenteuer im Libanon, obwohl Ihr nie von Eurem Segelschiff herunterdurftet, ja, was für Abenteuer, sagte Ari, vier Jungen, vier Mädchen, die sich auf die Suche nach dem Paradies begeben, auf einem Segelschiff, mit ihrer Ladung Haschisch unter den Brettern, und dann kehrten wir wohlbehalten wieder zurück, Tausende von Dollar in den Taschen, wohlbehalten, aber verschreckt, noch ein Abenteuer, das mit der Erfahrung des Krieges, mit meiner wilden, der Gefahr trotzenden Unvernunft, einem Drang, einer Neigung zum Tod verknüpft war, diese Überreste des Krieges, sagte Ari, plötzlich desillusioniert, und sein Blick hellte sich erst wieder auf, als er liebevoll seine Skulptur betrachtete, ist das nicht wunderbar, sagte er, beim leisesten Windhauch wird die stählerne Linie in Bewegung versetzt, die Skulptur gleicht einer geliebten Frau, die Bewegung, das Leben, Fred wird sich freuen, aber wir hören sein Klavier nicht mehr, warum ist er so still, wahrscheinlich hat er sich wieder ins Bett gelegt, um zu schlafen, sagte Eduardo, erzähl nur alles, wie war das auf dem Segelschiff mit den Mädchen? Ob Unvernunft oder Unschuld, sagte Ari, es war das Paradies, und während wir uns den Küsten näherten und den Piers, wo die verschlagenen, gerissenen Käufer warteten und unserer Besatzung undeutliche Zeichen gaben, packte uns das Entsetzen, auf dem Wasser aber, mitten auf dem Ozean, waren wir unbändig glückliche Barbaren, wir lebten nackt, vom Wind gestreichelt, zahllose Umarmungen und Küsse unter der einzigen Dusche des Segelschiffs, wir lebten in einer vollständigen Entspannung von Körper und Geist, auf diesem herrlichen Segelschiff, das wir nach unserer Rückkehr verkauft haben, Haschisch-Händler, die davon träumten, sich ein paar Inseln zu kaufen, schön, von Sonne und Wind gebräunt, wer hätte diese Banditen nicht um ihr Los beneidet? Und so schwindet die Jugend, sagte Ari, später sieht man nur in seinen Träumen noch das Segelschiff und diese Mädchen, mit denen man von morgens bis abends Rum getrunken und, allein im Schutze des Himmels, geschlafen hat, der Rum, die Liebe, hielten die Angst von uns fern, wir wussten, dass das Segelschiff unserer Freunde von den Patrouillenbooten gerammt worden war, ein leichtsinniges junges Mädchen war dabei umgekommen, so schwindet die Jugend, sagte Ari, das weiße Segelschiff kehrt nur mehr im Traum zurück, tutti son pien di spiriti maladetti, dachte Frederic, während er mit unsicheren Schritten durch die Menge lief, hatte er Eduardo nicht vergessen zu sagen, dass er für ein paar Stunden alleine ausgehen würde, wie gelangte man doch gleich zu diesem Grand Café und seinen Terrassen, die Isaac auf den Dächern der Stadt erbaut hatte, was für ein Raunen von Stimmen und Trommeln, Boulevard de l'Atlantique, musste man hier nicht rechts abbiegen, auf eine Gruppe von Schwarzen zu, die auf der Straße tanzten und sangen, ein holpernder Lastwagen brachte Cornelius und seine Musiker, die, aufrecht, eng beieinander auf Stühlen saßen, zu diesen Straßen am Meer, ein Mann unter ihnen, war es der magere Cornelius, der in sein kariertes Taschentuch hustete, schien Tränen zu vergießen, während sich sein schwächlicher Körper der Straße entgegenneigte, die Erinnerung führte ihm all jene vor Augen, die gelyncht worden waren, auf einem Steilfelsen, in einem Tal, an sämtlichen Bäumen der Rue Bahama, der Rue Esmeralda, sie baumelten von den Ästen, in der Fülle der Blüten, die in Schlingen gefangenen Hälse, ja, hier rechts musste er abbiegen, tutti son pien di spirti maladetti, dachte Frederic, was hatte nur dieser Schwindel zu bedeuten, war sein Gang seit einiger Zeit nicht ein bisschen schwankend, sie waren im Garten, stellten Aris Skulptur neben dem Brunnen auf, Frederic hatte sie nicht stören wollen, der gestreifte Anzug wäre gut geeignet, der Ledergürtel würde die Hose an der Taille fest zusammenhalten, aber diese Schwindel, ein merkwürdiges Unwohlsein, weshalb traf es ihn nur, und plötzlich erinnerte sich Frederic an den kleinen Bronzekopf, eine Büste von sich selbst, als Kind, wie geschickt seine Finger, damals, als sie in Athen lebten, noch waren, Musiker, Maler, Bildhauer, bewegliche Finger, Engelsfinger, dachte er, der Kopf von Frederic, dem Wunderkind, der vornehme Kopf des kleinen Mendelssohn, und auf einmal nun, an seiner Stelle, der Kopf des alten Künstlers, ein ausgezehrter, alt und weiß gewordener Kopf, ein weiteres Zeichen von Gottes Kälte gegenüber den Menschen, und wenn wir auf den Gipfeln der Stadt sind, werde ich zu Isaac sagen, der Teufel hat Dich hier, in der Gestalt eines Prospektors, in Versuchung geführt, er hat gesagt, wenn Du willst, liegt Dir diese Insel, diese Stadt zu Füßen, und Du hast der Versuchung nachgegeben, hast die armen Leute aus ihren Holzhäusern, von ihren Stränden verjagt, der Stil Deiner Gebäude, ihre Konstruktion zeugt von Deinem Streben nach Glanz und Pracht, hier ein Garten Marokkos, dort ein verwunschener Wald, wo in Bambuskäfigen aus Asien importierte Vögel singen, beeindruckend, Du bist beeindruckend, Isaac, sogar ein Theater in Muschelform hast Du errichtet, wo die Dichter beim Deklamieren ihrer Verse die Wellen des Meeres hören, doch all diese genialen Träume haben die armen Leute aus ihren Häusern verjagt, und Du, Isaac, Du wirst erwidern, ich habe diese Stadt aus den Ruinen gehoben, ich habe einer Idee gedient, und ich, Isaac, ich sage dir, als die Prospektoren zu Dir gekommen sind, auf den Gipfeln, von denen man nachts die Lichter des Grand Café über den Dächern glänzen sieht, wo sich steinerne Fabeltiere zeigen, und die Skulptur eines griechischen Knaben, der aus dem Gebüsch zu rennen scheint, hast Du in ihnen nicht den Teufel erkannt, sieh nur, wie unglücklich, wie einsam Du bist, mein Freund, ohne Nachkommen, ohne Freunde, ein paar Seelenverwandte nur, wie Dein alter Fred, denn Du fürchtest die Habgier der Menschen, der Du so oft zum Opfer gefallen bist, nimm es mir nicht übel, mein Freund, ich sehe sie noch in sämtliche Richtungen laufen, verstört, ohne Gepäck, in den rauchenden Trümmern, tutti son pien di spirti maladetti, dachte Frederic, wie konnte ich nur vergessen, Eduardo Bescheid zu sagen, dass ich alleine ausgehe, wo bin ich jetzt, welche Richtung muss ich nehmen, und hier Cornelius, von einem Pferdekarren zum verhängnisvollen Baum gebracht, die Schlinge schneidet ihm in den Hals, hier weint er in sein Taschentuch, ich höre ihre Musik, ich tanze mit ihnen, easy living, egal ob sie der feindlichen Artillerie oder der Infanterie angehörten, ihre Beine, ihre Arme waren zerfetzt wie einst unsere Leichen, an einem Zaunpfahl, an den Befestigungsmauern, ein blutiges Weihnachten, auf dem Pfosten verbrannte Vogelscheuchen, damals in Bastogne, an einem blutigen Weihnachten, Dezember 1944, die Finger abgeschnitten, abgerissen, Dezember 1944, Bastogne, aber wo ist Eduardo nur, ich habe aus meinem Zimmer nach ihm gerufen, Isaac wird sagen, dass ich zu viel rauche, meine Gesundheit ruiniere, ohne Nachkommen, kaum Freunde, außer unserer Clique, Charles, Adrien, Suzanne, sein alter Freund Fred, und all diese Kunstwerke rings um ihn, eine indonesische Maske, deren Mund im Schreien erstarrt, was wird er mir vorzuwerfen haben in meinem gestreiften Anzug, lässig, eine Zigarette im Mundwinkel, fällt es Dir nicht ein bisschen schwer, die Treppe hochzusteigen, mein lieber Fred, man hört Deinen Atem rasseln, Du wirkst immer noch so jugendlich, weil Eduardo sich gut um Dich kümmert, aber ich will nichts wissen von der Unschuld der einen und der anderen, ich fliehe die Gesellschaft der Menschen, alle schuldig, aber lass es Dir gesagt sein, was für ein Charme, man sieht, dass Du erst nachmittags um drei aufstehst, dass Du nur für die Musik lebst, während ich einer Maschine zu Diensten bin, unser Bürgermeister Lamberto hätte die Bedeutung meiner Pläne verstanden, meine Bauleitung, mir ist es zu verdanken, wenn der Anstand, ein würdiges Leben die Seele der armen Leute erfüllt, Deine Bronchien, mein Freund, Du musst Dich um Deine Bronchien kümmern, Rue Esmeralda, sie waren in einem Lastwagen, saßen, ihre Instrumente auf den Schoß gepresst, auf schmalen Stühlen, Eduardo kennt diesen Weg zu Isaacs Haus, zu seinen Terrassen, Eduardo, das weiß ich, wird mich wiederfinden, Dezember 1944, im Feuer der Gewitter, und auf dem Weg des Gedenkens dachte Charles an Frederic, was wohl aus ihm würde, aus diesem guten Jungen, wenn Charles sich zum Schreiben in ein Kloster einschließen würde, Fred, der so gewinnend war, aber dieser Fernseher, diese Musik von Grieg, die Glut eines ganzen Lebens und die darauffolgende Stille; in diesem Kloster, dachte Charles, in dieser Einkehr, dachte Charles, hörte man alles, Griegs *Lyrische Stücke*, die Feierlichkeiten an Chanukka im Freudengeschrei der Kinder, die in Nordamerika ihre Geschenke bekamen, oder das von Schwefel und Rauch erfüllte Geschrei der palästinensischen Kinder in der Stadt Gaza, alles, Charles würde alles hören, in jenen Festungen des Glaubens, wo ein jeder zu Gott beten und flehen würde, in den Moscheen und Tempeln, in der Moschee Ibrahimi oder in der Höhle Machpela, zahllose inbrünstige, heilige Gesänge, plötzlich mit hasserfüllten oder rachedurstigen Klagen skandierte Psalmen, während die Patriarchen, die Hände zum Himmel erhoben, niederknien, Charles würde auch die heimliche, verstohlene Odyssee jener Uranfrachter hören, die aus der Republik Kasachstan lautlos über die Kontinente bis nach Oak Ridge glitten, eine verstohlene, heimliche Odyssee jedoch, und heute, dachte Charles, während er unter den Palmen radelte, war hier nur das nachdrückliche Klingen des Totengeläuts in einer Kirche zu hören, es galt Justin, den man ehren wollte, nach all diesen Jahren würde sein Haus, seine Familie gewürdigt, Justin, der Friedliebende, der sich, wie der Bürgermeister von Nagasaki, einer Nation, seinem Kaiser, widersetzt hatte, ein Stück Stahl in den Lungen, im Herzen, Hiroshima, ein Stück Stahl, dieses Schuldgefühl, an dem er letztlich zugrunde gegangen war. Und Cristo salva, rief eine Stimme, stimmte es also, was Mama und Pastor Jeremy sagten, oder waren diese Augen, unter den Kapuzen, unter den weißen Laken, nur Verkleidungen in einer Nacht der Maskerade, dachte Carlos, der rannte und rannte, wir metzeln sie alle ab, hörte Carlos, stimmte es, was Mama und Pastor Jeremy sagten, Neger, Homosexuelle, denn unsere Rohheit ist ungestillt, war es das, was man zwischen ihrem Zischen, ihrem Gebrüll vernahm, unter ihren Feuerkreuzen, aber wo war Polly, ganz verängstigt in dieser Menschenmenge, dachte Carlos, der rannte und rannte, zu den Tischen, auf den Gehwegen, nur stehen blieb, um sich mit würzigem Reis vollzustopfen, mit Honigbohnen und Fleisch von den Grills, in einem fettigen, beißenden Qualm, und sah er so nicht auf einmal Polly, Polly, die, wie er, das Aroma der duftenden Lebensmittel einsog, Polly, die Hunger, die Durst hatte, eine lebendige, schwanzwedelnde Polly, und wenn Carlos ihr sagen würde, komm mit, würde sie seinem Befehl gehorchen, beflissen an seine Fersen geheftet, würde sie sich an ihm festbeißen und ihn zum Strand ziehen, die Sonne, die Wellen, stimmte es, was Mama und Pastor Jeremy sagten, dass die Weißen Reiter da seien, und sie wären unzertrennlich, dachte Carlos, Polly würde immer bei ihm sein, so gut dressiert von ihrem Herrchen, dass Pollys Kopf sich auf der Höhe von Carlos' linkem Schienbein befände, er würde ihr das Kommando

Fuß beibringen, das Kommando Sitz, auf ihren Spaziergängen, wenn sich die Leine weich und elastisch um Pollys Hals schmiegte, und Carlos würde sagen, bravo, Polly, braver Hund, Carlos wusste auch, wie starrköpfig Polly war, aber sie senkte auf eine so rührende Art den Kopf, und ihre vor Dankbarkeit feuchten Augen hatten aufgeleuchtet, als sie Carlos wiedergesehen hatte, Pollys stets etwas bange Augen unter den buschigen, hochgewölbten Brauen, und Frederic dachte wieder an das, was der alte Isaac zu ihm gesagt hatte, er habe keine Nachkommen, aber nach seinem Tod würden seine Angestellten entdecken, dass die Ausbildung ihrer Kinder über zwanzig Jahre hinweg bezahlt war, denn, wie er immer zu Frederic gesagt hatte, erinnerte sich der alte Isaac, obwohl auch sein Gedächtnis plötzlich schwächer wurde, an seine Kindheit in Polen, Isaac war nicht das abstoßende Produkt eines mit dem Schweiß der Armen erkämpften Kapitalismus, und war das nicht Eduardo, den Frederic dort auf einmal sah, sein auf dem Rücken wippender schwarzer, langer Zopf, denn Eduardo lief schnell, er wirkte ernstlich besorgt, Frederic rief ihm fröhlich zu, Eduardo, Eduardo, ist es nicht heute Abend, unser Essen mit Suzanne und Adrien, heute Abend, Sonntag, oder an einem anderen Tag, Eduardo, sag, erinnerst Du Dich, Du, dessen Gedächtnis noch frei ist, so frei womöglich, dass es sich an zu viel Überflüssiges erinnert, und Frederic überlegte, dass er nun vor dieser Menschenmenge gerettet sei, die ihn niedergetrampelt hätte, wenn Eduardo nicht dagewesen wäre, mit seinem, auf dem Rücken wippenden schwarzen, langen Zopf, mein Freund, wiederholte er, mein Freund, während ihn Eduardo mit seinem kräftigen Arm festhielt, war es nicht heute Abend, oder morgen, dieses Treffen mit Suzanne und Adrien, und so redete Frederic in dem Lieferwagen, der sie zurück nach Hause brachte, auf Eduardo ein und betrachtete dabei die frommen Heiligenbilder, die im Rückspiegel zitterten, das schmale Kruzifix aus Holz, das Eduardo auf der Brust trug, manchmal, ja, das kommt vor, gibt es Engel, hier auf Erden, sagte Frederic zu Eduardo, überall, das weiß ich, sagte Frederic, gibt es Jungen und Mädchen wie Dich, Eduardo, das Universum ist voll von jener unbekannten Heiligkeit der Menschen, eine profane, eine göttliche Heiligkeit, habe ich zu Isaac gesagt, überall Jungen wie Dich, Eduardo, ärmliche Mutter Teresas, die sich bei der Arbeit, im Haushalt verschleißen, und nie den Respekt, die Verehrung erfahren, die sie verdienen, denn so ist das Leben, grausam und ungerecht, und Du, Eduardo, wer auf dieser Welt vermag Deine Seele, Deine Größe zu würdigen, was meinst Du, und diese armen Leute in München, die unter den rauchenden Trümmern verschwunden sind, ebenfalls Heilige, doch wer machte sich nicht über Frederics Ideen lustig, und als sie ganz in der Nähe des Hauses waren, auf dem Weg der Riesenpalmen, rannte Ari ihnen entgegen und rief, in Frederics Schlafzimmer sind zwei Jungen eingebrochen, während ich draußen gearbeitet habe, und was haben sie gemacht, diese Lumpen, sie haben den Fernseher mitgenommen, alles, alles, sogar Frederics kostbare Platten, sie haben alles in eine Tasche geworfen und sind abgehauen, und wir kennen sie, es sind die Söhne von Pastor Jeremy, der, den alle den Bekloppten nennen, und sein Bruder Carlos, verfolgt sie bloß nicht, sagte Frederic, ich habe ihnen viel zu verdanken, nein, verfolgt sie nicht, aber diese Kinder sind Gauner, sagte Ari, sie müssen bestraft werden, und bei diesen Worten sah Ari das Segelschiff Richtung Libanon, der Nervenkitzel, sogar die Gaunerei waren nur mehr ein Traum, Mädchen auf dem Deck, der Geruch von Wasser und Salz, Frederic dachte an die Leerstellen in seinem Zimmer, seine Augen füllten sich mit Tränen, als er plötzlich das Fehlen der Bronzebüste bemerkte, auf dem Tisch, neben seinem Bett, die kommen ins Gefängnis, sagte Ari, und das alles für ein paar Crackwürfel, verfolgt sie bloß nicht, es sind doch Kinder, sagte Frederic, der noch immer nach seiner Musik suchte, nach dem Bronzekopf, wo war nur der Bronzekopf, und erschöpft legte sich Frederic auf sein Bett und sagte, ihm sei schwindlig, ist es nicht heute Abend, fragte er Ari, dieses Treffen mit Suzanne und Adrien, nein, sagte Eduardo sachte, noch ist nicht Sonntag, dann war es tatsächlich ein Fehler, ohne Dich auszugehen, sagte Frederic, denn so, nicht wahr, zieht man die Kälte Gottes auf sich, aber übertreibt Er nicht mit seinen Zeichen und Bekundungen? Das habe ich zu Isaac gesagt, auf dem Dach seines Hauses, Gottes Kälte und Bosheit, wo doch die Menschen so unschuldig sind, unbedarft in ihrer Unschuld, aber können sie etwas dafür? Das Klavier ist noch da, schau mal, das Klavier haben sie nicht geklaut, und Frederic verkündete plötzlich, dass er trotz der Verschleißerscheinungen des Alters noch immer Griegs *Lyrische Stücke* spiele wie bei seinen Konzerten in Los Angeles, damals, als kleiner Junge, derselbe, der ihn zu der Bronzeskulptur animiert hatte, ich mache meine Skulptur noch einmal, rief er, mit freudestrahlendem Gesicht, ja, liebe Freunde, glaubt mir, Eduardo, wir müssen das Material bestellen, die Hände, die Finger sind immer noch harmonisch und wendig, ein Geschenk des Himmels, ich mache sie noch einmal, und die Skulptur wird umso vollkommener sein, ja, ich muss, bis zu meinem Tod, immer alles noch einmal machen, ob das wohl die Gnade ist, auf die die Mystiker warteten, fragte Frederic, er hoffte, indem er die Skulptur noch einmal machte, auf eine baldige Auferstehung, das Formen des Bronzekopfes mit den feinen Zügen würde ihn vom Boden emportragen, sagte er zu Eduardo, genau, so sei es, wieder aufzuleben, ja, aber man muss sich auch ausruhen, sagte Eduardo, diese Schwindel, dieses Verwirrtsein, man muss sich auch ausruhen, natürlich, schien Frederic einzulenken, es handelt sich lediglich um Zeichen von Gottes Kälte mir gegenüber, mehr nicht, alles ganz unerheblich, sagte Frederic, bald, ihr werdet sehen, triumphiere ich über Gottes Kälte, über die Bekundungen Seiner Kälte mir gegenüber, denn plötzlich erstrahlte die Bronzefigur, erstand wieder auf aus der Welt der Finsternis und der Qual des verwirrten Gedächtnisses, war der kleine Bronzekopf nicht lebendig und, mehr noch, im Begriff unter Frederics geschickten Fingern wieder aufzuleben, und Eduardo linderte Frederics Schwindel, indem er ihm eine nach Lavendel duftende Kompresse auf die Stirn legte, ich glaube trotz allem, dass wir diese Gauner anzeigen sollten, sagte Ari streng, trennten ihn nicht auf einmal Jahre von dem Segelschiff des Abenteuers, Richtung Südamerika, Libanon, junger Veteran eines schon vergessenen Krieges, warum war er den Pastorensöhnen gegenüber so unduldsam, wäre er bald wie all die anderen, der Jüngere von beiden hat gehinkt, sagte Ari, ach, ich hätte ihnen den Hintern versohlt, diesen kleinen Teufeln, verfolgt sie bloß nie, sagte Frederic, denn ihnen habe ich die Linderung meiner Leiden, die Erlösung, zu verdanken, ich habe zu viele Güter besessen und nun bin ich besänftigt, ich bin frühzeitig durch die Tür geschritten, Daleth, diese Tür, die mir der auf dem Meer verschollene Seemann beschrieben hat, Daleth, die Tür, man muss sich lange auf ihr Durchschreiten vorbereiten, sagte Frederic, ich habe das Gefühl einer baldigen Auferstehung, und Eduardo sagte zu Ari, lass uns aus dem Zimmer gehen, Frederic soll in Ruhe schlafen können, was hat nur dieses Wort zu bedeuten, das Frederic ständig im Mund führt, Daleth, sagte er, Daleth, und Polly tollte mit Carlos in den Wellen, womöglich nur, um ihrem Herrchen zu gefallen, sie war nämlich nicht sicher, diese Wellen zu mögen, die ihre Schnauze, ihre Ohren nass machten, manchmal verkrümelte sie sich an den Strand mit den Grasbüscheln, scharrte mit aufmüpfigen Vorderläufen im Sand, aber wenn Carlos sagte, komm mit, gehorchte sie, mit gespitzten Ohren, die Augen, wach wie bei einem Eichhörnchen, auf Carlos' Fußsohlen geheftet, diese Füße mit ihrer zartrosa Unterseite, und wie schön und neu die Welt für Polly auf einmal war, sie würden immer zusammen sein, sie und Carlos, sie würde ihn mit dem Kläffen ihrer heiseren Stimme verteidigen, schade, dass sie die großen Labradore in den Wellen so rücksichtslos abblitzen ließen, dass sie vorerst nur ein Welpe auf dem Gepäckträger eines Fahrrads war, doch ihr Herrchen war ein kräftiger Junge, ein Boxer, er, Carlos, war ihr Herrchen, ein zukünftiger Boxer, sagte sein Vater über ihn, um keinen Preis hätte sie ein anderes Herrchen gewollt, auch wenn Carlos sie einen ganzen Tag lang vernachlässigt hatte, fast ohne Luft, in einem Schuppen, an jenem Tag hatte Pastor Jeremy den Eisschrank weggeräumt, was morgen nicht gemacht wird, soll heute getan werden, hatte er zu Mama gesagt und war Richtung Schuppen gegangen, dieser Eisschrank steht gut und gerne seit acht Jahren auf dem Hof, und der bräunliche Weihnachtsbaum vom letzten Jahr, was machen wir mit dem, Mama, lass uns bis morgen warten, hatte Mama erwidert, die zwischen den Hähnen und Hühnern auf dem Rasen stand, was habt ihr es alle so eilig, wir stehen doch noch nicht vor dem Jüngsten Gericht, was heute nicht getan ist, Papa, wird morgen getan, und im Schatten der üppigen Vegetation des gemieteten Hauses dachte Renata an diese Frau, die hier für einige Zeit gelebt und so großartige Verse geschrieben hatte, war ihr Leben nicht ausgelöscht worden, war sie aus Berlin geflohen, mit einer Mutter, einem Vater, beide Maler, ins Exil einer schwedischen Insel, sie hatte vielleicht nur ein paar leserliche Worte hinterlassen, zu Hilfe, zu Hilfe, bevor man sie in einen Zug verfrachtet hatte, in dieses Zimmer, wo Anspannung und Unordnung herrschen, hinter dieser Tür zieht mein erleuchteter Geist sich zurück, zu Hilfe, denn wir fliehen alle aus Berlin, dieser Zug hatte sie alle nach Treblinka gebracht, in welcher geistigen Verzweiflung sie wohl geschrieben und gelebt haben mochte, das Leben jener unbekannten Frau war nur ein Schatten gewesen, über den ein Wind des Wahnsinns geweht hatte, und Renata las diese Worte in einem Brief von Claude, es war das Ende ihrer Rekonvaleszenz, außerdem das Ende für jene Gegenstände einer unrettbaren Sättigung, oh, kringelnder Rauch in der nach Jasmin duftenden Luft, Gegenstände, von denen sie sich lösen müsse, die sie nicht mehr fiebrig in den Fingern halten dürfe, sagte ihr Mann zu ihr, wenn sie genesen sei, solle sie sich wieder als Richterin bewerben, er würde sie unterstützen, was wurde in der üppigen Vegetation dieses gemieteten Hauses aus einer Frau, einsam, aber geliebt, der ein Wecker bedeutete, dass bald Abend, bald Nacht sei, sie deshalb aber nicht weniger einsam wäre, aller Kräfte beraubt, ohne Wollust, die schädlichen Zigaretten, das Goldetui, sie solle auf diese Gegenstände verzichten, er komme sie wieder abholen, mit Claude bis zum Strand gehen, gemeinsam die feuchte Luft, die Hitze einsaugen, im Rausch ihres Begehrens, er sagte, er habe viel nachgedacht seit dem von den jungen Straftätern verübten Anschlag mit der Autobombe, er bereue es nicht, diese Verbrecher, noch Kinder, in Gewahrsam genommen zu haben, allerdings habe er Angst vor den Rachedrohungen der Anführer mit ihren Netzwerken, aber diese Gesichter hinter dem Gitterfenster des Polizeiwagens, wie hätte man sie vergessen können, sie, die noch so jung und unschuldig waren, in der Reue, die die Angst in ihnen heraufbeschwor, diese Tränen auf den rundlichen Wangen, Claude hatte, in den Tagen ihrer Trennung, oft an ihre häufigen Streitereien gedacht, was Renata gerecht erschien, erschien es ihm nicht, hinsichtlich ihrer Vorstellungen blieben sie oft unversöhnlich, aber er liebte sie, sie möge zurückkommen, sie werde von seinen Kollegen unterstützt, sie könne doch nicht länger leugnen, dass sie auf den Beistand der Männer angewiesen war, und seien sie nicht, auch wenn sie einander nicht verstünden, sie und er, Verbündete, sensibel für ihre jeweiligen Bedürfnisse, er erwähnte das Schlafzimmer, das sich auf das Karibische Meer öffnete, jenes blaue, stille Meer, ihre Liebe in den Tagen der Trennung, er habe gewusst, dass Renata vor allem eine Mutter sei, eine Frau, war ihre Geschichte nicht von jeher der Geschichte der Menschheit einbeschrieben, als eine dem Mann unbekannte Milde und Zärtlichkeit; der Mann sei außerstande, diese Zärtlichkeit zu empfinden, vor allem in der Position dessen, der das Handeln gefährlicher Verbrecher zu beurteilen habe, schrieb er, während Renata, sogar mitten in einer liebenden Umarmung, die Tragödie eines texanischen Gefängnisinsassen nachempfinden konnte als wäre es ihre eigene, seinen Tod durch die Giftspritze, der Richter erinnerte sich an das verstörte Gesicht seiner Frau, als sie den flüssigen, intravenösen, hoch effizienten Tod beschrieben hatte, den der Verurteilte sich in der frühen Morgendämmerung selbst zufügte, in jenen Tagen, als Renata noch in New York im Krankenhaus war, hatte Claude an einem Schuldspruch festhalten müssen für eine Gang von Drogenbeschaffern, er bedauerte, dass sie alle so jung waren, wie diese jungen schwarzen Häftlinge, noch nicht einmal achtzehn, die in den Gefängnissen von Jacksonville weiter unterrichtet wurden, denn täglich gab es immer noch mehr Polizisten und Gefängnisse für sie, proportional zum gnadenlosen Wiederaufleben der urbanen Straftaten, bei denen sich diese jugendlichen Trupps an alten Leuten vergingen, nachts, schrieb Claude an Renata, habe der Verurteilte aus Texas ihn noch lange verfolgt, denn dieses Mal, wie Renata in ihrer Wut gesagt hatte, und er hatte ihr nicht geglaubt, dieses Mal war womöglich ein Unschuldiger getötet worden, nahezu über eine halbe Stunde hinweg, an einem Sonntag, der Verurteilte aus Texas hatte vor den Beamten seine Unschuld beteuert, und alle, die, wie er, ihr Urteil erwartet hatten, in ihrer Zelle, alles seine Freunde, sagte er; ob er wohl an einem Sonntag ermordet würde, fragte er seine Eltern, er, der nie jemanden getötet hatte, obgleich zahllose Treuebrüche seine Akte beschwerten, sein flehentliches Bitten würde erst von seinem Tod unter den Lederriemen, die er vergeblich von den Armen, von den Schultern zu streifen versucht hatte, unterbrochen; die Schraube würde nie gelockert, und sei er unschuldig an den Taten, die man ihm anlastete, ein Verbrechen, in einer Bar in Chicago, wer würde seine Klagen hören, seine Gebete und seine Tränen, Renata hatte stets an der

Schuld dieses Mannes gezweifelt, er erinnerte sich an ihr verstörtes Gesicht bei der Erwähnung jenes Ereignisses, doch vergaßen sie beide, an jenem Abend, nicht alles auf ihrem Weg ins Kasino, um auszugehen, und hatte er, Claude, dem Richter etwa ein Telegramm geschickt, nein, sie hatten auf einmal alles vergessen, so war das Leben, stets vereinnahmte, zerstreute und betäubte es uns mit seinen Vergnügungen, Claude hatte viel nachgedacht in den Tagen ihrer Trennung, musste man nicht befürchten, dass es zwar illegal war, in etlichen Städten Kanadas und der Vereinigten Staaten vor der Volljährigkeit Alkohol zu konsumieren, aber bald legal, zum elektrischen Stuhl, zum Erhängen oder zum Tod durch die Giftspritze geführt zu werden, lange vor der Volljährigkeit, gingen wir so nicht einer massiven Auslöschung der Jugend entgegen, und würde es nicht, für gewisse Kavaliersdelikte, immer mehr Verurteilte geben, wie diesen Unschuldigen, den Verurteilten aus Texas, Schwarze, Hispanics oder Chinesen, kaum welche aus der weißen Mittelschicht, keiner wäre reich, vergeblich würde man unter den Lederriemen das erbarmungswürdige Kindergeschrei hören, war die Repression nicht eine Prophezeiung Renatas, von der sie einst, alle beide, gesprochen hatten, doch wie kraftlos schienen einem Mann die Worte einer Frau, oft zu weich, zu sentimental in Bezug auf die verletzliche Jugend, und lebte Renata nicht oft in einem Zustand einsamer Verzweiflung, selbst an der Seite ihres Mannes, in der Furcht jemandem anzugehören, doch genauso liebte er sie, sie möge zurückkommen, ja, tatsächlich, wie sie schon immer gewusst habe, lastete ein Zweifel, ein tödlicher Verdacht auf dem Schicksal des Verdammten aus Texas, der Mann, der Angeklagte, sei womöglich unschuldig. Und während er mit Flügelschritten, den Schläger in der Hand, am Netz auf und ab rannte, hörte Tanjou jenes Oratorium von Beethoven, *Christus am Ölberge*, dem Jacques andächtig gelauscht hatte, er hörte die Arie der Engel, das Rezitativ Jesu am Ölberg, wie würde Sein Vater im Himmel sie alle von diesem Todeskampf erlösen, Raoul, Kevin, Freund der Tiere, sonnengebräunt, lächelnd neben seinem Hund, doch die allerletzte Fotografie würde nicht mehr sein Talent feiern, seine Ballwechsel mit Tanjou auf der anderen Netzseite, Kevin, seine Fotografie, war nur mehr eine Erinnerung, und Daisy, der Schauspieler, eine Margerite, ein Gänseblümchen, Daisy, eine Pflanze, die andere Leben mit ihrer Frische zierte, Blume mit weißen Blütenblättern, abgezupft, unter einem Sargdeckel verschwunden, wie würde Sein Vater im Himmel sie alle vom Tod erlösen, sie waren jung, sie waren schön, dieses Unglück, das sich gegen sie verschwor, mit all seiner Niedertracht, sollte bald ein Ende haben, Tanjou erkannte Jacques' Gestalt vor dem rosafarbenen Weiß des Himmels, während Suzanne und Adrien, Hand in Hand, zum Tennisplatz liefen, zu den Gärten, die nach den offenen Blüten im Morgentau dufteten, nach dem leuchtend roten Hibiskus, und Adrien sagte zu Suzanne, ja, war sie nicht schon wieder zu friedlich und gelassen, dachte Adrien, Daniels Manuskript hat so auf mich abgefärbt, dass ich sogar schlecht davon geträumt habe, ich meinte die

Räder des Bösen Wagens und das Wiehern seiner Pferde zu hören, ein paar Schritte entfernt stand plötzlich eine trauernde Gestalt vor mir, ob Mann oder Frau, schwarz verschleiert, und sagte, kommen Sie mit mir, kommen Sie mit uns, ich hatte einen guten Vorwand, die unheimliche Einladung auszuschlagen, meine Übersetzung der Werke Racines war noch nicht abgeschlossen, *Bérénice*, *Britannicus*, rief ich ihnen zu, dann gelang mir die Flucht, aber ich höre noch immer das Knirschen der Räder auf dem Kiesweg, und das werde ich den Lesern in meinem kritischen Beitrag sagen, versetzte Adrien, verärgert von Suzannes unerschütterlicher Gelassenheit, ich werde ihnen sagen, hüten Sie sich vor diesem jungen Schriftsteller, die Lektüre dieses Buchs färbt auf Sie ab wie Chlor oder wie die Lektionen des Schreckens aus der Bibel, Tränen und Zähneknirschen, Zähne und Räderknirschen auf einem Kieselweg, bei Nacht, wenn der Reisende alleine und führungslos ist, ach komm, komm, sagte Suzanne, reg dich nicht auf, auch wir haben mit dreißig Bücher geschrieben, auch wir haben, als wir blutjung waren und bildschön wie Götter, Erfolg und Ruhm erlebt, das nennt sich Vergangenheit, sagte Adrien und legte plötzlich die ganze Last seiner Traurigkeit in sein Seufzen, das nennt sich Vergangenheit, nun gut, mein Freund, und hier wartet die Ewigkeit, deren Tür sich bald auf andere Herrlichkeiten öffnen wird, sagte Suzanne, die Ufer des Flusses Ewigkeit, und weißt Du, Tanjou, rief Raoul, wieder fit und munter, seinem Partner zu, schien schon vergessen zu haben, wie elend er sich vor wenigen Augenblicken noch gefühlt hatte, weißt Du, Tanjou, dass wir im Halbfinale gegen die Australier spielen? Sie waren schön, sie waren jung, dachte Tanjou, das Unglück, das sich gegen sie verschwor, mit all seiner Niedertracht, sollte bald ein Ende haben, Raoul, Kevin, mit seiner braunen Haut, mit seinen funkelnden Augen unter dem blonden Haar, seidig wie das Fell seines Hundes, mit ihm, mit Raoul zusammen, fotografiert, Daisy, Margerite, Blume der Bühne, Transvestitentänzer, im Tutu in der Rolle eines Gefangenen, der davon träumt sich in eine Tänzerin zu verwandeln, Blume mit weißen Blütenblättern, abgezupft, Tanjou hörte die Arie der Engel, das Rezitativ Jesu am Ölberg, wie würde Sein Vater im Himmel sie alle von diesem Todeskampf erlösen, dieses Rezitativ aus *Christus am Ölberge*, dem Jacques andächtig gelauscht hatte, und da der Lunch mit Jean-Mathieu nicht vor Mittag stattfinden würde, fing Caroline mit dem schnellen, scharfen Auge ihrer Kamera die Gesichter derjenigen ein, die nach der ersten Festnacht so spät noch im Garten waren, noch zwei Tage, noch zwei Nächte, sagten ein paar kleine Mädchen, sie hatten einige Stunden geschlafen und tauchten aufs Neue in den Tür- und Fensterrahmen auf, Caroline fotografierte sie, solange sie sorglose Kinder waren, würden sie in ein paar Jahren nicht jenen jungen Frauen gleichen, die sich in dieser Ecke des Gartens leise über ihre Leben unterhielten, die eine war von ihrem Mann verlassen worden, die andere sorgte sich wegen einer Scheidung um ihre Kinder, bis wann wohl, fragte eine von ihnen, das Universitätsstudium in Meereswissenschaften und -technik aufgeschoben werden müsse, oder die Rückkehr zum klassischen Ballett, wie widernatürlich, das Leben der Frau, dachte Caroline, wenn sie es einem Ehemann, einem Liebhaber anvertraut, wo es ein solches Glück ist alleine zu sein, war Caroline nicht Leutnant in der Armee gewesen, Pilotin, hatte sie nicht Architektur studiert, ohne Willen brachte man es zu nichts im Leben, die Frau war viel zu sehr auf den Mann angewiesen, die jungen Frauen, in dieser Ecke des Gartens, wirkten so behäbig auf sie, was war eine Frau schon, solange sie mit dem Mann kein Machtverhältnis eingehen wollte, wie die Männer es von jeher mit den Frauen taten, ein Machtverhältnis ohne Abhängigkeit oder Unterwürfigkeit, Caroline gab sich nur selten mit gemeinen Hausarbeiten ab, damals, dachte sie, gab es Bedienstete in den Familien im Süden, Jean-Mathieu hätte moniert, dass Carolines Gedanken nicht salonfähig seien, doch wie sollte man nicht einer Epoche nachtrauern, wo einem, in den Familien einer bestimmten Schicht, zahlreiche Pflichten von schwarzen Bediensteten abgenommen worden waren, eine Kinderfrau, ein Gärtner, waren sie nicht wie die Mitglieder der eigenen Familie seit Langem in denselben Sitten verwurzelt, zwischen allen, Herren und Knechten, die Freiheit, die Gleichheit, aber Jean-Mathieu hätte ihr vorgeworfen, sie belüge sich selbst, ebenso, wenn Caroline zu Jean-Mathieu sagte, sie besitze nur ein bescheidenes Vermögen, könne es sich also nicht leisten, freigebig zu sein, so wie Joseph es mit Melanie und Daniel war, nein, ein bescheidenes Vermögen gibt es nicht, hätte Jean-Mathieu ihr geantwortet, in

Zukunft würde sie solche Themen bei ihren Treffen vermeiden, und schon, bemerkte Caroline, zeigten sich auf diesen jungen Frauengesichtern die ersten Falten eines Lebens, in das man geboren wird, um Frau zu werden, und mit ihrer Kamera fotografierte sie auch Venus und Samuel, die auf dem Podium sangen, Jermaine, der mit seinen mandelförmigen, melancholischen Augen seine Eltern betrachtete, das hübsche Kind eines schwarzen Aktivisten und einer Japanerin aristokratischer Abstammung, dachte Caroline, doch forcierten Daniel und Melanie nicht ein bisschen zu sehr das Erblühen dieser kulturellen Kreuzungen im Umkreis ihrer Kinder, womöglich schon, man sollte bedenken, dass auch wir im vergangenen Jahrhundert Einwanderer waren, die, mittellos und verfolgt, im Hafen von New York eintrafen, und haben wir inzwischen nicht das bedeutsamste Land und die bedeutsamste Verfassung auf der ganzen Welt, ein reizendes Bild, diese drei Geschöpfe, Jermaine und seine Eltern, gemeinsam verzückt von den Stimmen, denen sie lauschen, ist es diese Kantate, die Samuel im Schulchor singt, darüber werde ich beim Lunch nicht mit Jean-Mathieu sprechen, aber behandeln Daniel und Melanie Julio, Jenny und Marie-Sylvie nicht so, als wären es ihre Vorgesetzten, ermuntern sie sie in ihrem übertriebenen Liberalismus nicht zu einer exzessiven Freiheit, wo sie doch nur Angestellte sind, Flüchtlinge, die kein anderes Dach haben als das fremde Haus, und Caroline fotografierte den edlen Kopf von Jenny, die Augustino auf dem Arm hielt, und das gezeichnete Gesicht von Marie-Sylvie, verdankten sich jene

Narben der dramatischen Überfahrt auf einem Floß oder ihrem geisteskranken Bruder, und aufs Neue schwangen sich die kleinen Mädchen in die Tür- und Fensterrahmen und riefen, fotografieren Sie mich, Caroline, sorglose Kinder, wer weiß, wohin das anbrechende Jahrhundert sie bringen würde, welche, im Komfort ihrer Häuser unvorstellbaren Lebensbedingungen, welches Überleben in Gangs, in Straßenbanden ihnen womöglich bevorstanden, Caroline wäre, Gott sei Dank, in jenen Jahren nicht mehr von dieser merkwürdigen Welt, es sei denn, sie würde hundert Jahre alt, wie ihr Vater, und während Caroline diese Bilder mit dem schnellen, scharfen Auge ihrer Kamera einfing, schien es ihr plötzlich, als verhärteten sich die Gesichter der unschuldigen Kinder, wie das Gesicht von Samuel, der seine Vogelmaske abgenommen hatte, und hatte er sich unter der Maske nicht in diesen Sänger, Prince, verwandelt, dachte Caroline, die Mädchen, größer geworden, waren nicht wiederzuerkennen, alle sahen aus wie Samuel, mit Federn auf dem Kopf, Ringen im Ohr und in den Nasenlöchern, die Augen lila und schwarz umrandet, die Wangen bunt bemalt mit Farben zwischen Feuer und Asche, was hätte Caroline gemacht, wenn man von ihr verlangt hätte, wie von den Journalisten, den Reportern, dass sie diese Kinder in Bogotá fotografierte, die nachts auf einer Unterlage aus Plastik oder Pappe auf der Straße schliefen, die tagsüber ihre Paco-Pfeifen rauchten, bevor ihnen abends die Kehle zerschossen wurde, die abends dort umkamen, wo sie morgens geschlafen hatten, in der Angst getötet zu werden, oder diese Frau, die ihre Faust ballte, auf einem Friedhof in Kalifornien, dem immergrünen Evergreen Cemetery in Oakland, Ruhestätte für die Opfer des Jonestown-Massakers, eine Frau ballte die Faust und sagte, erinnert Euch, hier ruhen ein Bruder, eine Schwester, ein Sohn, erinnert Euch, und eine Kamera wäre, wie Carolines Kamera, Zeuge von der Ungeheuerlichkeit dieser Katastrophe auf dem immergrünen Friedhof in Oakland, was hätte Caroline gemacht, wenn man ihr diese schmutzige Arbeit übertragen hätte, mit ihrer Kamera die Existenz zahlloser Katastrophen und Brände zu bezeugen, zwei Feuerwehrmänner knieten neben einem elenden Verbrannten, der in einem Pool seinen letzten Atemzug tat, nachdem er eine Katze aus den Flammen gerettet hatte, sie würde ihn überleben wie eine Seele, in jenem Zwischenreich der Erde, wo ihr Besitzer seinen Verbrennungen erlegen wäre, seine Hände noch um den Beckenrand geklammert, und was umfassten die knienden Feuerwehrmänner mit ihren Händen, bis zu welchem Grad handelte man aus Mitgefühl angesichts des menschlichen Unglücks, hätte Gott, wenn er wirklich existierte, mehr Mitempfinden, mehr Empathie aufbringen können als diese beiden Männer, die machtlos waren gegen des anderen Leid, und von ihnen, von den Reportern, den Journalisten, verlangte man die unerträgliche Wallfahrt ins Herz dieser Tragödien; der Zug der Obdachlosen in Moskau vor der Suppenküche, auch das Schauspiel der blutig gestreiften Schneebälle, mit denen sich die Jungen auf den Straßen Sarajewos bewarfen, bis zu welchem Grad konnte man dem menschlichen Unglück mit Mitgefühl begegnen, wenn man Caroline, eine Frau mit einem bescheidenen Vermögen war, sie würden diese Themen beim Lunch auf der Terrasse vermeiden, sagte Jean-Mathieu außerdem nicht, Caroline, Sie sind so reizend, so feinsinnig wie die englische Schriftstellerin Jane Austen, der Sie ähnlich sehen, liebe Freundin, doch Jean-Mathieu konnte nie umhin, einer Frau zu schmeicheln, Caroline fasste wieder Vertrauen und dachte bei sich, wenn die Frauen schwiegen, und war es denn eine Lüge zu schweigen, nein, im Stillen verschlossene Worte nur, mehr nicht, wenn die Frauen nichts von sich preisgaben, verpassten die Männer alles vom Leben der Frauen, was begriffen sie schon von den mysteriösen Beziehungen der Frauen untereinander oder von der außerehelichen Liebe einer Frau mit einem Mann, was verschwiegen wurde, war keine Lüge, dachte Caroline, auf der Terrasse, heute Mittag, würden Caroline und Jean-Mathieu solche Themen vermeiden, die ihr Verhältnis trüben könnten, die Zukunft, zum Beispiel, erwähnten sie besser nicht, ob Carolines Vorahnungen wohl zutrafen, sie wusste es nicht, aber ein Frauenherz spürt alle Schattierungen, dachte sie, mit dem schnellen, scharfen Auge ihrer Kamera glaubte Caroline schon die Bilder der Zukunft einzufangen, die Gesichter dieser Mädchen in den Tür- und Fensterrahmen verhärteten sich, auch das Gesicht von Samuel, der sich von Prince, dem Sänger, die kehlige Stimme und die Schreie abhörte, alle mit Federn auf dem Kopf, Ringen im Ohr und in den Nasenlöchern, die Augen lila und schwarz umrandet, die Wangen bunt bemalt mit Farben zwischen Feuer und Asche, sie scharten sich in Banden zusammen, Horden von Wilden und Barbaren mit ihrer Rap-Musik, ihren afrikanischen Trommeln, sie strömten auf die Terrasse am Meer, unter den Kokos- und Weihnachtspalmen, wo Jean-Mathieu und Caroline schläfrige Monologe über die englische Literatur hielten; mit schütterem Haar unter ihren Strohhüten, denn das Alter hätte alles an ihnen lädiert, die Arterien allzu sichtbar unter der bläulich durchscheinenden Haut, ihre Zähne, nein, besser nicht daran denken, in welchem Zustand ihre Zähne wären, das Alter hätte alles an ihnen lädiert, das Haar, die Zähne, in einem gelangweilten Tonfall würden sie sich über Jane Austen unterhalten, dachte Caroline, und ganz am Rande der Ewigkeit, bereit, ins Reich des Himmels einzugehen, das hoffentlich ebenso verlockend war wie ein Salon im Dämmerlicht, wo man abends, mit Freunden, an seinem Cocktail nippt, würden sie unter dem Palmengewölbe die Horden von Wilden und Barbaren auftauchen sehen, Mädchen und Jungen, die mit ihrem Geschrei, ihren Trommeln, auf sie zustürmten, mit Federn auf dem Kopf, wie Samuel, die Augen schwarz umrandet, die Wangen bunt bemalt mit Farben zwischen Feuer und Asche, was würden sie machen, diese jungen Leute, mit den beiden Greisen, Caroline und Jean-Mathieu, die, nah beieinander, auf einer Terrasse, eingenickt waren, mit ihren von den Adern bläulichen Händen im Schoß, dürr wären sie, wie morsches Holz, wie Brennholz, nein, heute Mittag, auf der Terrasse, würden Jean-Mathieu und Caroline so düstere Themen vermeiden, das Alter, der Tod, Carolines unbestimmte Vorahnungen hätten den charmanten, gebildeten Freund nur ermüdet, ach, so befassen Sie sich also mit dem Werk von Jane Austen, würde Jean-Mathieu sagen, beim Mittagessen, das Gespräch würde in der gleichen, bezaubernden Ruhe verlaufen, ihre vom Licht überfluteten Gesichter wären versöhnlich, liebenswürdig, und auf einmal würde Jean-Mathieu traurig sagen, noch einer, liebe Freundin, der von uns gegangen ist, noch einer, nach Justin und Jacques, ich dachte, wir hätten unser Los an Kummer hinter uns, aber nein, liebe Freundin, liebe Caroline, noch einer der Unseren, der ins Land der Schatten entschwunden ist, aber was können wir daran ändern, meine Liebe, was können wir daran ändern, die Anzahl unserer Freunde wird immer weiter zusammenschmelzen, was können wir daran ändern, die Milde der Luft, würde Caroline sagen, denken Sie an die Milde der Luft, mein Freund, was für ein herrlicher Tag, mein Freund, der blaue Himmel, das Meer an einem windstillen Tag, denken Sie an die Milde der Luft, mein Freund, vergessen Sie dieses Land der Schatten, ja, solche qualvollen Themen sollten sie vermeiden, und diese schuldhaften, schamvollen Gedanken, als Caroline Jennys vornehmen Kopf fotografiert hatte, veränderte sich die Gesellschaft denn nicht, Jenny würde Ärztin sein, wo doch gestern noch keine schwarzen Krankenschwestern in den Krankenhäusern geduldet wurden, in Carolines wohlhabender Familie hatte es indes immer eine Krankenschwester gegeben, die zur privaten Pflege ins Haus kam, Gleiches galt für etliche alteingesessene Familien in Boston, wo diese Krankenschwestern bisweilen Nachtdienst hatten, in der privaten Pflege, Mary Eliza Mahoney, hieß so nicht jene Pionierin unter den Krankenschwestern, die der Befreiung, der Emanzipierung den Weg ebnete, aber sie würden solche Themen vermeiden, sonst würde Jean-Mathieu auf einmal seine anklagende Miene aufsetzen, meine Liebe, würde er sagen, der Rassismus in Nordamerika ist noch so verbreitet, dass die Lebensbedingungen in unseren Ghettos nur mit denen in der Dritten Welt vergleichbar sind, Sie belügen sich selbst, liebe Freundin, unsere Gesellschaft macht bedauerliche Rückschritte, Caroline, plötzlich der Tatsache bewusst, dass eine Frau niemals recht haben konnte, würde mit schüchterner Stimme vorbringen, mein lieber Freund, bis zu welchem Grad reichen Mitgefühl und Anteilnahme, bis zu welchem Grad sind wir imstande, solche Empfindungen für unsere Mitmenschen aufzubringen? Während des Mittagessens würde Jean-Mathieu an sein Glas Limonade oder Mineralwasser trommeln, wirklich, keine eisgekühlte Margarita, kein Martini, in einem tropischen Land, geradezu absurd, aber zum Wohl, liebe Freundin, es bekommt Ihnen aber gut, würde Caroline sagen, Sie täuschen sich, meine Liebe, würde Jean-Mathieu sagen, ich war toleranter und mitfühlender, als ich noch tüchtig getrunken habe, die Erinnerung an einen verzehrenden Durst macht uns eher mürrisch und zänkisch, würde er sagen, vor allem aber, dachte Caroline, wären sie versöhnlich und liebenswürdig, von einem blauen Licht wie dem des Ozeans überflutet, unter ihren Strohhüten, und ist es nicht Zeit, Spanisch zu lesen, fragte Eduardo und legte Frederic eine nach Lavendel duftende Kompresse auf die Stirn, denn wir haben keinen Fernseher mehr, auch unsere Musik haben sie geklaut, lies noch einmal von vorne, sagte Frederic, hast Du nicht gesagt ha resucitado, Du wirst sehen, dieses Mal wird mir die Bronzebüste vollkommen gelingen, Ari ist also schon fort, wieder eine Frau, eine Geliebte, Skulptur oder Fleisch, oder beides gleichzeitig, war ich in seinem Alter nicht genauso, es ist ein rasch vergeudeter Schatz des Lebens, so viel lieben zu können, ha resucitado, sagte Frederic, erinnerst Du Dich an diesen Gouverneur, der meinen Artikel zensiert hat, alle Einzelheiten über diese Familien, die auf den Eisenbahnschienen lebten, der Gouverneur sagte zu mir, nein, dieser Artikel darf nicht erscheinen, die Geschichte dieser Kinder, die so kraft- und wehrlos sind, dass sie von Hunden, genauso hungrig wie sie, gefressen, allesamt von Autos und Zügen getötet werden, ich erinnere mich, wie gleichgültig der Gouverneur bei Erscheinen meines Artikels war, sagte Frederic, der allmählich unruhig wurde, ist es nicht Zeit, ein bisschen auszuruhen, sagte Eduardo und fuhr in seiner Lektüre fort, No está aquí, pues ha resucitado, como dijo. Venid, ved el lugar donde fue puesto el Señor, sagte Eduardo, wegen dieser Eisenbahnschienen habe ich mich an der Revolution beteiligt, sagte Eduardo, Mas el ángel respondiendo, ein spanisches Gedicht will, sagte Eduardo, dass man das Lied seiner Seele, das Lied der bewaffneten Revolution den Menschen widmen soll, die mit ihrem Vieh wie Schrott auf den Eisenbahnschienen abgestellt werden, das Lied meiner Seele, eines Tages habe ich die Grenze zu Fuß überquert, wie, als Kind, so oft, und nun entglitten die Gewehre meinen Händen, ich wollte lieber im Exil leben, als verhaftet, gefoltert, getötet zu werden, sagte Eduardo, und immer um diese Zeit des Jahres denke ich an die Sierra Madre, No temáis vosotras, heißt es im Matthäus-Evangelium, No temáis vosotras; porque yo sé que buscáis a Jesús el que fue crucificado, las Eduardo für Frederic, den der Schlaf übermannte, so fühlte es sich an, dachte Frederic, das Gefühl einer baldigen Auferstehung, beim Formen des kleinen Bronzekopfes, man würde die feinen Züge von Mozart erkennen, oder von Mendelssohn, als Kind, als Jugendlicher, er, der die Ouvertüre *Ein Sommernachtstraum* komponierte, während seine Frühreife die Welt erschütterte, ha resucitado, las Eduardo, ha resucitado, du musst schlafen, bevor der Schwindel wiederkommt, Bastogne, 1944, wiederholte Frederic, unsere Flugzeuge unter den Eisenbrücken, die armen Leute in den rauchenden Trümmern, Bastogne 1944, abgeschnittene Finger, ein blutiges Weihnachten, mit dieser Bronzebüste werde ich über die verhassten Zeichen von Gottes Kälte triumphieren, sagte Frederic, mit einer beinahe schon im Schlaf erloschenen Stimme, und man hörte, in der Stille des Zimmers, dessen Fenster sich auf die Orangen- und Zitronenbäume öffnete, abermals das Zirpen der Grillen und die allmählich erlöschenden Worte Eduardos, ha resucitado, Frederic, ha resucitado. Und bald würde Claude bei ihr sein, dachte Renata, oh, an seinem Arm bis zum Strand gehen, gemeinsam würden sie die feuchte Luft, die Hitze einsaugen, unversöhnlich, beide würden sie die feuchte Luft, die Hitze einsaugen, im Rausch ihres Begehrens, nach ihrer Rückkehr würde sie sich als Richterin bewerben, mit dem Beistand ihres Mannes, ja, gäbe es überhaupt eine Rückkehr, war es wirklich Zeit, auf diese Gegenstände einer unrettbaren Sättigung zu verzichten, die schädlichen Zigaretten, das glitzernde Goldetui, in der Nacht eines Kasinos, einer Bar, in der Nähe noch unbekannter junger Männer, oh, kringelnder Rauch in der nach Jasmin duftenden Luft, was für ein Glücksgefühl, sie wiedergesehen zu haben, Daniel, Melanie, Samuel, der im Winter so gewachsen war, Melanie, ein bisschen ihre Tochter, ihr Kind, sie waren genau gleich groß, hatten heimliche Gemeinsamkeiten, was für ein Glücksgefühl, bei ihnen zu sein, war Franz nicht wenige Tage nach dem Schrecken des Schiffbruchs, auf dem Weg nach Brest, in die Kirche, wo sein Oratorium gespielt werden sollte, mit seinen Söhnen zu einer anderen Frau gegangen, das Segelschiff, die Figuren von Goya auf dem Deck, Franzens Söhne, die sie nicht wiedersehen würde, aber was für ein Glücksgefühl, wieder bei Daniel und Melanie zu sein, Melanie, ein bisschen ihre Tochter, ihr Kind, so viele heimliche Gemeinsamkeiten, oh, kringelnder Rauch in der nach Jasmin duftenden Luft, auf einer Mole, dem Ozean zugeneigt, würde sie ein letztes Mal rauchen, von der Unsterblichkeit jenes Augenblickes über dem Wasser kosten, sie würde aus ihrem Satinblazer, nein, kein Schmuckstück ziehen, sie würde keinen Schmuck tragen, dachte sie, es wäre ein regnerischer Abend, sie würde am Wasser rauchen, barfuß in ihren Sandalen, einen Regenmantel über die Schultern geworfen, der Geruch der Flamme in der feuchten Luft, ein letztes Mal, und wie hätte sie Laura verurteilt, all die anderen Frauen, die ihre Kinder umbrachten, was wussten die Männer schon von diesem monatlichen Blutfluss, der fiebrig in den Hirnen brodelte und in den Bauchhöhlen, wo das Leben wütete, zwischen Liebe und Zorn, immer mehr Frauen würden die Todesstrafe erleiden, was wusste ihr Mann von diesem blutigen Strudel, hatte er etwa ein Kind zur Welt gebracht, wir werden dieses Haus verlassen, die Bediensteten, früher die meines Vaters, schrieb der Richter, sind Vorbestrafte, die lange im Dienst der Familie standen, sie waren dazu verurteilt, ihre Strafe auf diese Weise zu verbüßen, unter Überwachung, doch eines Tages habe ich begriffen, dass auch sie uns alle überwachten, von einem Gewächshaus, von einem Garten aus spionierten sie uns nach, und wir wussten nicht mehr, wie wir uns ihrer beklemmenden Wachsamkeit entziehen sollten, hatte der Richter nicht, wie vor ihm sein Vater, an die Rehabilitierung jener Häftlinge geglaubt, aber eine junge Frau, die er als Prostituierte rehabilitiert und bei sich aufgenommen hatte, stiftete bereits ihre kleine Tochter an, waren Eltern wie Kinder nicht plötzlich der gleichen körperlichen und seelischen Verlassenheit ausgesetzt, im Drogenhandel, plötzlich bestand ihr einziges Zuhause nur noch aus jenen Orten des Verfalls, Spritzräumen, in denen sie ihren Ritualen nachgingen, waren wir nicht alle Opfer jener inneren Anarchie der Gene, angeborener Fehler, denen wir ohne Überwachung ausgesetzt waren, zahllose Verurteilte, Wiederholungstäter, fungierten täglich als Versuchspersonen in den Gefängnissen, man verstrahlte ihnen die Hoden, Ursachen von Tumoren, von Krebserkrankungen, doch was tun mit diesen Männern, mit diesen Frauen ohne Zukunft, Versuchspersonen, Versuchskaninchen, gleichsam Labortiere, eine Frau wie Renata hatte die Verstrahlung der Häftlinge in den Gefängnissen von Oregon, von Washington angeprangert, aber hatte man auf sie gehört, und all diese Vorbestraften, die wir in unserem Dienst behielten, schrieb der Richter, überwachten sie uns nicht immer noch, von einem Gewächshaus, von einem Garten aus, plötzlich entdeckte der Richter, dass sie zu jenen Männern gehörten, die eine Bombe an seinem Auto befestigt hatten, der Richter hatte lange nachgedacht, womöglich hatte Renata, die eine Frau war, in Bezug auf den Verurteilten aus Texas recht gehabt, dieser Gedanke weckte ihn nachts, aber gingen sie nicht, an dem blauen Karibischen Meer, während ihrer Rekonvaleszenz, abends aus, ins Kasino, kurz nach einem leidenschaftlichen Streit, sie vergaßen den Verurteilten aus Texas, sprachen nicht mehr von ihm, fern von allem, waren sie hier, Renata und Claude, um auszuruhen, zu entspannen, nah beieinander, nachdem der Richter an seinem Schuldspruch festgehalten hatte, vor dem Aufbruch, und wenn Renata alleine am Strand wäre, würde sie abermals die Orchestermusiker hören, die in ihren weißen Outfits durch die Straßen fegten und ihren Instrumenten heitere Klänge entlockten, im leichten Nieselregen, sie würde alle wiedersehen, den Antillaner vor einer weißen Mauer, ja, wäre er noch ein Mensch unter dem Ruß seiner Lumpen, der die Straßen, die Gehwege versperrte, sie würde auf jene stürmischen Scharen zugehen, die sich über die Strände zerstreuten, diese jungen Leute, ganz in Schwarz, unter Filzhüten, mit Nietenstiefeln an den Füßen, in Leder gekleidet, ihre Frettchen, ihre Ratten auf der Schulter, plötzlich war er, einer von Franzens Söhnen, den sie mitaufgezogen hatte, war ein Verwandter, ein Freund, waren sie alle verkeilt in diese schwärzliche Masse, vor einer weißen Mauer, in ihrem Regenmantel, barfuß in ihren Sandalen, gälten alle ihre Gedanken diesem Sohn, diesem Freund oder den verirrten Verwandten, jeden Einzelnen würde sie fragen, wie heißt Du, komm mit mir, wir werden, heute Abend, am selben Tisch sitzen, während in ihr noch immer die beschwingten Klänge nachhallten, die die Musiker, in der Ferne, ihren Instrumenten entlockten, kein Band der Scham plötzlich, ja, wären es nicht alle, die einen wie die anderen, Männer, Frauen und Kinder, die sie gut gekannt hatte? Und mit dem scharfen Auge ihrer Kamera hielt Caroline ein weiteres Gesicht fest, das von Joseph, in einer Ecke des Gartens, wo einer der jungen Orchestermusiker seine Geige vergessen hatte, spielte Joseph einsam auf dem Instrument, dem eine gedehnte Klage entströmte, und Caroline dachte an die Augen eines Mannes, an die Kamera eines russischen Soldaten, der die von einer Armee in Auschwitz befreiten Gesichter fotografiert hatte, die Jüngsten unter ihnen offenbarten in einem erschöpften Lächeln die Hoffnung, die Zuversicht, bald wieder aufzuleben, war dieses Lächeln auf Josephs Lippen nicht erstarrt, in Verletzung und Trauer, dieses Lächeln, während aus der Asche das Leben auferstand, aber Gott möge Caroline die vorüberziehenden Bilder der Hölle ersparen, sie möge in Sicherheit bleiben, bis zu welchem Grad reichte das Mitgefühl, die Anteilnahme an anderer Unglück, Caroline möge beschützt werden vor diesen grausamen Bildern, sie würde heute Mittag mit Jean-Mathieu auf der sonnigen Terrasse essen, die Luft wäre mild, und Mutter betrat das Zimmer unter dem Oleander, dies wäre das Zimmer ihrer Erholung bei ihrer Tochter und ihren Enkeln, sie streckte sich auf dem Bett aus, sollten diese jungen Leute doch nur ihren Spaß haben, dachte Mutter, zwei weitere Tage, zwei weitere Nächte, die Feste sollten nur weitergehen, zwei weitere Tage, zwei weitere Nächte, heute Abend würde Mutter in dem Pavillon auf einem Pier den weißen Reiher und sein königliches Schreiten in den Wellen sehen, während er den Hals reckte und mit erprobter Langsamkeit einen Fuß vor den anderen setzte, im Glitzern des Mondes auf dem dunklen Wasser, und auch die Stimmen von Samuel und Venus würde Mutter hören, wie sie die Nacht zerrissen, wenn sie mit vereinten Stimmen sangen, oh, bleibet meine Freude, oh, bleibet meine Freude.

Ich bedanke mich herzlich beim Canada Council for the Arts, das mir die Arbeit an diesem Buch ermöglicht hat, sowie bei meinen engelgleichen Freunden, die mich unablässig unterstützt haben, Claude und Erik Eriksen, Stell Adams und Mary Meigs; für ihren Empfang und ihre Großzügigkeit in Paris, im Hôtel Saint-André des Arts, danke ich Odile, Henri und dem verstorbenen Philippe Le Goubin; auch Patricia Lamerdin sowie Dorothea Tanning in Key West, die mir durch ihr Vorwort von *Rêve d'une petite fille qui voulut entrer au carmel* Max Ernst wieder nahegebracht hat; nicht zuletzt danke ich der verstorbenen Gwendolyn MacEwen für ihr bewunderswürdiges Werk und Bonnie, die mich so viele Stunden in ihrer Bar Sloppy Joe's in Key West hat schreiben lassen.

M.-C. B.

Bibliothek Suhrkamp
Verzeichnis der letzten Nummern

1306 Paul Valéry, Leonardo da Vinci
1308 Octavio Paz, Im Lichte Indiens
1309 Gertrud Kolmar, Welten
1310 Alberto Savinio, Tragödie der Kindheit
1311 Zbigniew Herbert, Opfer der Könige
1314 Augusto Roa Bastos, Die Nacht des Admirals
1315 Frank Wedekind, Lulu – Die Büchse der Pandora
1316 Jorge Ibargüengoitia, Abendstunden in der Provinz
1317 Marina Zwetajewa, Ein Abend nicht von dieser Welt
1318 Hans Henny Jahnn, Die Nacht aus Blei
1319 Julio Cortázar, Andrés Favas Tagebuch
1320 Thomas Bernhard, Das Kalkwerk
1321 Marcel Proust, Combray
1322 Ludwig Wittgenstein, Logisch-philosophische Abhandlung
1323 Hermann Lenz, Spiegelhütte
1325 Sigrid Undset, Das glückliche Alter
1326 Botho Strauß, Gedankenfluchten
1328 Paul Nizon, Untertauchen
1330 Sherwood Anderson, Winesburg, Ohio
1331 Derrida / Montaigne, Über die Freundschaft
1332 Günter Grass, Katz und Maus
1333 Gert Ledig, Die Stalinorgel
1335 Heiner Müller, Ende der Handschrift
1337 Konstantinos Kavafis, Gefärbtes Glas
1338 Wolfgang Koeppen, Die Jawang-Gesellschaft
1339 Jorge Semprun, Die Ohnmacht
1341 Hermann Hesse, Der Zauberer
1342 Hermann Broch, Hofmannsthal und seine Zeit
1343 Bertolt Brecht, Kalendergeschichten
1344 Odysseas Elytis, Oxópetra / Westlich der Trauer
1345 Hermann Hesse, Peter Camenzind
1346 Franz Kafka, Strafen
1347 Amos Oz, Sumchi
1348 Stefan Zweig, Schachnovelle
1349 Ivo Andrić, Der verdammte Hof
1350 Rudolf Borchardts Leben von ihm selbst erzählt
1351 André Breton, Nadja
1352 Ted Hughes, Etwas muß bleiben
1353 Arno Schmidt, Das steinerne Herz
1354 José María Arguedas, Diamanten und Feuersteine
1355 Thomas Brasch, Vor den Vätern sterben die Söhne
1356 Federico García Lorca, Zigeunerromanzen
1357 Imre Kertész, Der Spurensucher
1358 István Örkény, Minutennovellen
1360 Giorgio Agamben, Idee der Prosa
1361 Alfredo Bryce Echenique, Ein Frosch in der Wüste

1363 Ted Hughes, Birthday Letters
1364 Ralf Rothmann, Stier
1365 Arno Schmidt, Seelandschaft mit Pocahontas
1366 Bertolt Brecht, Geschichten vom Herrn Keuner
1367 M. Blecher, Aus der unmittelbaren Unwirklichkeit
1368 Joseph Conrad, Ein Lächeln des Glücks
1369 Christoph Hein, Der Ort. Das Jahrhundert
1370 Gertrud Kolmar, Die jüdische Mutter
1371 Hermann Lenz, Vielleicht lebst du weiter im Stein
1372 Ludwig Wittgenstein, Philosophische Untersuchungen
1373 Thomas Brasch, Der schöne 27. September
1374 Péter Esterházy, Die Hilfsverben des Herzens
1375 Stanislaus Joyce, Meines Bruders Hüter
1376 Yasunari Kawabata, Schneeland
1377 Heiner Müller, Germania
1378 Du kamst, Vogel, Herz, im Flug; Spanische Lyrik
1379 Giorgio Agamben, Kindheit und Geschichte
1380 Louis Begley, Lügen in Zeiten des Krieges
1381 Alejo Carpentier, Das Reich von dieser Welt
1382 Nagib Machfus, Das Hausboot am Nil
1383 Guillermo Rosales, Boarding Home
1384 Siegfried Unseld, Briefe an die Autoren
1385 Theodor W. Adorno, Traumprotokolle
1386 Rudolf Borchardt, Jamben
1387 Günter Grass, »Wir leben im Ei«
1388 Palinurus, Das ruhelose Grab
1389 Hans-Ulrich Treichel, Der Felsen, an dem ich hänge
1390 Edward Upward, Reise an die Grenze
1391 Adonis und Dimitri T. Analis, Unter dem Licht der Zeit
1392 Samuel Beckett, Trötentöne/Mirlitonnades
1393 Federico García Lorca, Dichter in New York
1394 Durs Grünbein, Der Misanthrop auf Capri
1395 Ko Un, Die Sterne über dem Land der Väter
1396 Wisława Szymborska, Der Augenblick/Chwila
1397 Brigitte Kronauer, Frau Melanie, Frau Martha und Frau Gertrud
1398 Idea Vilariño, An Liebe
1399 M. Blecher, Vernarbte Herzen
1401 Gert Jonke, Schule der Geläufigkeit
1402 Heiner Müller / Sophokles, Philoktet
1403 Giorgos Seferis, Ionische Reise
1404 Christa Wolf, Nachdenken über Christa T.
1405 Günther Anders, Tagesnotizen
1406 Roberto Arlt, Das böse Spielzeug
1407 Hermann Hesse / Stefan Zweig, Briefwechsel
1408 Franz Kafka, Die Zürauer Aphorismen
1409 Saadat Hassan Manto, Schwarze Notizen
1410 Arno Schmidt, Die Gelehrtenrepublik
1411 Bruno Bayen, Die Verärgerten
1412 Marcel Beyer, Flughunde
1413 Thomas Brasch, Was ich mir wünsche

1414 Reto Hänny, Flug
1415 Zygmunt Haupt, Vorhut
1416 Gerhard Meier, Toteninsel
1417 Gerhard Meier, Borodino
1418 Gerhard Meier, Die Ballade vom Schneien
1419 Raymond Queneau, Stilübungen
1420 Jürgen Becker, Dorfrand mit Tankstelle
1421 Peter Handke, Noch einmal für Thukydides
1422 Georges Hyvernaud, Der Viehwaggon
1423 Dezső Kosztolányi, Lerche
1424 Josep Pla, Das graue Heft
1425 Ernst Wiechert, Der Totenwald
1427 Leonora Carrington, Das Haus der Angst
1428 Rainald Goetz, Irre
1429 A. F. Th. van der Heijden, Treibsand urbar machen
1430 Helmut Heißenbüttel, Über Benjamin
1431 Henri Thomas, Das Vorgebirge
1432 Arno Schmidt, Traumflausn
1433 Walter Benjamin, Träume
1434 M. Blecher, Beleuchtete Höhle
1435 Edmundo Desnoes, Erinnerungen an die Unterentwicklung
1436 Nazim Hikmet, Die Romantiker
1437 Pierre Michon, Rimbaud der Sohn
1438 Franz Tumler, Der Mantel
1439 Munyol Yi, Der Dichter
1440 Ralf Rothmann, Milch und Kohle
1441 Djuna Barnes, Nachtgewächs
1442 Isaiah Berlin, Der Igel und der Fuchs
1443 Frisch, Skizze eines Unglücks / Johnson, Skizze eines Verunglückten
1444 Alfred Kubin, Die andere Seite
1445 Heiner Müller, Traumtexte
1446 Jannis Ritsos, Monovassiá
1447 Volker Braun, Der Stoff zum Leben 1-4
1448 Roland Barthes, Die helle Kammer
1449 Siegfried Kracauer, Straßen in Berlin und anderswo
1450 Hermann Lenz, Neue Zeit
1451 Siegfried Unseld, Reiseberichte
1452 Samuel Beckett, Disjecta
1453 Thomas Bernhard, An der Baumgrenze
1454 Hans Blumenberg, Löwen
1455 Gershom Scholem, Die Geheimnisse der Schöpfung
1456 Georges Hyvernaud, Haut und Knochen
1457 Gabriel Josipovici, Moo Pak
1458 Ernst Meister, Gedichte
1459 Meret Oppenheim, Träume Aufzeichnungen
1460 Alexander Kluge, Gerhard Richter, Dezember
1461 Paul Celan, Gedichte
1462 Felix Hartlaub, Kriegsaufzeichnungen aus Paris
1463 Pierre Michon, Die Grande Beune
1464 Marie NDiaye, Mein Herz in der Enge

1465 Nadeschda Mandelstam, Anna Achmatowa
1467 Robert Walser, Mikrogramme
1468 James Joyce, Geschichten von Shem und Shaun
1469 Hans Blumenberg, Quellen, Ströme, Eisberge
1470 Florjan Lipuš, Boštjans Flug
1471 Shahrnush Parsipur, Frauen ohne Männer
1472 John Cage, Empty Mind
1473 Felix Hartlaub, Italienische Reise
1474 Pierre Michon, Die Elf
1475 Pierre Michon, Leben der kleinen Toten
1476 Kito Lorenc, Gedichte
1477 Alexander Kluge/Gerhard Richter, Nachricht von ruhigen Momenten
1478 E.M. Cioran, Leidenschaftlicher Leitfaden II
1479 Christa Wolf, Kein Ort. Nirgends
1480 Renata Adler, Rennboot
1481 Julio Cortázar/Carol Dunlop, Die Autonauten auf der Kosmobahn
1482 Lidia Ginsburg, Aufzeichnungen eines Blockademenschen
1483 Ludwig Hohl, Die Notizen
1484 Ludwig Hohl, Bergfahrt
1485 Ludwig Hohl, Nuancen und Details
1486 Ludwig Hohl, Vom Erreichbaren und vom Unerreichbaren
1487 Ludwig Hohl, Nächtlicher Weg
1488 Fritz Sternberg, Der Dichter und die Ratio
1489 Felix Hartlaub, Aus Hitlers Berlin
1490 Renata Adler, Pechrabenschwarz
1491 Pierre Michon, Körper des Königs
1492 Joseph Beuys, Mysterien für alle
1493 T.S. Eliot, Vier Quartette / Four Quartets
1494 Walker Percy, Der Kinogeher
1495 Raymond Queneau, Stilübungen
1496 Charlotte Beradt, Das Dritte Reich des Traums
1497 Nescio, Werke
1498 Andrej Bitow, Georgisches Album
1499 Gerald Murnane, Die Ebenen
1500 Thomas Kling, Sondagen
1501 Georg Baselitz/Alexander Kluge, Weltverändernder Zorn
1502 Annie Ernaux, Die Jahre
1503 Roberto Calasso, Die Literatur und die Götter
1504 Friederike Mayröcker, Pathos und Schwalbe
1505 Cees Nooteboom, Mönchsauge
1506 Jorge Barón Biza, Die Wüste und ihr Samen
1507 Gerald Murnane, Grenzbezirke
1508 Miron Białoszewski, Erinnerungen aus dem Warschauer Aufstand
1509 Annie Ernaux, Der Platz
1510 Sophie Calle, Das Adressbuch
1511 Szilárd Borbély, Berlin-Hamlet, Gedichte
1512 Annie Ernaux, Eine Frau
1513 Fabjan Hafner, Erste und letzte Gedichte
1514 Gerald Murnane, Landschaft mit Landschaft
1515 Friederike Mayröcker, da ich morgens und moosgrün. Ans Fenster trete